ZOMBIE ZONE GERMANY

HERAUSGEGEBEN VON TORSTEN EXTER

© 2015 Amrûn Verlag
Jürgen Eglseer, Traunstein

Herausgeber der Reihe: Torsten Exter

Lektorat: Tamara Fehn und Jasmin Krüger
Korrekturen: Heike Schrapper
Umschlaggestaltung: Christian Günther
© lindrik - Fotolia.com

ISBN – 978-3-944729-74-9

Besuchen Sie unsere Webseite:
http://amrun-verlag.de

Bibliografische Information der Deutschen Nationalbibliothek:
Die Deutsche Nationalbibliothek verzeichnet diese Publikation
in der Deutschen Nationalbibliografie; detaillierte bibliografische
Daten sind im Internet unter http://dnb.d-nb.de abrufbar

INHALT

Sie kommen

Torsten Exter

Es war ein ungemütlicher März, als wir uns trafen. Ein Jahr zuvor war er wärmer gewesen. Angenehm. Ich bin gerne zwischen Halle 2 und Halle 4 gewesen, habe die Sonne genossen, ein mitgebrachtes, zerdrücktes Käsebrötchen gegessen. Starken, guten Kaffee vom kleinen Stand mit dem dreirädrigen Wagen getrunken. Die Verkäufer dort waren immer nett gewesen. Selbst am Sonntag.

Auch in diesem kühlen März 2013 war ich Stammgast bei dem Kaffeewagen. Von Messebeginn bis zu ihrem Ende. Leipzig. Halle 2, meine Heimat. Lieb gewonnen mittlerweile. Unser Mutterschiff im Wirrwarr aus Menschen und Kostümen, seltsamen Gestalten und Männern, die von Bodyguards flankiert wurden.

Ich weiß nicht mehr genau, wie ich den Mann getroffen habe. Habe ich ihn gesucht, so wie wir alle in Leipzig waren und wieder sein werden, um etwas zu suchen? Hatte er mich gefunden, zwischen Perry Rhodan und dem kleinen Kabuff, dem kurz darauf meine »Krieger« entwachsen waren?

Ich weiß es nicht mehr. Zu kalt war dieser März, zu klamm die Erinnerungen an ihn. Ich glaube, ich habe das Wort an ihn gerichtet. Oh, ich bin nicht gut in diesen Sachen. Eher ein Zu-

9

hörer als ein eleganter Redner, obwohl ich meine meisten Tage mit stundenlangem Reden verbringe.

Wir redeten und hörten uns zu. Draußen war es kalt, drinnen laut. Die Luft merkwürdig. Wenn ich heute an dieses Wochenende im März zurückdenke, glaube ich, dass wir damals bereits eine Vorahnung hatten. Der Mann und ich. Wir erinnerten uns an den anderen Mann, der einsam aus einem Krankenhaus kam und in eine einsame Stadt sah. 28 Tage zu spät, um das Grauen des Ausbruchs miterlebt zu haben. Und wir ahnten, dass auch uns 28 Tage bevorstanden. Doch noch waren wir zu naiv und unwissend, um zu erkennen, wann sie ihren tödlichen Countdown beginnen würden.

Wir standen da und sprachen. Saßen später und tranken Eierlikör aus kleinen Plastikbechern. Ich glaube, eine Buchbloggerin platzte an diesem Abend, aber ich bin mir nicht ganz sicher. Vielleicht war es nur ein Traum.

Wie machen wir es genau?, fragten wir uns und planten. Was im kalten März 2013 einen Anfang genommen hatte, trat uns 2014 als etwas längst konkret Gewordenes entgegen. Ich denke, wir beide konnten es damals schon riechen. Diesen ranzigen Duft, der uns bald überall in Deutschland entgegenwehen würde. Stinkende Ausdünstungen. Körper, vom Regen aufgeweicht. Besudelte Städte. Straßen, mit einem klebrigen Belag aus geronnenem Blut und zertretenen Innereien. Magensäfte, die an Häuserwänden klebten. Rattenfeste auf Leichenbergen, Fliegenschwärme, die in Kinderwagen tanzten. Warme Verwesungsdämpfe.

Doch im März 2013 gestanden wir es uns noch nicht ein. Im März war es kalt und über das, was sich draußen anbahnte, bewahrte man Schweigen.

10

Der Mann hatte schon seit Langem versucht etwas zu hinterlassen und dieses auch geschafft. Gedanken zu Geschichten. Raum für Geschichten. Irgendwo in der Vergangenheit hatten sich unsere Wege bereits gekreuzt. Unmerklich. Ein kurzes Registrieren des anderen. Doch Ende 2012 / Anfang 2013 entstand etwas anderes. Neues. Die Elben nannten es Sonnenaufgang und wir auch. Amrûn.

Als im kalten März 2013 die ersten Worte von Angesicht zu Angesicht ausgetauscht wurden, kurz bevor wir mit Wolfgang Hohlbein anstießen und Sekt schlürften, hatten wir noch ein vergleichsweise gutes Gefühl. Wir dachten über unsere Idee nach und sie erschien mir wie ein Luftballon, den der Wind in die Höhe trieb. In den Sonnenaufgang, hinter dem das Dunkel des Kommenden ein noch kaum sichtbarer Albtraum war.

Doch im März 2014 wussten wir mehr, als uns lieb war. Wir hatten zu fragen begonnen und erste Antworten erhalten. Es gab Pläne, Skizzen. Wir suchten Hoffnung im kalten Apparat des Militärischen und ich bin mir sicher, dass nicht nur ich auch an Gott gedacht habe. Was wir fanden, was sich vor unseren Augen offenbarte, war die Gewalt. Sie schälte sich aus dem Leib des Landes, gebar sich durch die Kruste der Landmasse. Natürlich hatte es sie schon zuvor gegeben. Überall. Aber hier bei uns war sie kleiner gewesen. Leiser. Oft etwas Fremdes und darüber waren wir froh. Als wir sie jetzt sahen, im nahenden Morgen, war sie gigantisch und allgegenwärtig. Sie war tief und dunkel. Schlug um sich. War in uns gedrungen, in den ersten Atemzug am Morgen und den Letzten vor den grauen Träumen der Nacht.

Als unsere Rufe im Juni 2014 beantwortet wurden, war es für mich ein Gefühl, als halte mir jemand eine geladene Waffe in den Mund. Diese Erwartung, dass es doch endlich passieren würde. Der befreiende Knall, der Geschmack von Rauch auf der Zunge. Erlösung aus langem Warten.

Was ich fand, war die Bestätigung meiner schlimmsten Befürchtungen. Die Stacheldrähte waren wahr geworden. Die Schießanlagen und Kampfhubschrauber. Angelegte Gewehre. Mütter, die ihre Kinder in die Schusslinie zerrten, weil dahinter, irgendwo dahinter, Hoffnung auf Leben lag. Mauern. Minenfelder. Granatenkrater. Die Städte brannten und starben. Wurden Höllen.

Tartaros. *Das Einzige, was er zu wissen scheint: Mensch wird von Mensch umgeben.*

B3ZwW11.

Die faule Schlampe in ihrer zerrissenen Reizwäsche. Der Mann im Hundekäfig und seine Frau davor. Francis, die zu viel gesehen hatte und nicht mehr sprach. Das unleserliche Manuskript, toten Händen entglitten. Blut, das in ein Dorf führte und die Masse Witterung aufnehmen ließ. Begrabene Körper unter einem Baukran. Alpha entfernte sich vom Dom in südlicher Richtung. Ein Messer am Kopf des kleinen Mädchens. Menschenjagd hinter zerstörten Schaufenstern. Dornen, an denen der Darm des Straßenfegers hing. Affenpisse. Blutige Flora. Eine angekettete Mutter und ihre Kinder. Röcheln im Wald und aus der Tiefe des Glaubens. Der Durchgeknallte. Die Totgetrampelten. Axtnächte. Schlachthäuser, Menschenfleisch, Finger, die im Erdreich scharrten. Die Brücke und die Marodeure. Wimmern. Krieg in den Vororten. Natürliche Auslese. In den Hörsälen fressen sie.

Die Zone.

Deutschland.

2020 beginnt es.

Es ist nah. So schrecklich nah.

Zwei weitere Männer seien an dieser Stelle erwähnt, da ihnen mein Dank gebührt. Der eine aus der Nähe von Hamburg, der andere im beschaulichen Buxtehude.

Über den Mann bei Hamburg wird viel geredet. Geschichten kursieren. Er soll bereits lange vor uns gesehen haben, wie sie fressen und Neue schaffen, die fressen werden. Er hat eine analytische Kälte, die mir oft widerlich vorkommt. Aber sie hat es ihm erlaubt, jenes zu sehen und zu schildern, was sich vom Menschen nährt und ihn zu etwas anderem macht. Auch wenn unser Weg in die Abgründe nicht einfach war, hat er doch die Wurzel entstehen lassen, die die widerliche Saat erst gebären konnte.

Vielen Dank, Vincent Voss.

Über den Mann aus Buxtehude heißt es, dass er aus Rost lesen könne und seine Visionen keine Farben hätten, die dem gesunden Menschen gefallen würden. Er weiß, was Punk bedeutet und vielleicht ist dies ein Grund, warum sich unsere Wege irgendwann zwangsläufig kreuzen mussten. Auch er hatte es mit mir nicht immer einfach. (»Dem Herrn Exter ist die Schrift nicht dreckig genug.«)

Er hat Großartiges geleistet.

Danke, Christian Günther.

Jasmin und Tara, viel Arbeit und Mühe. Manchmal erschienen sie mir, wie die Grand Dames im Hintergrund. An anderen Tagen, wie ein fleißiges Uhrwerk, auf das stets Verlass war.

Ich danke euch.

Für uns ist die Zeit abgelaufen. Zwei Jahre nach den ersten Gedanken. Achtundzwanzig Tage später. Regenwasser füllt die tiefen Spuren der Panzer und die Krater ihrer Geschosse. Ein Teddybär liegt vor einer ausgebrannten Tankstelle. Wir gehen weiter, gehen tiefer. Der Mann steht am Horizont. Sieht die Dinge, die uns entgegenkriechen. Ich sehe sie auch. Fürchte sie, erfreue mich an ihnen. Dieses Buch ist erst der Anfang. Ein Luftballon aus rissiger Haut. Fettige Haarsträhnen und ungleiche, zuckende Augen. Wir haben ihn fliegen lassen. Zu dir. Eine Warnung, ein Versprechen.

Es wird noch viel schlimmer.

Torsten Exter

BLUTSPUREN

Christian Günther

2021

Beckdorf, Niedersachsen

David hockte mit seinem Hund auf dem Damm und wartete, dass die Jäger zurückkehrten. Der Herbst färbte den Himmel grau und übersäte den Boden mit Laub. In der Ferne konnte David bereits die ersten Trecker erkennen, die sich auf der schmalen Asphaltstraße zwischen den Feldern näherten. Der alte Dammann mit seinem Claas vorneweg, auf dem Hänger hockten seine Söhne und suchten die Umgebung ab. Es kam Leben in David. Er sprang auf, griff sich Gewehr und Fernglas und stellte sich hinter die Absperrung aus gestapelten Waschbetonplatten. Die hatten einmal auf Meyers Hof als Terrasse gedient, doch nun bildeten sie eine stabile Wand, hinter der bequem zwei Menschen stehend Platz fanden. Auch Jonny, sein Mischlingshund, erhob sich mit wedelnder Rute, als David aus seiner Starre erwachte. David hielt sich das Fernglas vor die Augen und suchte die Felder ab, während die Trecker sich näherten. Sein Platz auf dem alten Bahndamm, der nördlich am Dorf entlangführte, bot ihm einen guten Blick auf die Wiesen, Äcker und kleinen Gehölze; ein leeres Niemandsland. Teile der Felder wurden noch bewirtschaftet, doch viele lagen brach und wurden langsam von Gestrüpp überwuchert. Rehe und Hasen fühlten sich auf den Flächen heimisch, unbehelligt von Jägern – außer, wenn der alte Dammann die Fleischvorräte des Dorfes auffüllen wollte.

Der beißende Geruch, der aus dem Graben am Fuße des Bahndamms aufstieg, kitzelte David in der Nase. Er musste niesen. Sie hatten alles, was sie an Pflanzenschutzmitteln, Dünger und sonstiger Chemie im Dorf finden konnten, in einem flachen Graben rund um die Schutzwälle verteilt, um so die Maden zu töten, die womöglich durch die Erde eindringen wollten. Ob das irgendeinen Nutzen hatte, wusste niemand, doch immerhin war das Dorf in der letzten Zeit von Infektionen verschont geblieben.

Die Traktoren bogen jetzt um die letzte Kurve, wo die Alleebäume schon abgeholzt worden waren. David konnte im ersten Anhänger einige tote Rehe erkennen. Die Dammann-Brüder hockten daneben, blickten weiter stoisch umher, beachteten ihn gar nicht.

David verließ jetzt seinen Posten und löste die Flaschenzüge, um das breite Tor zu öffnen, das die Durchfahrt im Bahndamm sicherte. Knirschend schob sich die schwere Konstruktion aus Blechplatten, Holz und Garagentoren über den Asphalt der Straße, die durch die Schneise im Damm ins Dorf führte. Früher hatte hier einmal eine Bahnbrücke die Straße gekreuzt, doch die war schon demontiert gewesen, als David geboren wurde.

Jenseits der Felder war die nächste Ortschaft fünf Kilometer entfernt – Wiegersen war vor einigen Monaten schon gefallen, kurz bevor sie hier den Wall verstärkt hatten. Eine streunende

Horde hatte das Dorf nachts heimgesucht. Sie waren in Häuser und Scheunen eingedrungen und hatten die Bewohner gnadenlos angegriffen. Die meisten waren ihnen zum Opfer gefallen und fanden sich jetzt wahrscheinlich in den Reihen der Untoten wieder, während nur wenige sich in den Wald hatten flüchten können. Diese Überlebenden waren später hierher nach Beckdorf gekommen, doch Dammann hatte sie abgewiesen, so wie er es mit allen Neuankömmlingen tat, um die Gefahr zu minimieren, dass sie Maden einschleppten. Die Zombies waren derweil weitergezogen, in Richtung Revenahe, nach Harsefeld wahrscheinlich. Verschwunden in den Birkenwäldern der Moore.

Jedenfalls hatten sie Beckdorf in Ruhe gelassen.

Die Jäger durchquerten das Tor und David schloss es hinter ihnen wieder. Der alte Dammann winkte ihm kurz dankend zu, sonst schenkte ihm niemand Beachtung.

Jonny stand die ganze Zeit schwanzwedelnd neben David und hoffte auf ein bisschen Aufmerksamkeit. Genau wie ich, dachte David, den es nervte, dass die Leute im Dorf kaum noch sprachen.

Sicher, der Schock saß tief. Am Anfang, als David die ersten Berichte der Untoten im Fernsehen mit großer Spannung verfolgt hatte, war er sogar heimlich davon begeistert gewesen. Wie in den Videospielen! Er hatte sich ausgemalt, wie er sich ausrüsten würde, überlegt, welche Waffen er sich besorgen könnte. Als dann wirklich die ersten Zombies in der Gegend auftauchten, war das gar nicht mehr so spannend gewesen. Zuerst hatten Polizei und Bundeswehr noch Einsätze gegen die Untoten geführt, doch irgendwann waren sie einfach fortgeblieben. Und die freiwillige Feuerwehr konnte nicht viel ausrichten. Als der erste Feuerwehrmann von einem gebissen wurde, fing man panisch an, das Dorf zu befestigen. Weitere fielen den Zombies zum Opfer und kehrten dann auf deren Seite zurück.

Als die Lage sich irgendwann beruhigt hatte, die Horden der Untoten weitergezogen waren, standen die meisten Häuser leer. Der alte Dammann hatte das Kommando übernommen, harte Regeln erlassen und die Leichen verbrannt.

Seitdem war Ruhe eingekehrt.

David hockte sich neben Jonny und kraulte ihn hinter den Ohren. Der revanchierte sich, schleckte seine Hand. »Das gefällt dir, was?« David hob einen Stock auf und warf ihn den Damm entlang. »Los, hol ihn!«, befahl er Jonny, doch der war längst unterwegs, schnappte sich den Stock und schleppte ihn zurück.

David warf ihn ein weiteres Mal und Jonny rannte los. Der Junge war gern hier oben Wache halten. Alle anderen fanden es langweilig, die ganze Zeit auf die Felder zu starren, deshalb war das hier sein fester Platz geworden. Ganz selten hatte er mal einen Untoten gesehen, der durch die Felder gestrichen war, und Alarm geschlagen. Dammann und seine Leute waren dann hinterher und hatten die Wandelnden erledigt, die sich dem Ort näherten. Manche waren auch einfach weitergezogen, hirnlos, immer geradeaus. So verwest, dass sie kaum noch vorwärts kamen, aber irgendein innerer Antrieb hielt sie in Bewegung. Sie alle wimmelten von Maden.

»Jonny?« David hatte wieder den Stock geworfen und Jonny war ihm in ein Gebüsch am Hang des Dammes gefolgt.

»Jonny? Komm her!« Wie als Antwort erklang ein Bellen, dann raste ein aufgeschreckter Hase aus dem Gebüsch, Jonny hinterher. David rief wieder nach ihm, doch Jonny beachtete ihn nicht, sondern jagte dem Tier nach. Aufs Feld, wo der Hase Haken schlug, um ihn abzuhängen. David wartete ab, ob der Hund seine Jagd irgendwann aufgeben würde, doch Jonny legte eine erstaunliche Ausdauer an den Tag. Verflucht. David griff sich das Gewehr, das er zum Spielen beiseite gestellt hatte, rutschte den Hang hinab und rannte aufs Feld. Der Hase war inzwischen über einen Graben hinweggesetzt, Jonny hatte den Sprung verpatzt, war im Wasser gelandet. Der Vorsprung des Langohrs wuchs weiter an, und als er schließlich die Straße überquerte, gab Jonny auf. David war hoffnungslos weit abgeschlagen, wurde aber nicht müde, seinen Hund zu rufen. Doch der blieb jetzt auf der Straße stehen und schnüffelte an der Fahrbahn.

Keuchend erreichte David ihn, und Jonny machte auch keine Anstalten weiterzulaufen. Stattdessen stand er mit eingekniffener Rute da und beobachtete etwas zwischen den Bäumen, die die Straße begrenzten. David stockte der Atem – ein Untoter! Er hockte an einem Gebüsch, halb von einem Baum verborgen. Rührte sich nicht, stieß nur schwache Geräusche aus, die wie der rasselnde Atem eines Geistes klangen. Jonny knurrte. David griff ihn am Halsband und zerrte ihn weg. Der Hund stemmte sich zuerst dagegen, fügte sich dann aber und folgte David. Der ging rückwärts, ließ den Untoten nicht aus den Augen. Jonny bellte wieder, zog jetzt in die andere Richtung. David wandte sich um und wäre fast über einen weiteren Körper gestolpert, der gerade auf die Straße kroch und mit dem Gesicht den Boden untersuchte. Blutflecken! Die Jäger waren schlampig gewesen, sie hatten Blut von ihren Wagen tropfen lassen. David zog Jonny zur Seite, zwischen den Bäumen hindurch. Der Untote blieb bei seiner Blutspur und leckte gierig am Asphalt mit dem Stummel einer nicht mehr vorhandenen Zunge. Maden fielen ihm aus Rachen und einer leeren Augenhöhle. Er trug einen dunklen Anzug, war jedoch komplett mit Schlamm und Erde verkrustet. Sein Kopf wirkte klein, weil ein Teil bereits fehlte, Haare hatte er nur noch wenige Büschel. Stattdessen wimmelten auch hier weiße Maden über seinen Schädel, gruben in Haut und Fleisch herum. So nah hatte David noch keinen der Untoten gesehen, er konnte sogar den entsetzlichen Gestank riechen, den der verwesende Körper von sich gab. Auch Jonny schien verwirrt, er winselte jetzt und zog David fort von der Straße.

Als sie sich wieder dem Bahndamm näherten, sah David zwei Männer mit Gewehren dort oben stehen. Einer hielt dazu noch ein Fernglas in der Hand. Davids Fernglas, Opas Fernglas. Es war der alte Dammann.

»Bleib wo du bist!« Das war die Stimme von seinem Sohn, der neben ihm stand.

»Was ist los?« David beschattete seine Augen mit der Hand, um die beiden Männer besser zu erkennen, doch die Sonne blendete plötzlich stark – endlich einmal waren die Wolken aufgerissen.

»Wir haben dein Geschrei gehört – als wolltest du die ganze Welt heranlocken.«

»Der Hund hat einen Hasen aufgestöbert. Ich musste ihn wieder einfangen.«

»Du hättest den Köter laufen lassen müssen. Kennst doch die Regeln.«

»Und jetzt?«

Eine kurze Pause, dann ergriff der Alte das Wort. »Wir haben auch gesehen, dass ihr an der Straße wart. Ihr habt Untote getroffen. Haben sie dich angegriffen?«

»Nein, haben sie nicht. Von denen ist kaum noch was übrig. Ihr könnt sie ja kaltmachen, ich führe euch hin.«

Schweigen.

»Außerdem habt ihr sie erst angelockt.«

»Was meinst du?«

»Da ist Blut auf der Straße. Von euren Wagen. Das hat sie hergeführt.«

Der Alte warf seinem Sohn einen verärgerten Blick zu. Doch dann wandte er sich wieder an David. Die Wolken kehrten zurück, aus dem schwarzen Scherenschnitt wurde ein bösartiges Gesicht. David erkannte, dass er einen Fehler begangen hatte. Er hatte den Anführer beschuldigt. Hatte ihm gezeigt, dass er etwas wusste, was Dammann womöglich in seiner Position schwächen konnte, sollten es die übrigen Leute im Ort erfahren. Wenn jetzt ein Angriff folgen würde, wäre Dammann Schuld daran. Zumindest reimte sich David das zusammen. Wahrscheinlich war es vollkommener Unsinn, dass ein paar Blutspuren plötzlich Horden von Zombies anlocken würden. Doch Dammann schien das Gleiche zu denken wie er. Die Menschen waren wie ein Rudel Tiere geworden, und Dammann gebärdete sich als Leitwolf. Jeder, der seine Stellung bedrohte, wurde verstoßen.

»Verschwinde«, sagte der Alte, so leise, dass David zuerst dachte, er hätte ihn falsch verstanden. »Los, hau ab.«

Die wollten ihn wirklich aus dem Dorf ausschließen?

»Aber – das ist doch Wahnsinn! Ich habe nichts Falsches getan, nur den Hund geholt. Und der ist wichtig für uns! Er kann uns warnen.«

»Wie können wir sicher sein, dass die Untoten dich nicht infiziert haben? Es ist zu spät für dich.« Beide hoben jetzt ihre Gewehre, zielten auf ihn. Nein – der Sohn zielte auf Jonny.

»Gebt mir wenigstens etwas zu essen ab!«

»Ist sowieso zu wenig da!«

»Und was ist mit Opa? Ich muss mich doch um ihn kümmern.«

»Um den kümmern wir uns schon«, sagte der alte Dammann. Es klang wie eine Drohung.

Später hockte David zwischen Tannen und dachte an Opa. Die Sonne ging am Horizont allmählich unter. Er hatte sich einen provisorischen Schlafplatz gebaut, aus Ästen und einer alten Plane, die er unterwegs gefunden hatte. Er war nicht weit entfernt vom Dorf, von seinem Platz aus konnte er bis zum Bahndamm spähen. Jonny lag neben ihm, spendete Wärme. Dennoch – der Boden war hart und uneben, und David sorgte sich um seinen Opa. Außerdem spähte er immer wieder zur Straße hinüber, dorthin, wo Jonny die zwei halb zerfallenen Untoten aufgespürt hatte. Dort bewegte sich nichts. Laub raschelte, der Wind schien stärker zu werden. Aber es war nicht der Wind, und es war auch kein Laub, was die Geräusche verursachte. David lauschte, und auch Jonny hatte den Kopf gehoben, die Ohren gespitzt. Sicherheitshalber hielt David sein Halsband fest umklammert.

Das Rascheln wurde zu einem Schaben, dazu ein Krächzen, ein Murmeln. Schlurfende Schritte auf dem Asphalt. Im Matsch der Felder. David schluckte. Er sah sie gegen den glühenden Horizont. Wie ein Wald aus Menschen, der sich auf Beckdorf zu bewegte. Bestimmt mehr als hundert. Instinktiv wollte David aufspringen, um das Dorf zu warnen, aber das wäre sicher nicht nötig – dieser Ansturm war nicht zu übersehen. Was hatte sie nur hergelockt? David überlegte, loszurennen, über den Damm und heim zu Opa. Ob der es rechtzeitig in den Keller schaffte? Davids Puls raste, unwillkürlich krallte er sich in Jonnys Fell.

Schon hörte er erste Schüsse peitschen, Rufe wehten herüber. Rennende Schemen auf dem Damm. Mündungsfeuer. Die Zombies waren schon verdammt nah am Dorf – warum hatte niemand sie früher gesehen?

David sah die wandelnden Toten den Bahndamm erklimmen. Dunkle Schemen, die erstaunlich schnell waren. Die vorderen fielen, wurden von den Nachfolgenden überrannt. Es dauerte nicht lange, da überwanden die ersten den Wall. Die Schützen oben zogen sich zurück oder fielen. Die Schüsse wurden seltener.

Beckdorf war gefallen.

Es brannte die ganze Nacht. David wagte sich nicht aus seiner Deckung. Er hörte die unwirklichen Schreie, gelegentlich aufheulende Motoren, vereinzelte Schüsse. Irgendwann kehrte Ruhe ein. Der Himmel färbte sich schon wieder grau, als David genug Mut und Entschlossenheit gesammelt hatte, um sich auf den Weg zu machen. Jonny hatte neben ihm gelegen, mit eingeklemmtem Schwanz, zitternd. Doch als sich sein Herrchen rührte, stand er sofort an seiner Seite. Zögerlich überquerten sie das Feld, auf den Bahndamm zu. Fast wirkte alles unverändert. Die Toten waren, wenn jemand sie vom Damm hinuntergeschossen hatte, wieder aufgestanden und weitergegangen. Vorsichtig kletterten sie hoch zur alten Bahnstrecke, wichen dabei allen Maden aus, die sich am Boden wanden. David zerrte seinen Hund ein ums andere Mal von dem tödlichen Gewimmel am Boden fort, wenn der es neugierig beschnupperte.

Jenseits des Damms jedoch hatte sich alles verändert: Viele Häuser waren niedergebrannt, Scheiben zerschlagen. Tote Körper fanden sich auch hier nur wenige. Wie ein Schwarm Heuschrecken waren die Untoten über den Ort hergefallen, hatten getötet, was sie finden konnten und waren dann weitergezogen. Die neuen Toten waren mit ihnen gegangen oder würden ihnen bald folgen.

Dammanns Volvo war fort.

Gespenstische Stille hing zwischen den Häusern. David wollte nach seinem Opa sehen, doch er zögerte. Angst kroch lähmend durch seinen Körper. Ihm war elend zumute, als er durch das verwüstete Dorf ging, er war hungrig und müde. Jonny trottete neben ihm her, schnüffelte hier und da, doch er schien ebenso erschöpft wie sein Herrchen.

Als David sah, dass Opas Haus nicht ausgebrannt war, atmete er auf. Der ganze Straßenzug schien einigermaßen unbeschadet davongekommen zu sein. Er ging auf die Haustür zu, schob Barrikaden und Zaunteile beiseite. Die Befestigungen hatte er selbst gebaut, genau wie den Schutzraum im Keller.

Im Flur war es still. Nach dem Chaos draußen wirkte das ordentlich aufgeräumte Haus wie ein fremdartiger Ort. Die Kellertür stand offen – hatte Opa es nicht rechtzeitig nach unten geschafft? David entschied sich gegen den Keller und ging ins Wohnzimmer. Die Terrassentür stand offen. Dort im Garten saß sein Opa. Einen schrecklichen Moment lang war David überzeugt, dass er tot war, doch dann drehte Opa sich zu ihm um.

»Junge, wo bist du gewesen?«

David rannte zu ihm. Jonny sprang dem alten Mann an den Beinen hoch. Sie umarmten sich. Opa weinte.

***

8 Monate später

Er vermisste das Handballspielen. Die Sporthalle war zwischenzeitlich zum Rot-Kreuz-Notlager umfunktioniert worden, inzwischen war dort nur noch ein Gerippe zu finden, Stahlbeton, bedeckt von verkohlten Kunststoffplanen. Außerdem war niemand mehr da, mit dem er hätte spielen können.

David schleppte Holz ins Haus, schlug die Tür mit der Hacke ins Schloss. Der Flur roch wie immer, leicht muffig und – nach Opa eben. Schon seit er klein war, roch es hier so.

David spähte durch einen Spalt in der Wohnzimmertür. Opa saß in seinem Sessel und war in eine alte Zeitung vertieft. Er ging weiter in die Küche, stapelte die Scheite sorgfältig neben dem Kachelofen. Dann öffnete er die Klappe zur Feuerkammer und schob zwei Holzstücke hinein. Flammen loderten auf über der Glut, leckten gierig am neuen Futter.

*

»Alles Arschlöcher!« Vollmer regte sich auf, als er den Tankstellenshop durchforstete. Komplett leergeräumt, saubere Arbeit. Aber warum hatten die Pisser danach alles kaputtgeschlagen? So musste er über Regaltrümmer steigen, um sich umzusehen. Da – hinter dem Tresen, ein Karton Jägermeister war zwischen zwei Brettern eingeklemmt. Er zerrte den Karton hervor, die kleinen Fläschchen darin klimperten. Er riss die Pappe auf, klaubte einen Flachmann heraus und goss sich den Schnaps auf ex in den Hals. Zufrieden schmatzend verließ er den Trümmerhaufen, blaue Kunststoffsplitter knirschten unter seinen Stiefeln. Die Zapfsäulen waren natürlich lange trocken. Er musste raus aufs Land – diese dämlichen Bauern hatten alle ihren eigenen Dieseltank im Garten stehen. Noch einen Jägermeister, dann stellte er den Rest in ein Regalfach hinten im Wohnmobil. Er ließ sich auf den weichen Fahrersitz fallen, zündete sich eine Kippe an und wischte mit dem Ärmel über die triefende Nase. Scheiß Schnupfen, hatte er früher nie. Aber was sollte es, er hatte immer geraucht, gesoffen und auch mit Koks gespielt – trotzdem: Er lebte noch, während die anderen alle verreckt waren. Nun ja, fast alle, aber die restlichen Mongos, die Vollmer über den Weg liefen, die würde er auch noch weghauen. Vollmer hatte keinen Bock auf Gesellschaft, er fühlte sich wohl so, ganz allein mit allem, was er brauchte. Ohne Bullen, ohne Vermieter, Anwälte oder andere Abzocker.

Man hatte ihm im Jugendknast »mangelnde Sozialkompetenz« bescheinigt, damals in Hahnöfersand, nachdem er einen Haufen Weicheier verdroschen hatte. Ein paar blutige Nasen nur und einem hat es den Schädel geknackt, bloß weil er zu dämlich zum Hinfallen war. Hatten sie natürlich Vollmer angehängt. *Vollmer, du bist asozial. Was empfindest du, wenn du anderen Schmerzen zufügst? Denkst du an die Folgen? Bereust du, was du angerichtet hast?* Scheiße, nein. Wenn er jetzt eine von diesen Psychotanten von damals in die Finger kriegen würde...

»Alles Arschlöcher«, murmelte er, als er den Motor startete und an der falschen Seite vom Hof der Tankstelle fuhr, immer auf der Gegenfahrbahn.

***

»Hallo Opa!« David stellte den Teller auf den Couchtisch und setzte sich auf das Sofa.

Sein Großvater blickte auf. »Hallo Junge. Na, was hast du heute geschafft?«

»Ich habe Holz besorgt. Und ich war nochmal in der Tankstelle, Batterien suchen. War aber nichts mehr da.«

Opa hustete. »Und wie ist das Wetter? Mach doch bitte mal die Jalousie hoch.«

»Klar.«

Sein Opa mochte das Wohnzimmer lieber abgedunkelt, abgeschottet von der Außenwelt. Er ging schon lange nicht mehr nach draußen. Er hatte resigniert, saß hier und las den ganzen Tag. Aber manchmal fehlte ihm das Tageslicht doch. David ging zum Fenster und zog den Rollladen hoch. Draußen wucherte

Efeu ins Blickfeld, tastete sich schon in Richtung Scheibe vor. Dahinter war der verwilderte Vorgarten zu sehen, jenseits der Straße die ausgebrannten Häuser gegenüber. Darüber der trübe Himmel, ein schmaler Streifen in orange-rosa zeugte noch von der gerade untergehenden Sonne.

Tiefe Schatten lagen zwischen den Sträuchern und Ruinen.

Opa sah lange hinaus, seine Miene unbewegt. Dann nickte er und bedeutete David so, den Rollladen wieder zu schließen.

Dann entzündete David einige Kerzen und schob den Teller zu Opa. »Dein Essen.«

Sein Großvater beugte sich vor, nahm den Löffel mit zittriger Hand und aß die Erbsensuppe. David hatte erst gestern zwei ganze Paletten mit Eintopf-Dosen im Keller von Dammanns Hof gefunden.

»Schmeckt's dir?«

Opa nickte. »Weißt du, mein Junge, es gibt Zeiten, in denen ist jede warme Mahlzeit ein Fest.«

David lächelte schwach, räumte dann den leeren Teller fort, brachte seinem Opa noch die Bettdecke, mit der er sich auf dem Sofa ausruhen konnte.

Dann bekam der Hund sein Futter, bevor er David nach oben folgte. David verzog sich von Zeit zu Zeit gern in sein altes Zimmer, kuschelte sich unter die Decke und sah sich auf dem DVD-Player Filme an. Opa hatte ihm gezeigt, wie er ihn an eine Autobatterie anschließen konnte. Was für Filme war eigentlich egal, Hauptsache, es kamen Menschen darin vor. Tagsüber, wenn er zu tun hatte, wog die Einsamkeit nicht schwer, aber abends, wenn es dunkel war, gewann sie an Gewicht. Er liebte seinen Opa, doch der wurde immer älter und schwächer. So mühsam es auch war, ihn zu versorgen, David fürchtete sich vor dem Tag, an dem sein Opa nicht mehr da war.

***

Vollmer wechselte fluchend das Rad seines Lieferwagens. Ein Reifenplatzer auf der Autobahn – früher wäre das eine brenzlige Situation gewesen. Aber heute ... Die Autobahn zerfiel ungenutzt, Unkraut brach durch den rissigen Asphalt. Er konnte mitten auf der Fahrbahn hocken, niemand würde hupend herangerast kommen. Er hätte nicht gedacht, dass die Straßen so schnell auseinanderbröseln würden.

Schweiß trat ihm auf die Stirn, als er den Wagenheber an der entsprechenden Stelle am Unterboden ansetzte und das Fahrzeug hochpumpte, dann die festgerosteten Radmuttern löste und den Ersatzreifen aus dem Heck wuchtete. Natürlich musste er dazu erst einmal jede Menge Kartons und Tüten beiseiteschaffen – sein Wagen war prall gefüllt. Argwöhnisch blickte er sich immer wieder um. Er blieb vorsichtig, erblickte jedoch nichts als verwilderte Weiden, umgestürzte Stacheldrahtzäune, vereinzelte Bäume und Buschreihen, die Feldwege markierten. Ein Stück weiter die Fahrbahn hinab stand ein Wegweiser – nächste Ausfahrt Hollenstedt. Was auch immer das für ein Kaff sein mochte, er brauchte Sprit, irgendein verrottender Bauernhof würde sich schon finden. Die Käffer hier bestanden meist aus nichts anderem als alten Höfen und geschniegelten Neubaugebieten.

Die Neubauten machten Vollmer immer besonders wütend. Er hatte die Leute früher beneidet, die sich hier ihre schicken Häuschen hingesetzt hatten, mit ihren beschissenen SUVs und braven Kindern. Und jetzt? Jetzt war nur er noch hier, konnte durch die Häuser ziehen, sich nehmen, was ihm gefiel, und wenn er besonders düsterer Stimmung war, einfach die Drecksvillen anzünden. Während die Besitzer entweder in irgendeinem der medizinischen Auffangzentren dem Tode entgegen röchelten oder untot durch die Gegend wankten. Vollmer war es eins, solange sie ihn in Ruhe ließen.

Er packte seine Sachen wieder ein, fuhr den Wagen die Ausfahrt jenseits des Schildes hinauf und stellte ihn auf dem Hof einer Autobahnmeisterei ab, der – von dichten Bäumen und Büschen umwuchert – nur von der Einfahrt aus einsehbar war.

Als er sich gerade an einem Gebüsch erleichterte, hörte er Motorengeräusche. Ein Wagen näherte sich. Vollmer rannte zum Wohnmobil, griff sich sein Gewehr und legte sich in der Nähe der Einfahrt auf die Lauer.

Ein Geländewagen kam die Autobahn entlang, raste mit hoher Geschwindigkeit über die Ausfahrt, dicht an Vollmer vorbei und verschwand dann im nächsten Ort.

***

David drehte den Fernseher leise. Hatte er ein Motorengeräusch gehört? Sofort war auch Jonny hellwach, spitzte die Ohren und sah sein Herrchen erwartungsvoll an.

David wickelte sich aus den Decken, stieß dabei die Colaflasche um, die er am Abend bei »Stirb langsam« ausgetrunken hatte.

Das Motorengeräusch war wieder verstummt, ganz nah beim Haus. Schritte auf der Zufahrt, schon rannte Jonny aufgeregt die Treppe hinab und bellte aus Leibeskräften. David überlief ein kalter Schauer. Hastig zog er sich an und folgte dem Hund. Er warf einen kurzen Blick auf das Gewehr, das neben seinem Bett an der Wand lehnte. Kurzentschlossen griff er es sich und rannte dann die Treppe hinab. Jemand fingerte am Türschloss herum, dann rammte etwas Schweres dagegen. Unter ständigem Bellen brach ein Stück aus der Tür. Dahinter war eine Gestalt zu

erkennen, nur schemenhaft im schwachen Licht der Morgen-
dämmerung. Jonny knurrte.

»Hau ab!«, rief David. Ihm war es egal, wer dort sein mochte;
wer so in sein Haus eindrang, konnte nichts Gutes im Schilde
führen.

Er bekam keine Antwort, doch die Gestalt verschwand wieder.

David ging zum vernagelten Fenster – hier unten im Erdgeschoss hatte er alles verbarrikadiert, nur das Wohnzimmerfenster
war lediglich vom Rollo geschützt.

Opa! Er hastete ins Wohnzimmer. Tatsächlich hörte er dort,
wie sich jemand am Rollladen zu schaffen machte. Opa regte
sich, richtete sich langsam auf. »Was ist los?«, fragte er schlaf-
trunken.

»Sei still. Ein Einbrecher. Komm mit, ich bringe dich nach
oben.«

Opa nickte. »Pass nur auf, Junge. Hast du das Gewehr? Mach
keinen Unsinn. Gib ihm was er will, vielleicht verschwindet er«,
redete der Großvater auf seinen Enkel ein. Doch David wusste,
dass sein Opa selbst nicht glaubte, was er da sagte. Er hatte einfach nur Angst.

»Schon gut, ich pass auf. Schaffst du es selbst die Treppe
hoch?«, fragte David, als sie im Flur standen.

Etwas Schweres wurde gegen den Rollladen geworfen. Eine
raue Stimme brüllte Unverständliches.

Opa nickte.

»Ich glaube, es ist nur einer«, behauptete David, um seinen
Großvater zu beruhigen, der langsam, Stufe für Stufe, die Treppe
erklomm.

Wieder donnerte es am Wohnzimmerfenster. David spähte
durch die Tür – der Rollladen war zerbrochen, hinter der Schei-

be war die Dunkelheit der Nacht zu sehen. Dann ein berstendes Geräusch – tausend Splitter flogen durch das Wohnzimmer, ein großer Stein schlug mehrere Zinnbecher aus einem Regal.

»Verpiss dich!«, schrie David.

Der Typ von draußen kam angerannt, wie ein Tier sprang er durch die Reste der Scheibe, rollte sich über den Esstisch, schlug gegen zwei Stühle, von denen einer zerbrach. David griff nach dem Gewehr, legte an. Der Kerl rappelte sich auf, sah sich um, erkannte David im Türrahmen. David schoss, der Kerl taumelte zurück, brach zusammen. Blut lief auf den Teppich. Hätte Oma das noch erleben müssen, geschrien hätte sie, doch David schaute nur. Er schluckte, ließ das Gewehr sinken. Opa rief irgendwas von oben, der Fremde aber gab keinen Laut von sich, lag einfach da und unter ihm strömte das Blut hervor. Seine Jacke, eine Militärjacke, war zerrissen, auch voller Blut. Es war überall. David krallte sich in den Türrahmen, erbrach sich, spie Erbsensuppe und Cola auf den Teppich. Was für eine Sauerei, dachte er kurz, dachte noch tausend andere Sachen, alles drehte sich. Er sackte zusammen, weil er seine Knie nicht mehr spürte, starrte den Kerl an, der da im Wohnzimmer lag, wo zwei Minuten zuvor noch Opa geschlafen hatte. Konnte es nicht fassen und schloss die Augen. Dann rührte sich der Kerl doch noch, sprang auf, blickte verwirrt umher. David versteckte sich in der Küche. Der Typ rannte raus, stolperte aus der Haustür und krabbelte in einen dunklen Geländewagen, der dort stand. Wieder dröhnte der Motor auf, dann raste der Wagen davon. Hinterließ Stille. Dann ein Krachen, ein Bersten, gefolgt von schmerzerfüllten Schreien. Jonny kläffte wieder. Die grässlichen Schreie wollten nicht aufhören, David presste sich die Hände auf die Ohren. Nach einer endlosen Weile hatte Jonny sich heiser gebellt, die Schreie wurden schwächer und erstarben dann ganz. David merkte, dass er am ganzen Leib zitterte.

Die Straßen waren hier ganz in Ordnung, deshalb konnte Vollmer Gas geben. Er hatte tatsächlich einen Dieseltank gefunden – auf einem Bauernhof, genau wie er es sich gedacht hatte.

Fast wäre er in einen Jeep gerast, der mitten auf der einzigen Kreuzung in einem dieser beschissenen Dörfer stand. Am Steuer ein Kerl mit aufgeplatzter Stirn, war voll aufs Lenkrad geknallt, als er den Wagen gegen einen LKW gefahren hatte, der auf dem Seitenstreifen stand. Herrje, das schöne Auto. Sah irgendwie frisch aus, der Unfall. Das musste der Typ sein, der gestern an ihm vorbeigerast war. *Tja, du Idiot, Fahren will gelernt sein.*

Vollmer stieg aus und ging zu dem Wagen. Blieb auf der Hut, aber es rührte sich nichts. Er öffnete die Tür des Jeeps, sie war verkantet und gab ein lautes Kreischen von sich. Alles war voller Blut. Der Kerl war hinter dem Steuer eingeklemmt, rührte sich nicht. Vollmer überlegte, ihm sicherheitshalber in den Kopf zu schießen, aber warum sollte er unnötig Aufmerksamkeit erregen? Der Pisser kam sowieso nicht aus seinem Wagen raus. Er konnte auch keine von den beschissenen Maden entdecken, die den Untoten meist aus der Fresse rieselten, also würde der Kerl erstmal schön sitzenbleiben.

Vollmer sah sich um, ging die Straße hinab.

Das halbe Dorf war niedergebrannt, aber Vollmer hatte auch Beete gesehen. Jemand hatte hier Gemüse angepflanzt, hatte sich nett eingerichtet und hoffte, hier alles für sich haben zu können. Vollmer blickte sich neugierig um. Viele Ruinen, niedergebrannte Häuser, Autowracks. Aber die Beete, irgendwem mussten sie gehören. Er strich durch die Straßen, bis er vor einem Grundstück stehenblieb.

Dieses Haus. Vernagelte Fenster, sorgsam angerichtete Unordnung, die Plünderer täuschen sollte. Aber er war ja nicht blöd und fiel nicht auf solche billigen Tricks rein. Eigentlich hatte er kein Problem damit, wenn hier jemand wohnte, ging ihn ja nichts an. Aber trotzdem – die Welt hatte sich geändert. Vollmer fand immer weniger zu fressen auf seinen Beutezügen, er musste einfach nachsehen, ob er hier nicht seine Vorräte aufstocken konnte. Und um sicherzugehen, dass ihn nicht irgend so ein Arschloch aus dem Hinterhalt niederschoss, entschloss er sich zur rabiaten Methode. Die meisten wurden davon verschreckt und verpissten sich.

***

David wusste, dass etwas nicht stimmte, als er das Haus betrat. Die Zäune und Gitter lagen im Vorgarten, die Haustür stand offen. Nach dem Kerl vom Vorabend, den er vorhin noch auf einer Kreuzung gesehen hatte, sein Wagen zu Schrott gefahren, war er besonders nervös.

Er stellte den Karton ab, mit dem er auf Plünderungstour gewesen war, und nahm das Gewehr vom Rücken.

Jonny stürmte los.

Vollmer saß im Wohnzimmer, breitbeinig in Opas Sessel. Er pickte sich mit einem Zahnstocher im Gebiss herum, um ihn herum lagen die Reste von Plastikverpackungen – offenbar hatte er Davids Vorräte geplündert und sich an Fertigfraß und Schokoriegeln satt gegessen. Davids Großvater lag auf dem Sofa, die Augen geschlossen. Er zitterte, bemüht, sich nicht zu rühren.

Jonny stürmte vor David in das Wohnzimmer, kläffte wild auf den Eindringling ein. Vollmer sprang auf, suchte hinter seinem Stuhl Schutz. David folgte dem Hund, das Gewehr in Händen. »Jonny –still.« Der Hund gehorchte widerstrebend, knurrte aber weiter und behielt den Unbekannten im Auge.

David ließ das Gewehr sinken, besann sich dann und richtete es auf den grobschlächtigen Kerl, der in sein Wohnzimmer eingedrungen war.

»He, wen haben wir denn da?« Der Typ hatte eine seltsame Stimme, die zwischen quietschig und krächzend hin und her schwankte. »Ist Schneewittchen nach Hause gekommen?«

David blickte immer wieder zu seinem Opa hinüber, der sich kaum rührte. »Hast du Opa was getan?«

Dreckiges Lachen. »Quatsch, der ist doch schon scheintot. Dürr wie Papier, ich glaube du lässt ihn verhungern!« Vollmer amüsierte sich über seinen eigenen Witz. »Wohnst hier also mit Opi, was? Wohl Schwein gehabt. Bist den Untoten entwischt? He, wir sind schon Glückspilze, was? Los, pack das Ding weg.« Er deutete auf das Gewehr, dessen Lauf in Davids Händen zitternd auf ihn gerichtet war. »Ich bin nicht monatelang rumgekurvt, um mich dann von so einem Milchgesicht abknallen zu lassen, bloß weil du zu blöd bist und nicht aufpasst.«

David rührte sich nicht.

Vollmers Stimme wurde ärgerlich. »Los jetzt, weg damit. Mach schon, sonst hau ich dir auf die Fresse. Oder …« Vollmer schien eine Idee zu haben. »Oder ich hau *ihm* auf die Fresse.« Er deutete auf den alten Mann auf dem Sofa. »Ja, genau!« Vollmer kriegte sich gar nicht mehr ein.

Davids Gedanken rasten.

»Oder dem Köter!« Vollmer schrie fast, Spucke landete auf dem Couchtisch. Da regte sich Opa. Vollmer stand direkt vor ihm, wandte ihm aber den Rücken zu. Opa richtete sich auf, die karierte Decke rutschte von seiner Brust hinab. Ein glänzender

Gegenstand wurde sichtbar. David erkannte einen der Pokale, die Opa in einer Vitrine aufbewahrt hatte. Vom Fußball, früher, David in der E-Jugend. Seine dürren Finger umklammerten ihn, als er den ebenso dürren Arm erhob und den Pokal auf Vollmers Kopf niedersausen ließ. Das schwere Teil rutschte am Hinterkopf des Mannes ab und fiel klappernd zu Boden. Opa sank wieder zurück auf sein Kissen, er schien seine letzte Kraft in den Schlag gelegt zu haben. Vollmer zuckte zusammen, griff sich an den Hinterkopf. Auf seinen Fingerspitzen – Blut! Er schien David augenblicklich vergessen zu haben, hob den Pokal auf und drosch ihn dem alten Mann ins Gesicht.

»Nein!« David schrie, sein Magen krampfte zusammen, ebenso sein Finger um den Abzug. Donnernd löste sich ein Schuss. Jonny jaulte auf. Vollmer ließ von Opa ab, taumelte zur Seite. Mehr Blut. Dann sackte er in sich zusammen, rutschte mit seltsam abgewinkelten Gliedmaßen zwischen Couchtisch und Sofa. Jonny stürzte auf ihn zu, verbiss sich in seinem Hosenbein.

David ließ das Gewehr fallen. Er war wie betäubt. Zuerst traute er sich nicht, dann nahm er all seinen Mut zusammen und ging zu Opa. Den schrecklichen Anblick des misshandelten Gesichts würde er niemals mehr aus seinem Gedächtnis löschen können.

Opa atmete nicht mehr. David zog die Decke hoch und legte sie ihm über das Gesicht.

Vollmer ließ er so liegen, wie er gefallen war. Unter dem Couchtisch bildete sich eine weitere große Blutlache, vermischte sich mit der ersten. Vollmers Augenlider flatterten, er murmelte etwas, was David nicht verstehen konnte. Und nicht wollte.

»Jonny, komm!«, sagte er mechanisch, dann verließ er das Wohnzimmer, um es nie wieder zu betreten.

Hunger

Lora Horst

Es gab nur zwei Möglichkeiten: Entweder sie würde mein Tod sein oder ich der ihre. Obwohl, eigentlich war die zweite Möglichkeit ausgeschlossen, schließlich war sie schon tot.

Augen sind das Fenster zur Seele, heißt es. Als ich jedoch in die ihren sah, fand ich nur gähnende Leere. Und doch konnte ich mich nicht überwinden, sie zu töten.

Sie kauerte vor den Gitterstäben und wartete. Zuvor hatte sie stundenlang an ihnen gerüttelt, geknabbert und zwischendurch vor Wut aufgeheult, bis ihrem faulenden Gehirn endlich dämmerte, dass sie so nicht an mich herankommen würde.

Anni, meine Verlobte.

Es schmerzte, sie so zu sehen. Es schmerzte, zu wissen, dass ich daran schuld war. Dass ich zu langsam und zu schwach gewesen war, um sie zu beschützen.

Die klaffenden Bisswunden an ihren Armen und Beinen, das fehlende Stück Fleisch in ihrem Nacken, das den Blick freigab auf, wie ich glaubte, ihre Speiseröhre. Darin wälzten sich die schleimigen Körper der Maden. Wühlten sich tiefer und tiefer in ihr Gewebe vor.

Der Würgereiz kam augenblicklich. Säure stieg mir in den Hals und brannte. Ich schluckte sie wieder herunter. Mehr hatte ich nicht in mir, was ich hätte erbrechen können. An das getrocknete, schimmelige Futter im Napf wagte ich mich nicht heran. Seit zwei Tagen saß ich in diesem Zwinger. Seit zwei Tagen hatte ich nichts mehr zu mir genommen.

Sie waren wie ein Sturm über uns hereingebrochen. Die Toten. Als die ersten Meldungen in den Nachrichten aufgetaucht waren, hatten wir es für einen Witz gehalten. Doch dann kamen sie in Horden. Unförmiges, totes Fleisch, dem wieder Leben eingehaucht worden war. Das sich über das Land wälzte, getrieben von einem unstillbaren Hunger. Nach uns.

In den Städten war es die Hölle. Zerfressene Kadaver wandelten durch die Straßen. Manche ohne Gliedmaßen schoben sich über den harten Asphalt und leckten die letzten Tropfen Blut aus den Schlaglöchern, Ritzen und Kuhlen. Die Flüchtenden waren in Panik in alle Richtungen gelaufen. Autos blockierten Straßen und versperrten ihnen den Weg. Ihre eigene Panik hatte ihnen die Möglichkeit aufs Überleben genommen. Sie hatten es in den Nachrichten gezeigt. Aus einem Helikopter heraus hatte man sie gefilmt. Es war mir damals wie ein weit entfernter Albtraum erschienen.

Doch auch wir auf dem Land waren nicht verschont geblieben.

Zuerst kamen sie einzeln. Wir schossen sie ab oder zerschlugen ihnen, mit dem, was wir gerade zur Hand hatten, die Köpfe. Auf den Friedhöfen warteten wir auf sie, als sie sich hervorwühlten. Wir fühlten uns stark. Wir dachten, wir könnten das überstehen. Doch es wurden immer mehr. Sie kamen in Gruppen und vor zwei Tagen erreichte uns eine wahre Flut von ihnen. Sie hatten die Städte auf der Suche nach Nahrung verlassen.

Anni. Die Furcht in ihren Augen, als sie die Alarmsirenen der Feuerwehrwagen an der Dorfgrenze aufheulen hörte. Wie sie sich in meinen Armen verkrochen hatte, am ganzen Körper zitternd und bebend. Diese Augenblicke hatten sich tief in meine Erinnerung gebrannt.

Was danach geschah, war verschwommen. Sie waren plötzlich überall. Wir rannten, schlugen wild um uns. Da war Blut, Kreischen erfüllte die Luft. Ich hatte keine Ahnung, wohin mich meine Beine trugen, bis ich vor dem Hundezwinger unseres Nachbarn stand. Stahlgitter, stabil genug, um seine zwei Rottweiler im Zaum zu halten, die jedoch nirgends zu sehen waren. Ich schlüpfte hinein und wollte Anni hinter mir herziehen, als etwas an meiner Hand zog. Sie hing lasch daran, ihr Körper an unzähligen Stellen blutend. Ich brüllte, schlug und rüttelte sie. Endlich öffnete sie die Augen. Doch es war nicht mehr meine Anni.

Sie schnappte nach mir.

Ich trat sie von mir und schloss die Zwingertür.

Seitdem war ich hier, in meinem von mir selbst erwählten Gefängnis, und wartete. Wartete darauf, dass etwas geschah. Dass meine Anni wieder sie selbst wurde. Wartete darauf, dass sich eine weitere, dritte Möglichkeit auftat. Wartete darauf, dass ich die Augen aufschlug und sich alles nur als ein böser Traum erwies.

***

Als ich wieder erwachte, war es Nacht um mich herum. Ich war eingeschlafen, ohne es bemerkt zu haben. Meine Kehle fühlte sich rau an. Sie war völlig ausgetrocknet. Als ich mich räusperte und etwas Spucke zu sammeln versuchte, schoss mir der

Schmerz durch den Hals. Meine Zunge lag schwer und pelzig in meinem Mund.

Ich tastete mit meiner linken Hand über den Boden, bis ich fand, was ich suchte. Die Cola-Dose, das einzige Getränk, das sich in meinem Rucksack befunden hatte.

Nachdem ich keuchend mit brennenden Lungen in der Zelle angekommen war, hatte ich sie in einem Zug geleert. Das war jetzt drei Tage her. Oder waren es schon vier? Ich bereute es jetzt jedenfalls.

Der illusorischen Hoffnung anhängend, dass sich vielleicht doch noch ein Tropfen herausschütteln ließe, setzte ich sie an meine Lippen. Vergebens.

»Verdammt!«, fluchte ich und schleuderte sie in die Dunkelheit. Sie schlug an die Wand und fiel zu Boden.

Erschrocken zuckte ich zusammen, als etwas gegen das Gitter vor mir knallte. Mein Herz raste und auch als mir klar wurde, dass es nur Anni war, die der Lärm aufgeschreckt hatte, wollte es sich nicht beruhigen.

Sie kratzte an den Gittern, scharrte am Boden und an den Wänden, dabei heftig schnaufend.

»Sei ruhig!« Der Schreck saß mir noch in den Gliedern. Warum ging sie nicht einfach weg? Die anderen Untoten waren schon längst weitergezogen. Jedenfalls hatte ich lange keine Schreie mehr gehört und die letzten Tage auch keinen mehr zu Gesicht bekommen.

Ich lehnte den Kopf gegen die Hundehütte und schloss die Augen. Mein Magen zog sich zusammen. Die ersten zwei Tage war der Hunger schlimm gewesen, inzwischen spürte ich nur eine große Leere. Krrrrr, krrrr. Der Durst war schlimmer. Und die Hitze des Tages, wenn die Sonne auf das Zwingerdach knallte. Krrrrr, krrrr. Der Zwinger lag im hinteren Teil des Nachbargartens. Von allen Seiten von Mauern umgeben, sodass kein Windhauch sich hierher verirrte. Krrr.

»Verdammt, hör endlich auf damit, du blödes Miststück!«

Sie knurrte und fauchte zurück.

Ihr Scharren und Kratzen machte mich wahnsinnig. Der süßliche Verwesungsgestank nahm mir die Luft.

Ich stützte den Kopf in die Hände und versuchte, gleichmäßig zu atmen. Als ich mich beruhigt hatte, schaute ich wieder auf. Man konnte über diese Untoten sagen, was man wollte, aber dumm waren sie nicht. Anni wusste ganz genau, wo sich der Eingang des Zwingers befand. Sie hatte sich die ganze Zeit über nicht einen Millimeter davon weg bewegt. Zu ihrer Linken stand eine Kommode, Säcke mit Hundefutter standen darin ordentlich aufgereiht. Gleich dahinter waren die Glastüren, die ins Innere des Hauses führten. Und … sie stand offen! Warum war mir das nicht früher aufgefallen?

Wenn Anni doch nur nicht da wäre …

***

»Verschwinde, verschwinde, verschwinde!«

Ich hatte nicht bemerkt, wie meine Lippen die Worte formten.

Ihre toten Augen starrten zurück in die meinen.

»Verpiss dich endlich!« Meine Stimme brach und Schmerz schoss durch meine Kehle.

Anni zuckte nicht einmal.

Ich ballte die Hände zu Fäusten und presste die Zähne zusammen. Diese blöde Schlampe! Immer machte sie mir das Leben zur Hölle. Zu dumm, sich selbst zu schützen und dann noch nicht einmal in der Lage sein, in einer Ecke zu sterben und andere in Ruhe zu lassen. Nein, sie musste als dieses, dieses – Ding! – wiederkommen!

Der Weg ins Haus war nur wenige Schritte entfernt. Dort würde ich Essen und Trinken finden und mich duschen und abkühlen können. Wenn nur sie nicht wäre!

Diese Hitze, mein Körper glühte. Das Hemd und die Jeans klebten an mir und scheuerten meine Haut bei jeder Bewegung auf.

Ich griff nach dem mit getrockneten Futterresten bedeckten Napf und schleuderte ihn ihr entgegen. Auf Höhe ihres Gesichtes klatschte er an das Gitter und fiel scheppernd zu Boden. Reste des Futters klebten in ihrem Gesicht und in ihren Haaren.

»Fahr zur Hölle.« Jedes Wort riss eine Wunde in meinen Rachen.

***

Sie war wunderschön. Die Sonnenstrahlen, die Hitze machten ihr nichts aus. Ihre Muskeln waren unter der schlaffen Haut kaum zu sehen. Ein Tacker! Das war es, was ich brauchte! Wenn ich ihre Haut ein wenig straffer spannte, wäre sie wieder ganz meine alte Anni.

Hunger.

Ein wenig Schminke. Das war es, was fehlte. Ihr fehlte das allmorgendliche Schönheitsritual im Bad! Kein Wunder, dass sie so aussah.

Schmerz.

Wo war ich? Ich sollte reingehen, ich hatte in Nachbars Garten nichts zu suchen. Sonst würde er Ares auf mich hetzen.

Schwer, mein Körper war so schwer.

Ich hörte Schluchzen. Ich weinte? Meine Wangen waren trocken.

Wer war das? Eine Gestalt hockte vor mir und streckte mir ihren Arm entgegen, soweit es die Gitter zuließen. Was tat ich hier? Dunkelheit.

***

Zwielicht herrschte und es war merklich abgekühlt, als ich wieder zu mir kam. Ein angenehmer Geruch lag in der Luft.

Regen!

Beim Gedanken an Wasser öffnete ich den Mund, was vom Brennen der trockenen, rissigen Lippen begleitet wurde. Doch das war nichts im Vergleich zum Kopfschmerz. Mein Schädel schien von innen heraus zu platzen. Druck drohte meine Augen aus ihren Höhlen herauszupressen. Meine Sicht war verschwommen und ich hatte Schwierigkeiten, etwas zu fokussieren. Erst nach einer Weile wurde mein Blick klarer.

Wenigstens war ich wieder bei Verstand. Fieber hatte mich den letzten Tag in seinen Klauen gehabt und die letzten Tropfen Flüssigkeit als Schweiß aus mir herausgezogen.

Der Regen hatte bereits aufgehört, doch die Fliesen vor dem Zwinger waren noch nass, ebenso Anni.

Ich konnte nicht sagen, ob es Morgen oder Abend war. Oder wie lange ich hier schon saß. Fünf Tage? Ganz gleich, lange würde ich es nicht mehr machen.

Mein Körper war steif. Nur mit Mühe schaffte ich es, mich zum Sitzen aufzurichten. Meine Bewegungen hatten Anni aufhorchen lassen.

Sie stand noch genauso vor der Zwingertür wie zuvor. Scheinbar ermüdeten Untote nicht. Selbst wenn sie tagelang keine Nahrung hatten.

Ich erkannte kaum noch etwas von meiner Verlobten in ihr. Die Verwesung war unter der Hitze der Sonne schnell fortgeschritten. Jetzt hing ihre nasse Haut schlapp an ihren Knochen, in ihren Wunden hatte sich das Blut grün-schwarz verfärbt. Maden tummelten sich darin, die klebrige, warme Masse als Brutplatz für ihre Eier nutzend. Ich konnte sie weiß und glänzend zwischen den zerfallenden Muskelfasern sehen.

Unter anderen Umständen wäre mir übel geworden, doch mein Geist war durch die letzten Tage zu abgestumpft. Mit einer Gleichgültigkeit, die ich nicht erwartet hatte, musterte ich sie. Und auf einmal war alles ganz klar. Es war einfach. Ich musste sie nur töten. Im Haus befand sich Nahrung und Wasser. Medizin würde auch nicht weit sein. Ich würde wieder zu Kräften und über die Runden kommen. Ich musste sie nur töten. Und zwar jetzt, solange ich noch bei Verstand war und das Delirium mich nicht zurückforderte und damit in den Tod riss.

Nur wie? Ich trug keine Waffen bei mir und auch im Zwinger befand sich nichts, was ich hätte verwenden können. Suchend schaute ich mich um. Hinter mir befand sich ein großer Schrank. Vielleicht fand ich dort etwas? Doch um dorthin zu gelangen musste ich erst einmal an Anni vorbeikommen, und was, wenn sich nichts Nützliches im Schrank befand? Dann säße ich in der Falle. Nein, das war zu riskant.

Mein Blick ging weiter. Da! Ein Holzgriff lugte hinter der Kommode hervor. Ein Spaten? Eine Hacke? Ganz gleich, es würde für meine Zwecke reichen. Jetzt stellte sich nur noch die Frage, wie ich Anni von dort wegbekam. Wie sollte ich sie locken? Das Einzige, was sie interessierte, war ich, mein Fleisch, das sie verschlingen wollte. Ich schluckte, als mir dämmerte, was ich zu tun hatte. Die Kanten der hölzernen Hundehütte waren scharf genug für meine Zwecke. Das einzige Problem war, mich zu überwinden.

Wo ich es tun würde, war einfach. Der linke Arm. Ich war Rechtshänder und konnte es mir nicht leisten, ihn zu benachteiligen und meine Beine kamen schon gar nicht in Frage. Sie würden das Einzige sein, das mich in freier Wildbahn am Leben erhalten würde. Also würde es der linke Arm sein.

Ich krempelte den Ärmel meines Hemdes bis über die Schulter hoch und richtete mich auf die Knie auf. Doch bevor ich zur Tat schritt, riss ich mir ein Stück meiner Hose ab und legte es auf meinen Schoß. Ich stieß einen Fluch aus, als ich mir den Arm aufritzte. Splitter steckten in der Wunde.

Anni heulte augenblicklich neben mir auf.

»Das gefällt dir, du Miststück, was?«

Schnell tränkte ich den Stofffetzen in meinem But und schmiss ihn hinter mich durch die Stäbe.

Annis Kopf ruckte herum und sie jagte hinterher.

Ich verschwendete keine Sekunde. Mit voller Kraft stieß ich die Zwingertür auf und in ihren Rücken. Sie stolperte und stürzte zu Boden. Ohne sie zu beachten hastete ich zur Kommode und griff nach dem Holzstiel. Ein Spaten! Der würde es tun.

Ich wirbelte herum und sah Anni entgegen, die sich wütend aufheulend aufrappelte. Bei ihrem Sturz hatte sie sich nicht abgefangen und war direkt auf ihr Gesicht gefallen. Die Nase war zerquetscht und eingedrückt, die geleeartige Haut schälte sich von ihrer Stirn. Mit einem Schrei stürzte sie sich auf mich. Fast zu spät holte ich mit dem Spaten aus und knallte ihn ihr ins Gesicht. Das erste Geräusch war das von Gummistiefeln im Schlamm. Dann folgte ein Knacken. Ich hatte ihr das Genick gebrochen. Ihr Körper sackte leblos zu Boden. Dieses Mal für immer.

Die Schaufel glitt mir aus den Händen und kam scheppernd auf den nassen Fliesen auf. Meine Knie gaben unter mir nach.

Was hatte ich getan? Was hatte ich nur getan?!

Zitternd kroch ich zu Annie. Sie lag auf dem Rücken, der Kopf in einem unnatürlichen Winkel abgedreht, ebenso ihr rechter Arm, den sie unter ihrem Körper begraben hatte.

Vorsichtig stupste ich sie an. Keine Bewegung. Sie war wirklich tot.

Ich schlang ihr die Arme um die Taille und zog sie an mich heran. Sah weder ihr verrottendes Fleisch noch roch ich den Verwesungsgestank. Auch die Maden, die aus ihren Wunden gefallen und in meinem Schoß gelandet waren, bemerkte ich nicht.

»Es tut mir so leid, es tut mir so leid.« Ich hielt sie in meinen Armen und wog sie vor und zurück. Sie war federleicht, nur Haut und Knochen. Allein der animalische Hunger hatte ihren Körper in Bewegung gehalten.

Nach einer Weile ließ ich sie zärtlich von meinem Schoß auf den Boden gleiten. Ich strich ihr die Haare aus dem Gesicht und faltete ihre Hände vor ihrer Brust. Als ich ihr die Augen schließen wollte, blieben die Lider an meinen Fingern kleben und rissen. Angeekelt wedelte ich mit meiner Hand, bis sie davonflogen.

»Ich liebe dich, Anni«, flüsterte ich und hauchte ihr einen Kuss auf die Stirn, darauf bedacht, sie nicht zu berühren. Mit schmerzenden Gliedern erhob ich mich, strich mir dabei die Maden von der Jeans, sah noch ein letztes Mal auf meine Verlobte hinab und wandte mich dann dem Haus zu. Mein Überlebenskampf hatte gerade erst begonnen.

Ich trat einen Schritt vorwärts. Mit wild rudernden Armen versuchte ich mich an der Kommode festzuhalten, als mein Schuh plötzlich auf den nassen Steinen unter mir wegrutschte. Meine von Annis Blut glitschige Hand rutschte über die Kommode. Über mir sah ich das Vordach des Hauses. Zu meiner

Seite flogen die Gitter an mir vorbei. Ich schlug mit dem Hinterkopf auf und Dunkelheit umfing mich.

***

Licht. Kein Schmerz. Bewegen. Sehen. Blut an ihrem Kopf. Blut auf dem Boden. Blut an meinen Händen. Hunger. Blut lecken. Hunger. Altes Blut. Frisches. Gehen. Suchen. Hunger.

MAGNOLIEN

MARINA HEIDRICH

Stuttgart, April 2022

Sie müssen jetzt wunderschön sein. Die Magnolien im Garten des Stuttgarter Zoos, der Wilhelma. Rosa, wie zartes Fleisch, rosa, mit einem Hauch weiß. Gestern Nacht habe ich von ihnen geträumt. Von den wundervollen Magnolienbäumen in der Wilhelma. Ich bin vor zwei Stunden aufgewacht und wollte Eva von meinem Traum erzählen.

Sie ist tot. Die Schmerzen, das Fieber, alles vorbei. Blinddarmentzündung – vor drei Jahren wäre sie nicht daran gestorben. Ich hätte meine kleine Schwester in ein Krankenhaus gebracht. Wahrscheinlich ins Katharinenhospital. Ich hätte ihr gesagt, dass alles gut wird, dass der Eingriff eine Lappalie ist. Und bei ihrer Entlassung wären wir zur Feier des Tages in die Wilhelma gegangen, zu den Elefanten. Eva mochte Elefanten. Und Pistazieneis. Obwohl sie schon 16 war, ging sie gerne in den Zoo.

Vor drei Jahren waren Magnolien rosa. Die ganze Welt war rosa, wie zartes Fleisch. Seit dem 06. Mai 2020 ist Fleisch grau. Grünlich-grau. Und schwarz. Und manchmal bläulich. Es bewegt sich, langsam, scheinbar unbestimmt. Es hängt in Fetzen herunter. Es torkelt und schwankt. Das graue Fleisch. Ich kann es sehen, wenn es draußen durch die Straßen wankt. Es ist still. So still. Gibt keinen Laut von sich. Die Welt ist ohnehin still geworden. Gelegentlich höre ich über der Stadt die Flugzeuge und Hubschrauber. Die Welt behält uns im Auge. Deutschland ist nicht vergessen. Ja, sie beobachten uns. Damit keiner das Unmögliche wagt. Damit niemand die Saat des Verderbens in die Welt hinausträgt. Ist das nicht ein Satz aus einem uralten Vampirfilm?

Meine Gedanken laufen um die Wette, stottern, kreisen, stolpern, überholen sich, als ich Evas dünnen Körper wasche. Ihre Haut ist weiß. Warum bin ich eingeschlafen? Warum hat sie sich nach Tagen voller Fieber und Schmerzen ausgerechnet diese Nacht zum Sterben ausgesucht? Ich bin einfach eingeschlafen. Ich war so müde. Und nun wasche ich die weiße Haut meiner toten Schwester. Wie lange wird es dauern, bis weiß zu grau wird? Zu schwarz? Sie wird hier auf unserer Matratze im ehemaligen Wohnzimmer unserer Wohnung liegen bleiben. Eva wird nicht wieder aufstehen. Sie wird grau und dunkel und schwarz werden. Sie wird hier liegen und verwesen und ich lächle, während ich sie wasche. Ich bin froh, dass sie an einer simplen Blinddarmentzündung gestorben ist. Denn sie wird nicht mehr aufstehen. Aufstehen und durch die Straßen schlurfen. Auf der Suche nach rosa Fleisch, nach weichem, lebendigen rosa Fleisch. Sie wird hier in unserer 3-Zimmer-Wohnung im 2. Stock eines Hauses in der Stuttgarter Innenstadt liegen und ganz einfach tot sein. Auf der Matratze, die im ehemaligen Wohnzimmer auf dem Boden liegt. Die anderen Räume sind gefüllt mit Wasserflaschen. Mit Konservendosen und Kerzen. Pflaster, Batterien, Papier. Mit allem, was wir heranschaffen konnten, als vor zwei Jahren das graue Fleisch wie ein unaufhaltsamer Tsunami durch die Straßen schwappte.

Wir waren damals zu sechst. Eva, ihr Freund Andreas, Tante Regina. Mario, mein Kollege. Und Ralf aus dem fünften Stock. Andreas haben sie als Ersten erwischt. Wie alle 16jährigen hat er sein Glück bei unseren seltenen Beschaffungsausflügen überstrapaziert. Das graue Fleisch ist langsam. Doch es wurde täglich mehr. Es wucherte, vermehrte sich mit der Rasanz von Krebszellen. Wir wollten aus einer Apotheke Arzneimittel herausholen, sie war noch nicht geplündert. Wir hatten schon mehrere Tüten voll. Ich drängte zum Aufbruch. Andreas entdeckte das Nebenzimmer. Der Apotheker trug noch seinen weißen Kittel über all dem grauen Fleisch. Ich kann die Schreie nicht vergessen. Die Schreie, die sich nicht wie die eines menschlichen Wesens anhörten, als der Untote im weißen Kittel ein großes Stück aus Andreas Nacken biss. Immer wieder Stücke aus ihm herausfetzte. All das rubinrote Blut auf dem weißen Kittel. Spritzer, die seltsame Graffitimuster bildeten und schnell zu großen leuchtendroten Flecken wuchsen. Andreas Schreie gingen scheinbar endlos weiter, es dauerte eine Ewigkeit, bis ich merkte, dass sie durch meine eigenen abgelöst worden waren.

Regina wurde letztes Jahr erschossen. Vom Hubschrauber aus. Die Vereinten Nationen haben nach der Ausrufung des Notstandes im Sommer 2020 immer wieder Säuberungen und Aktionen aus dem Luftraum gestartet. Hubschrauber kreisten über Stuttgart, Scharfschützen versuchten, gezielt die Gehirne der grauen Gestalten zu treffen. Wenn man ihre Gehirne zu Brei schießt, bewegen sie sich nicht mehr. Sie haben Regina erwischt. Friendly fire nennt man das. Menschlichen Kollateralschaden. Ich versuche fest daran zu glauben, dass es wirklich ein Versehen war. Die Säuberungsaktionen sind mittlerweile seltener geworden. Manchmal hört man wochenlang keinen Hubschrauber. Vielleicht werden sie in anderen deutschen Städten eingesetzt.

Vielleicht haben sie Stuttgart aufgegeben. Oder Deutschland.

Mario ist nach einem nächtlichen Ausflug vor sechs Monaten nicht mehr zurückgekehrt.

Und Ralf hat sich ganz in den fünften Stock zurückgezogen. Er rezitierte tagelang aus der Bibel. Er meinte, jeder sei für sein eigenes Seelenheil verantwortlich. Auf mein Klopfen reagiert er schon lange nicht mehr.

Vor einer Woche musste Eva sich übergeben. Ich dachte erst, es liegt an dem Gestank, der wie eine Bleiglocke über der Stadt hängt. Der unsere Lungen zusammenpresst. Eva kann sich einfach nicht daran gewöhnen. Ich weiß noch, wie ich im August, vier Monate nach dem ersten Erwachen des grauen Heeres, losgezogen bin, um Eva eine Freude zu machen. Sie hatte Geburtstag. Ich nahm eine kleine Haushaltsaxt mit, zum Schutz. Wir sind in Stuttgart, nicht in Amerika, und dies ist kein Hollywoodfilm, bei uns hat so gut wie niemand geladene Waffen im Schrank. Regina wartete damals hinter der gesicherten Haustür. Unsere Handys funktionierten zu dem Zeitpunkt noch. Sechs Wochen später gab es keinerlei Kommunikationsmöglichkeit mehr. Ich schaffte es irgendwie zwei Straßen weiter. Es gelang mir, in einem Laden Rasierwasser und Parfüm zu finden. Sogar zwei Dosen Deospray. Ich war fast acht Stunden unterwegs, musste mich immer wieder verstecken, Umwege machen. Acht Stunden für zwei Straßen Entfernung. Fast hätte mich das graue Fleisch noch kurz vor der Haustür erwischt. Ich rief Regina an, als ich knapp 200 Meter entfernt war. Sie brauchte fast eine Ewigkeit, um die verbarrikadierte Haustür zu öffnen. Ich habe es gerade so geschafft. Vor Angst hatte ich mir in die Hose gepinkelt. Die Welle der Untoten wogte gegen die massive Tür. Regina schloss ab, wir schoben keuchend unsere zusätzlichen Sicherungsvorrichtungen vor. Das Strahlen meiner kleinen Schwester, als sie ihre

Geburtstagsgeschenke sah, ließ mich für einen kurzen Moment alles andere vergessen. Sie lächelte, als sie den ersten Flacon öffnete. Das Parfüm hieß Magnolia. Wir haben das leere Fläschchen aufgehoben, weil es so schön ist. Ich vermisse sie dermaßen, die Schönheit der Dinge: den Duft der Blumen, den Geruch aus den zahlreichen Imbissen in der Stuttgarter Innenstadt. Die Musik in den Einkaufspassagen, die Straßenmusiker, die an jeder Ecke der Königsstraße sitzen. Die jungen Leute, die sich im Sommer mit knapper Bekleidung im Schlossgarten sonnen, ihre golden gebräunte Haut, ihr Lachen. Die Punks, mit den bunten Irokesenfrisuren und ihren tragbaren CD-Spielern. Die eleganten Damen, die mit schicken Einkaufstaschen aus den Nobelboutiquen kommen. Die regenbogenbunte Fülle an Farben. Heute gibt es nur noch Grau.

Auch Eva, deren Körper sich unter meinen Händen kalt und steif anfühlt, wird zu grau verblassen. Alles ist grau. Alles, bis auf die Magnolien in der Wilhelma. Es ist April. Sie müssen jetzt blühen. Sie sind da draußen und warten auf mich. Gestern Nacht, in meinem Traum, haben sie mir ihre Botschaft geschickt. Wir warten auf dich. Wir werden dich in einen Regen aus weichem rosa Licht hüllen. Und alles wird gut. Komm zu uns.

Ich streichle Evas kalte Hände. Meine Hände sind warm und rosig. Es fühlt sich falsch an. In einer grauen kalten Welt fühlt es sich falsch an. Die Magnolien – sie sind rosa. Sie sind echt. Sie warten auf mich, in ihrer sanften Schönheit. Ich muss sie sehen. Ich brauche es so sehr. Was sind schon ein paar Kilometer. Wenn ich jetzt gehe, kann ich in zwei Stunden bei ihnen sein. Wenn ich immer geradeaus gehe, mich nicht mehr verstecke. Ich küsse Eva zum Abschied auf die Stirn. Ich werde jetzt rausgehen. Ich werde die Magnolien sehen. Ein letztes Mal ist meine Welt rosa. Mit einem Hauch weiß.

MEHR ALS EINE CHANCE

SANDRA LONGERICH

3. Mai 2020 / 2:36 Uhr

Dumpfe, aber doch wahrnehmbare Schreie drangen an ihr Ohr. Das Blut rauschte in ihrem verwundeten Körper und lief ungehindert aus unzähligen Wunden, die über ihren Leib verteilt waren. Die Nase war von Blut und Schnodder ganz verklebt, kein Zug frische Luft drang noch hindurch. Sie pochte schmerzhaft, wie alles an und in Floras Körper. Die Muskeln waren zum Zerreißen gespannt. Sie wollte schreien, doch ihre Rippen und alles andere protestierten vehement dagegen. Wie unter Zwang wollte Flora ihre Augen öffnen, um zu sehen, wo sie war. Im gleichen Moment, in dem sie ihre Augenlider hob, schoss es ihr wie ein gleißend heller Blitz durch den Kopf, dessen Schmerz sie wieder in die Bewusstlosigkeit abdriften ließ …

Schmerzen

3. Mai 2020 / 4:22 Uhr

Knistern, Knarzen ... Keine Schreie mehr. Nur dumpf, aber doch wahrnehmbar, hörte Flora die Geräusche. Vorwiegend vernahm sie das rauschende Blut in ihren Ohren. Langsam schaffte sie es, die Augen zu öffnen, ohne ein weiteres Mal das Bewusstsein zu verlieren. Ihr Blick war gen Sternenhimmel gerichtet. Klar leuchteten die Sterne und der Mond um die Wette. Alles wirkte friedlich, wenn da nicht der Gestank von heißem Kunststoff und verbranntem Fleisch wäre. Floras Nase nahm wenig davon auf, aber es reichte aus, dass ihr die Übelkeit den Hals empor kroch. Sie rollte sich noch rechtzeitig zur Seite, soweit es ihr möglich war, und übergab sich auf den Boden. Das wenige Essen von heute, Magenflüssigkeit und etwas Blut besudelten die Gräser und Kieselsteine vor ihr. Noch leicht würgend legte Flora sich zurück ins Gras und bemerkte rasch die Nässe, die sich an ihrem Rücken und ihren Beinen ausbreitete. Feuchtigkeit und Kälte machten ihr auf schmerzliche Weise bewußt, wie weh ihr alles tat.

Während Flora versuchte, sich selbst und ihrer Umwelt bewusst zu werden, bemerkte sie, dass ihre rechte Kniescheibe aus dem Gelenk gesprungen war. Da sie das aus ihrer Kindheit gewohnt war, wusste sie genau, was zu tun war. Mit vorsichtigem Druck schob Flora die Kniescheibe leicht, aber unter Qual in das Gelenk zurück. Wenn sie damit nicht gerechnet hätte, wäre ihr ein Schrei des Schmerzes über die Lippen gekommen.

Mit knackenden Gelenken richtete sie sich auf und strich sich das lange braune Haar zurück, das ihr verschwitzt und feucht vom Untergrund im Gesicht klebte.

Gedankenverloren murmelte Flora irgendetwas vor sich hin und versuchte sich mit ihrem Ärmel die Nase ein wenig zu säubern.

Zitternd vor Adrenalin, dem Schock und der Pein versuchte Flora vom kalten und klammen Boden auf die Beine zu kommen, was sich mit den ganzen Blessuren als schwierig erwies. Flora wollte sich erst einmal einen Überblick über die Situation verschaffen, denn ihr war immer noch nicht klar, warum sie hier im Dreck lag. Ihr Körper protestierte lautstark gegen die Bewegungen, als sie schwer atmend eine kleine Anhöhe erklomm. Oben angekommen stützte sie sich auf ihre Knie, um wieder Luft zu bekommen. Flora blickte auf und musste schlucken, denn die Bilder, die sich vor ihr auftaten, waren für sie nicht alltäglich. Ungewohnt und verstörend wirkte die Szenerie auf sie, weswegen sie sich zu Boden sinken ließ, um mit der Situation klar zu kommen.

Vor ihr auf der Straße stand ein Bus. Ein ausgebranntes, schwelendes Wrack. Flora dachte nicht groß nach, ob vielleicht noch jemand Hilfe gebrauchen könnte, nein, sie konnte mit nur einem Blick ausmachen, dass alle, die in diesem Bus saßen, tot waren.

Der Blick ihrer grünen Augen wanderte weiter. Ihr Auto! Oder zumindest das, was davon noch übrig war. Ihr alter, reparaturbedürftiger Wagen hatte sich um einen Baum gewickelt. Eng ineinander geschlungen wie ein groteskes Liebespaar.

Oh Scheiße ... Mein Auto?! Flora raffte sich auf, damit sie ihr Gefährt aus der Nähe betrachten konnte. Humpelnd, auf das Auto konzentriert, achtete sie nicht auf ihre Schritte und rutschte prompt aus.

Verdammter Mist ... Im Schein des Mondes schaute Flora vor sich auf den Boden und sah einen Arm, auf dem sich viele eklige Maden tummelten. Sie krochen vor ihr auf der Straße, bevorzugt wanden sie sich am Arm herum. Sie sah sogar, wie sich die Maden unter der Haut bewegten. Es sah einfach widerwärtig aus. Flora hätte sich fast noch einmal übergeben, aber ihr Magen krampfte nur noch; da würde nichts mehr kommen.

Angewidert verzog sie ihr Gesicht. Warum waren hier so viele Maden? So lange konnte der Arm doch noch gar nicht hier liegen. Flora kämpfte darum, bei Sinnen zu bleiben, dass war zu viel, sie zitterte.

Alles tat ihr weh. Es dauerte eine Weile, bis sie es schaffte aufzustehen, aber als sie sah, dass die Maden in ihre Richtung krochen war sie ganz schnell auf den Beinen. Flora machte sich auf, um zu ihrem Wagen zu kommen, aber dieses Mal passte sie besser auf und achtete darauf, nicht wieder auszurutschen. Auch wenn hier und dort ein Finger, Blut und sonstige menschliche Materie auf ihrem Weg lag. Das Kurioseste daran aber war, dass einfach überall Maden lagen. Bevorzugt auf und in den menschlichen Überresten.

Flora ruckelte an der Fahrertür, aber das Metall hatte sich so verzogen, dass ein Öffnen der Tür unmöglich erschien. Sie schnappte sich einen Stein von der Wiese neben ihr und schlug auf den Rest der Scheibe ein. Sie wusste, dass es Sicherheitsglas war, wollte dennoch nicht mit ihren Verletzungen an die Kanten kommen.

Flora streckte ihren Kopf durch die Öffnung des kaputten Seitenfensters und versuchte, im Mondschein zu erkennen, ob sie noch irgendwelche Habseligkeiten von sich retten konnte. Da! Im Fußraum, ihre große Handtasche. Ein Glück! Flora beugte sich tiefer in den Wagen, um an die Tasche zu kommen. Mit dem kleinen Finger der linken Hand schaffte sie es, den Trageriemen zu fassen zu bekommen, um sie zu sich zu ziehen.

60

Freudestrahlend und erleichtert umarmte sie ihre Handtasche, als ob es der größte Schatz der Welt wäre. Was sie im Prinzip ja auch war. In dem Moment, als sie panisch den Reißverschluss ihrer Tasche aufriss und zitternd ihr Handy herausholte, hörte Flora ein Scheppern von Metall und ein Klirren von Glas. Erschrocken fuhr sie zusammen und ließ das Mobiltelefon fallen.

Wie an einem Rettungsring klammernd, drückte Flora ihre Tasche fest an sich und machte ein paar kleine Schritte in die Richtung, aus der die Geräusche kamen.

Langsam ging Flora um ihren Wagen herum und tastete sich vorsichtig vor, um nicht in Blut, Innereien und Maden auszurutschen.

Da! Flora betrachtete den angekokelten Körper, der ihrer Meinung nach vorhin noch nicht dort gelegen hatte, und schritt zaghaft darauf zu. Um den verbrannten Leib lagen noch mehr Maden. Die meisten schienen tot zu sein, vom Feuer verbrannt und der Rauch tat ihnen offensichtlich auch nicht gut.

»Mein Gott, wie das stinkt!« Der scharfe Geruch und der Rauch ließen ihr die Tränen in die Augen steigen.

Kaum hatte sie den Satz beendet, griff die Hand des Totgeglaubten blitzschnell nach Floras Fuß und riss sie mit einem leichten Zug um, da sie nicht damit gerechnet hatte. Noch etwas wackelig auf den Beinen, fiel Flora auf ihren Po und schrie wie am Spieß.

Sie wehrte sich, trat um sich und versuchte zu entkommen. Ein kurzes Stück schaffte sie es, auf dem Bauch wegzukriechen und zu krabbeln, da ihr Angreifer von ihr abgelassen hatte, bis sie sich ein scharfes Metallstück in die linke Hand rammte. Weinend, schreiend und lachend vor Hysterie rollte Flora sich auf den Rücken und riss sich aus Verzweiflung das Stück Metall aus der Hand. Eine kleine Blutfontäne schoss hinterher und rann danach munter weiter am Arm entlang und tropfte auf ihr Gesicht und Dekolleté.

Hastig rappelte Flora sich auf und flüchtete so schnell sie konnte. Humpelnd und blutend schleppte sie sich weiter, hielt sich die Rippen, keuchte. Atemlos blieb sie stehen und blickte zurück, um nach ihrem Verfolger Ausschau zu halten. Trotz der Dunkelheit konnte sie durch den Mondschein mehr erkennen, als sie erwartet hatte. Drei Gestalten schlurften auf sie zu. Diese einstigen Menschen, sie sahen auch aus der Entfernung furchtbar aus. Verbrannt und aus ihrem Mund quollen Maden! Aber sie liefen! Nein, das konnte nicht sein!

Flora bog von der Landstraße ab und folgte der Richtung, in der sie ein großes Haus erkennen konnte. Sie lief so schnell sie konnte und musste sich durch eine Reihe von Bäumen schlängeln, was sich in der Dunkelheit als schwierig erwies. Der Mond schaffte es nicht mehr ganz durch das Blätterdach. Fast wäre Flora über einen niedrigen Zaun gestolpert, wenn sich nicht kurz ein Mondschimmer in ihm gefangen hätte. Sie stieg darüber, da er zum Glück nur hüfthoch war, und überquerte eine große Wiese, die vermeintlich mit zu dem Haus gehörte.

Sie steuerte auf das Gebäude zu, lief durch hohes Gras, das mit vielen Wald- und Wiesenblumen durchzogen war.

Alles wirkte fröhlich. Schön bunt. Selbst das Haus war traumhaft, ein Hauch von Bayern, wie damals im Urlaub.

Aber sie hatte wirklich andere Probleme. Sie ahnte, was sie dort vor sich oder vielmehr hinter sich hatte. Nein, dafür hatte sie zu viele Filme gesehen, um nicht zu wissen, um was für Kreaturen es sich hier handelte. Sie wollten Flora, am besten alles von ihr. Mit Haut und Haaren. Sie hielt kurz inne, damit Puls und Atmung sich erholen konnten. Nach Luft ringend schaute sie sich um und bemerkte, dass die Untoten weit zurückgefallen waren, ihrer Fährte dennoch unermüdlich folgten. Der Zaun hielt die verbrannten Gestalten ein wenig auf. Keinen interessierte, was der andere machte; sie waren völlig auf sich und ihr Ziel fixiert.

Rache

13. Juli 2021 / 20:59 Uhr

Panik überkam Flora, als sie sich blutend hinter einer eingestürzten Mauer eines ehemaligen Wohnhauses retten konnte. Warum musste sie auch unbedingt in die Nähe der Stadt kommen?

Völlig entkräftet presste sie ihre Hände auf die klaffende Schusswunde in ihrem Oberschenkel, die ihr kurz zuvor ein Soldat verpasst hatte. Es waren Männer der GSG9, der Antiterroreinheit aus Deutschland. Ein paar von ihnen lebten noch, um ihre Ansicht des verhängten Kriegsrechts auszuüben. Flora war ihnen schon vor mehreren Monaten begegnet, war sogar für ein paar Wochen bei ihnen gewesen. Erst ging es gut, die Jungs haben sie beschützt, aber irgendwann kam das Tier im Mann heraus … Ihre Namen würde sie nie wieder vergessen können!

Sie wühlte zu ihrer Rechten in einem Haufen Müll und fand glücklicherweise einen alten Vorhang, den sie versuchte, um ihr Bein zu wickeln. Aber zuerst untersuchte sie ihn; sie durfte keine einzige Made finden. Es war schon riskant, sich überhaupt so einen alten Fetzen um ihre Wunde zu binden, aber sie besaß keine Medikamente mehr. Ihr blieb nichts anderes übrig, sonst musste sie verbluten. Nach sorgfältiger Inspektion band Flora sich den Fetzen um das Bein, um die Blutung halbwegs zu stoppen.

Infizierte sah sie im Moment nicht. Die meisten waren durch den Beschuss eliminiert worden. Nichtsdestotrotz würde der

Lärm der zuvor gefallenen Schüsse weitere Nachzügler anlocken. Sie musste schnellstmöglich hier weg. Das Laufen erwies sich mit dem Loch im Bein als unmöglich. Sie hatte keine medizinische Bildung, kannte nur das, was sie damals aus »Emergency Room« aufgeschnappt hatte. Aber ohne Besteck und Medikamente kam sie nicht weit. Flora biss sich so fest auf die Lippen, dass es schmerzte. Was sollte sie jetzt nur tun? Warten bis die Infizierten kamen oder die Soldaten sie fanden? Vielleicht erledigten sie auch die Maden ...

»Ich glaub, sie ist hier lang!«, hörte sie aus der Entfernung eine männliche Stimme bellen. »Ich habe sie getroffen, das weiß ich. Weit kann sie nicht sein. Findet sie!«

Durch einen Spalt in der Mauer konnte Flora noch sehen, wie sich sechs Uniformierte in Zweierteams aufteilten, um großflächig einen Bereich abzudecken. Die Abendsonne blendete sie ein wenig, aber sie konnte erkennen, dass eines der Teams auf ihr Versteck zusteuerte. Sie hatte nicht mehr viel Zeit.

Auf ihrem Hintern schob sie sich mit dem rechten Bein weiter über den dreckigen Boden in Richtung des noch heilen Schrankes, den sie in einer Ecke entdeckt hatte.

Ihren Rucksack warf Flora mit der wenigen restlichen Kraft, die sie erübrigen konnte, unter ein verrostetes Bettgestell. Es war wohl mal weiß gewesen. Die mit menschlichen Überresten übersäte rot-gelb-grün camouflierte Matratze wollte sie sich gar nicht näher anschauen. Aber sie sah aus dem Augenwinkel noch, dass sich auf dem Bett viele Madenleichen befanden. Ekelhaft.

Vorsichtig zog Flora sich an dem Schrank hoch, kletterte hinein und schloss die Türen so weit, dass sie noch durch eine kleine Lücke spähen konnte. Ihre Blutspur, die sie auf dem Boden hinterlassen hatte, würde sie zweifellos verraten. Da ihr dies bewusst war, versuchte sie, sich diese Gegebenheit zu Nutze zu machen.

Gleich würden die Soldaten da sein und die Indizien ihrer Anwesenheit entdecken. Sie atmete tief durch und hielt ihr Messer, das sie sich aus einem Angelsportgeschäft beschafft hatte, zum Angriff bereit. Ein Überlebensmesser. Ironie des Schicksals. Der Schweiß brannte auf ihrem Gesicht und lief ungehindert an ihrem Körper hinab.

»Hey! Sieh mal da! Blut!«

Flora schaute durch den Schlitz des Schrankes und sah, wie ein Soldat sich zu dem Blut hinunterbeugte und es berührte. Von der Körperhaltung her konnte es Michael sein, er war größer als der andere.

»Frisch, noch keine Maden, das muss von ihr sein. Los! Geh vorsichtig zum Schrank, sie muss darin sein. Für wie blöd hält die uns eigentlich? Ich deck dich«, sagte Michael, der sich das frische Blut vom Handschuh am Rücken seines Vordermannes abwischte und gab ihm dann noch Anweisungen. Das konnte eigentlich nur Victor sein.

Langsam und mit bedachten Schritten näherte sich Victor dem Schrank, während Michael mehrere Schritte hinter ihm blieb. Die Sonne war mittlerweile untergegangen. Durch den kleinen Schlitz im Schrank konnte Flora die Bewegung erkennen, dass jemand sich ihr näherte. Mit letzter Kraft sprang sie aus dem Schrank auf Victor zu und rammte ihm ihr Messer in den Hals. Genau zwischen Helm und Schutzweste. Blut spritzte ihr entgegen und übergoss ihr Gesicht und ihre Hände mit dem warmen Nass, das aus Victor herausströmte. Er gab keinen Laut von sich.

Mit Schwung traf sie ein Gewehrkolben am Kopf und ließ Flora benommen auf dem Boden zusammensacken. Michael beugte sich über sie und riss sich den Helm vom Kopf, um besser atmen zu können. Ein hässliches, wutverzerrtes Gesicht, an dem ein Ohr fehlte, starrte sie an und ließ sie zusammenzucken. Sie war benommen, fühlte keine Schmerzen mehr. Dieser Zustand, dachte Flora, war vergleichbar mit Schweben und es war ein angenehmes Gefühl. Sie hoffte, er würde sie schnell töten. In ihren Ohren rauschte es und sie verstand kaum, was Michael sagte. Flora versuchte den Kopf zu schütteln, um zu zeigen, dass sie nichts hören konnte.

Er beugte sich mit seinem Kopf ganz nah an ihr Ohr heran.

»Du kleine Schlampe, ich habe dir gesagt, eines Tages kriege ich dich. Noch einmal lasse ich mich nicht von dir verarschen. Jetzt zeige ich dir wo der Hammer hängt! Du wirst leiden, bis ich dich irgendwann töten werde.« Lachend riss er mit einem Ruck ihr Tanktop entzwei und rieb mit seinen behandschuhten Händen über ihre Brüste. Er nahm durch den dünnen Stoff des BHs eine Brustwarze zwischen Daumen und Zeigefinger und drückte fest zu. Flora wollte schreien, doch er legte schnell seine linke Hand auf ihren Mund, die den Laut im Keim erstickte.

Mit der rechten Hand wanderte er langsam an ihrem Körper entlang, über ihren Bauch am Nabel vorbei, kurz hielt er an ihrem Gürtel inne ...

»Gleich ...«, flüsterte er mehr zu sich selbst und grinste freudestrahlend. Man merkte förmlich, wie er sich selbst feierte, weil er es endlich geschafft hatte, sie zu fassen.

Mit einem Mal riss er den blutgetränkten Vorhang von ihrem Bein ab und stopfte ihn Flora in den Mund, damit sie keinen Ton von sich geben konnte. Jetzt hatte er beide Hände frei. Er schien überhaupt nicht daran zu denken, seinen Fund bei den anderen zu melden. Er lebte gerade nur für seine Rache, die er an ihr ausüben wollte. Michael nahm einen Kabelbinder von seinem Gürtel. Mit einem Ruck zog er ihn Flora eng um die Handgelenke und holte anschließend sein Messer heraus, das man standardmäßig bei der GSG 9 benutzte.

Sanft strich er mit den Fingern über die Klinge, bevor er sie Flora schräg über den Bauch zog. Nur leicht, doch durch die Schärfe hinterließ es eine blutige schräge Linie, die von unterhalb der linken Brust bis zum rechten Hüftknochen reichte. Ein paar Tropfen Blut rannen ihr an den Seiten hinab. Nicht viel, doch es schmerzte. Die Qualen kehrten allmählich in ihren Körper zurück. Aber sie war hilflos und ihre Hände waren gefesselt, zudem saß der Soldat auf ihren Beinen.

Flora unterdrückte ihre Tränen; sie wollte ihm nicht noch mehr Munition liefern.

Er nahm das Messer und schnitt ihr grob den Gürtel und den BH durch. Jetzt lag sie mit entblößtem Oberkörper da und konnte nichts tun. Brutal zerrte er Flora die Hose bis zu den Knien herunter und zerriss mit bloßen Händen ihr Höschen.

Ein Schlurfen und Stöhnen holte Soldat Michael aus seinen Fantasien. Er drehte sich um und blickte zwei Infizierten in die kalten toten Augen.

Sie sahen unbeschreiblich grotesk aus, die Maden krochen aus ihren Mündern, klebten an den dreckigen steifen Klamotten, die sie noch am Leib trugen, und man sah unter der dünn gewordenen toten Haut, wie sie sich wanden oder sich schon teilweise rausgebohrt hatten. Ohne große Kraftanstrengung und mit schnellen Hieben in Kopf und Hals schaltete er sie aus. Kinderleicht. Alltäglich.

Jetzt konnte er sich ganz ihr widmen. Leicht zitternd wandte er sich seiner Montur zu. Starr beobachtete Flora, wie Michael sich erst seiner Weste entledigte und sich danach seiner Hose zuwandte. Er zog sie sich mitsamt Shorts herunter und präsentierte Flora seinen voll erigierten Penis. Ihre Angst ließ sich nicht mehr messen, sie wollte lieber sterben, als sich noch einmal für so etwas herzugeben.

»Während ich dich hart und brutal ficke, wirst du mich die ganze Zeit anschauen. Jedes Mal, wenn ich sehe, dass du deine hübschen Augen schließt, werde ich dir irgendwohin ein Zeichen mit meinem Messer setzen! Haben wir uns verstanden?«

Hektisch nickte sie zur Bestätigung. Sie wusste, er würde es tun. Die Narben an ihrem Köper sind Beweis genug ... Sie dachte, sie könnte sich abkapseln. An etwas anderes denken. Auch wenn es schwierig war.

»Keine Angst, so viel Zeit können wir uns eh nicht lassen, bald werden die Maden da sein, sie dürften schon deine hübsche kleine Wunde bemerkt haben ...« Dabei drückte er in ihre Schusswunde, um sie wissen zu lassen, wie ernst er es meinte.

Flora schrie ihren ganzen Schmerz und Frust in den alten Vorhang. Sie hielt es nicht mehr aus, sie musste weinen ... Warme, salzige Tränen rannen an ihren dreckigen Wangen hinab, hinterließen im Schmutz eine feine Spur.

Mit Genugtuung beugte Michael sich hinab, und in dem Moment sah Flora mit verschleierten Augen eine rasche Bewegung hinter dem Soldaten, als dieser qualvoll zu schreien begann.

Flora sah, dass Victor sich heftig in die Hüfte von Michael verbissen hatte. Der Helm hing noch an seinem Kopf, er schien sich aber sein schwarzes Stoffteil vom Mund heruntergerissen zu haben, was im Kampf immer als Schutz diente. Das Blut lief an Michaels Hüfte und Bein hinunter. Die Maden quollen aus Victors Mund und verteilten sich schnell über und in Michaels Körper. Dieser kämpfte gegen den Blutschwall an, aber er verlor zu schnell zu viel Blut und sackte über Floras Beinen in sich zusammen. Jetzt musste sie schnell handeln, sie durfte keine von diesen dreckigen Überträger-Maden abbekommen.

Sie strampelte wild. Durch die heftigen Bewegungen kehrten das Gefühl und ihre Schmerzen zurück. Aber sie musste sich befreien, sonst würde sie das nächste Opfer des Infizierten oder auch der Maden sein. Sie musste um ihr Überleben kämpfen. Ohne ihren Selbsterhaltungstrieb hätte sie es nicht geschafft, alles so lange zu überstehen.

Das Messer von Michael war neben ihr zu Boden gefallen, aber sie kam nicht nah genug heran, um es mit ihren verbundenen Händen ergreifen zu können. Noch war der Verseuchte mit seinem Kollegen beschäftigt, aber sie sah, wie die Maden sich langsam, aber stetig auf sie zubewegten. Sie waren von der Schnelligkeit her nicht wirklich gefährlich, aber sie waren zahlreich. Zumindest arbeitete sich Victor an Michaels Körper voran. Erst knabberte er an der Hüfte und ging dann zu Hals und Gesicht über, um ihm dort die Haut herunterzufressen.

Flora gelang es, ganz langsam, um nicht die Aufmerksamkeit des Infizierten auf sich zu lenken, ihre Beine unter dem Körper von Michael wegzuziehen. Ihre Hände waren noch gefesselt, sie schaffte es aber dennoch, an das Messer heranzukommen. Sie schaffte es, das Messer zwischen ihre Handflächen zu platzieren und es mit der wenigen Kraft, die sie noch hatte, in den Hinterkopf von Victor zu stoßen. Ihre letzten Kraftreserven waren aufgebraucht …

16. Juli 2021 / 16:39 Uhr

Sie blinzelte, der Geruch von Desinfektionsmitteln, Essig und Kalk brannte in ihrer Nase, bahnte sich seinen Weg zu ihren Nebenhöhlen und ließ ihre Augen tränen. Flora versuchte sich mit ihrem Handrücken die salzigen Tropfen aus den Augenwinkeln zu wischen. Ein kleiner heller Sonnenstrahl lugte durch die Lumpen, die an einem Fenster hingen, und strahlte ihr direkt ins Gesicht. Sie vermutete, dass sie davon wachgeworden war. Flora lag auf einem Bett, einem sehr weichen Bett. Fast wären ihr wieder die Augen zugefallen, wenn ihr nicht bewusst geworden wäre, in was für einer Situation sie sich befand. Hektisch griff sie sich an das Bein, um an ihr geliebtes Messer zu kommen, aber es war nicht mehr da. Stattdessen streifte ihre Hand die Schusswunde. Sie schrie vor Schmerz und Schock auf. Es juckte stark. Flora trug keine Hose, aber zumindest eine Boxershorts, die ihr locker auf den Hüften hing. Sie setzte sich langsam auf, griff sich verwirrt an den Kopf. Schwindelig war ihr, ein trockener Hals kam noch dazu. Aber mit ihrer einen Hand kam sie nicht weit. Ein Seil war um ihr Handgelenk gefesselt und mit dem anderen Ende am Bettpfosten befestigt worden. Warum waren ihr nicht beide Hände und Füße gefesselt worden? Wahrscheinlich nur, um sicherzustellen, dass sie nicht direkt um sich schlagen würde. In so einer Welt kann und sollte man keinem trauen, es ging immer schief ...

Sie sah sich in dem Zimmer um, in dem sie sich befand. Es war noch als Schlafzimmer zu erkennen und wohl einmal richtig schön gewesen, doch jetzt rollte sich die Tapete an einigen Stellen von der Wand ab. Es war muffig und warm. Ihr Blick flog über weitere Möbel hinweg, die den Raum füllten, zur Tür hin und ließ Flora erschrecken.

Der Lauf einer Pistole ragte durch den Türspalt und zielte unmittelbar auf sie. Schemenhaft konnte sie eine männliche Person ausmachen. Erstarrt und mit geweiteten Augen blickte Flora zur Tür. Langsam und quietschend schwang sie auf und man konnte erkennen, wer hinter der Pistole stand. Alt war er wohl noch nicht, sehr jung im Gegensatz zu Flora. Auch wenn sie erst fünfundzwanzig war. Dunkelbraune Haare zierten ein argwöhnisches Gesicht, welches sie misstrauisch anschaute. Aber eine allzu große Gefahr schien - trotz der Pistole - nicht von ihm auszugehen.

»Hi«, krächzte Flora mit ihrem trockenen Hals.

»Hallo!«, antwortete der Junge mit fester Stimme.

»Wie alt bist du, Kleiner?«

»Nenn mich nicht Kleiner, ich bin siebzehn und kein Kind!«

»Entschuldigung. Wer bist du?«

»Wer bist du?«

»Flora.«

»Ich bin Max.«

»Hallo Max. Hast du mich gefesselt?« Flora riss leicht an dem Seil, um ihren Worten Nachdruck zu verleihen.

»Wahrscheinlich.« der Lauf der Pistole senkte sich ein wenig und Max kratzte sich am strubbeligen Haarschopf.

»Hättest du vielleicht die Güte, mich los zu machen? Oder hast du vor irgendetwas Angst?«

»Ich habe vor nichts Angst und vor dir schon gar nicht! Aber ich trau dir nicht ... Noch nicht.«

Erst jetzt sah sie, dass er eine Wasserflasche und einen Müsliriegel in der anderen Hand hielt. Er schmiss sie zu ihr aufs Bett.

»Iss! Achso, bevor ich dich hergeschafft habe, musste ich dich erst auf Madenbefall untersuchen, ich hoffe, du verstehst das. Ich habe keine Lust, dass mein Haus verseucht wird, nur weil ich eine Streunerin mit hierher gebracht habe ...«

»Danke«, erwiderte Flora nur und biss hungrig in ihren Müsli-riegel.

Verloren

13. November 2022 / 22:55 Uhr

»Max, nein! Bitte nicht, bleib bei mir ... Ich ... Ich werde etwas finden, das dich wärmen wird ...«

Zitternd hockte Flora vor Max auf dem Küchenboden. Sie fror erbärmlich, der Wind fegte um das Haus herum, in dem sie beide Unterschlupf gefunden hatten. Es war bitterkalt, die Fensterläden hingen schief in ihren Angeln oder waren schon gar nicht mehr vorhanden. Es knarzte und quietschte. Trotz der ganzen Geräusche klang alles dumpf und wie in Watte gepackt. Die Schneeflocken drängten sich so dicht aneinander, dass es wirkte, als ob eine Wand den Himmel hinabstürzen würde. Leichte Lichtmomente des Mondes tanzten durch die Flocken, fingen sich im brüchigen Glas des Hauses. Ein winziges Flackern stach Flora durch die Fensterscheibe ins Auge und ließ sie aus ihrer Lethargie erwachen.

Sie stand auf, rieb sich die dünnen, eisigen Finger und ging langsam und vorsichtig auf eines der Fenster zu. Staubige kleine Spitzenvorhänge zierten die Scheiben, aus welchen sie hinaus blickte. Haarrisse bildeten ein feines Spinnennetz im Glas und die ehemals weiße Farbe splitterte vom morschen Holzrahmen ab. Alte Bauernfenster mit einfacher Verglasung, nichts, was dämmen und ein wenig mehr Schutz bieten würde. Alles, auch wenn es nur wenig war, könnte hilfreich sein. Flora lugte aus dem Fenster hinaus und sah ein paar Infizierte, die sich versammelt hatten. Sie hatten offenbar Floras und Max' Spur verloren, andernfalls würden sie mit Stümpfen und blutigen Fingernägeln schon an Wänden und Türen kratzten. Einen Vorteil hatte die Kälte: die Untoten waren langsamer, froren teilweise fest und die Maden hielten die Kälte nicht wirklich aus. Sie erfroren sogar im befallenen Körper. Gefährlich konnten sie trotzdem werden; es gab immer irgendwo eine Made, die dich kriegen konnte.

Leise machte sie sich von dem surrealen Anblick los und widmete sich dem Raum, in dem sie sich befanden. Eine alte Küche mit einem Gasherd, einer braunen Spüle und Schränken aus dunklem Holz. Die Schranktüren waren alle geschlossen, was eventuell etwas Gutes sein konnte. Dann war vielleicht noch keiner hier gewesen.

Komisch, hier zu sein ... Sechs ganze Jahre hatte es gebraucht, bis ich dieses Haus wieder sehe. Dabei wollte ich Max doch nur mein Zuhause der Kindheit zeigen ...
Flora beugte sich zu der ersten Tür in der Küchenzeile, öffnete sie vorsichtig und sah nichts als Töpfe und Pfannen. Es gab insgesamt sechs Türen, vier oben und zwei unten. Unter der Arbeitsplatte waren der Herd und der Kühlschrank. Den wollte sich Flora aber nicht näher ansehen. Was sich in den letzten zwei Jahren so im Inneren gesammelt hatte, sollte auch weiter verborgen bleiben. Aber tote Maden lagen unter dem Kühlschrank auf dem Boden, keine lebenden. Ein Glück. Die zweite Tür im unteren Bereich war der Jackpot! Konserven, Nudeln, Süßigkeiten und ein paar Flaschen zu trinken. Wasser, Cola, Eistee ... Alles, was man sich wünschen konnte. Freudestrahlend drehte sich Flora zu Max um, um ihm diese Neuigkeit mitzuteilen, doch bei seinem Anblick holte sie die Rea-

lität wieder ein. Max war immer noch bewusstlos. Sie ließ ihre Funde dort liegen, wo sie sie gefunden hatte, und stand auf.

Ich muss dringend Decken finden …

Flora wandte sich von Max ab, zückte das gute Angler-messer und ihre LED-Taschenlampe und schritt langsam die Treppen hinauf. Sie durfte keine Geräusche machen, um nicht die Aufmerksamkeit der Monster draußen auf sich zu lenken. Schritt für Schritt tastete Flora sich voran, leuchtete in die Dunkelheit. Sie konnte von Glück reden, dass die Infizierten das LED-Licht nicht als Reiz zu empfinden schienen. Der Ge-ruch von Menschlichkeit machte sie viel mehr an.

Im Haus roch es auch nicht nach gammeligen Leichen, die herumlagen oder laufen konnten. Ihre Eltern konnten nicht hier sein, denn sie waren drei Monate vor dem Zusammen-bruch der Menschheit und der Welt gestorben. Ein Betrun-kener war als Geisterfahrer über die Autobahn gefahren und frontal gegen das Auto von Floras Eltern gerast. Alle waren auf der Stelle tot gewesen. Flora hätte in diesen drei Monaten ins Haus zurückkehren müssen, um sich um alles zu kümmern. Aber sie hatte es nicht über sich gebracht. Und jetzt hatte es noch weitere zwei Jahre gedauert, bis sie es endlich geschafft hatte. Alles sah noch so aus, wie Flora es in Erinnerung hatte, mal davon abgesehen, dass Staub und Zerfall im ganzen Haus Einzug gehalten hatten. Vorsichtig musste sie dennoch sein. Oben angekommen stand sie vor der Badezimmertür. Wenn sie schon hier war, konnte sie auch dort hineinschauen; Medi-kamente konnte man immer gebrauchen. Von Klopapier ganz zu schweigen. In solchen Zeiten war es ein Segen, eine Rolle Klopapier dabei zu haben.

Zaghaft und mit erhobenem Messer schnupperte Flora am Türspalt. Nichts. Nur der Mief ehemals schöner Pflanzen.

Ihre Mutter hatte immer gerne ein oder zwei Pflanzen im Badezimmer stehen gehabt. Sie hatte es einfach schön gefunden. Kleine Farbkleckse zwischen den strahlend weißen Kacheln. Damals zumindest. Jetzt waren der Farn und die Orchidee nicht mehr farbenfroh. Völlig vertrocknet, während die Blätter und Blüten sich auf dem Boden verteilt hatten. Schimmel breitete sich ungehindert an Wänden und Decke aus. Mit wenigen Schritten war Flora an der großen Eckbadewanne vorbei am großen Spiegelschrank, der über dem Waschbecken hing. Und noch mehr unvorstellbares Glück ließ sie mehrere Wärmekissen finden. Eine gelartige Flüssigkeit, die mit einem Knicken des integrierten Metallplättchens aktiviert werden musste. Dann wurden sie ziemlich fest und fast schon heiß.

Da fiel ihr ein, dass ihr Vater sie immer mit zum Angeln genommen hatte. Morgens um vier war es meist noch sehr kalt, damit hatte er sich immer etwas wärmen können. Für Flora war Angeln nie etwas gewesen, sie war vor dem Zusammenbruch sogar Vegetarierin gewesen, aber jetzt durfte sie nicht mehr wählerisch sein. Fleisch ist ein guter Energielieferant.

Flora freute sich so sehr, dass sie etwas für Max gefunden hatte.

Nur merkte sie nicht, wie etwas Kleines hinter ihr in der Tür auftauchte. Ein Schnaufen, ein schweres Atmen hauchte in die Stille hinein. Ein, zwei laute Tapser und schon sprang die kleine Gestalt auf Floras Rücken. Mit großem Geschrei beiderseits, stürzte Flora auf den gefliesten Boden und schlug hart mit dem linken Arm auf. Sterne tanzten vor ihren Augen. Kurz benommen, merkte sie dennoch schnell, dass das Mistvieh ihr in die Weste biss, die sie über ihrer Jacke trug. Für das Gebiss eines Kindes zu dick, um an ihre Haut zu kommen. Aber die Maden flossen aus seinem Mund heraus, verteilten sich über ihren

Klamotten, bereit, sich einen Weg zu ihrem Fleisch zu suchen und zu finden. Flora riss ihren rechten Arm herum und schlug ihn mit aller Gewalt gegen den Kopf des infizierten Kindes. Ein Stück der Weste wurde abgerissen und hing jetzt im verfaulten Maul des Untoten. Flora robbte rückwärts, bis sie gegen die Toilette stieß und griff nach ihrem Messer, das in einer Halterung an ihrem Bein befestigt war. Gerade wollte Flora zustechen, als sie das Mädchen erkannte.

»Oh mein Gott! Josie! Nein, das kann nicht sein. Warum bist du hier?«

Fast hätte Flora ihr Messer fallen gelassen, konnte es aber noch mit einem festen Griff bei sich behalten. Sie hatte zwar schon das eine oder andere Kind töten müssen, was ihr immer schwer gefallen war, aber noch nie hatte sie eines von ihnen gekannt. Flora hatte oft auf Josie aufgepasst, als sie noch ein Baby gewesen war. Sie war damals zwei gewesen, als Flora abgehauen war, aber sie wusste instinktiv, dass es Josie sein musste. Sie hatte damals schon blondes, gelocktes Haar gehabt, jetzt war es nur etwas länger, schmutziger und die ein oder andere Made hatte sich darin verfangen.

Josie musste die ganzen letzten zwei Jahre hier gewesen sein, aber warum hatte Flora sie nicht gerochen? Jetzt, so aus der Nähe, ging ein wenig Gestank von dem Mädchen aus. Die Maden krochen unter ihrer Haut herum oder drückten sich durch die Bisswunde an ihrem Arm durch und fielen auf ihre dreckigen Kleider. Josie griff an, der natürliche Instinkt eines Infizierten, wenn er Lebendiges vor seinen milchigen Augen hatte.

Mit Tränen in den Augen schoss Flora nach vorne, hielt die Kleine fest um den Hals gepackt und drückte sie auf den Boden.

»Es tut mir leid ...«, flüsterte sie und stach zu.

23:28 Uhr

Mit langsamen Schritten, die Hitzekissen in der Hand, schlich Flora wieder zurück zu Max. Sie wusste nicht wieso, aber kein einziger Infizierter hatte etwas von dem Kampf und dem Geschrei mitbekommen.

Mit ihren letzten Kraftreserven klappte Flora das Schlafsofa im Wohnzimmer auseinander und schaffte es nur mit Müh und Not, Max auf die Couch zu hieven. Er war sehr kalt, aber er atmete noch. Sie knickte die Metallplättchen in den Kissen und verteilte sie an seinem Körper. Flora breitete die dicke Wolldecke über ihn aus und setzte sich soweit wie möglich weg. Mit ihrem heißgeliebten Messer in der Hand. Tränen tropften auf die Klinge.

»Ich bin da Max. Ich pass auf dich auf so ... solang ich es kann. Du musst die Nacht nur i...irgendwie überstehen, hörst du? Ich ... Ich werde sterben Max ...« Mit zappelnden Bewegungen unter ihrer Haut und zitternder Stimme, drehte sie ihr Messer zu sich hin. .. Bereit, zuzustoßen ...

KINDER DER NACHWELT

DANIEL HUSTER

Das kleine Mädchen hatte dringend eine Dusche nötig. Ihr blondes Haar war ungekämmt, zerzaust und schimmerte fettig im fahlen Licht der Nacht, das durch das geöffnete Fenster ins Kinderzimmer fiel. Schon seit über einer Woche hatten sie sich nicht mehr richtig waschen können, denn das Wasser, das aus den Leitungen kam, war nur noch eine rostig braune Brühe. Und diese Brühe stank entsetzlich nach Moder, Fäulnis und Tod.

Auf nackten Füßen machte sie einen Schritt in Richtung Flur. Im Arm hielt sie Luke, ihren Stoffhund, und sie drückte ihn fest an sich, als wieder dieses Klopfen durch die leeren Räume zu ihnen drang. Nur ein einziges lautes Pochen, dann ein Kratzen und es herrschte wieder Stille.

Elias schlug die Bettdecke zurück und setzte sich auf.

»Annabelle?«

Seine Schwester erstarrte.

»Du darfst nicht zu ihr gehen«, flüsterte er. »Du weißt doch, warum.«

Sie drehte sich zu ihm um, nickte zaghaft und presste ihr Gesicht in Lukes Rücken. Elias wusste, weshalb sie das tat. Sie wollte nicht, dass er ihre Tränen sah.

»Sie ist krank«, sagte er. »Sie braucht Ruhe.«

Er hasste es, sie anzulügen, und wie um darauf hinzuweisen, klopfte es genau in diesem Moment wieder von innen an die Wand des Elternschlafzimmers. Gerade so, als hätte sie ihn gehört. Als hätte sie die geflüsterten Worte ihres Sohnes verstanden.

Elias schluckte und spürte, wie auch seine Kehle sich zuzuschnüren begann. Aber er unterdrückte es. Wenn Annabelle nicht weinte, durfte er es erst recht nicht tun.

»Ich wollte ihr nur einen Gutenachtkuss geben.«

Die Stimme seiner Schwester klang wegen des Stofftiers vor ihrem Mund ganz dumpf. Selbst im schwachen Mondlicht konnte er sehen, wie gerötet ihre Augen waren. Er nahm eines der Taschentücher aus der Packung neben dem Bett, stand auf und ging zu ihr. Während sie Luke vor sich auf den Boden setzte, um sich anschließend die Nase zu putzen, schloss Elias leise die Tür, zog den Schlüssel ab und legte ihn auf die obere Kante des Türrahmens. Selbst er musste sich dafür strecken. Seine sechs Jahre alte Schwester hätte wahrscheinlich eine Leiter gebraucht.

»Komm, wir gehen wieder schlafen, ja?«

Annabelle sah zu ihm auf, rieb sich die Augen und zeigte mit ausgestrecktem Arm auf das geöffnete Fenster. Sie konnte es nicht leiden, wenn es offen war. Weil dann diese Dinger reinkommen könnten; diese Leute mit den kaputten Kleidern und den blutigen Gesichtern. Natürlich war das vollkommen unmöglich, da das Zimmer im fünften Stock lag und die Feuerleiter auf der anderen Seite der Wohnung angebracht war. Aber darüber wollte Elias jetzt nicht streiten, außerdem hatte sich die Luft, die durch das Fenster hereinkam, mit stinkendem, schwarzen Rauch vermischt, der schon jetzt unangenehm im Hals kratzte. Vor drei Tagen war das Möbelhaus an der A40 in Flammen aufgegangen, und da selbst die Leute vom Militär nicht mehr kamen, um die Brände zu löschen, hatte sich das Feuer ungehindert ausgebreitet. Bis es dann durch das stundenlange Gewitter am Vortag einfach ausgegangen war. Aber vielleicht hatte es sich nur verkrochen und kam jetzt wieder hervor. Genau wie es diese Dinger immer taten.

Elias schloss das Zimmerfenster, sodass es ihm jetzt noch dunkler, aber auch ein wenig sicherer vorkam. Annabelle ging mit Luke voraus, kletterte unter die Bettdecke und rollte sich wie ein Embryo zusammen. In den dunklen Schatten wirkte sie manchmal sogar noch jünger, obwohl das eigentlich kaum möglich war. Sie sah fast wie das Baby aus, das sie einmal gewesen war, und auf das Elias so oft aufgepasst hatte. Und das würde er auch jetzt tun. Egal, wie lange das alles noch dauerte.

»Wann wird Mami wieder gesund?«

Elias war sich nicht sicher, ob die Frage ihm oder dem Stoffhund in Annabelles Arm galt. Er strich seiner Schwester über den Kopf, wickelte die Decke mit ihrer knallbunten Spongebob-Bettwäsche noch fester um sie, legte sich ebenfalls auf die Matratze und starrte an die Zimmerdecke, die übersät war mit fluoreszierenden Klebesternchen, kleinen Monden und ganzen Galaxien, die die Nacht noch ein wenig erhellten. Annabelle murmelte eine Weile vor sich hin, redete mit Luke und erklärte ihm, dass ihre Mutter den eingerissenen Stoff an seinem Rücken ganz schnell wieder zusammennähen würde, sobald es ihr wieder besser ging. Denn es würde ihr bald besser gehen. Ihre Mutter würde gesund sein und alles wäre dann wie früher.

Es dauerte noch fast eine Viertelstunde, bis sie endlich eingeschlafen war. Ihr Schlaf musste tief und angenehm sein, denn als das Klopfen wieder begann, drehte sie sich nur von einer Seite auf die andere und lächelte ihr sorgloses Kinderlächeln. Elias hingegen sah sie noch lange an und beobachtete, wie das Mondlicht seine Strahlen über ihr Gesicht wandern ließ. Schließlich fiel auch er in einen traumlosen Schlaf, und keiner der beiden wachte auf, als das eingesperrte Ding im Schlafzimmer damit begann, immer lauter nach seinen Kindern zu brüllen.

***

Das Frühstück bestand aus einer kalten Dose Maggi-Ravioli und einem halben Glas Orangensaft. Ohne Strom waren die Kochplatten nutzlos, und bei dem Versuch, sich einen eigenen kleinen Grill zu bauen, hätte Elias beinahe die Küche angezündet. Er musste sich dringend etwas einfallen lassen, denn auf Dauer schmeckte alles, was sie aßen, wie aufgeweichte Pappe. Er hatte das Essen eingeteilt, aber leider waren die Vorräte schon fast aufgebraucht, sodass er heute wieder runtergehen musste, um in den anderen Wohnungen nach weiteren Konserven, Wasserflaschen, Tetrapacks und eingekochtem Obst zu suchen. Seitdem diese Dinger da draußen herumliefen, war das nicht gerade ungefährlich, und darum hatten weder er noch seine Schwester das Haus in den letzten Wochen verlassen. Selbst die Wohnungstür wurde nur geöffnet, wenn es unbedingt notwendig war. Die meiste Zeit stand eine schwere Kommode davor, die Elias nur mit Annabelles Hilfe hatte verschieben können. Sie stand nun genau vor der Tür, fest verkeilt zwischen ihr und der gegenüberliegenden Wand.

»Elias?«

Gerade sah er dabei zu, wie pikante Hackfleischsoße von seinem Löffel auf den Teller tropfte, als seine Schwester ihn am

82

Arm berührte. Sie trug ihren gelben Lieblingspullover, auf dem vorne zwei unheimlich überschminkte Comic-Barbies auf Rollschuhen liefen. Eine von ihnen hatte einen dicken, roten Soßenfleck mitten im Gesicht.

»Bist du schon fertig?«, fragte Elias und sah auf ihren Teller. Sie hatte das Essen bisher kaum angerührt.

»Du kannst noch nicht aufstehen, Annabelle. Du musst erst ...«

»Da drüben ist jemand, sieh doch mal!«

Das Küchenfenster gab die Aussicht auf das Nachbarhaus frei – ein nichtssagender, grauer Klotz. Die Fenster waren tot und leer, die Balkone von eingerissenen Markisen verdeckt. Aus irgendeinem Grund hatten sich an einem der Balkone viele Krähen und andere Aasvögel versammelt, die aufgeregt flatternd auf dem Geländer hin und her hüpften.

»Was meinst du, Annabelle?«

Dann sah er es auch. Es waren Blitze, helle Lichter, die in dem mit Glasbausteinen verkleideten Treppenhaus immer weiter hinauf zu wandern schienen. In immer kürzer werdenden Abständen erhellten einzelne Feuerstöße das Haus, und letztlich zersprangen einige der Fensterscheiben.

»Ist das ein Feuerwerk?«, fragte Annabelle.

Elias nickte und ließ die Lichter dabei nicht aus den Augen. Es war tatsächlich ein Feuerwerk, aber keines für kleine Kinder. Das letzte Mal hatte er es gesehen, als die Männer mit den Maschinengewehren das Stadtviertel abgesperrt hatten. Er hatte es gesehen, als diese Dinger über sie hergefallen waren wie über ein frisch angerichtetes Büffet.

»Schade«, sagte Annabelle, »schon wieder vorbei.«

Die Lichter waren tatsächlich verschwunden, und Elias wusste, was das bedeutete. Entweder gab es nichts mehr, auf das man schießen konnte, oder es gab niemanden mehr, der hätte schießen können. Letzteres war um einiges wahrscheinlicher.

»Willst du nicht aufessen?«, fragte er und deutete auf Annabelles Teller.

»Ich habe keinen Hunger«, antwortete sie, aber ebenso wie sie wusste auch er, dass das nicht stimmte. Sie wollte nur, dass genug übrig war, damit Elias es noch ins Schlafzimmer bringen konnte.

»Ich habe noch genug für sie, Annabelle. Bitte iss etwas! Ich will nicht, dass du auch noch krank wirst.«

Annabelle blickte ihn an, dann nahm sie ihren Löffel und schob sich etwas Hackfleischsoße in den Mund. Sie kleckerte dabei noch mehr davon auf ihren Pulli, aber Flecken waren Elias egal. Hauptsache, seine Schwester hatte etwas zu essen.

»Ich muss nachher runter und nach Vorräten suchen«, sagte er und versuchte dabei so beiläufig wie möglich zu klingen. Sie mochte es nicht, wenn er sie allein ließ und er hatte keine Lust, wieder mit ihr diskutieren zu müssen.

»Ich will mitkommen.«

Sie schmatzte zwar mehr als dass sie sprach, aber dennoch konnte Elias den Trotz in ihrer Stimme deutlich heraushören. Er seufzte, nahm seinen letzten Schluck Orangensaft und stellte das Glas etwas lauter als nötig auf der Tischplatte ab.

»Du weißt genau, dass das nicht geht, Annabelle. Hier oben ist es sicherer für dich.«

»Aber ich kann dir helfen«, entgegnete sie.

Elias versuchte zu lächeln, aber sie kannte sein Gesicht zu gut. Sie wandte den Blick von ihm ab und rührte stumm in ihrem Essen herum. Es war jedes Mal dasselbe Spiel und es hatte stets denselben Ausgang.

Nach dem Essen putzten sie die Teller und das Besteck nur mit ein paar Küchentüchern ab. Das Wasser aus den Flaschen war zu kostbar, um es beim Spülen zu vergeuden. Dann nahm Elias die Dose mit den übrigen Ravioli, griff nach dem Besenstiel in der Ecke und ging in den Flur, um seiner Mutter das Frühstück zu bringen.

**

Sie blickte ihren Sohn aus trüben Augen an. Es wirkte fast, als würde sie trauern, aber Elias wusste es besser. Dieser Blick war trügerisch. Einmal war er ihr schon zu nahe gekommen, hatte zu ihr gewollt, um ihre Hand zu halten. Sie hatte ihn, ohne sich zu rühren, bis auf wenige Zentimeter an sich herangelassen, nur um dann mit ihren zu Klauen geformten, bis auf die Knochen abgenagten Fingern nach ihm zu greifen. Sie hatte ihn an der Schulter gepackt, ihn zu sich gezerrt, den Griff fest um seinen Arm geschlossen. Nur mit einem kräftigen Schlag gegen ihre Schläfe hatte er sich wieder losreißen können. Seitdem schob er ihr das Essen nur noch mit dem Besenstiel zu; von da an war die Kette um ihren Hals noch straffer um den Bettpfosten gespannt.

Das lange, stumpfe Haar hing ihr in Strähnen ins Gesicht. An einer Stelle hatte sie sich selbst eine ganze Handvoll davon ausgerissen, doch die Wunde blutete nicht, schien ihr nicht das Geringste auszumachen. Kleine Maden krochen darin herum, fraßen sich durch das faulende Fleisch. Auch die Kleider waren zerrissen, ihre Bluse zerfetzt, sodass eine einzelne entblößte Brust zum Vorschein kam. Bleiche Haut mit grünlich blauen Adern wippte langsam auf und ab. Elias versuchte, nicht hinzusehen, doch das Bild hatte sich schon in seinem Innersten eingenistet. Wie die Maden, dachte er und verdrängte den Gedanken sofort.

»Annabelle hat dir heute etwas mehr übriggelassen«, sagte er, stellte die Ravioli-Dose auf das Laminat und schob sie mit dem Besenstiel langsam zu ihr hinüber. Das Metall kratzte scharf über den glatten Boden, dann blieb die Dose in einer Fuge hängen, kippte um und verteilte ihren Inhalt nur eine Handbreit vor dem Bettvorleger.

»Tut mir leid«, sagte er und wäre fast aufgesprungen, um das Malheur schnell wieder zu bereinigen. Dann sah er aber ihren Blick und diesen eigenartigen, erwartungsvollen Glanz, der sich nun darin bemerkbar machte. Er setzte sich zurück auf den Boden, mit dem Rücken gegen die Tür, und spürte erst jetzt, wie sehr er eigentlich zitterte. Er war froh, das feste Holz an der Wirbelsäule zu spüren.

»Ich hole nachher einen Lappen und wische es auf, ja?« Auch seine Stimme zitterte jetzt. »Vielleicht finde ich noch etwas anderes für dich.«

Natürlich war ihr das alles vollkommen gleichgültig, das wusste er selbst. Sie hatte in all der Zeit nicht ein einziges Mal so etwas wie normale Nahrung zu sich genommen, nicht ein einziges Mal auch nur die Finger danach ausgestreckt. Sie wollte kein totes Fleisch, denn daraus bestand sie schließlich selbst. Für sie war nur noch das Lebende von Interesse; das Pulsierende, Zappelnde und Warme. Elias konnte sich nicht erklären, warum er ihr trotzdem jeden Tag etwas zu essen brachte. Er musste es einfach tun. Manchmal versuchte er sich einzureden, dass sie ja vielleicht doch noch etwas davon mitbekommen würde, dass sie doch keines von diesen Dingern geworden war. In solchen Augenblicken schaffte er es sogar, in ihren Augen noch etwas mehr als nur Starrsinn oder Gier zu erkennen. Vielleicht so etwas wie Wiedererkennen, ein knappes, glitzerndes *Ich liebe dich, mein Sohn.*

Er betrachtete die Soße auf dem Boden und die mit Rindfleisch gefüllten Teigtaschen. Er hatte die Dosen bei seinem letzten Ausflug in den zweiten Stock gefunden, und wenn er heute im ersten keine finden sollte, waren es die letzten, an die er herankam, denn um keinen Preis der Welt würde er das Erdgeschoss betreten. Nicht, nachdem er die Dinger dort unten gehört hatte.

Es war Verschwendung, das war ihm klar. Er hätte Annabelle noch eine ganze Mahlzeit daraus machen können, aber wahrscheinlich würde sie es ohnehin nicht wollen, weil ihr klar gewesen wäre, dass ihre Mutter nichts gefrühstückt hatte.

Auf dem Nachtschrank neben dem Bett stand ein einzelner, rechteckiger Bilderrahmen. Elias hatte ihn schon dutzende Male betrachtet und auch jetzt blieb sein Blick erneut daran hängen. Es war ein Bild von ihm selbst und seiner Schwester. Er trug seine roten Inline-Skates und Annabelle fuhr mit ihrem Roller hinter ihm her. Keine zwei Wochen später hatte die Nachrichtensprecherin in der Tagesschau um 20 Uhr zum ersten Mal das Wort *untot* laut ausgesprochen. Es war das letzte Foto, das ihre Mutter von ihnen gemacht hatte, und es war das letzte Mal, dass er Annabelle so hatte lächeln sehen. Danach hatte das Leben, das er kannte, aufgehört zu existieren.

»Lauf, Elias!«

Es war die Stimme seiner Mutter. Aber sie klang anders. Ängstlich, beinahe panisch.

»Lauf nach Hause! Los!«

Die Menschen in der Schlange starrten alle in dieselbe Richtung. Hinauf in den stahlblauen Himmel. Sie standen in langen Reihen vor der Sporthalle, denn einige der Soldaten hatten angefangen, Wolldecken und große Plastikbeutel mit Lebensmitteln und Medizin an die Leute auszugeben. Elias folgte den Blicken. Drei

Düsenflugzeuge zogen weiße Kondensstreifen über die Stadt. Dann verloren sie an Höhe und kurz darauf fielen merkwürdige schwarze Punkte immer schneller in Richtung Boden. Elias verlor sie aus den Augen, und irgendwo bei den Häusern, drüben, weit hinter der Absperrung, wo die Männer mit den Gewehren im Anschlag an den aufgestellten Betonwänden standen, erhellte plötzlich eine Explosion die Fassaden der Gebäude. Flüssiges Feuer floss an ihnen hinab und brannte sie aus wie trockene Schädel. Dann konnte er sie sehen. Sie kamen aus ihren Löchern hervor. Hunderte von ihnen. Flohen vor dem Feuer. Und die Männer fingen an zu schießen.

»Elias!«

Seine Mutter gab ihm eine Ohrfeige, aber er spürte es gar nicht. Er sah sie nur verständnislos an. Erst als eines dieser Dinger über die Mauer geklettert kam, sich die Bauchdecke am Stacheldraht aufriss und trotzdem einen der Soldaten am Genick packte, erst als sich dessen Kopf in etwas unförmiges Rotes verwandelte, das anschließend auf den Asphalt fiel wie ein fauliger Kürbis, gelang es ihm, seine Beine zu bewegen.

Seine Mutter schrie ihm etwas entgegen und diesmal lief er los. Er rannte, stolperte keuchend die Straße hinauf, zwischen den Autos hindurch, die führerlos auf den Gehsteigen standen, über die Straßenbahnschienen, zwischen denen schon das erste Unkraut zu keimen begann. Nur noch den Hügel hinauf. Er rang nach Atem, hielt sich an einer Straßenlaterne fest und blickte zurück, doch seine Mutter war in der Masse der Menschen verschwunden. Die ordentlichen Reihen waren zu einem Pulk aus Leibern verkommen, zu einem Mob, der einerseits nach vorn drängte, um die Lebensmittel zu erreichen, andererseits kreischend auseinandersprengte, sobald sich eines dieser Dinger näherte. Und von denen gab es bald immer mehr. Er suchte nach ihr, hielt Ausschau, aber er konnte seine Mutter nicht finden.

»Elias?«

Er drehte sich um.

»Wo ist Mama?«

Annabelle stand vor ihm auf dem Bürgersteig. Sie trug ihren gelben Pullover, stand einfach nur vor der Haustür und blickte abwechselnd zu ihrem Bruder und die Straße runter zur Sporthalle. Er ließ die Laterne los, packte seine Schwester am Arm und zog sie mit sich ins Haus. Er wollte ihr nicht wehtun, aber wenn eines von diesen Dingern sie sah, würden sie kommen. In Scharen. Und sie würden ihr noch viel mehr wehtun.

Er rannte mit ihr die Treppe in die fünfte Etage hinauf, versperrte die Wohnungstür, konnte aber nicht abschließen. Nur für das Kinderzimmer hatte er den Schlüssel. Immer wieder blickte er dort aus dem Fenster, runter auf die Straße, während Annabelle ihren Stoffhund Luke an sich drückte.

»Sag mir jetzt, wo Mama ist!«

Ihre Stimme klang mit der Zeit immer zittriger.

»Sie kommt gleich, Annabelle«, sagte er und versuchte, seine eigenen Worte zu glauben, während die Zeit sich dehnte und es draußen langsam dunkel wurde. Er wusste nicht mehr, wie lange sie schon gewartet hatten, als er schließlich hörte, wie sich die Wohnungstür öffnete.

Da war sie. Einfach so. Stand im Treppenhaus und lächelte ihn an. In der einen Hand hielt sie die Schlüssel, in der anderen einen der weißen Plastikbeutel. Sie hatte es geschafft, hatte die Vorräte, aber irgendetwas war mit ihren Augen. Sie hielt sich am Türrahmen fest und reichte Elias den Beutel.

»Du darfst nicht …«, sagte sie erst. Ihre Stimme klang kraftlos und rau.

Da sah er den Jeansstoff an ihrer rechten Wade, der sich dunkelrot verfärbte. Kleine weiße Maden saßen darauf.

»Du darfst mich nicht reinlassen, ich …« Sie verlor den Halt und fiel fast zu Boden, doch Elias stützte sie so gut er konnte. Als sie auf dem Bett im Elternschlafzimmer lag und er ihr den Verband umlegte, wurde ihm plötzlich bewusst, was all das Blut an ihrem Bein bedeutete. Wieder lächelte sie ihn an und gab ihm einen Kuss. Einen letzten Kuss. Ihre Lippen waren kühl und schmeckten salzig.

»Ich werde schlafen, Elias«, sagte sie. »Aber ich …«

Sie weinte. Er weinte, und er hasste es zu weinen. Auch wenn seine Mutter nie etwas dagegen gesagt hatte.

»Was ist mit Annabelle?«

Er wollte sie holen. Er wollte, dass auch sie ihren letzten Gutenachtkuss bekam, doch seine Mutter konnte nicht mehr antworten. Sie war still, hatte die Augen geschlossen. Und als sie sich nach etwa einer Stunde wieder öffneten, war ihr Blick nicht mehr der, der er einmal gewesen war.

Es klopfte von hinten gegen die Schlafzimmertür und Elias schreckte auf.

»Kann ich reinkommen?«

Die Stimme klang zaghaft aber bestimmt.

»Nein, Annabelle. Du wartest draußen.«

Sein Blick hing immer noch an dem kleinen Bild, an dem Lächeln seiner Schwester. Seine Augen brannten und fühlten sich so trocken an, als hätte er stundenlang ins Leere gestarrt. Er kniff sie zusammen, um all die Bilder zu verdrängen. Die Vergangenheit konnte ihm nicht helfen. Seine Mutter konnte ihm nicht helfen. Sie war eine seelenlose Hülle und kauerte dort am Bettpfosten, kratzte unentwegt am Holz. Jetzt musste er es selbst schaffen.

***

Er schloss die Schlafzimmertür hinter sich so, dass Annabelle nicht an ihm vorbei in den Raum sehen konnte. Sie sollte ihre Mutter anders in Erinnerung behalten. Dann legte er den Schlüssel oben auf den Türrahmen, wie er es in der Nacht im Kinderzimmer getan hatte, ging zurück in die Küche und kramte den weißen Plastikbeutel hervor.

Draußen vor den Fenstern zog ein Nebel durch die Straßen, der das Nachbarhaus in einem dunstigen Licht erscheinen ließ. Das Feuer fraß sich anscheinend immer noch durch die Straßen.

Annabelle setzte sich an den Tisch, legte ihren Stoffhund Luke neben sich auf einen Stuhl und zog eine ihrer Barbiepuppen hervor, die sie jetzt kopfüber auf die Tischplatte schlug. Das machte sie immer, wenn ihr etwas nicht passte. Elias versuchte, ruhig zu bleiben, zog sich in aller Ruhe seine Turnschuhe an und steckte sich eines der Küchenmesser in den Gürtel.

»Ich dachte, wir hätten die Sache geklärt«, sagte er und setzte sich zu ihr an den Tisch.

»Ich will aber nicht alleine hier bleiben.«

»Es ist aber sicherer, Annabelle. Die Dinger kommen nicht hier rein.« Er seufzte und hoffte, dass er seiner Schwester damit die Wahrheit gesagt hatte.

»Es dauert auch nicht lange.« Er beugte sich vor, griff nach Luke und legte ihn auf ihren Schoß. Dann nahm er ihr die Barbiepuppe ab, deren Hals mittlerweile stark zur Seite abgeknickt war. »Ich verspreche es dir.«

Sie sah ihn nicht an, aber Elias spürte die Resignation, die nun von ihr ausging. Sie stand auf, verließ die Küche und verschwand kurz darauf im Kinderzimmer. Er hörte sie leise schluchzen. Gut gemacht, dachte er, nahm die Taschenlampe aus dem Küchenregal und griff nach dem leeren Plastikbeutel.

Die Kommode, die vor der Wohnungstür stand, konnte er gerade weit genug über den Boden bewegen, um durch einen engen Spalt hinaus ins Treppenhaus zu gelangen. Der Rauch von draußen war hier deutlich zu riechen. Im Erdgeschoss musste jemand die Fenster eingeschlagen haben. Elias zog den Kragen seines Pullovers über die Nase, schaltete die Taschenlampe an und ging langsam die ersten Stufen in die vierte Etage hinunter. Den Kegel der Lampe ließ er immer wieder über den Boden wandern, um nicht versehentlich zu stolpern. Auf den Stufen hatte sich eine rußige Staubschicht gebildet, in denen er nun seine Fußabdrücke hinterließ. Es waren die einzigen, wie er erleichtert bemerkte.

Mit jedem Stockwerk wurde die Luft schlechter, sodass das Kratzen in seinem Hals ihn kaum ein Husten unterdrücken ließ. Elias schluckte. Schwindel zwang ihn kurz, nach dem Treppengeländer zu greifen. Schließlich lagen die Flure des ersten Stockwerkes vor ihm wie leere, schlafende Höhlen, durch die ihm ein stinkender Atem entgegenwehte. Die meisten Bewohner hatten das Haus schon verlassen, bevor wirklich feststand, vor was sie eigentlich flohen. Bevor feststand, dass man gar nicht fliehen konnte. Der Rest von ihnen konnte überall sein, aber Elias hatte bisher keinen zu Gesicht bekommen.

Neben dem Geruch von brennendem Gummi, verkohltem Holz und glühender Asche mischte sich nun noch etwas anderes in die Luft, das weit eigentümlicher und unangenehmer roch. Unter ihm im Erdgeschoss konnte er sie hören, und wenn sie mitbekamen, dass er hier oben durch die verlassenen Flure schlich, dass doch noch jemand in diesem Haus lebte, dem warmes Blut durch die Adern floss, würden sie zu ihm kommen,

selbst wenn sie sich dafür durch die Bodendielen beißen mussten. Elias achtete auf jeden seiner Schritte und zuckte zusammen, sobald seine Schuhe auch nur das leiseste Geräusch von
sich gaben. Er dachte an Annabelle und daran, wie sie ohne ihn
zurechtkommen sollte. Er ging noch vorsichtiger weiter.

Bereits die erste Wohnung war ein Trümmerfeld. Umgestürzte Regale, in denen sich einmal Gläser und kitschiges Goldrand-
geschirr befunden hatten. Ein zerschlagener Fernseher und auf
dem Wohnzimmerteppich, direkt vor einer Stehlampe, der muffig stinkende Kadaver einer ausgetrockneten Perserkatze. Offenbar der ehemalige Liebling einer liebenswerten, alten Dame.

Elias presste nun auch noch den Ärmel vor sein Gesicht,
und versuchte, nicht in eine der Scherben zu treten, die überall
am Boden verteilt lagen. Als unter seinen Füßen dennoch etwas
knirschend zerbarst, erstarrte er und lauschte. Aus dem Erdgeschoss war nichts zu hören.

Vor dem Fenster zog sich der Rauch immer dichter zusammen und waberte wie ein todbringender Geist durch die Ruinen
der verlassenen Stadt. Merkwürdige Schatten krochen an den
Häusern empor und flohen vor dem Schein des Feuers, das irgendwo tief in den Trümmern schwelte.

Als er die Küche betrat, überkam ihn einerseits Ekel, andererseits auch Freude, wie er sie schon seit Wochen nicht mehr in
sich vermutet hatte. Es stank entsetzlich nach Schimmel und ver-
dorbenen Lebensmitteln. Auf den Fliesen vor dem Kühlschrank
hatte sich eine milchige Pfütze gesammelt, die, überzogen von
grünlichen Fäden, langsam unter die Küchenschränke kroch.
Auf einem kleinen Schemel, der einsam in einer der Ecken
stand, sah Elias im Licht seiner Taschenlampe jedoch noch etwas
anderes. Eine ganze Kiste voll mit von Staub überzogenen, aber
ungeöffneten Plastikflaschen. Direkt davor – als hätten sie auf

ihn gewartet – einen großen Karton gefüllt mit verschiedensten Konserven. Bei dem Anblick wurde das Kratzen noch unerträglicher. Am liebsten hätte er sich sofort eine der Flaschen an die Lippen gesetzt, doch da blieb sein Blick an etwas hängen, das im schummrigen Licht, welches sich kaum noch durch das Küchenfenster wagte, still und unbeweglich am Esstisch saß. Eine Frau. Zumindest musste sie eine gewesen sein, denn so wie sie jetzt aussah, hatte sie sich seit mindestens einem Monat nicht mehr von der Stelle bewegt. Der Körper war in ihren schmutzigen Kleidern zusammengeschrumpft, ihr Gesicht schien wie an den Knochen des Schädels heruntergelaufen. Das graue Haar klebte verfilzt an ihrem Kopf und der Kiefer hing lose an einem einzigen, sehnigen Muskelstrang.

Elias ließ sie nicht aus den Augen, als er langsam auf die Wasserkiste zuging. Sie war nicht mehr am Leben, da gab es keinen Zweifel. Aber diese Tatsache hatte für ihn keine Bedeutung mehr. Egal, ob tot oder untot, Elias zog das Messer aus seinem Gürtel und umklammerte den Griff mit seiner Faust. Er achtete nicht darauf, dass er in die schmierige Pfütze trat, und auch nicht darauf, dass klebrige Fäden an den Sohlen seiner Turnschuhe hängenblieben. Gleich würde die Alte ihren Kopf bewegen, würde ihn anspringen und ihre Zähne in das Fleisch seiner Schulter schlagen. Sie tat doch nur so, wollte ihn in falscher Sicherheit wägen.

Sein Bein berührte die Kiste mit den Konserven, doch die Frau gab keinen Ton von sich. Langsam, eine Dose nach der anderen, begann Elias damit, die Vorräte in seine Tüte zu packen. Nudelsuppen, Erbseneintopf, Dosenfisch in Kräuter-Creme. Immer wieder sah er dabei zu ihr, aber sie rührte sich nicht.

Elias fiel auf, dass die Frau nicht nur halb verwest, sondern zudem an einigen Stellen ihres Körpers angefressen worden war. Die Wunden sahen allerdings sehr klein aus. Als hätte jemand

94

immer wieder einzelne Stücke Fleisch aus ihren Armen, ihren Beinen und ihrem Hals gerissen.

Als seine Tüte schließlich voll war, leuchtete er der Alten genau ins Gesicht. Bei der kleinsten Regung würde er ihr das Messer bis zum Schaft zwischen die Augen treiben, würde ihr den Schädel spalten und loslaufen. Hinauf in den fünften Stock, zu seiner kleinen Schwester, die immer noch allein in ihrem Zimmer sitzen musste. Aber die Frau bewegte sich nicht einen Zentimeter. Elias konnte es kaum glauben, als er mit Vorräten bepackt wieder das Wohnzimmer betrat. Er ging rückwärts und behielt die Küchentür im Blick, aber sie kam ihm nicht hinterher. Die alte, liebenswerte Dame schien also wirklich einfach nur tot zu sein.

Unter seinen Schuhen knirschte eine Scherbe, was Elias einen Schritt zur Seite machen ließ. Dabei stieß er gegen die Stehlampe, konnte sie jedoch gerade noch auffangen, bevor sie auf den Teppichboden stürzte. Irgendetwas stimmte trotzdem nicht. Es war das eigenartige Gefühl, beobachtet zu werden. Aber es war niemand da. Der Raum war bis auf ihn, die demolierten Möbel, die Scherben und den zerschlagenen Fernseher vollkommen leer. Erst als er schon fast die Wohnungstür erreicht hatte, wusste er plötzlich, was hier nicht stimmte. Und in dem Moment, in dem sich die Perserkatze von hinten auf ihr Opfer stürzte, hörte er weit über sich den Schrei eines kleinen Mädchens.

***

Er rannte, stolperte und spürte scharfe Nadeln, die sich tief in seinen Rücken gruben. Als Elias mit seinem ganzen Gewicht auf die Bodendielen stürzte und die Tüte mit den Vorräten krachend in ein Schuhregal flog, hörte er unter sich jemanden brüllen.

Es war egal, hatte vorerst keine Bedeutung mehr. Er musste zu Annabelle, so schnell er irgendwie konnte. Die Katze fauchte und schlug mit ihren Krallen nach ihm, während er sich unter ihr wand und versuchte, das Messer zu erreichen, das wieder in seinem Gürtel steckte. Schließlich hatte er den Holzgriff in der Hand, versetzte der Katze mit der Taschenlampe einen Hieb gegen die Schläfe und rammte die Klinge tief in ihren Leib. Das kreischende Tier flog zurück, zappelte mit den ausgemergelten Beinen und starrte ihn aus giftigen Augen an. Der Hunger hatte sie anscheinend in den Wahnsinn getrieben. Sie riss das Maul auf, zeigte scharfe Zähne und wollte gerade zum letzten Sprung ansetzen, als Elias sie schließlich mit der Klinge voraus und einem endgültigen Schlag an die gegenüberliegende Rigipswand nagelte. Dort hing sie, kreischte und wand sich von einer Seite zur anderen, sodass das scharfe Metall immer weiter durch ihr ausgetrocknetes Fleisch rutschte. Schließlich wurde sie still. Das weiße Fell war von Blut verklebt. Elias konnte nicht hinsehen.

Während er durch das Treppenhaus ins obere Stockwerk zurückeilte, bemerkte er wieder die Schatten, die draußen vor den Fenstern an den Häusern hochstiegen. Doch erst als er hinter sich stolpernde Schritte die Stufen hochjagen hörte, wusste er, was gerade passierte. Es war das Feuer, vor dem sie flohen. Sie krochen in die Keller, stürmten in die Häuser und etliche von ihnen – wie auch immer sie das schafften – kletterten draußen die Fassaden empor.

»Annabelle!«

Er rief nach seiner Schwester, immer wieder, obwohl er es völlig außer Atem kaum noch schaffte, die Stufen zu erklimmen. Der Rauch brannte ihm in der Kehle, bis er sich schließlich nur noch hustend am Geländer festhalten konnte. Hinter ihm wurden die Schritte immer lauter. Jemand knurrte und brüllte

96

wieder. Seine Schwester kreischte und irgendwo in der Wohnung schepperte etwas, als ob große Scherben auf den Fußboden krachten.

Das war das Fenster, dachte Elias. Es konnte nur das Fenster im Kinderzimmer sein. Er erreichte die Tür, schob sich durch den engen Spalt, schaffte es aber nicht, sie wieder hinter sich ins Schloss zu drücken. Greifende Arme langten hindurch, versuchten ihn zu packen. Die Wohnung füllte sich mit Rauch und Elias warf sich so gut es ging gegen die Tür.

»Annabelle, wo bist du?«

Aber er sah sie schon. Sie stand direkt vor dem geöffneten Elternschlafzimmer. Sie hatte sich einen Stuhl aus der Küche geholt und hielt den Schlüssel immer noch in der Hand. Leblos starrte sie geradeaus, war bleich und hielt ihren Stoffhund fest im Arm. Hinter ihr schlug jemand von innen an die verschlossene Kinderzimmertür. Das Holz knarrte in den Angeln.

»Mama?«

Es war mehr ein Schluchzen als eine wirkliche Frage. Annabelle hielt den Hund in die Luft und deutete auf die aufgerissene Naht am Rücken.

»Luke ist kaputt«, sagte sie. »Machst du ihn heil?«

Elias wich den Händen aus, die wieder durch den Türspalt griffen. Nochmal warf er sich dagegen. Doch als seine Mutter aus dem Schlafzimmer trat – die Kette mit dem zerborstenen Bettpfosten immer noch um den Hals – schlug er mit der Taschenlampe ein letztes Mal auf die Hände ein. Er musste zu seiner Schwester, musste sie beschützen, doch es gelang nicht. Etwas hatte ihn gepackt, riss ihm die Lampe aus der Hand und zerrte nun an seinem Arm.

»Annabelle, weg da!«

Doch sie bewegte sich nicht von der Stelle.

»Das ist nicht mehr Mama. Sie ist tot.«

Er sah die Tränen, die ihre Wange hinunterliefen, doch dann spürte er einen solchen Schmerz, dass ihm schwarz vor Augen wurde. Reißende Fingernägel bohrten sich tief in seinen Arm.

Annabelle sah ihrer Mutter in die Augen, sah den trüben Blick eines ehemals vertrauten Menschen, der sich langsam zu ihr hinunterbeugte.

»Was ist mit dir, Mama?«

»Lass sie in Ruhe!«, rief Elias und versuchte, sich loszureißen. Seine Mutter streckte dennoch die Arme nach ihrer Tochter aus, berührte den gelben Stoff ihres Pullovers mit ihren abgekauten Fingern und spitzte die fauligen Lippen. Die Tür zum Kinderzimmer krachte in ihrem Rahmen und ein langer, gespaltener Riss zog sich durch das Blatt.

»Nein«, schrie Elias und schaffte es, sich zu befreien. Aber es war bereits zu spät. In dem Moment, in dem die Lippen seiner Mutter Annabelles Stirn berührten, verlor der Raum um ihn herum jede Farbe und Kontur. Sie wollte sie töten, ihre eigene Tochter. Er sah sie schon die Zähne in das unschuldige Fleisch graben, sah Annabelle tot in seinen Armen liegen, sah sich selbst allein in einer Welt, in der er nicht mehr länger leben wollte.

»Ich hab dich auch lieb«, sagte Annabelle, als sie von ihrer Mutter ihren letzten Abschiedskuss bekam, das madige Fleisch noch immer auf der Kinderhaut. Annabelle lächelte, wie sie es seit Wochen nicht mehr getan hatte, und Elias spürte die Hitze, die ihm langsam in die Augen stieg. Er dachte an das Bild, auf dem sie Roller fuhr, und schaffte es erst, sich wieder aus seiner Starre zu befreien, als die Tür zum Kinderzimmer in der Mitte auseinanderriss und drei von diesen Wesen, umgeben von beißendem Rauch, auf ihn und seine Schwester zugestürzt kamen. Auch hinter ihm schoben sich die ersten Körper langsam durch die Wohnungstür.

»Raus hier, Annabelle«, rief Elias seiner Schwester zu. »Die Feuerleiter, los!«

Er nahm sie an der Hand, wollte sie mit sich zum Schlafzimmerfenster zerren, in Sicherheit, doch Annabelle bewegte sich nicht von der Stelle.

»Was ist mit Luke?«, fragte sie, doch ihre Mutter strich ihr nur durch das fettig blonde Haar. Und als eines dieser Dinger seine Hand nach ihrer Tochter ausstreckte, richtete sie sich auf, legte den Kopf schief und ein tiefes Knurren erfüllte den Raum. Dann schlug sie mit ihren zu Klauen geformten Händen auf den Angreifer ein. Sie packte zu und schleuderte das Ding krachend gegen die Kommode. Ein anderer sprang ihr von hinten in den Rücken.

»Nun komm schon.«

Erst die Rufe ihres Bruders holten Annabelle in die Wirklichkeit zurück. Beide liefen zum Schlafzimmerfenster und öffneten es. Der Rauch, der nun in die Wohnung drang, war so beißend, dass sich Annabelle augenblicklich ihren Stoffhund vors Gesicht hielt. Sie blickte noch einmal zu ihrer Mutter zurück, die nun inmitten all der Ungeheuer stand, und Elias rechnete fest damit, dass sie noch einmal umkehren würde. Aber das tat sie nicht, sie brauchte es nicht mehr. Als sich die Schlafzimmertür mit einem einzigen Stoß hinter ihnen schloss, sodass die beiden ihre Mutter endgültig aus den Augen verloren, sprangen sie auf das schwankende Gerüst der Feuerleiter.

»Es tut mir leid, Annabelle.«

Elias spürte wieder, wie ihm schwindelig wurde. Sein verwunderter Arm war kraftlos und schmerzte.

»Ich hätte es dir sagen müssen.«

Annabelle ging neben ihm und stützte ihren großen Bruder, während die beiden so schnell es möglich war die steilen Treppen hinunterkletterten. Sie spürten die Flammen, die ihnen aus den unteren Stockwerken entgegenschlugen. Das Erdgeschoss war ein einziger glühender Ofen, in dem jedoch immer noch einige von diesen Dingern brennend und kreischend umherirrten. Elias roch das schwelende Fleisch, als er endlich wieder den Fuß auf festen Boden setzte.

»Wohin jetzt?«, fragte er, doch seine kleine Schwester zog ihn bereits mit sich. Sie gingen um die Häuserecke, sodass sie die eingestürzten Überreste der Sporthalle unten am Hang erkennen konnten. Annabelle ging jedoch in eine andere Richtung.

»Sieh doch mal«, rief sie, und Elias folgte ihrem Blick. Das Nachbargebäude – der große, eckige Klotz – wurde wieder von diesem Feuerwerk erhellt. Es waren Schüsse, Stimmen, in jedem Fall Menschen. Als sie das Haus, in dem sie aufgewachsen waren, hinter sich den Flammen überließen, ging Annabelle mit Elias und Luke langsam auf die Lichter zu.

DIE RÜCKKEHR DER FAULEN SCHLAMPE

HEIKE SCHRAPPER

Tja, wie hat es angefangen? Das ist eine gute Frage. Vielleicht
die entscheidende ... Denn wenn man die Ursache kennt, kann
man doch bestimmt auch ein Gegenmittel finden, oder? Aber
ich bin kein Mediziner oder Biologe oder wer auch immer hier
zuständig sein könnte. Und über die Ursache habe ich so viele Gerüchte gehört, wie ich Grüppchen wie euch begegnet bin,
die sich irgendwo verschanzt haben – übrigens viele davon an
wesentlich schlechteren Orten als hier. Wie auch immer ... Die
Leute denken sich eine Menge Geschichten aus und die meisten
sind totaler Müll. Eigentlich habe ich nur einmal jemanden getroffen, der mir halbwegs glaubwürdig vorkam ... und wenn seine Version vom Ursprung dieser verdammten Epidemie stimmt,
dann haben uns wieder die üblichen Verdächtigen in die Scheiße
geritten: Geilheit und Geldgier. Wollt ihr die Geschichte hören?
Na gut. Reich' doch mal die Flasche rüber ...

Also, der Typ hieß Stephan. Den Nachnamen hab ich vergessen, irgendwas mit viel zu vielen Konsonanten und –kowski am Ende. Ist auch egal, unter seinem richtigen Namen kannte ihn sowieso keiner. Sein Künstlername war Brett Hart. Klingelt da was? Nein? Oder wollt ihr es nur nicht zugeben?

Brett Hart, früher mal Pornodarsteller, auch bekannt als »die längste Latte Deutschlands«, später Produzent im selben Genre. Ich glaube, seine Firma war ziemlich klein, aber er konnte wohl ganz gut davon leben. Vor allem, weil er nebenher noch einen besonderen Deal am Laufen hatte. Da gab es diesen schwerreichen alten Knacker, Fabrikant oder Politiker oder beides, jedenfalls ein ganz hohes Tier. Den Namen wollte der gute Stephan nicht verraten, nicht mal, als er so besoffen war, dass er seinen Kopf nicht mehr von seinem Arsch unterscheiden konnte. Hat ihn immer nur »Eddy« genannt. Diese Diskretion war es wohl, die ihm den Deal überhaupt eingebracht hat. Eddy fuhr total auf eine von Stephans Darstellerinnen ab. Divina Deephole nannte sie sich. Noch nie gehört? Is' klar.

Auf jeden Fall wurde Stephan von Eddy fürstlich dafür entlohnt, dass er ganz exklusive Filme drehte, in denen der alte Lüstling persönlich es dem Fräulein Deephole nach allen Regeln der Kunst besorgte. Das war so Eddys ganz spezieller Fetisch und wohl die einzige Art, wie er überhaupt noch einen hochkriegen konnte. Stephan fuhr mit Divina und einem Kameramann unter strengster Geheimhaltung in Eddys Villa, sie drehten dort ihren Porno und Stephan machte den Schnitt, alles gleich an Ort und Stelle. Sämtliches Material blieb bei Eddy, damit er nicht erpressbar war. Dann war der Alte erst mal für ein paar Wochen oder Monate zufrieden, bis Stephan wieder einen Anruf bekam und die nächsten Dreharbeiten losgingen. Angeblich zahlte Eddy so viel, dass drei Viertel der

Einnahmen von »Brett HartCore Productions« allein aus dieser Quelle sprudelten. Bis eines Tages …

***

Stephan angelte verschlafen nach dem Telefon auf seinem Nachtschränkchen. Wer zum Teufel rief ihn denn um diese Zeit an? Es war zwar streng genommen schon Nachmittag, aber sein Business brachte es mit sich, dass er oft nächtelang durcharbeitete – oder auch durchfeierte, wie letzte Nacht. Allerdings hatten nur seine engsten Vertrauten und wichtigsten Geschäftspartner diese Nummer, sodass es wahrscheinlich keine gute Idee wäre, den penetranten Klingelton einfach zu ignorieren. Das Display zeigte den Namen »Mike« – sein Kameramann.

»Was ist?«, krächzte Stephan ins Telefon.

»Hast du´s schon gehört?«, fragte Mike in einem Tonfall, der schwer zu deuten war.

»Ich hab noch gar nichts gehört. Ich schlafe eigentlich noch. Und du hast besser einen guten Grund, warum du mich davon abhältst.«

Mike atmete tief durch. »Sabrina ist tot, Steve.«

»Was?« Schlagartig war Stephan hellwach – und gleichzeitig mit der Verarbeitung des eben Gehörten völlig überfordert.

»Sabrina Schröpcke, auch bekannt als Divina Deephole, auch bekannt als die faule Schlampe, unsere beste Einnahmequelle, ist tot. War wohl ´ne Überdosis, angeblich Koks. Ihre Schwester hat mich gerade angerufen.«

»Ach du Scheiße. Das geht nicht. Wir haben morgen einen Termin mit Eddy. Da kann die blöde Kuh unmöglich –«

»Tja, anscheinend war sie so rücksichtslos, einfach zu verrecken und uns hängenzulassen. Dumm gelaufen. Da wird sich

Eddy wohl 'nen anderen Fickschlitten suchen müssen. Biete ihm doch mal Lulu Lovescock an. Ach ja, die Beerdigung von Divina ist am Donnerstag ... ich meine: von Sabrina. Falls du hingehen willst ... «

Stephan hörte schon gar nicht mehr zu. Wie sollte er das bloß Eddy beibringen?

»Das ist völlig inakzeptabel, Herr Hart.«

»Eddy, Sie kennen Lulu doch noch gar nicht. Bei allem Respekt, ich habe sowieso nie verstanden, was Sie ausgerechnet an Divina finden. Die hat sich doch kaum bewegt. Wir haben sie intern schon immer nur »die faule Schlampe« genannt. Lulu dagegen, die ist ein richtig heißer Feger. Die ...«

»Herr Hart, was ich an einem Mädchen finde oder nicht finde, das lassen Sie doch bitte meine Sorge sein. Unser Treffen morgen ist selbstverständlich abgesagt. Ich melde mich, sobald ich eine Lösung gefunden habe.«

»Natürlich, Eddy. Dürfte ich vielleicht vorschlagen ...«

Anscheinend durfte er nicht. Sein Gesprächspartner hatte schon aufgelegt.

»Er will *was*?« Mike hatte wohl etwas zu laut geflüstert. Einige Trauergäste drehten sich zu ihnen um, eine alte Dame zischte erbost: »Psst.«

»Entschuldigung«, murmelte Mike. »Das kann doch nicht sein Ernst sein«, wandte er sich dann deutlich leiser an Stephan. »Ist er jetzt total übergeschnappt?«

»Lass uns nachher darüber reden«, entgegnete Stephan. Dann trat er vor und warf ein Schäufelchen Sand in das offene Grab. Dumpf aufklatschend landete der Sand auf Divinas kitschigem weißem Sarg.

Mike ließ sich auf den Beifahrersitz von Stephans protzigem Sportwagen fallen und lockerte seine schwarze Krawatte. »Eddy will also, dass wir sie ausgraben, zu ihm bringen und filmen, wie er mit der Leiche … Ist der Kerl negrophob, oder was?«

Stephan manövrierte das Auto vom Friedhofsparkplatz. »Das heißt nekrophil. Und ja, er will genau das. Mensch, Mike, du bist doch lange genug im Business, um zu wissen, dass es die abgefahrensten Neigungen und Fetische gibt. Der liebe Eddy geht nun mal so steil auf Divina, dass sie ihm sogar tot noch lieber ist als jede andere lebendig. Ist doch irgendwie rührend, oder? Und wenn man bedenkt, dass die faule Schlampe meistens sowieso gearbeitet hat, als wäre sie schon tot, merkt er wahrscheinlich eh kaum einen Unterschied.«

»Ich find's absolut krank. Das ist doch ekelhaft. Ich meine, sie ist jetzt tot seit —«

»Du kennst doch das Sprichwort: Geld stinkt nicht. Mann, überleg mal, mit der ganzen Kohle brauchen wir nie wieder zu arbeiten. Wir könnten uns zur Ruhe setzen.«

»Ja, und zwar im Knast, wenn wir Pech haben.«

»Zur Not zieh ich das Ding auch alleine durch. Kassier ich eben deinen Anteil mit ab.«

»Ach komm, Steve, ohne mich bist du doch aufgeschmissen. Deine Kameraführung ist lausig.«

»Na klar, du opferst dich nur für die Kunst. Das Geld spielt gar keine Rolle, was?«

Mike seufzte. »Okay. Heute Nacht noch?«

»Gegen halb eins. Ich hole dich ab.«

»So früh schon? Wäre es nicht sicherer, wenn wir etwas später … Ich meine, sind da nicht noch zu viele Leute unterwegs?«

Stephan schnaubte. »Auf dem Friedhof? Bestimmt nicht. Abgesehen davon, weiß ich nicht, wie lange wir zu zweit brauchen, um den Sarg auszugraben. Schließlich müssen wir nachher auch alles wieder zuschütten, zwischendurch die Leiche ins Auto packen ...«

Mike verzog angeekelt das Gesicht.

»Jetzt stell dich mal nicht so an, Alter. Hey, weißt du übrigens, dass ein Kumpel von mir auch mal einen Sarg ausgegraben hat?«

Mikes Augen weiteten sich überrascht.

»Doch, wirklich«, sagte Stephan. »Hat ihn aber nicht aufgekriegt. Und weißt du, warum?« Seine Mundwinkel zuckten.

»Warum?«

»Da war ein Zuhälter drin«, prustete Stephan. »Verstehst du? Ein Zuhälter ...« Er kicherte unkontrolliert.

»Sehr komisch«, kommentierte Mike mit versteinerter Miene.

Das riesige Metalltor glitt geschmeidig zur Seite, als sich der Miet-Transporter dem Anwesen näherte. Stephan nahm die rechte Hand vom Lenkrad und rüttelte an Mikes Schulter. »Aufwachen! Wir sind da.«

Schlürfend zog Mike einen Sabberfaden ein, der ihm aus dem Mundwinkel hing. »Hmm?«

»Wir sind da. Eddys Playboy Mansion. Versuch mal, einen ausgeschlafenen Eindruck zu machen.«

»Alter, ich hab fast fünf Stunden lang Erde geschaufelt statt zu schlafen ...«

»Ich auch. Und dann hast du fast drei Stunden gepennt, während ich gefahren bin. Also jammer nicht. Wenn wir hier fertig sind, können wir zwei Wochen am Stück schlafen – auf den Bahamas, wenn wir wollen. Aber vorher haben wir noch unsere Arbeit zu erledigen.«

106

Stephan brachte den Transporter vor der Villa zum Stehen. Wie gewöhnlich wartete Eddy schon an der Tür. Ungewöhnlich war, dass er nicht allein wartete: Neben ihm stand ein großer, korpulenter Schwarzer mit kurzem Kraushaar. Der Anzug, den er trug, war eindeutig nicht in diesem Jahrzehnt hergestellt worden. Normalerweise hätte Stephan über ein so stilloses Outfit eine abfällige Bemerkung gemacht, aber irgendetwas an dem Mann ließ solche Gedanken erst gar nicht aufkommen. Er strahlte eine ruhige Autorität aus, die Respekt einflößte - und den Wunsch, keinesfalls sein Missfallen zu erregen. Also tauschten Stephan und Mike nur einen verwunderten Blick, bevor sie wortlos ausstiegen und auf Eddy und seinen mysteriösen Besucher zugingen.

»Herr Hart. Mike. Schön, dass Sie es einrichten konnten.« Eddy drückte beiden kurz die Hand, dann ruckte sein Kinn in Richtung des Transporters. »Haben Sie Divina dabei?«

»Das haben wir«, sagte Stephan. »Sind Sie sicher, dass—«

»Vollkommen sicher. Darf ich Ihnen Herrn Beauvoir vorstellen? Er hat freundlicherweise die lange Reise aus Haiti auf sich genommen, um mir bei meinem speziellen Vorhaben behilflich zu sein.«

Der Schwarze nickte den beiden kurz zu, aber weder er noch Eddy machten irgendwelche Anstalten, zu erklären, was für eine Rolle er bei dem »Vorhaben« spielen sollte.

»Dann schlage ich vor, dass wir sie zunächst ins Studio bringen«, fuhr Eddy fort. »Würden Sie bitte die Heckklappe öffnen? Der … Assistent von Herrn Beauvoir übernimmt den Transport.«

»Jean!«, zischte Beauvoir und aus dem Halbdunkel des Hausflurs trat ein zweiter dunkelhäutiger Mann, den weder Mike noch Stephan bisher bemerkt hatten. Er war mager und

107

sehnig, trug ein zerschlissenes Hemd, ausgeblichene Jeans und abgetragene Turnschuhe. Die Haut des Mannes hatte eine graue, ungesunde Farbe. Mit schlurfenden Schritten stellte er sich neben Beauvoir. Sein glasiger Blick ging ins Leere, der Mund war leicht geöffnet. Stephan wollte zu einer Begrüßung ansetzen, aber Eddy unterbrach ihn.

»Er versteht Sie nicht. Und er reagiert sowieso nur auf Herrn Beauvoir. Am besten, Sie beachten ihn gar nicht weiter. Wenn Sie jetzt bitte…« Eddy wies auf den Transporter.

Stephan öffnete die Heckklappe. Zwischen den Kisten und Koffern mit der Filmausrüstung lag eine in schwarze Teichfolie gewickelte, mit Klebeband verschnürte Rolle, deren Form überhaupt nicht nach einem menschlichen Körper aussah – darauf hatten Stephan und Mike peinlich genau geachtet. Auf einen gemurmelten Befehl von Beauvoir zog Jean die Rolle aus dem Wagen, wuchtete sie über seine Schulter und trug sie hinter seinem Meister und Eddy her ins Haus. Stephan und Mike folgten mit den ersten Ausrüstungsteilen. Das »Studio«, von dem Eddy gesprochen hatte, war ein großzügiger Raum neben Sauna und Schwimmbad im Souterrain, der speziell für Eddys besonderes Hobby hergerichtet worden war. Eine schmale, gewundene Treppe führte hinunter.

Stephan hatte noch lebhaft im Gedächtnis, wie Mike und er sich abgemüht hatten, Divinas Leiche vom Grab in den Transporter zu schleppen – dasselbe Gewicht, das der schmale Jean jetzt über einer Schulter die Treppe hinunterbugsierte.

»Er scheint zwar nicht der Hellste zu sein, aber Kraft hat er«, raunte er Mike zu.

Im Studio blieb Jean mit seiner Last stehen und stierte weiter ins Leere. Beauvoir bellte ein paar Worte auf Französisch, worauf Jean das Paket auf den gefliesten Boden legte. Beauvoir ging in die Hocke und begann, das Klebeband abzureißen. Eddy sah stumm zu.

»Wir holen dann mal die restlichen Sachen«, murmelte Stephan. Mike folgte ihm nach oben.

»Hast du Eddys Neuanschaffung gesehen?«, fragte Stephan, als sie die nächsten Kisten aus dem Transporter luden.

»Den Gynäkologenstuhl? Klar. Zumindest was sein Spielzeug angeht, liebt Eddy die Abwechslung ... Mann, Steve, ich weiß wirklich nicht, ob wir das hier mitmachen sollten. Und was haben überhaupt dieser Tahiti-Typ und sein geistig behinderter Sidekick hier zu suchen?«

»Haiti, nicht Tahiti. Keine Ahnung, was das soll. Aber ich vertraue Eddy. Er ist schließlich derjenige, der am meisten zu verlieren hat, falls unser spezielles Filmprojekt auffliegen sollte. Also mach dir keinen Kopf. Komm, wir rauchen erst mal eine.«

Als sie wieder ins Studio kamen, war Divinas Leiche nicht nur ausgewickelt, sondern bereits in den neuen Gynäkologenstuhl gesetzt worden, dessen Metallsockel ziemlich genau in der Mitte des Raumes im Boden verankert war. Jemand hatte ihr einen schwarzen Spitzen-BH, Netzstrümpfe, einen Strapsgürtel und silberfarbene High Heels angezogen. Ihre Lippen waren grellrot geschminkt. Mit milchigen Augen starrte sie auf eine Weise ins Leere, die dem Blick von Jean nicht unähnlich war, der bewegungslos in einer Ecke stand. Divinas Arme lagen auf den Armlehnen, die gespreizten Beine in den dafür vorgesehenen Stützen. Alle ihre Gliedmaßen waren mit Lederriemen an dem Stuhl festgeschnallt, ein weiterer Riemen fixierte ihren Hals.

Beauvoir strich gerade prüfend mit zwei Fingern über den Unterarm der Leiche. In der Luft lag ein süßlicher Geruch. Stephan unterdrückte ein Würgen.

»Meine Herren«, wandte Eddy sich an die beiden, »ich glaube, es ist an der Zeit, Sie in die Einzelheiten meines Vorhabens einzuweihen. Sie wissen, dass ich sehr festgelegt bin, was das Objekt meiner fleischlichen Begierde angeht. Daher stellt Fräulein Deepholes momentaner Zustand für mich definitiv keine annehmbare Option dar, wie Sie sicherlich verstehen werden.«

Stephan nickte beflissen. Mike überprüfte kurz, ob Eddy ihn auch nicht ansah, dann verdrehte er demonstrativ die Augen.

»Aus diesem Grund habe ich Herrn Beauvoir kommen lassen«, fuhr Eddy fort. »Er ist ein Spezialist, ein sogenannter Bokor. Sagt Ihnen das etwas?«

Stephan und Mike schüttelten die Köpfe.

»Nun, man könnte ihn als eine Art Heiler oder auch Hexer bezeichnen. Er ist in der Lage, tote Körper zu beleben.«

Weder Mike noch Stephan hatten eine Entgegnung auf diese offensichtlich völlig verrückte Behauptung parat. Beide sahen Eddy sprachlos an.

»Mir ist klar, wie das klingt. Und Sie können sicher sein, dass ich gründlich recherchiert habe, bevor ich«, er stockte kurz, »eine nicht unerhebliche Summe für Herrn Beauvoirs Dienste geboten habe. Nehmen Sie zum Beispiel Jean da drüben: Er ist ein *zonbi*. Ein willenloser Sklave, bloßes Werkzeug, ohne jegliche Persönlichkeit. Diesen Zustand hat Herr Beauvoir hervorgerufen. Es scheint, dass Jean versucht hat, ihn bei einer Transaktion zu hintergehen. Zur Strafe hat Herr Beauvoir ihn verhext. Oder sagen wir vergiftet, wenn das Ihrer rationalen Logik annehmbarer scheint. Jean starb, wurde beerdigt und lag einen Tag lang in seinem Grab, bis Herr Beauvoir ihn in einem Ritual unter Einsatz eines Gegenmittels wieder zu dieser besonderen Art von Leben erweckte.«

Stephan räusperte sich. »Bei allem Respekt, Eddy, ich glaube, der Tod von Divina hat Ihnen … ist ja auch verständlich … der Schock …« Er schielte zu dem angeblichen Hexer, der ihnen den gebeugten Rücken zugewandt hatte, während er sich an der Leiche zu schaffen machte. »Aber Sie können doch nicht ernsthaft glauben … Das ist doch bestenfalls ein überzeugender Schauspieler, der ein paar Tricks aus dem Zauberkasten draufhat. Und einen schwachsinnigen Kumpel.«

Beauvoir richtete sich auf und drehte sich langsam um. Seine stechenden Augen fixierten Stephan. »Du nicht glauben«, sagte er ruhig.

»Oh, Entschuldigung«, stammelte Stephan. »Ich wusste nicht, dass Sie Deutsch verstehen. Tut mir leid, falls ich – «

»Du nicht glauben«, wiederholte der Bokor unbeirrt, »aber du wirst sehen. Dann du glauben. Oder ich mache *zonbi* auch aus dir. Ist möglich … Er auch nicht geglaubt.« Beauvoir deutete mit einer lässigen Geste auf den teilnahmslosen Jean. »Jetzt mein Diener für immer. *Bokor kapab, yo gen pouvoua sekré.*«

Er nahm die Plane, in die Divinas Leiche eingewickelt gewesen war, und warf sie über den angeblichen lebenden Toten. Jean rührte sich nicht.

»Wird nicht gebraucht«, sagte der Bokor. Dann hob er einen altmodischen, abgewetzten Reisekoffer vom Boden hoch. »Mein Werkzeug. Für Ritual. *Résurrection* kann gemacht werden, aber schwierig. Jean, *il était facile* … einfach; ich ihn getötet, ich ihn erweckt. Diese«, er zeigte auf Divina, »*difficile*. Ich nicht getötet und … sehr lange tot.«

»Ich habe größtes Vertrauen in Ihre Fähigkeiten«, versicherte Eddy. »Und Sie wissen ja: Die zweite Rate erfolgt nach Vollzug.«

Der Bokor sah ihn an. »Oh, zurückkommen sie wird, wenn du wollen. Aber wirklich wollen?«

»Ich kann Ihnen versichern, dass ich mir diesen Schritt reiflich überlegt habe.«

»*Ah, vraiment? Alors* … du wirst sie bekommen.«

Beauvoir wies Eddy, Stephan und Mike an, sich auf eine mit schwarzem Leder überzogene Liege zu setzen, die an einer Wand des »Studios« stand, bevor er seinen Koffer öffnete. Diesem entnahm er eine zerknitterte Plastiktüte, aus der er ungefähr zwanzig dicke weiße Wachskerzen holte. Sie waren alle schon benutzt und unterschiedlich weit abgebrannt. Beauvoir verteilte sie scheinbar wahllos im Raum. Einige stellte er auf den Boden, andere auf Eddys spezielle Möbelstücke und Sexspielzeuge. Links und rechts von dem Gynäkologenstuhl platzierte er je ein Bündel Räucherstäbchen in alten Marmeladengläsern. Als Nächstes entfaltete er ein weites buntbemaltes Gewand und zog es über seinen Anzug. Das fast bodenlange Kleidungsstück war mit naiven figürlichen Darstellungen verziert, die größtenteils zeigten, wie sich Leute auf sehr farbenfrohe Weise gegenseitig umbrachten. Beauvoir griff in eine Tasche des Gewands, holte ein Feuerzeug heraus und zündete die Kerzen und Räucherstäbchen an, wobei er einen monotonen Singsang von sich gab. Als alle Kerzen brannten, deutete er auf Mike, dann auf den Lichtschalter. Mike knipste gehorsam das Licht aus. Die Atmosphäre erinnerte Stephan an die Kifferpartys seiner Jugend – mal abgesehen von dem Leichengeruch, den auch die Räucherstäbchen nicht überdecken konnten.

Beauvoir hatte inzwischen noch zwei Marmeladengläser aus seinem Koffer geholt, die im Gegensatz zu den Räucherstäbchengefäßen mit Deckeln versehen waren. Stephan kniff die Augen zusammen. Bewegte sich da etwas in den schmuddeligen Gläsern? Der Bokor stellte eins davon vorsichtig auf den Boden, schraubte den Deckel des anderen auf und unterbrach seinen

Singsang kurz, um hineinzuspucken. Dann griff er abermals in seine Gewandtasche, förderte eine goldfarbene Pinzette zutage und entnahm dem Marmeladenglas damit eine fette Made. Stephan hörte, wie Mike neben ihm scharf die Luft einzog. Eddy sah lediglich mit wachem Interesse zu, wie Beauvoir jetzt die Pinzette mit der Made in Divinas linkes Nasenloch einführte. Nachdem er noch drei weitere der ekeligen, sich windenden Viecher hineingeschoben hatte, wiederholte sich die Prozedur mit vier Maden aus dem anderen Glas, die ins rechte Nasenloch gesetzt wurden.

»Kranker Scheiß«, flüsterte Mike, was ihm einen tadelnden Seitenblick von Eddy einbrachte.

Beauvoir verstaute die Madengläser sorgfältig in seinem Koffer und holte stattdessen ein Porzellanschälchen und zwei angelaufene kleine Glasflaschen heraus. Diese entkorkte er und gab zunächst aus der einen, dann aus der anderen Flasche ein wenig Puder in das Schälchen. Mit einer Feder rührte er darin herum, dann strich er damit über Divinas Unterarme und ihre Lippen. Sein Singsang war lauter geworden. Stephan musste sich schon zusammenreißen, die einfache, sich ständig wiederholende Melodie nicht mitzusummen. Beauvoir trat zwei Schritte von der Leiche zurück und beobachtete sie konzentriert. Plötzlich hörte er auf zu singen.

»Klappt wohl nicht mit der Totenerweckung«, flüsterte Mike sarkastisch in Stephans Ohr. »Na, wer hätte das gedacht?«

»Psst«, zischte Eddy.

Beauvoir ging zu der kleinen Bar, die ebenfalls Bestandteil von Eddys Hobbykeller war, und wählte eine Flasche Rum aus. Er nahm einen tiefen Schluck direkt aus der Flasche, bevor er etwas von dem Rum zu dem restlichen Pulver in das Porzellanschälchen laufen ließ. Er schwenkte das Schälchen vorsichtig, dann schüttete er den gesamten Inhalt in Divinas Mund. Ein Teil der Mischung lief ihr aus den Mundwinkeln, über das grau-weiße Kinn den fleckigen Hals hinunter. Aus ihrem Rachen hörte man ein schlürfendes Geräusch. Während Stephan, Mike und Eddy kollektiv zusammenzuckten, spie Divina dem Bokor einen Schwall stinkender, schwarzgrüner Brühe über sein farbenfrohes Gewand. Ihre Gliedmaßen zuckten unkontrolliert in der Fixierung und mit dem Hochrucken des Kopfes stieß sie ein kehliges Knurren aus. Doch im nächsten Moment sackte der Körper wieder zusammen.

»*Merde*«, brummte Beauvoir.

»Alter, was war das denn?«, stammelte Mike. »Ich hab mir fast in die Hose geschissen.« Eddys Hände hatten sich um die Kante der Liege gekrallt.

»Was ist mit ihr?«, fragte er. Von der ruhigen Beherrschtheit, die seine Sprechweise sonst auszeichnete, war nichts mehr zu hören.

»*Ta gueule!* Ich muss …« Beauvoir wühlte hektisch nach den Madengläsern und der Pinzette und ließ sechs weitere Maden in Divinas Nase verschwinden. Dabei brachte er seinen Kopf so nah an das Gesicht der Leiche, als wolle er hinterherkriechen. Wieder gab er Beschwörungsformeln von sich. Immer lauter. Schneller. Eindringlicher. Stephan schluckte hart, während sich Eddy nach vorn beugte und scheinbar versuchte, Divina nur mit seinem Starren ins Leben zurückzuholen. Die Stimme des Bokors dröhnte in Stephans Ohren und verursachte ihm Kopfschmerzen. Trotz des Umstandes, dass noch keine der Kerzen heruntergebrannt war, erschien ihm Eddys »Studio« mit einem Mal dunkler, erdrückender. Am liebsten hätte Stephan sich bei jemandem festgehalten und konnte seine Hand gerade noch davon abhalten, das bei Mike zu tun. Jetzt war die Stimme des

Haitianers fast zu einem Schreien angeschwollen. Einzig Jean unter seiner Plane und Divina blieben von alldem völlig unberührt. Doch nicht lange. Unvermittelt krampfte der Körper der Toten erneut. Beauvoir fuhr fluchend zurück. Divina warf ihren Kopf hin und her, stemmte sich abermals mit aller Macht gegen die Lederriemen.

Stephan konnte nicht sagen, wie lange sie brauchte, um sich zu beruhigen, aber er hatte schließlich wohl doch nach Mikes Hand gegriffen. Peinlich berührt gab er sie frei. Mike bemerkte es nicht, ebenso wenig wie die Tatsache, dass sein Mund weit offenstand. Er hatte nur Augen für den Bokor und seine »Schöpfung.« Die starrte mit trüben Pupillen erst auf den Mann im besudelten Gewand und dann zum geschockten Trio auf dem Ledersofa. Wollten ihre bleichen Lippen Worte formen? Sie brachten lediglich ein Stöhnen zustande, das alles andere als freundlich klang.

»Du müssen nun vorsichtig sein«, wandte sich der Bokor an Eddy. »Sie gefährlich.«

»Aber das ist doch wieder meine Divina … oder nicht?« Man hörte, wie schwer es ihm fiel, seine Worte zu ordnen.

»Nur ein Teil.«

»Und der Rest?«

»Etwas anderes.«

»Aber es war abgemacht, dass Sie Divina zurückholen würden.«

»Frau war zu lange weg von hier. Zu lange tot. Mehr konnte ich nicht tun.« Über seiner Nase bildete sich eine scharfe Falte. »Du müssen sehr, sehr vorsichtig sein«, wiederholte er. »Am besten, wir machen gleich wieder tot. Für immer.«

»Auf keinen Fall«, gab Eddy erregt zurück. »Meine Herren! Auf Sie wartet Arbeit«, wandte er sich an Stephan und Mike und verließ eilig den Raum.

Stephan hatte schon eine Menge abartigen Scheiß mitgekriegt. Richtig kranken Mist, der andere hätte kotzend und schreiend abhauen lassen. Doch er hatte es durchgezogen wie ein Profi. Das hier … das war das Erste, was ihm seit langem so richtig an die Nieren ging. Trotzdem stieß er Mike an und sagte: »Los geht´s. Aufbau.«

Während Stephan und Mike ihr Equipment aufbauten, baute Beauvoir seines ab. Er löschte die Kerzen und Räucherstäbchen, zog sein besudeltes Gewand aus und verstaute zu guter Letzt die angebrochene Flasche Rum aus Eddys Bar in seinem Koffer.

»Ich gehe in mein Zimmer. *Dormir*. Wenn Problem, ihr kommen.« Der Bokor warf einen letzten Blick auf Divina. Sie knurrte leise vor sich hin und sabberte dunkles Zeug aus. Dann zog er die Plane von Jean herunter, der ihm auf ein gemurmeltes Kommando hin aus dem Raum folgte.

Dafür tauchte Eddy jetzt wieder auf. Er hatte sich umgezogen. Statt der hellen Leinenhose und des edlen Oberhemds trug er ein schwarzes Netzshirt und glänzende Latexshorts, die hinter dem Reißverschluss eine deutliche Wölbung zeigten. An den Füßen hatte er schwarze Socken. Stephan und Mike hatten oft über Eddys Spleen gelästert, jedes noch so abgefahrene Sex-Outfit mit Socken zu kombinieren, aber heute fiel es ihnen gar nicht auf.

»Ist alles bereit?«, fragte ihr Auftraggeber knapp.

Stephan checkte noch kurz den Ton. »Alles klar«, antwortete er. »Sie können loslegen.«

Eddy leckte sich über die Lippen. Vorsichtig näherte er sich dem Gynäkologenstuhl. Je näher er kam, desto mehr geiferte die angeschnallte Divina. Er öffnete seinen Reißverschluss und Mike zoomte auf das, was Eddy als seinen »Großen« zu bezeichnen pflegte. Dies hatte Stephan immer ein kleines Schmunzeln abgenötigt; andererseits hatte er seine Ex auch meistens »Mausi« genannt, obwohl sie nicht wirklich ein kleines graues Nagetier gewesen war.

Mit unübersehbarer Leidenschaft machte sich Eddy jetzt daran, das Objekt seiner Begierde zu begatten. Er stand zwischen Divinas gespreizten Beinen vor dem Stuhl und drang mit einem Stöhnen in sie ein. Stephan wunderte sich, dass dies ohne Gleitmittel möglich war, verdrängte aber schnell die Frage aus seinen Gedanken, was in einer Leichenmuschi wohl für die nötige Feuchtigkeit sorgen mochte. Mike sah aus, als müsse er ein Würgen unterdrücken, doch er filmte tapfer weiter. Stephan richtete seine eigene Kamera auf Divinas Gesicht – falls man das überhaupt noch so bezeichnen konnte. Wo sie früher versucht hatte, so viel leidenschaftliche Begeisterung zu heucheln, wie es mit ihrem bescheidenen Maß an Schauspieltalent eben möglich gewesen war, konnte er jetzt in den entstellten Zügen eine animalische Gier erkennen. Er fragte sich bloß, wodurch diese ausgelöst wurde. Sexuell motiviert war sie offensichtlich nicht, eher erinnerte die wütend verzerrte Fratze an den Ausdruck eines abgerichteten Kampfhundes, der sich auf den Konkurrenten seines Zuhälter-Herrchens stürzt.

Eddys Becken bewegte sich in einem langsamen, stetigen Rhythmus. Dabei beugte er seinen Oberkörper weit nach vorne, sodass sein Gesicht gefährlich nahe an die schnappenden Zähne der lebenden Leiche kam, die ihren Hals mit aller Macht gegen den Lederriemen stemmte. Beide an dem bizarren Akt Beteiligten stöhnten laut, wenn auch aus unterschiedlichen Gründen. Eddy schien ein besonderes, perverses Vergnügen daran zu finden, seinen Kopf und Hals immer gerade so nahe an das wutschäumende Maul zu bringen, dass die Zähne ihn knapp verfehlten. Sein Becken bewegte sich nun immer schneller. Aus

Erfahrung wusste Stephan, dass es nicht mehr lange dauern konnte – schließlich war sein Auftraggeber kein Profi und nicht mehr der Jüngste –, da gab Eddy prompt einen gutturalen Laut von sich. Sein Körper zuckte, die Augäpfel drehten sich nach oben und für einen kurzen Moment vergaß er alle Vorsicht und ließ seinen Kopf ein Stück zu weit nach vorne fallen. Sofort gruben sich Divinas Zähne in Eddys Hals. Der stieß einen schrillen, gurgelnden Schrei aus.

Während Mike seine Kamera fallen ließ und sich suchend nach einer Waffe umsah, stand Stephan wie versteinert da und konnte nicht anders, als weiter zu filmen. Mike griff sich eine Whiskyflasche von der Bar und schlug damit auf Divinas Hinterkopf ein. Nach dem vierten Schlag zerbarst die Flasche und man sah den offenliegenden Schädelknochen, ansonsten zeigten die Schläge keinerlei Wirkung. Eddy versuchte verzweifelt, sich zu befreien, während Divinas Zähne immer tiefer in seinen Hals sanken. Schließlich gab es ein reißendes Geräusch, ihr Ober- und Unterkiefer schlossen sich, und Eddy taumelte zurück. Zwischen den Fingern der Hand, die er gegen seinen Hals gepresst hielt, quoll Blut hervor.

»Wir müssen das verbinden«, schrie Mike. »Ich hole den Verbandskasten aus dem Wagen.« Damit rannte er aus der Tür.

Eddy sackte langsam zu Boden, während Stephan immer noch in Schockstarre seine Kamera auf ihn gerichtet hielt. Wie verwundert blickte Eddy ihn an, dann nahm er die Hand von seinem Hals und starrte auf das Blut. Aus dem Loch spritzte stoßweise immer mehr Blut hervor. Schnell bildete sich eine dunkelrote Pfütze um den am Boden Knienden, der den Mund öffnete, aber zur Seite kippte, bevor er ein Wort sagen konnte. Als Mike mit dem Verbandskasten in den Raum gestürzt kam, sah er sofort, dass er die Mullbinden gar nicht mehr auszupacken brauchte. Stattdessen riss er Stephan die Kamera aus den Händen. »Scheiße, Steve, was machst du denn?«

Stephan glotzte verständnislos auf die Szene, die jetzt ungefiltert auf ihn eindrang: Eddy, leblos in einem See von Blut, Divina, die sich mit fauliger Zunge gierig die Lippen leckte, und Mike, sich hektisch umblickend und Satzfetzen ausstoßend.

»Was sollen wir jetzt bloß – Scheiße … Eddy – wenn das die Bullen – wie sollen wir denn – Scheiße … «

Stephan löste sich aus seiner Starre, beugte sich zu Eddy hinunter und fasste sein Handgelenk, um den Puls zu fühlen. Nichts. Er versuchte, seinen Blick von der klaffenden Halswunde zu lösen, schaffte es aber nicht. Was war das für eine Bewegung? Wand sich etwa eine Made darin? Ein Schauer lief ihm über den Rücken.

Abrupt richtete Stephan sich auf und ging zur Bar. Mit zitternden Händen öffnete er die nächstbeste Flasche, nahm einen tiefen Schluck, dann reichte er sie an Mike weiter. Der seufzte, setzte die Flasche an die Lippen – und ließ sie im nächsten Moment mit einem Aufschrei fallen. Eddy – der tote Eddy – hatte sich von hinten an Mike herangerobbt und sich in seinem Unterschenkel verbissen. Mike schrie wie am Spieß, während er versuchte, sein Bein zu befreien.

»Steve! Mach ihn weg!«, brüllte er.

Stephan packte Eddy an den Fußgelenken und versuchte, ihn von Mike wegzuzerren, der sich krampfhaft an der Bar festkrallte. Aber Eddy hielt seinerseits Mikes Bein mit beiden Händen umklammert. Ein Stück hatte er bereits herausgebissen und offenbar verschlungen, jetzt schlug er seine Zähne zum zweiten Mal hinein. Mikes panisches Schreien wurde lauter und schriller.

Beauvoir, schoss es Stephan durch den Kopf. Er rannte die Kellertreppe hoch, durch die Eingangshalle und in den ersten

Stock. Da Mike, Divina und er bei früheren Filmprojekten ab und zu in Eddys Villa übernachtet hatten, wusste er, wo sich die Gästezimmer befanden. Bereits hinter der ersten der in Frage kommenden Türen waren Stimmen zu hören, eine davon schien die von Beauvoir zu sein. Aber mit wem unterhielt er sich? Egal! Stephan riss die Tür auf.

Der Bokor und sein untoter Diener saßen einträchtig auf dem Bett. Jean hatte eine Hand nach der Rumflasche ausgestreckt, die Beauvoir gerade absetzte. In der anderen hielt der angebliche *zonbi* einen dicken, formvollendet gedrehten Joint. Die ungesunde graue Hautfarbe wirkte um seine Lippen herum irgendwie verschmiert, wie abgewischt, und auch seine Augen waren nicht mehr unfokussiert glasig, sondern überrascht auf Stephan gerichtet. Er hustete eine imposante Rauchwolke aus, legte den Joint auf den Rand eines Aschenbechers, sein Blick flackerte kurz zu seinem Meister, dann kehrte der leere, teilnahmslose Ausdruck abrupt zurück.

»*Qu'y a-t-il?*«, fragte Beauvoir, der inzwischen eine dunkelblaue Jogginghose und ein weißes T-Shirt mit der Aufschrift *Real HipHop Is Not On The Radio* trug, mit mühsam beherrschter Stimme.

Stephan sammelte sich. Keine Zeit für Vorhaltungen. Auch wenn die beiden offensichtlich Betrüger waren – die Totenerweckung hatte definitiv funktioniert. Und höchstwahrscheinlich war der falsche Hexer der Einzige, der Mike jetzt helfen konnte.

»Sie müssen kommen! Eddy ist tot. Und jetzt beißt er Mike.«

Beauvoir sah unschlüssig zu Jean.

»Schnell!«, drängte Stephan. »Ich weiß nicht, was da abgeht, aber Divina hat Eddy in den Hals gebissen. Er war tot, ganz sicher. Und nun versucht er … Mike zu fressen oder so. Sie müssen ihn aufhalten!«

Er packte den widerstrebenden Beauvoir am Arm.

»Verfickte Scheiße!«, kam es jetzt von Jean. »Ich hab doch gleich gesagt, das wird nicht klappen, Phil. Lass die Finger von den Scheiß-Maden, hab ich gesagt, aber du musstest ja …«

Er griff nach dem Joint und nahm noch einen tiefen Zug.

Der »Bokor« seufzte, dann ließ auch er seine Rolle fallen.

»Moment, Alter, ich brauche meine Wumme«, erklärte er völlig akzentfrei und holte eine Pistole aus der Schublade des Nachtschränkchens. »Kevin, leg die Tüte weg. Nimm den Koffer und komm mit!«

Kevin, aka Jean, holte gehorsam den Bokorkoffer unter dem Bett hervor.

»Und den Basie!«, rief der falsche Hexer noch über die Schulter zurück, während er schon aus dem Zimmer eilte. Kevin griff sich einen Baseballschläger, der hinter der Zimmertür an der Wand lehnte, dann rannten alle drei in den Keller.

Als sie sich dem »Studio« näherten, konnte Stephan über Beauvoirs Schulter hinweg eine schwankende Gestalt im Türrahmen erkennen.

»Mike! Bin ich froh, dass du –« Ein ohrenbetäubender Knall schnitt ihm das Wort ab. Beauvoir hatte Mike in die Brust geschossen. Der sackte zusammen. Beauvoir stieg über den Körper und sah sich im Studio um. Mit seltsam unkoordinierten Bewegungen kam Eddy knurrend auf ihn zu, Divina wand sich immer noch geifernd in ihren Fesseln. Beauvoir schoss zuerst auf Eddy, dann auf Divina. Die Schüsse in dem kleinen Raum ließen Stephan fast die Trommelfelle platzen. Mit klingelnden Ohren sah er zu Mike hinunter. Auf dessen T-Shirt breitete sich rasch ein dunkelroter Fleck aus.

»Sie haben Mike erschossen«, sagte Stephan tonlos. »Warum?«

»Keine Zeit«, erwiderte Beauvoir. »Kevin! Gib mir den Koffer.«

Kevin, der so blass geworden war, dass man ihm den lebenden Toten jetzt auch ohne Schminke abgenommen hätte, reichte seinem Chef das Verlangte mit zitternden Fingern.

Der hockte sich mit dem Koffer auf den Boden, öffnete ihn und wühlte fieberhaft darin herum.

»Das Zeug tötet angeblich die Maden. Ich hab die Viecher von so 'nem Wissenschaftler-Typen in Hamburg, der mir ab und zu mal … was verkauft hat. Er wollte selbst nicht mit der Sache in Verbindung gebracht werden, also hat er mir und Kevin einen Deal angeboten. Meinte, es würde unheimlich Eindruck schinden und den Preis hochtreiben, wenn da ein echter Bokor aus Haiti ankommt, noch dazu mit 'nem Zombie im Schlepp. Na ja, meine Eltern sind aus Kamerun, deswegen kann ich Französisch.«

Schließlich schien er das Gesuchte gefunden zu haben: einen unscheinbaren Tiegel, dessen Deckel er abschraubte. Eine bräunliche Paste befand sich darin, die einen stechenden, seltsam chemischen Geruch verströmte. Er richtete sich auf.

»Wenn was schiefgeht, soll ich das hier mit Alkohol verdünnen und der Leiche in Mund oder Nase schütten. Reich' mir mal schnell 'ne Flasche möglichst harten Stoff, okay?«

Kevin umklammerte mit beiden Händen den Baseballschläger und machte nicht den Eindruck, als habe er die Anweisung wahrgenommen.

Wie betäubt wankte Stephan zur Bar und griff nach einer Flasche. Als er sich herumdrehte, sah er Mike hinter Kevin und dem »Bokor« stehen.

»Beeilung, Alter!« Beauvoirs Augen trafen Stephans und folgten dessen Blick. »Kevin! Pass auf!«, rief er. Kevin fuhr herum, gerade als Mike sich mit Schaum vor dem Mund auf ihn stürzen wollte, und holte mit dem Baseballschläger aus, traf aber Beauvoir. Der taumelte zwischen die gespreizten Beine von Divina und rutschte auf dem blutverschmierten Boden aus. Sein Oberkörper kippte vornüber, sodass er direkt auf dem ihren landete. Ohne Vorwarnung schnappten ihre Kiefer zu und verbissen sich in Beauvoirs Wange. Jetzt schrie auch Beauvoir. Er versuchte mit bloßen Händen die Kiefer der Toten auseinanderzubringen, aber vergebens – bis seine Wange schließlich abriss. Divina verschlang den blutigen Lappen Fleisch, dann schlug sie ihre Zähne sofort in Beauvoirs linke Hand, die er nicht rechtzeitig aus ihrer Reichweite gebracht hatte. Stephan starrte auf Beauvoirs zerstörte Gesichtshälfte und musste ausgerechnet an eine Anatomiezeichnung in seinem alten Biobuch denken: *Blick in den Kiefer (Aufriss)*. Der Geschmack von Kotze im Mund war ihm in den letzten Stunden so vertraut geworden wie einer Bulimiekranken an den Weihnachtstagen.

Kevin schlug wieder und wieder mit dem Baseballschläger auf Mike ein, konnte aber nicht verhindern, dass der sich in seinem Unterarm verbiss. Zusammen gingen sie zu Boden.

Entsetzt nahm Stephan aus den Augenwinkeln noch eine andere Bewegung wahr: Eddy stützte sich aus seiner liegenden Position langsam auf die Ellenbogen.

»Die Pistole!«, schrie Kevin. »Schieß doch! Schieß!«

Aber Stephan war nicht zum Helden geboren. Durch das Knurren und Schmatzen der Untoten und die Schreie der noch Lebenden rannte er, so schnell er konnte, aus dem Studio, die Kellertreppe hoch, aus der Villa und sprang ins Auto.

***

So habe ich es gehört. Keine Ahnung, ob der Typ sich bloß wichtigmachen wollte oder ob tatsächlich was dran ist. Angeblich ist er dann abgehauen, hat sich in irgendeinem Hotel verkrochen und tagelang durchgesoffen, bis er glaubte, es wäre alles nur ein Traum gewesen. Tja, kann sein. Höchstwahrscheinlich ist an der Geschichte nicht mehr dran als an dem Gerücht, die Russen wären schon unterwegs, um uns alle zu retten. Aber wenn doch … und dieser Gedanke lässt mich einfach nicht mehr los … wenn es diesen Keller wirklich gibt … dann liegt da womöglich immer noch diese Paste rum. Und vielleicht – nur vielleicht – ist sie genau das Gegenmittel, nach dem alle so verzweifelt suchen. Denkt mal drüber nach …

DER STOFF, AUS DEM DIE TRÄUME SIND

EBERHARD LEUCHT

Nun wartete er schon über eine halbe Stunde. Aber was sollte es? Zeit spielte momentan keine Rolle, für niemanden. Er hätte nur gerne gewusst, wie es weiterging, ob er eine Chance hatte, hier aufgenommen zu werden. Wenn nicht, dann wäre der lange, gefährliche Weg umsonst gewesen. Dann ginge es wieder hinaus, dem Tod entgegen.

Der bleiche Typ, der wohl so etwas wie einen Wachposten darstellte, hatte sich die ganze Zeit nicht von der Stelle gerührt. Er kauerte in einer Ecke auf dem blanken Betonboden, den Karabiner auf den gekreuzten Beinen abgelegt. Seine Kleidung sah verschlissen aus, mehr noch, erbärmlich - was Eric Hutter wunderte. Er hatte etwas anderes an diesem Ort erwartet.

Da kam Bewegung in den Wachmann. Er legte das Gewehr beiseite und beugte sich auf den Boden hinab. Mit einer Hand

125

sammelte er etwas auf. Als Eric genauer hinsah, fiel ihm auf, dass dieses Etwas sich bewegte, feingliedrige schwarze Beinchen zappelten zwischen den rissigen Fingern des Mannes. Spinnen! Eine Handvoll Spinnen! Und die stopfte sich der Mann jetzt in den Mund, sorgsam darauf bedacht, dass keines der Tierchen seinem Mund entschlüpfte. Laut schmatzend begann er sein opulentes Mahl zu kauen. Fahrig streifte er sich dabei Reste von Spinnweben vom Kinn.

Eric kämpfte tapfer gegen den aufsteigenden Würgereiz an. Er hatte geglaubt, das Schlimmste eigentlich schon überstanden zu haben. Vor gar nicht langer Zeit.

Das Kellerversteck, in dem es penetrant nach gekochten Kartoffeln, gebratenem Rattenfleisch, Urin und Erbrochenem gestunken hatte, schien ihm der absolute Tiefpunkt gewesen zu sein. Wenigstens hatte er dort ein Dach über dem Kopf und schützende Mauern um sich herum gehabt. Sicherheit auf drei Quadratmetern, die man sich mit zwei oder drei anderen Menschen teilen musste. Aber die Sicherheit hatte sich als trügerisch erwiesen. Niemand hatte es voraussehen können. Wie auch?

Plötzlich war Panik ausgebrochen. Alles lief schreiend, brüllend, kreischend und wild um sich schlagend durcheinander; was im Weg war, wurde niedergetrampelt. Vielleicht hatte jemand eine Tür oder ein Fenster nicht richtig verriegelt, genauso gut konnte es sein, dass die Masse der Untoten mit ihrem Gewicht und schier unglaublicher Gewalt eine Tür aus den Angeln gerissen hatten.

Das Fauchen, Grunzen, Heulen, das Schaben von Knochen an Betonwänden und das Zischen, mit dem sich die Flut der Monster in das Kellergewölbe ergoss, erfüllte jeden mit blankem Entsetzen. Der Verstand setzte von einem Moment auf den anderen aus, pure Angst trieb jeden Einzelnen an. Es ging ums nackte Überleben. Vereinzelt fielen Schüsse. Dann die markerschütternden Schreie der ersten Opfer, die den fresswütigen Zombies in die Hände fielen …

Gut die Hälfte der Flüchtenden wurde von den eigenen Leuten totgetrampelt oder eingequetscht. Den Untoten wurde ein reichhaltiges Mahl bereitet. Wer einmal die Todesangst in den Augen der panisch davonrennenden Menschen gesehen hatte, würde diesen Anblick nie im Leben vergessen. Da war das Tier zum Vorschein gekommen. Eric musste sich eingestehen, dass er dabei keine Ausnahme gemacht hatte. Irgendwann lernte man einfach, dass einem in Zeiten wie diesen die niederen Instinkte am Leben erhielten.

Als er nach unvorstellbar langer Zeit allein im Nirgendwo wieder einen klaren Gedanken zu fassen in der Lage war, wurde ihm bewusst, dass diese Panik ihn von Carolin getrennt hatte. Das schmerzte. Und zwar ganz tief in ihm drin. Es war dieser Schmerz, gegen den es kein Heilmittel gab. Eric ließ sich auf einen Baumstumpf nieder. Über ihm hüllte sich der Himmel in düsteres Grau. Es sah nach Regen aus. Er hätte in diesem Moment seine Tränen nicht zurückhalten können, aber seine Augen blieben trocken. Seine Seele war leer und ausgebrannt. Das schmale, zerbrechlich wirkende Mädchen mit dem blassen Teint und den feinen blonden Haaren hatte allein kaum Chancen zum Überleben. Es hatte keinen Zweck, sich irgendwelchen Hoffnungen hinzugeben. Er wusste ja nicht einmal, ob sie zu denen gehörte, die das Kellergewölbe lebend verlassen hatten. Wenn sie Glück hatte, fand sie Leute, denen sie sich anschließen konnte. Es gab sie noch, vereinzelt jedenfalls, die Hilfsbereitschaft. Allerdings, wenn sie an die Falschen geriet, bedurfte es nicht viel Fantasie, um sich vorzustellen, was die mit einer jungen, wehrlosen Frau anstellen würden.

Eric blickte sich um. Man ließ ihn weiter warten. Das hier war mal ein Straßenbahndepot gewesen. Zwischen Dreck, Unrat und Bergen von faulem Laub sah man noch vereinzelt die Schienen. Weiter hinten versank das Gerippe einer ausgeschlachteten Straßenbahn im Halbdunkel der Halle. Was sich irgendwie gebrauchen ließ, hatte man entfernt, und gebrauchen konnte man heutzutage so gut wie alles. Der Wind rüttelte an der Wellblechtür. Der Wachmann schien von seiner Spinnenmahlzeit gesättigt und starrte wieder Löcher in die Luft. Seine Aufgabe bestand wohl nur darin, die anderen zu warnen, falls die Untoten hier durchbrachen. Mit seinem Gewehr hätte er gegen die Übermacht, die sich auf dem freien Platz vor dem Depot herumtrieb, nicht viel ausrichten können. Draußen hatte man einen der Zombies an einem Haken vor der Tür aufgehängt. Dort strampelte und fauchte er sich nun der Ewigkeit entgegen, aber der Gestank, den er ausdünstete, verhinderte, dass seine Artgenossen die Witterung von Menschen aufnehmen konnten. Eine simple Art, sich vor einem Angriff zu schützen, aber sehr effektiv. Dass die Füße des Untoten ständig gegen die Blechtür wummerten und er unentwegt fauchte, war der Preis der Sicherheit. Damit konnte man leben.

In diesem Depot und den dahinter liegenden Behausungen, Schuppen und Büros schien man es geschafft zu haben, sich ein halbwegs normales Leben einzurichten. Aber was hieß schon normal? Es war verständlich, dass sie nicht jeden reinließen und wenn, dann erst nach einer peinlich genauen Überprüfung.

Eric war auf seinen Irrwegen heute Morgen auf die drei Typen im Wald gestoßen. Ihre Kleidung wies zwar Flicken auf, aber sie war sauber. Sie wirkten relativ gelassen, manchmal erzählte einer einen Witz, die anderen lachten. Sie würden Pilze suchen, erklärten sie, nachdem Eric aus seinem Versteck getreten

128

war und sich ihnen mit offenen, nach vorn gestreckten Händen näherte. Das hatte ihm die Sprache verschlagen. Pilze suchen! Pilze, die am Abend als Beilage zu einem Braten serviert werden sollten. Wo war er denn hier hingeraten? Konnte man sich etwas vorstellen, das banaler war? Die drei sahen aus wie ganz normale Pilzjäger, wenn sie nicht gerade bis an die Zähne bewaffnet gewesen wären. Sie hatten Eric den Weg zum Depot beschrieben und geraten, dort mal nachzufragen. Leute, die arbeiten konnten, wurden immer gebraucht.

Arbeiten konnte er. Und er würde es. Hier könnte der Traum von einem sinnvollen Leben in einer gewissen Normalität wahr werden.

»Der Sheriff erwartet Sie«, wurde Eric aus seinen Gedanken gerissen.

Ah, die Audienz stand unmittelbar bevor! Seine Exzellenz gab sich die Ehre, ihn, den Neuankömmling, zu empfangen.

Eric wurde in ein spärlich eingerichtetes Büro geführt. Es war nicht zu übersehen, dass der Raum auch zum Schlafen genutzt wurde. Ein abgeschlossenes Zimmer für jemanden ganz allein! Luxus pur.

Auf der zerkratzten, aber ansonsten leeren Platte eines Schreibtisches saß ein Mann mittleren Alters mit lässig übereinandergeschlagenen Beinen. Sein Äußeres wirkte eher unscheinbar, ein nichtssagendes Gesicht, das in der Menge unterging, dunkle, perfekt gescheitelte Haare, um sein Kinn der Glanz von Bartstoppeln. Der Buchhaltertyp schlechthin. Der Blick aus den grauen Augen war auf den Eintretenden gerichtet. Ganz anders die Frau zu seiner Rechten, sie zog sofort alle Blick auf sich. Eine blonde Haarmähne, die dringend der Hand eines Friseurs bedurft hätte, wurde von einem Band in ihrem Nacken nur mühsam gebändigt. Ausgewaschene, aber saubere Jeans formten prächtige Schenkel nach. Eric stellte sich in Gedanken schon den dazugehörigen Hintern vor. Ein weiterer Mann hielt sich im Hintergrund, ein massiger Kerl, der so breit wie hoch war. Ein wandelnder Muskelberg mit einem Stiernacken, kahl geschorenem Schädel und martialisch anmutenden Tätowierungen auf den Armen, die den Umfang von Oberschenkeln kräftig gebauter Männer hatten. Er machte den Eindruck, als würde er zur Körperertüchtigung jeden Morgen zehn bis zwanzig Köpfe von Untoten mit bloßen Händen zerquetschen.

»Der Sheriff also«, richtete Eric das Wort an den Unauffälligen, der trotzdem unschwer als Chef im Ring zu erkennen war.

Der Angesprochene nickte. »Solch einen Namen«, erwiderte er nicht ganz uneitel, »sucht man sich nicht selbst aus, man hat ihn mir gegeben. Ansonsten heiße ich Elmar Berg.«

»Eric Hutter«, stellte sich Eric seinerseits vor.

Elmar, der Sheriff, winkte ab. »Namen tun nichts zur Sache. Wir fragen nicht danach. Warum sollten wir? Polizeiliche Meldeformulare sind knapp.« Er lachte als Einziger über seinen Witz. »Wenn Sie sich Max Müller nennen wollen, bitteschön, niemand hat hier ein Problem damit. Sie beabsichtigen also, sich bei uns häuslich niederzulassen?«

»Das war mein Plan, ja - wenn es mir gestattet wird. Selbstverständlich bin ich bereit, meinen Beitrag für die Gemeinschaft zu leisten.«

»Davon gehe ich aus. Es mangelt wirklich nicht an Arbeit. Was haben Sie früher getan? Verstehen Sie zu kämpfen?«

»Nun ja, meine schärfsten Waffen waren Worte.«

»Journalist?«

Eric nickte, obwohl er verstehen konnte, dass es derzeit wenig Bedarf an Zeitungsfritzen gab. »Ich kann aber auch …«

»Es kann nicht schaden«, fiel ihm Elmar ins Wort, »jemanden zu haben, der unfallfrei ein paar Sätze aufs Papier bringen kann. Wissen Sie, die meisten Leute hier leiden noch immer unter dem Trauma, dass sie kaum mehr in der Lage sind, ihren Namen zu schreiben. Es wird sich eine Aufgabe für Sie finden.«

»Heißt das …«

»Ja, ja. Sie sollten sich nur merken, dass hier allein meine Regeln gelten und sich gefälligst jeder daran zu halten hat. Jeder! Diese Regeln besagen, dass alles zu vermeiden ist, was der Gemeinschaft in irgendeiner Form schadet. Ich will das gleich klarstellen, das hier ist keine Demokratie, hier hat nur einer was zu sagen, und das bin ich. Alles andere führt nur ins Chaos. Ich habe mir die Verantwortung für die Gemeinschaft bestimmt nicht ausgesucht. Wer sich hier etwas zuschulden kommen lässt, sollte ja nicht einen fairen Prozess erwarten. Der fliegt raus, den Rest erledigt der Mob da draußen. Und wir sparen uns sogar noch die Kugel.«

Eric nickte. »Klar.«

»Da Sie gerade hier sind, hätte ich sogar schon einen Auftrag für Sie. Und ich frage nicht nach Freiwilligen.«

Eric blickte den Sheriff erwartungsvoll an.

Der sprang vom Tisch, winkte ihn zu sich und deutete auf eine Landkarte an der Wand.

»Sehen Sie«, erklärte er und tippte auf einen Punkt auf der Karte, »wir befinden uns genau hier, in unmittelbarer Nähe zur tschechischen Grenze. Und hier«, der Finger rutschte ein kleines Stückchen nach unten, »führt eine Art unterirdischer Gang direkt ins Nachbarland. Wir denken, es handelt sich um die Überreste eines ehemaligen Stollens. Hier wurde in der Vergangenheit ja überall Erz abgebaut. Der größte Teil ist natürlich verschüttet, aber dieser Gang ist begehbar. Vielleicht wurde er früher, während des Zweiten Weltkriegs oder des Kalten Kriegs von Schmugglern benutzt. Heute jedenfalls dient er dem gleichen Zweck.«

Eric nickte. »Warum hauen wir durch diesen Tunnel nicht einfach ab? Dann wären wir frei und in Sicherheit.«

»Keine Chance. Glauben Sie, das wurde noch nicht versucht? Niemand ist weiter als zehn oder zwanzig Meter gekommen. Ich schätze, dank satellitengestützter Abwehr. Dazu die Patrouillen der tschechischen Armee nebst den NATO-Verbänden. Außerdem gibt es noch einen Minengürtel, dessen Breite wir nicht einmal ahnen können.

Uns ist es aber gelungen, Verbindung mit Leuten von drüben aufzunehmen. Die schicken über diesen Kanal Sachen zu uns, die wir brauchen, Nahrungsmittel und Medizin zum Beispiel. Da ich mich für die Leute hier nun mal verantwortlich fühle, nutze ich jede Möglichkeit, sie mit dem Lebensnotwendigen zu versorgen.«

»Und die Tschechen?«, fragte Eric. »Die können von ihrer Seite aus den Tunnel betreten und das lässt man zu?«

»Ja, so ist es. Der EU scheint nicht daran gelegen, dass wir alle draufgehen. Ein Zeichen humanitärer Hilfe auf der Basis von Privatinitiative, wenn man so will. Ich halte die Verbindung am Leben, in unser aller Interesse.«

Elmar öffnete einen Koffer, der randvoll mit Geldscheinen gefüllt war. »Sehen Sie«, machte er Eric darauf aufmerksam, »wir haben etwas, womit wir augenblicklich nichts anfangen können, die da drüben aber sehr wohl. Was soll ich sagen, wir sind sozusagen im Geschäft.

Vor einiger Zeit hat es auch einen Banker zu uns verschlagen, einen von denen, die früher das ganz große Geld gemacht haben. Ich habe ihn davon überzeugen können, dass es unter den

gegenwärtigen Umständen mit der unbegrenzten Geldvermeh-
rung erst mal vorbei ist und dass seine Millionen nur noch dafür gut sind, sich den Arsch abzuwischen. Diesen Argumenten
hatte er wenig entgegenzusetzen, wenn ich auch nicht weiß, ob
es ihm leichtgefallen ist, sich von all den schönen Scheinchen
zu trennen.«

Elmar entnahm dem Koffer ein dickes Bündel Geldscheine
und packte es in einen Lederbeutel.

»Sie werden mit Lydia«, er deutete auf die Blondine, »die
neue Lieferung in Empfang nehmen.« Er winkte Eric noch
einmal an die Landkarte. »Die Straße ist bis zu dieser Stelle
befahrbar. Gleich hinter der folgenden Ortschaft ist die Brücke eingestürzt. Deswegen geht es von da zu Fuß weiter durch
den Wald. Niemand kennt den Weg besser als Lydia, sie ist
sozusagen unser Chefkurier. Im Wald streunen übrigens nur
vereinzelt Untote herum, aber keine größeren Gruppen, die
Ihnen gefährlich werden könnten. So weit alles klar?«

Eric nickte.

»Wie sieht's mit Waffen bei Ihnen aus?«

Eric zog eine Makarow aus der Tasche, entriegelte das Magazin und ließ es herausfallen. »Drei Schuss«, erklärte er lako-
nisch, »und noch ein volles Magazin.«

»Nicht gerade viel. Alfred«, Elmar wandte sich an den Täto-
wierten, der die ganze Zeit über reglos im Hintergrund gestanden hatte, »besorg dem Herrn ausreichend Munition. Neun
Millimeter, nicht wahr?«

»Genau.«

Der Muskelberg setzte sich in Bewegung.

»Mein Bodyguard«, fügte Elmar unnötigerweise hinzu.

Lydia erwartete ihn vor einem SUV, dessen Typ nicht mehr zu erkennen war. Man hatte sein Äußeres der neuen Zeit und den Gegebenheiten angepasst. Die auffälligsten Veränderungen waren die starken Metallgitter vor den Scheiben und die verstärkten Stoßfänger. Die Türen hatte man mit Metallplatten verkleidet und vorn einen stählernen Rammsporn angebracht, wie ihn einst antike Galeeren benutzten. Lydia stützte sich auf einen Stiel aus massivem Holz, an dessen oberem Ende eine lange Metallklinge befestigt war.

»Wir benutzen alle möglichen Hieb- und Stichwaffen«, erklärte sie auf Erics fragenden Blick, »um erstens Munition zu sparen und zweitens mit dem Knallen von Schusswaffen nicht noch mehr Untote auf uns aufmerksam zu machen. Ich halte die Monster mit dem Ding hier lieber auf Distanz. Ich mag es nicht, wenn sie mir zu nahe kommen.«

»Ich hatte ein Küchenmesser mit einer langen, stabilen Klinge«, erwiderte Eric. »Irgendwann ist es aber im Kopf einer dieser Kreaturen abgebrochen.«

»Warte!« Lydia eilte davon.

Wenig später kehrte sie zurück und überreichte Eric einen Dolch mit verziertem Griff und geschwungener Klinge.

»Ich habe Manuel, einen meiner Freunde, überzeugen können, dass er dir das gute Stück leihweise überlässt«, lachte sie. »Er hat den Dolch aus einem Museum mitgehen lassen, als dort gerade geplündert wurde. Egal, er erfüllt seinen Zweck.«

Ihr Atem streifte sein Gesicht, gleichzeitig wehte ihm der zarte Duft von Veilchen entgegen. Lydia roch einfach angenehm und frisch. Und auf gewisse Weise aufregend. Noch ehe er den Gedanken zu Ende gedacht hatte, saß sie schon hinter dem Steuer und ließ den Motor an. Eric kletterte auf den Beifahrersitz und zog die Tür hinter sich zu.

Jeder Griff schien eingeübt und hundertmal geprobt. Das große stählerne Tor in der massiven Mauer, die das Gelände des Depots umschloss, wurde blitzschnell geöffnet, der SUV jagte hindurch, zwei, drei Schüsse wurden abgefeuert, dann krachten die schweren Flügel auch schon wieder zu. Ein spürbarer Ruck ging durch den Wagen, als eine heranstürmende Kreatur gegen die Motorhaube prallte und mit voller Wucht zur Seite geschleudert wurde.

Lydia trat das Gaspedal voll durch. Der Motor heulte auf. Die Beschleunigung drückte Eric in die Polster des Sitzes. Lydia riss das Lenkrad herum und wich einem Zombie aus. Wenn sich der Zusammenstoß nicht vermeiden ließ, rammte sie die umherwandelnden Leichen mit dem Wagen. Binnen weniger Minuten waren die Scheiben ringsum mit Blutspritzern übersät. Ein abgerissener Arm flog durch die Luft, krachte gegen das Gitter der Seitenscheibe und fiel zu Boden. Lydia steuerte den Wagen durch den Strom der Untoten wie ein Kapitän sein Schiff durch die raue See. Konzentriert blickte sie durch die Windschutzscheibe, lavierte mit Brems- und Gaspedal durch ein Meer torkelnder Leiber.

»Wird gleich besser«, presste sie durch die zusammengekniffenen Lippen, ohne den Blick von dem, was mal eine Straße gewesen war, zu wenden. »Am Ende der Ausfahrt wird der Weg frei sein. Die verdammten Biester sammeln sich hier, weil sie Menschenfleisch wittern.«

Erics Hände krallten sich in den Haltegriff an der Tür, während er bei jedem Ausweichmanöver hin- und hergeschleudert wurde.

Wie Lydia gesagt hatte, leerte sich die Straße, kaum dass die letzten Häuser der Ansiedlung im Rückspiegel verschwanden. Nun galt es einzig, den vielen Schlaglöchern auszuweichen. Die ehemalige Bundesstraße hatte die Konsistenz eines Streuselkuchens. Nur vereinzelt fielen ihnen die schmutzig grauen Silhouetten auf, die durch die Landschaft torkelten. Kam ihnen auf der Straße einer der Untoten entgegen, wich Lydia ihm gekonnt aus. Die durchdrehenden Reifen wirbelten Splitt und Dreck auf, wenn sie wieder Gas gab. Je weiter sie fuhren, desto mehr machte die Natur einen unberührten Eindruck, als schliefe die Welt still und friedlich. Einzig die zerfallenen Häuser und die ausgebrannten Autowracks, die an manchen Stellen die Straße säumten, störten die Idylle. In dieser Trostlosigkeit gab es selbst für Untote nichts mehr zu holen.

Lydia stellte den Wagen im Schatten einer mächtigen Eiche ab und verschloss ihn. »Wir sollten uns beeilen, damit wir vor Einbruch der Dunkelheit den Stollen erreichen«, drängte sie. »Bei Nacht möchte ich diesen Kreaturen nicht begegnen, da sind sie uns leider überlegen. Sie werden einzig von ihrem Fressinstinkt geleitet, aber wehe, wenn sie einmal Witterung aufgenommen haben.«

Lydia führte. Eric zog seine Pistole, um ihr den Rücken freizuhalten.

»Steck das Ding weg!«, zischte sie. »Wir sollten es möglichst vermeiden, zu schießen. Damit locken wir sie nur an.«

»Okay.« Die Makarow wanderte wieder in die Jackentasche. Stattdessen riss Eric den Dolch aus der verzierten Lederscheide.

»Siehst du, alles ruhig«, verkündete Lydia zufrieden.

Sie hatten ihr Ziel erreicht. Eric entspannte sich.

Der Eingang in den unterirdischen Gang war gut getarnt. Hätte Lydia ihn nicht darauf aufmerksam gemacht, hätte Eric die stählerne Tür zwischen einem Erdwall, dichtem Gestrüpp und meterhoch wucherndem Grases übersehen.

»Wir haben eine provisorische, aber sehr stabile Tür angebracht«, erklärte sie nun, »um zu verhindern, dass sich diese Biester in den Stollen verirren. Das bewahrt uns vor Überraschungen der unangenehmen Art. Es kommt nämlich vor, dass man hier ein oder zwei Tage auf die Lieferung warten muss. Nun ist's da drin sicher.«

Der Angriff kam unvermittelt. Aus einem Haufen welken, modrigen Laubes kam eine Hand geschossen und packte Eric an der Kehle. Ihr folgte sogleich der Rest des Körpers. Eric, verzweifelt nach Luft ringend, blickte in tote Augen. Bleiche, verwesende, mit Schorf übersäte Haut konturierte einen Totenschädel wie altes, brüchiges Papier. Heißhungrig klappte der Kiefer mit den schwarzen Zahnstümpfen auf und zu. Eine tiefe Wunde klaffte von der Kehle bis in die Brust und faulendes Fleisch, auf dem Madenkolonien nisteten, quoll daraus hervor.

Ein sirrendes Geräusch, ein heißer Luftzug streifte die Haut von Erics Gesicht. Eine stählerne Klinge bohrte sich in das rechte Auge des Untoten, spaltete den Schädel und trat aus dem Hinterkopf wieder aus. Das Fauchen der Kreatur ging in ein Röcheln über, das langsam erstarb. Der Griff an Erics Kehle löste sich. Er schnappte wie ein Ertrinkender nach Luft. Die spröde Haut um das Auge des zu Boden stürzenden Zombies platzte auf; ein blassweißer Strom aus Maden brach daraus hervor, die an Blättern und Grasstängeln kleben blieben. Eric machte einen großen Schritt, um der schleimig glänzenden Masse auszuweichen. Es war nicht ratsam, mit dem abstoßendem Zeug in Berührung zu kommen. Ekel schüttelte seinen ganzen Leib, als er sich endlich von dem aufgedunsenen Leichnam entfernt hatte, dabei war ihm der Anblick alles andere als neu gewesen.

«Das ist Elvis«, grinste Lydia und zog ihren Speer aus dem Schädel des nun Toten zu ihren Füßen. Schmutzig graue, von Maden zerfressene Gehirnmasse bahnte sich einen Weg aus der schwarzen Öffnung, die gerade eben noch ein Auge gewesen war. »Hinter dem bin ich schon lange her. Er ist mir doch tatsächlich immer wieder entwischt. Für einen Zombie war er verdammt schnell.«

»Das war knapp«, keuchte Eric und stützte sich mit den Händen an einem Felsstück nahe des Tores ab. Die Knie wollten die Last seines Körpers nicht mehr tragen.

»Nein, war es nicht«, widersprach Lydia, derweil sie die schwere Stahltür aufwuchtete. Ein triumphierendes Grinsen zuckte um ihre Mundwinkel. »Ich war darauf vorbereitet.«

»Du hättest mir …«

»Nein«, schnitt sie ihm das Wort ab, »denn dann hättest du nur alles vermasselt und er wäre wieder davongekommen. Du hättest dich anders und viel vorsichtiger bewegt, das hätte ihn gewarnt.«

»He«, brach nach der Angst der Zorn über Lydias Leichtsinn aus Eric heraus. »Diese Hohlköpfe können nicht denken und demzufolge auch keine Strategie …«

»Aber sie haben Instinkte«, unterbrach Lydia ihn ungeduldig, »die verdammt gut funktionieren und die zu unterschätzen man sich hüten sollte. Und nun komm endlich, ehe du mit deinem Geschrei noch mehr von denen anlockst!«

Eric warf einen letzten Blick auf die Kreatur. Eine schwarze, mit Blut, Dreck und Eiter verklebte Haarsträhne kringelte sich in die hohe, käsige Stirn des Toten. Nein, mit dieser aufgequollenen Visage und den zerfressenen Lippen tat man dem King Unrecht.

Mit einem dumpfen Knall fiel die Stahltür hinter ihm zu. Im gleichen Augenblick zitterte der Lichtkegel einer starken Taschenlampe durch die Dunkelheit um sie herum.

»Bleib dicht hinter mir«, riet ihm Lydia. »Dann kann dir nichts passieren.«

Das war leichter gesagt als getan. Lydia war nicht mehr als eine Silhouette, die schwankend dem Lichtkreis, den die Lampe auf den Boden warf, folgte. Eric stolperte mehrmals über Unebenheiten und hätte dabei Lydia mehr als nur einmal beinahe mit zu Boden gerissen. Außerdem stieß er sich immer wieder den Kopf an steinernen Hindernissen.

Das Licht kroch schließlich in eine Nische, in der zwei zusammengeknüllte Decken lagen.

»Unser Nachtlager«, tauchte Lydias scharfgeschnittenes Profil im Lichtschein der Taschenlampe auf. »Leg dich hin und versuche zu schlafen. Ich übernehme die erste Wache.«

Die Decken waren feucht und rochen muffig wie das modrige Laub, auf dem sie ausgebreitet waren. Sicher trieb sich auch allerlei Getier in dieser Nische herum, mit dem Eric nur ungern Bekanntschaft gemacht hätte. Aber er konnte der Verlockung, die inzwischen bleischweren Glieder auf das weiche Lager zu betten, nicht widerstehen. Als die Taschenlampe erlosch, versank die Welt in absoluter Dunkelheit. Da er nichts mehr sehen konnte, schienen alle anderen Sinne geschärft, vor allem das Gehör. Irgendwo raschelte etwas und da war das Echo eines Tropfens, der in eine Pfütze fiel. Nicht weit entfernt war ein Schaben zu vernehmen, das bald von einem Rauschen übertönt wurde. War da nicht das Trippeln von kleinen nackten Füßchen? Ratten vielleicht? Eric zweifelte, dass er unter diesen Umständen in der Lage war, einschlafen zu können, in dieser Dunkelheit, die jedes noch so kleine und weit entfernte Geräusch um ein Vielfaches verstärkte, dass man das Atmen einer Fliege zu hören glaubte.

Als ihn irgendwann jemand unsanft rüttelte, wurde ihm bewusst, dass er doch weggedöst war. Das hatte gut getan. Verdammt gut! Aber nun war es vorbei damit. Geblendet vom grellen Licht der Taschenlampe kniff er die Augen zusammen. Lydia half ihm aus den Decken und drückte ihm die Lampe in die Hand. Der Stein, auf den er sich nun niederließ, war hart und unbequem. Und die Augenlider waren noch immer so schwer!

»Schlaf nicht ein!«, ermahnte Lydia ihn. »Weck mich in drei Stunden.«

Also in einer Ewigkeit.

Eric war enttäuscht. Er hatte irgendwie mehr und etwas anderes erwartet. Sie hatten vier nicht allzu große Stoffbeutel aus der Kipplore entnommen, die mit etwas Grobkörnigem wie Sand oder Zucker gefüllt waren. Schnell wurden die Beutel in ihren Rucksäcken verstaut. Auf ein geheimes Zeichen hin setzte sich die Lore mit der Geldtasche in Bewegung. Eine Winde zog sie in Richtung tschechische Grenze. In die Freiheit; Eric hatte ihr sehnsüchtige Blicke hinterhergeschickt.

Ohne Zwischenfall hatten sie den Weg durch den Wald bis zum Auto zurückgelegt.

Eric warf seinen Rucksack auf den Rücksitz und wischte sich den Schweiß von der Stirn. »Was ist da eigentlich drin?«, wollte er wissen.

»Sieh doch nach«, meinte Lydia.

Eric riss die Naht eins Stoffbeutels auf. In seinem Inneren fanden sich mehrere in transparentes Plastik verpackte Päckchen mit einer kristallinen Substanz.

Ein Verdacht stieg in Eric auf. »Ist es das, was ich vermute?« Er hob den Kopf und blickte in die Mündung von Lydias Revolver. Ein breites Grinsen war ihre Antwort.

»Methamphetamin«, ließ sie sich schließlich zu einer Erklärung herab. »Besser bekannt als Crystal Meth. Ja, du hast richtig vermutet.«

»Und was soll das? Dafür haben wir unser Leben riskiert?«

»Ach, weißt du, das Zeug ist sehr hilfreich, wenn die Nahrungsmittelvorräte zur Neige gehen. Die Droge sorgt dafür, dass die Leute trotzdem gut gelaunt, ja, euphorisch ans Tageswerk gehen und nicht nach Essen fragen. Sie kommen lange ohne Nahrung aus. Man muss nur für genügend Nachschub sorgen. Hier wurde noch nie etwas anderes als Crystal geliefert.«

»He, das Zeug ist gefährlich und in solch einer Situation, in der die Menschen empfindlich auf alles reagieren, ganz besonders. Du willst doch nicht sagen, dass es bisher keine Opfer gefordert hat?«

»Nennen wir es natürliche Auslese.« Lydias Augen funkelten wie Eiskristalle an einem frostigen Wintertag. »Umso mehr bleibt für die, die überleben.«

Eric schluckte. Der Lauf des Revolvers setzte seinem Traum von einem besseren Leben ein jähes Ende. Alles was blieb, war Hoffnungslosigkeit. Der schöne Schein hatte getrogen. Nicht zum ersten Mal in seinem Leben. Dass Lydia nicht ohne Grund auf ihn zielte, sollte er sogleich erfahren.

»Natürlich darf im Depot niemand erfahren, was hier gespielt wird. Das gäbe einen Aufstand. Ja, wir haben einen hohen Verschleiß an Kurieren, denn es kehrt immer nur einer zurück, und zwar der, der eingeweiht ist. Wem kann man in solch einer heiklen Angelegenheit auch vertrauen? Am besten niemandem. Nein, ich bin keine eiskalte Killerin, falls du das glauben solltest. Normalerweise läuft das anders. Jedes Mal hat sich hier um das Auto eine Horde von Untoten versammelt. Hangabwärts befindet sich ein Gehöft, in dem sie sich aufhalten. Wahrscheinlich riechen sie den Diesel, ihr Instinkt sagt ihnen, dass da Menschenfleisch zu erwarten ist. Deswegen kommen sie hoch. Um die Lieferung für die Gemeinschaft zu retten, muss sich einer der beiden Kuriere opfern, indem er die Untoten ablenkt, damit der andere mit dem Auto abhauen kann. Welche Rolle mir zugedacht ist, dürfte keine Frage sein, nicht wahr? Heute sehe ich mich leider gezwungen, die Sache auf andere Art zu klären.«

Die Sache klären nannte sie das! Erics Pistole befand sich in der Jackentasche. Damit er sie nicht verlor, hatte er den Reißverschluss geschlossen. Ehe er an die Waffe herankam, hätte er längst eine Kugel abbekommen. Im günstigsten Fall in den Kopf.

»Das ist Elmar Bergs Gesetz«, fuhr Lydia ungerührt fort. »Ach ja, der Banker, den er erwähnte, hat seinen Safe natürlich nicht der klugen Worte wegen für Elmar geöffnet. Dazu bedurfte es schon einer vorgehaltenen Pistole. Ja, so sind sie, diese Banker, freiwillig rücken die kein Geld raus, selbst wenn es für sie völlig wertlos geworden ist. Immerhin hat Elmar ihm versprochen, ihn vor den Zombies zu schützen. Er hat sogar Wort gehalten und zwar, indem er ihn in den Safe sperrte. Vor den Untoten war der Banker zweifellos sicher, aber du kannst dir vorstellen, wie hoch die Lebenserwartung in einem luftdicht verschlossenen Tresor ist.«

Genauso hoch wie die seine vor Lydias geladenem Revolver, war sich Eric sicher. Aus der Traum …

ALLERSEELEN

NORA WANIS

Panik. Seit Wochen kenne ich kaum etwas anderes. Nackte, elementare Panik. Man kann sie riechen, diese Panik, denn sie riecht nach Tod und Verwesung, nach Hunger und Grauen.

Mein Blick huscht durch die menschenleeren Straßen, die Unterführung entlang. Alles ist leer. Trotz des Regens treibt mir der aufkommende Wind Brandgeruch ins Gesicht. Inzwischen ist es Herbst, ich glaube zu wissen, dass es Oktober ist. Oder ist es bereits November? Mit zitternden Fingern umklammere ich den Kragen meiner Jacke. Sie ist alt, grau und muffig, doch wenigstens spüre ich die nagende Kälte in meinen fast immer feucht-eisigen Verstecken nicht mehr so sehr, seit ich sie dem madenzerfressenen alten Mann abgenommen habe, den ich vor einigen Tagen tot auf der Straße gefunden habe. Der letzte Mensch, der mir begegnet ist. Selbst die Toten sind verschwunden. Aufgefressen. Mit Haut und Haaren. Oder reaktiviert durch den Virus, den viele der Maden in sich tragen. Tartaros, so nennen sie ihn. Tartaros, wie der mythologische Sündenpfuhl des Hades. Wie passend. Ein weiteres Zittern durchfährt mich mit der nächsten

143

Windböe. Gott, ich habe Hunger, doch es gibt nichts mehr. Keine der beiden Seiten hat noch etwas übrig gelassen. Die Supermärkte sind geplündert, die Häuser leer.

Ich presse mich fester an die raue Hauswand in meinem Rücken. Vielleicht sollte ich auch weiterziehen. Immer in Bewegung bleiben, das lernt man doch im Überlebenstraining, nicht wahr? Bloß nie zu lange an einem Ort bleiben. Wie lange bin ich nun schon in Wetzlar? Nicht länger als ein paar Tage, das weiß ich.

Erneut huscht mein Blick über den Vorplatz des riesigen Einkaufstempels auf der anderen Straßenseite. Wo sind alle hin? Lebt tatsächlich niemand mehr? Als ich aus Gießen hierher kam, hatte es wenigstens von Zeit zu Zeit noch Bewegung gegeben. Ein Auto, die allgegenwärtigen Hubschrauber der alliierten Dreckschweine, die uns alle, die ein ganzes Land einkesseln wie krankes Vieh und die keine Ahnung haben, was sie tun können, außer jeden zu erschießen, der sich in die Nähe einer Grenze wagt, egal an welchem Ende des Landes.

Ich starre hinab auf meine wunden Hände. Ob es im Forum noch etwas zu essen gibt? Vielleicht gibt es Batterien, dann könnte ich zumindest das kleine Funkradio weiter nutzen, das mich mit den Nachrichten versorgt, den Zahlen, Fakten, den gefallenen und überrannten Städten, und das meine Hoffnung am Leben hält, dass die hochgelobten Forscher endlich ein Gegenmittel oder zumindest eine Impfung finden. Ich schiebe mich weiter voran, renne schließlich über die Straße und werfe mich mit aller Kraft gegen eine der Glastüren des Einkaufszentrums. Nur weg von der Hauptstraße, wo ich völlig schutzlos bin. Vielleicht gibt es auch hier noch Wachen auf den Dächern, so wie es in Gießen zuletzt war. Oder es taucht wie aus dem Nichts ein Hubschrauber auf und erschießt mich einfach.

Mühsam quetsche ich mich durch einen Spalt und trete mit der Kraft der Verzweiflung einige Europaletten beiseite, mit denen jemand eine Barrikade errichtet hat. Ich lausche, kneife die Augen zusammen und starre in das schummrige Halbdunkel. Ist noch jemand hier? Am liebsten möchte ich rufen, doch ich traue mich nicht. Zu groß ist meine Angst. Wenn mir etwas passiert, hat Leni keine Chance.

Obwohl mir die Panik fast die Galle in den Hals treibt, beuge ich mich hinunter und greife nach einer der Metallstangen, mit denen die Paletten gegen die Tür verkeilt worden sind. Der Brandgeruch wird stärker, als ich mich langsam auf die erste Biegung zuschiebe, das schwere, fast armlange Metallstück in der Hand. Wenn ich Glück habe, ist tatsächlich niemand mehr hier und ich kann in Ruhe einige der Geschäfte durchstöbern, auch wenn ich, immerhin fast ein halbes Jahr nach Ausbruch der Epidemie, wenig Hoffnung habe, noch etwas Brauchbares zu finden.

Ich hole tief Luft und drücke mich an der Wand entlang in den ersten Laden. Zerbrochenes Glas knirscht unter meinen Füßen und ich halte die Luft an. Lauschend verharre ich einen Moment, schelte mich aber noch in derselben Sekunde einen Dummkopf. Kaum jemand, dem noch nicht die Ohren abgefressen worden sind, kann überhört haben, wie ich mir gerade Zugang in das Einkaufszentrum verschafft habe.

Langsam lasse ich mich zu Boden sinken und warte.

Ich weiß, ich habe nicht ewig Zeit, denn Leni braucht etwas zu essen. Und selbst die ängstlichste Vierjährige bleibt nicht für immer in ihrem Versteck, speziell wenn es ein mit Taubenmist verunreinigter Spalt unter einer Autobahnbrücke ist. Ich zwinge mich zur Ruhe, atme so gleichmäßig wie möglich. Der Gedanke an Leni gibt mir Kraft und ich umfasse meine Waffe fester, die Stirn an das kalte Metall gelehnt. Einen Moment werde ich abwarten; wenn noch jemand hier ist, dann wird er irgendwann aus seinem Loch kriechen müssen und dann …

Mein Kopf fährt herum und ich starre mit weit aufgerissenen Augen in die Dunkelheit. Ein Schritt? Etwas hat leise geschepppert, ich bin mir sicher. Mein Puls rast so sehr, dass mir übel wird. Irgendjemand ist noch hier. Mit steifen Fingern umklammere ich die Metallstange und richte mich langsam auf. Der alte Aufsteller, hinter dem ich mich verkrochen hatte, bietet kaum Schutz und ich rücke näher an eine der drei Schaufensterpuppen heran, die seltsam unwirklich und noch immer aufrecht im nicht mehr vorhandenen Schaufenster stehen. Für einen kurzen Augenblick schließe ich die Augen und schärfe mein Gehör. Ein Schlurfen lässt mich zusammenfahren. Es klingt erschreckend nah. Im nächsten Augenblick sehe ich auch den dazugehörigen Schatten. Ist er allein? Hat er mich vielleicht schon gerochen? Langsam und geduckt schleicht die Gestalt an meinem Schaufenster vorbei.

Fehler Nummer eins: Das Mondlicht erhellt auf groteske Weise verschattet einen jungen Mann, kaum älter als 20. Er ist klein, seine dunklen Haare hängen ihm wirr in die Stirn und betonen noch zusätzlich die tiefen Ringe unter seinen Augen. Mit beiden Händen klammert auch er sich an ein Stück Metall, das aussieht, als hätte es jemand von einer Kassenabsperrung abgerissen. Mit Sicherheit nicht er. Blitzschnell registriere ich sein Humpeln. Er mag vielleicht einen Kopf größer sein als ich, doch der dunkle Fleck auf seiner hellen Jogginghose glänzt feucht im fahlen Mondlicht.

Fehler Nummer zwei: Er ist bereits an mir vorbeigelaufen und verharrt, ohne mich zu bemerken, an der Säule direkt vor dem Geschäft.

146

Ich schließe für einen Moment die Augen und atme so leise und tief ein, wie ich nur kann.

Er fährt zwar herum, als ich die Schaufensterpuppen beiseite stoße und von meinem Aufsteller herabspringe, doch die Verletzung hat ihn langsam gemacht und er schafft es nicht, den Arm mit seiner eigenen Waffe auch nur zu heben oder dem Schlag auszuweichen, der seine Schläfe trifft. Ich sehe die Erkenntnis und die Resignation in seinem Gesicht aufblitzen, doch ich schließe meine Augen und schlage blind ein zweites Mal zu.

Leni hat Hunger. Und ich auch.

SIEVERS' LETZTER AUFTRITT

JAN CHRISTOPH PRÜFER

Das Fauchen riss Peter aus dem Schlaf. Im Traum hatte er in einem Hörsaal voller Erstsemester den Unterschied zwischen Phonetik und Phonologie erklärt. Ein blondes Mädchen mit einer grünen Strähne im Haar hatte sich gemeldet und gefragt, ob er seine Doktorarbeit abgeschrieben habe, wie dieser Politiker. Schließlich habe er nicht einmal gemerkt, dass sie alle längst tot waren.

Peter hatte in die Gesichter seiner Zuhörer gesehen und befunden: Es stimmte. Da war nichts mehr in ihren Augen gewesen, außer Hunger. Hunger und die sich windenden Parasiten, die einigen unter den Lidern hervorkrochen.

Wie das sein könne, hatte er die Studentin gefragt. Seit fast 30 Jahren unterrichte er die Grundlagen der Linguistik in einer Leichenhalle. Hätte er das nicht merken müssen?

Statt einer Antwort kam das Fauchen.

Aus dem offenen Mund fielen der Besserwisserin ein paar der Maden. Sie regneten auf den Tisch, auf dem das Mädchen sich abstützte, als es aufstand. Das bauchfreie Oberteil erlaubte Peter den Blick auf ein blutiges Loch, aus dem das Gedärm baumelte wie die Kletterseile von der Turnhallendecke der Sport-Fakultät. Auf ihrer zerrissenen Haut konnte er die Reste einer Tätowierung erkennen. Der Bauch war ein Kunstwerk, das Vandalen geschändet hatten. Hungrige Vandalen.

Sie kroch über die Tische und die Köpfe der Kommilitonen auf Peter zu. Die anderen Studenten griffen nach ihrem Darm, bekamen ihn zu fassen und kosteten davon, sodass sie den Schlauch aus ihrem Inneren hinter sich herzog wie einen Ariadnefaden.

Peter erwachte. Seine Stirn war nass. Er setzte sich auf und blickte im English Room umher. Die Regale mit den zerfledderten Versionen der Klassiker waren noch da, wo sie sein sollten. Gleiches galt für die Legende des Londoner U-Bahn-Systems, die an der Wand neben einem »Yes, we can«-Plakat aus dem ersten Obama-Wahlkampf hing.

Peters Atem kondensierte. Er setzte sich auf, schaute nach draußen und sah einen grauen Himmel. Es schneite. Auf der Fensterscheibe blühten Eisblumen.

Der English Room war eine Tiefkühlkammer, aber er war noch immer sicher. Keiner von ihnen hatte es hier hoch geschafft, nicht in den sechsten Stock, nicht in diesen Raum. Was Peters Unterbewusstsein in seinem Traum als Fauchen verarbeitet hatte, war das Schnarchen von Ruth auf dem Sofa gegenüber. Einen Moment lang setzte ihr Atem aus. Dann hustete sie, als hätte sie sich verschluckt.

Sie lag mit dem Rücken zu Peter. Ihre Haare waren zu einem strengen, grauen Knoten zusammengebunden, der sich stets bewegte, wenn sie sprach. Seit sie sich nicht mehr wuschen, löste sie das Bündel auch zum Schlafen nicht mehr.

Eines Tages war einfach nichts passiert, als sie den Wasserhahn aufgedreht hatten. Also hatten sie beschlossen, ihre Vorräte in Plastikflaschen nur noch als Trinkwasser zu verwenden. Schließlich war ungewiss, wie lange die Krise noch anhalten würde. Wie viele Maden es noch gab.

Ärzte hatten bei einer Autopsie aus einem einzigen von diesen Dingern 600 Stück herausgeholt. Das war in Hamburg gewesen, wo alles angefangen hatte.

600 Stück.

Und das waren nur die gewesen, die sie gefunden hatten. Eine davon reichte, um einen weiteren Träger von 600 Parasiten zu schaffen. Von denen jeweils einer reichte ...

»Peter?«, wippte der Knoten. Ruth sprach seinen Namen englisch aus. Nach dem Aufwachen brauchte die Irin meist ein paar Minuten, um ins Deutsche zu finden. »Ist alles in Ordnung?«, fragte sie.

»Schlecht geträumt«, sagte Peter.

»Das tut mir leid. Ist wirklich alles in Ordnung?«

»Ja. Wir sind immer noch sicher hier oben.«

Ruth seufzte. »Es ist kalt«, sagte sie nach einer Weile leise und in ihrer Muttersprache. Bald ging ihr Atem wieder regelmäßig. Ohne vom Sofa aufzustehen, streckte Peter sich nach dem Kricketschläger, der auf dem Boden lag. Das Sportgerät mit dem schwarzen Griff und dem kleinen Union Jack darauf gehörte zum Anschauungsmaterial im English Room, zu den Footballs und dem »Shark Attack Area«-Schild, dem Kilt aus billigem Stoff und dem Nummernschild aus Texas (»The Lone Star State«). Jedenfalls hatte er einmal dazu gehört. Jetzt war er eine Waffe. Vor dem Frühstück wollte Peter sich vergewissern, dass er Ruth nicht angelogen hatte.

Den Schläger über die Schulter geschwungen schlich er das Treppenhaus hinab. Gelegentlich blieb er stehen und vergewisserte sich, dass die Geräusche, die er hörte, nur dem schwachen Echo seiner Schuhsohlen auf den Stufen geschuldet waren.

Im Lichtflur des ersten Stocks angekommen zögerte er vor der Tür, hinter der es in die Haupthalle ging. Die Pforte ins Chaos war zum Teil aus Stahl, bestand aber auch zur Hälfte aus dickem, durchsichtigem Plastik. Sollte es jemals brechen, weil sie von der anderen Seite in Massen dagegen drückten, würden sie durchkommen. Einer, zwei, zwanzig. Hunderte irgendwann, so wie sie das ganze Land überrannt hatten. Tropfen um Tropfen würden sie sich zur Flutwelle zusammenfügen und die Reste der Zivilisation davonschwemmen.

Er und Ruth würden oben im English Room in der Falle sitzen, wenn das passierte. Es wäre wie in *Flammendes Inferno*, einem seiner Lieblingsfilme.

Es war unvernünftig, die Tür aufzuschließen, sie zu öffnen und zu riskieren, dass einer von ihnen sie bemerkte. Aber sie mussten die Haupthalle im Auge behalten. Regelmäßige Proben nehmen. Beobachten, um zu sehen, wann es schließlich zu viele wurden. Beobachten, um zu überleben. Das war jetzt ihre Wissenschaft.

Peter schob die Tür langsam auf. Sein Blick ging nach rechts und nach links, entlang der kleinen Tische, an denen vor gar nicht so langer Zeit Studenten mit ihren Supertelefonen gesessen hatten. Sie hatten hinunter in die Halle geschaut, ob sie jemanden erkannten: einen Kommilitonen, eine flüchtige Bekanntschaft von der Mensaparty, einen Freund aus der Heimatstadt. Das alles war nicht lange her, aber es schien Peter in etwa so weit entfernt wie der Ausbruch des Zweiten Weltkriegs.

Wie einst die Studenten beobachtete er nun das Treiben unter sich. Er sah einen jungen Mann, der ein T-Shirt mit dem

Emblem der Universität trug und sonst nichts. Aus dem linken Ärmel ragte ein blutiger Armstumpf. Peter glaubte, den Jungen schon mal in einem Seminar gesehen zu haben. Lehramt, Zweitfach Sport. Die muskulösen Beine würden dazu passen.

Erschrocken stellte Peter fest, wie viele der Gesichter dort unten ihm ein Déjà-vu gaben. Bei den meisten musste er überlegen, aber Doktor Martin Sievers erkannte er sofort. Er war ein Soziologe, bei dem sich die Medien meldeten, wenn sie ein paar kühle, akademisch distanzierte Worte zum Thema Neonazis brauchten. Sievers hatte den Begriff der »gruppenspezifischen Menschenfeindlichkeit« geprägt. Er war sogar schon im Fernsehen gewesen. Mehrmals.

Jetzt trottete der Rockstar der Universität vor dem Hörsaal sechs vor und zurück, als wartete er auf den Beginn der Vorlesung. Früher war er immer zu spät gekommen. Peter wusste es von Studenten, die Soziologie als Zweitfach gewählt hatten. Sievers tat das, um sich noch interessanter zu machen, keine Frage. Auf diese Art vermittelte er dem Rest der Welt: *Freunde, ihr wollt doch wohl was von mir.* Die Fernsehteams hatte er ebenfalls stets warten lassen.

Sievers' wild wuchernde Krauslocken hatten ihm unter den jungen Leuten den Spitznamen Tingeltangel-Bob eingebracht, nach einer ähnlich frisierten Figur aus den *Simpsons*. Selbst aus der Entfernung sah Peter, dass der Tingeltangel-Schopf ein Eigenleben führte. Die Maden suchten darin nach einem Eingang in Sievers' Kopf, in dem ein paar ihrer Artgenossen es sich ohne Zweifel bereits schmecken ließen.

Eine Hand legte sich auf Peters Schulter. Er fuhr herum. Um den Kricketschläger angemessen zu platzieren, war der Angreifer schon zu nahe gekommen. Peter stieß einen Angstschrei aus und schubste den Gegner, der zurückstolperte, hinfiel und mit dem Kopf gegen die Tür schlug, durch die Peter die Balustrade betreten hatte. Vor Schreck hatte er den Schläger fallen lassen. So schnell die Knochen eines Mittfünfzigers es zuließen, bückte er sich danach. Er kam wieder hoch und wollte Schwung holen, zuschlagen, so hart es ging. Dann erkannte er sie.

»Ruth!«

Sie schien benommen. Mit einer Mischung aus Schrecken und Unverständnis sah sie ihn an.

»Ruth, bist du wahnsinnig?«, fragte Peter. Er half ihr auf. »Hör zu, es tut mir leid, aber so kannst du dich nicht ranschleichen. Nicht hier draußen.«

Sie rieb sich den Hinterkopf. »Tut mir leid«, sagte sie und versuchte aufzustehen, was erst gelang, als Peter ihr half. »Ich habe nicht nachgedacht«, fuhr sie fort. »Ich wollte dich nicht erschrecken. Aber ich musste auch mal sehen, wie es hier unten ...« Sie schob Peter behutsam zur Seite. »Wie lange wir noch bleiben können.« Ihr Blick schweifte durch die Halle. Der Mund bewegte sich dabei. Ruth zählte. »Werden es mehr?«, fragte sie.

»Jeden Tag«, sagte Peter.

Ruth nickte. Sie schien nicht überrascht. »Ist das der Sievers?« Sie zeigte auf den ehemaligen Kollegen. »Gott, und der Rest. Die sind doch alle von hier.«

Jetzt deutete sie auf einen Wachmann, der durch die Halle schlurfte. Er trug ein Hemd mit dem Schriftzug »Nordmann-Security«. Aus seinen schwarzen, leeren Augenhöhlen baumelten die Stränge, die die Augäpfel einst mit dem Gehirn verbunden hatten.

»Der hat mich mal zum Auto gebracht, als ich mich an einem Essay festgeschrieben hatte und es plötzlich drei Uhr morgens war«, sagte Ruth. »Und der Rest ... Die sehen fast alle aus wie Studenten.«

154

Peter nickte. Keine Polizisten, Bäcker oder Bauarbeiter stolperten durch die Halle. Obwohl die Welt draußen jetzt voll von ihnen war.

Voll von verwesenden Polizisten, Bäckern und Bauarbeitern, von denen nur Gott wusste, was sie auf den Beinen hielt. Und warum sie so hungrig waren.

»Sie kommen zurück«, sagte Peter.

»Das sehe ich selbst«, erwiderte Ruth. »Aber warum?«

Peter beobachtete den Wachmann, der plötzlich stehen blieb und die Nase rümpfte. »Instinkt vielleicht. Dieser Ort hat in ihrem Leben eine wichtige Rolle gespielt.«

Der augenlose Nordmann drehte sich langsam in ihre Richtung.

»In unserem auch«, meinte Ruth.

Der Nordmann hob den Kopf. Seine Nase zuckte wie die eines Hundes. Möglicherweise roch er sie. Oder die Maden ersetzten ihm die Augen.

»Und wir sind ja auch zurückgekommen«, sagte Peter.

Der Nordmann streckte eine Hand nach ihnen aus. Peter griff Ruth am Oberarm. »Wir müssen wieder hoch.«

Sie verschlossen die Tür hinter sich und klopften sich ab, überprüften, ob eine der Maden sich irgendwo in der Kleidung des anderen versteckte. Regelmäßig unterzogen sie sich dieser Kontrolle. Eine demütigende Prozedur. Peter erinnerte es an das Lausen bei Affen.

Als sie wieder oben waren, machten sie Frühstück. Sie füllten das Wasser aus den Plastikflaschen in ihre Tassen und hingen Teebeutel hinein. Dann warteten sie, bis der Tee durch die kalte Flüssigkeit gezogen war und spülten damit die Kekse hinunter. Es war eine der letzten Packungen aus dem Raum neben dem

Sekretariat im dritten Stock, wo die Gebäckmischungen für Konferenzen und Tagungen bereitgehalten worden waren.

Die Tüte knisterte. Peter fischte darin nach seiner Lieblingsvariante. Als er schließlich eine der mit Schokolade überzogenen Waffeln gefunden hatte, hielt er sie Ruth hin, die bis dahin nur ein Stück Gebäck gegessen hatte.

Die Irin saß auf dem Sofa, auf dem sie auch geschlafen hatte. Sie hielt ihre Tasse mit beiden Händen, als könnte sie sich an dem kalten Tee wärmen, und starrte auf den Boden. Ihr Atem war unruhig.

»Ruth?«

Sie starrte weiter.

Peter räusperte sich. »Ruth?«

Erschrocken blickte sie auf.

»Du musst ein bisschen mehr essen, Ruth.«

Sie grinste. »Das sagt der Richtige.« Sie sagte es in der englischsprachigen Variante: »Look who's talking.«

Peter war immer schlank gewesen, sein flacher Bauch ein Quell des Neids unter Kollegen, deren Abdomen mit zunehmendem Alter immer deutlicher über die Gürtellinie traten. Aber seit seinem Zusammenbruch war er nicht mehr dünn, sondern regelrecht dürr gewesen, und niemand hatte ihn mehr beneidet. Mit viel Mühe hatte er sich ein paar Pfunde wieder drauf gefressen, kurz bevor das große Fressen draußen losging.

»Ich habe meine Lektion gelernt.« Peter tätschelte sich den Bauch, als gäbe es da etwas zu tätscheln.

Ruth lächelte. Bedauernd, bemitleidend, irgendwie mütterlich. Sie hatte ihn damals gefunden, als ihm der Kreislauf kollabiert war und er mit vollgepinkelten Hosen vor dem Kopierer gelegen hatte, umgeben von Multiple-Choice-Fragebögen für die Zwischenprüfung.

156

Sie hatte ihn im Krankenhaus besucht und er hatte ihr vom Heilfasten erzählt und davon, dass er es vielleicht etwas übertrieben hatte.

Was eine Untertreibung gewesen war.

Ein neutraler Beobachter hätte Peters wenige Glas Wasser mit einem Reiskeks am Tag wohl als Versuch gewertet, sich zu Tode zu hungern.

Er hatte Ruth davon erzählt, weil niemand sonst ihn besucht hatte. Schon lange hatte ihm niemand mehr zugehört, wenn er über etwas anderes als Linguistik sprach.

Eines Nachts im Krankenhaus hatte er an die Decke gestarrt, und das gleichmäßige Schnarchen eines Zimmergenossen, der fast so schlimm gewesen war wie Ruth, hatte ihm eine Epiphanie beschert.

Du bist einer von denen, die gerade genug Schlaftabletten nehmen, um im Krankenhaus zu landen, hatte er gedacht. *Eigentlich willst du nicht sterben. Du suchst jemanden, der dir sagt, warum du weiterleben sollst.*

Ruth hatte sich um ihn gekümmert, weil sie ihrerseits niemanden hatte. Ihre Eltern ruhten auf demselben idyllisch gelegenen Friedhof in der Nähe von Cork wie ihre Schwester, die mit 46 an Bauchspeicheldrüsenkrebs gestorben war. Einen Mann gab es nicht. Zwar war Peter sich, wie die meisten in der Fakultät, relativ sicher, dass Ruth Frauen ohnehin mehr abgewinnen konnte, aber eine Frau gab es eben auch nicht. Peter war kaum überrascht gewesen, Dr. Ruth Namara in ihrem Büro sitzen zu sehen, während draußen die Welt zur Hölle fuhr.

Wenn alle noch ein letztes Mal ihre Lieben an sich drücken, was macht man, wenn man keine Lieben hat?

»Was macht dein Buch?«, fragte Peter.

Ruth zuckte kaum merklich zusammen, als fühlte sie sich ertappt.

»Ich habe nicht so viel dran gearbeitet«, sagte sie. Sie sah Peter schuldbewusst an. »Dabei bin ich hierhergekommen, weil ich nicht aus dem Leben gehen wollte, ohne einen Roman geschrieben zu haben.«

»Und was ich davon gelesen habe, war doch auch wirklich gut«, log Peter.

Ruth schrieb entsetzlich verkopften Quatsch voller historischer Bezüge und sich windender Bandwurmsätze. Peter hätte nicht sagen können, worum es eigentlich ging. Irgendwas mit dem Ende der Kutschenära in drei unterschiedlichen Ländern. Mindestens einer der Protagonisten war Alkoholiker. Ruth hatte wohl das Gefühl, als Irin sei sie ihren Lesern das schuldig.

»Aber wofür?«, fragte sie. »Ich habe immer geglaubt, ich könnte der Welt mehr geben, als Aufsätze über die Syntax des Gälischen, die kein normaler Mensch liest. Aber für wen soll ich denn schreiben, wenn es keine Welt mehr gibt?«

Peter betrachtete die Eisblumen am Fenster. Sie waren wunderschön, aber echte Blumen starben zu dieser Jahreszeit draußen. »Als es noch Radio gab«, sagte er, »hieß es, es passiere nur in Deutschland und sie seien gerade dabei, die Grenzen dicht zu machen.«

Ruth lachte spöttisch auf. »Und wie lange ist das her? Und selbst wenn es nur hier passiert, was dann? Schicken die Yanks ihre Rambos, wie bei Bin Laden? Einen Scheiß werden die tun. Wozu denn der Stress? Ihr habt doch nicht mal Öl. Nein, Peter. Mein Manuskript wird erst einen Zweck erfüllen, wenn uns das Klopapier ausgeht.«

Bei den letzten Worten hatte ihre Stimme begonnen, zu brechen.

»Ruth ...«

Ihr Lachen ging in ein Schluchzen über. Sie ließ die Tasse fallen. Peter überlegte lange, ob er sich zu ihr setzen und den Arm um sie legen sollte.

»Oh my goodness!«

Ruth schlug die Hände vor ihren entsetzt offen stehenden Mund. Es waren jetzt so viele von ihnen in der Halle, dass sie nicht aneinander vorbei konnten, ohne sich anzurempeln. Sievers wurde mehrere Male mitgerissen. Mühselig kämpfte er sich immer wieder zurück zu seinem Platz vor dem Hörsaal.

Über den Boden robbte eine schwergewichtige Frau, die Peter als Mitarbeiterin der Mensa erkannte. Sie hatte ihm oft freundlich lächelnd Soße über die Nudeln gegossen. Jetzt griff sie die anderen an den Knöcheln und zog sich so vorwärts. Ihre eigenen Beine waren knapp unterhalb der Knie abgenagt worden.

»Wir werden hier nicht bleiben können«, meinte Ruth.

Peter starrte wortlos in die überfüllte Halle. Er hatte damit gerechnet, dass der eine oder andere von ihnen auf dem Campus auftauchen würde. Einzelfälle, vielleicht ein paar kleinere Gruppen. Aber jetzt kamen sie zu Hunderten, vielleicht sogar zu Tausenden durch den Haupteingang herein. Sie schlurften herein und brachten die Maden mit sich. Jeder von ihnen 600. Mindestens. Wahrscheinlich viel mehr.

Es erinnerte ihn an die Bilder von der Tsunami-Katastrophe auf den Philippinen. Da hatte es keine gigantische Welle gegeben wie aus einem Hollywood-Labor für Computereffekte. Das Wasser hatte sich einfach nur immer weiter ins Land geschoben, unspektakulär und todbringend. Genau so würden diese Wesen – Peter weigerte sich, sie als Menschen oder gar tote Menschen anzuerkennen – sich immer weiterschieben, bis sie bei ihm und Ruth waren. Sogar Sievers hatten sie jetzt mitgerissen. Peter konnte ihn nicht mehr vor dem Hörsaal sehen. Er versuchte einen Moment lang vergebens, den blutig blonden Schopf zu entdecken, doch Sievers war nur noch einer von vielen. Peter spürte Genugtuung.

»Willst du dir was zum Schreiben mitnehmen?«, fragte er Ruth.

Tatsächlich wollte Ruth die rund einhundert handgeschriebenen Seiten ihres Romans nicht zurücklassen. »Nur für den Fall«, sagte sie und fügte mit bitterem Schmunzeln hinzu: »Für welchen auch immer.«

Mit viel mehr kamen sie nicht aus dem kleinen Nebeneingang, der direkt in den Turm der Fakultät führte. Was sie brauchten, würden sie entlang des Weges finden, in fluchtartig verlassenen Tankstellen und Supermärkten.

Ruth trug ihre Seiten, Peter den Kricketschläger.

Als sie die Straße überquerten, fiel sein Blick auf die Brücke, die den Campus der Uni direkt mit der Stadtbahnhaltestelle verband. Er zog Ruth hinter einen ausgebrannten Lastwagen, zeigte auf die Brücke und sagte leise: »Sieht wirklich nicht so aus, als würden es weniger werden.«

Ruth entfuhr ein derber irischer Fluch beim Anblick der Studenten, Dozenten, wissenschaftlichen und nicht-wissenschaftlichen Mitarbeiter, die sich auf der Brücke zielstrebig in Richtung des Haupteingangs bewegten. Einige sahen aus, als hätte sie lediglich eine besonders harte Grippe erwischt, andere trugen deutliche Spuren des Angriffs, der sie verändert hatte.

Peter sah einen erstaunlich adrett gekleideten jungen Mann, der wohl Wirtschaftswissenschaften oder Jura studiert hatte. Er hatte keinen Unterkiefer. Die Zunge baumelte auf sein blutbeflecktes Polohemd herunter.

»Gut, dass wir raus sind«, sagte Ruth. »Weißt du, ich denke, du bist in die Uni gegangen, weil du sonst nichts hattest.«

Look who's talking, dachte Peter.

»Weil du niemanden hattest«, erklärte Ruth weiter. »Irgendwie hast du bestimmt gedacht, ich setze mich einfach in mein Büro und mache weiter wie bisher, und wenn ich sterbe, dann sterbe ich. Ist doch völlig egal.« Sie drückte ihr Manuskript fest an die Brust. »Es ist nicht egal, Peter. Ich bin nicht egal und du bist es auch nicht.«

Peter sah Ruth an und spürte etwas in seinem Bauch, in seiner Brust. Es fühlte sich gut an. Ihm wurde warm, trotz der Kälte, die seine Zehen langsam taub werden ließ. Wenigstens gingen die Maden in Schnee und Eis relativ schnell ein, wenn sie keinen Wirt fanden. Jedenfalls vermutete er das.

Liebe wäre ein viel zu großes Wort gewesen für das, was er für Ruth empfand. Wo sie doch mit Frauen ohnehin mehr anfangen konnte. Das Gefühl war schön, machte ihn aber auch wütend. *Wo warst du nur die ganze Zeit?*, durchfuhr es Peter.

Er hatte weiter die Rückkehrer auf der Brücke angestarrt, während Ruth geredet hatte. Gerade, als er sich ihr zuwenden und sie umarmen wollte, schrie die Irin. Peter machte einen Satz zurück.

Sievers hatte Ruth an den Oberarmen gepackt und sich in ihrem Hals verbissen. Die Manuskriptseiten fielen in den Schnee, der die herannahenden Schritte gedämpft hatte.

Plötzlich griente diese arrogante Visage Peter an, fast wie früher, wenn er spätabends von Kanal zu Kanal wechselte und auf einmal saß er da, zwischen Journalisten und Politikern, die auf seine klugen Worte hin anerkennend nickten.

Peter ließ den Kricketschläger mit Wucht auf Sievers' Kopf niedersausen. Der Soziologe stolperte zurück, löste aber den Biss nicht. Seine Zähne rissen ein Loch in Ruths Hals, aus dem das Blut der Schlagader sprudelte und in den Schnee tropfte.

Oh Gott!, durchfuhr es Peter. *Sein Mund! Sein dummes, eingebildetes Drecksmaul! Es ist doch voll von den verdammten Dingern, genau wie bei den anderen!*

Nach einem zweiten und dritten Schlag fiel Sievers mit dummem Gesichtsausdruck auf den Hintern, wie ein Kind, das die ersten Schritte gelernt und sich überschätzt hatte. Peter schlug ein weiteres Mal zu und noch einmal, immer wieder. So oft, bis Sievers' Gesicht nur noch ein deformierter Klumpen zersplitterter Knochen war, die seinem Antlitz eine grotesk verschobene Form gaben. Ein Auge war geplatzt. Graue Hirnfetzen hingen in der Tingeltangel-Frisur, und überall fielen die elenden Maden in den blutigen Schnee. Peter hoffte, dass sie darin zu Tode froren, langsam und schmerzhaft.

Er hieb noch einige Male wutschnaubend zu, als Sievers sich schon nicht mehr rührte. Dann fiel er auf die Knie und nahm Ruth in den Arm. Ihr Blut spritzte angenehm warm in sein frierendes Gesicht.

»Wir müssen das abbinden!«, rief er. Er drückte auf die Wunde und spürte den Druck des Blutes, das zwischen seinen Fingern hindurch lief. »Sind welche reingekommen?«, fragte er. »Ist egal, wir holen sie wieder raus! Und dann müssen wir das abbinden!«

Ruth lächelte ihn an und schüttelte den Kopf.

»Doch!«, rief Peter. »Doch, natürlich! Wer soll denn sonst das Buch fertig schreiben?«

Sie berührte seine Wange. Das Blut sprudelte jetzt nicht mehr so stark. Peter sah, wie etwas hinter Ruths Augen einfach verschwand.

»Wer schreibt denn jetzt das scheiß Buch fertig?«, schrie er. Er drückte Ruths schlaffen Körper an sich und weinte in ihre Brüste. Über die Brücke trotteten sie weiter in Richtung des Haupteingangs, als wäre nichts passiert. Als wäre alles wie immer.

Er wollte sie in den Armen halten, bis sie zurückkam. Bis ihre Glieder begannen, zu zucken. Dann würde er ihren Schädel einschlagen. Wahrscheinlich würde ihr grauer Haarknoten dabei wippen. Der Gedanke daran, wie sie idiotisch durch die Uni schlurfte, tat ihm weh. Immerhin war sie Schriftstellerin.

Die Bewegung ihres Kopfes war unmerklich. Peter war nicht sicher, ob er es sich vielleicht nur eingebildet hatte. Er wusste nicht, wie lange er schon hier kniete und sie in den Armen hielt, während das Leben rot aus ihr herauslief, um für etwas anderes Platz zu machen.

Ein leises Stöhnen drang an sein Ohr. Ihre tastenden Finger berührten seine Hüfte. Wenn er leben wollte, musste er sie loslassen und mit dem Kricketschläger auf sie eindreschen, als wäre sie nur ein weiterer Sievers.

Doch sie war Ruth. Sie zu erschlagen bedeutete zwar, weiterzuleben. Es bedeutete aber auch, wieder allein zu sein. Dabei könnte er mit ihr zurück in die Uni gehen. Die hatte immer eine wichtige Rolle gespielt, auch in seinem Leben. Und Sievers war nicht mehr da, um mit falscher Bescheidenheit so zu tun, als wäre es nichts Besonderes, dass er gestern schon wieder im Fernsehen gewesen war. Ruth und er. Keine Einsamkeit. Kein Sievers. Es wäre fast perfekt.

Der Laut, den Ruth in sein Ohr grunzte, klang wie ihr Schnarchen. Ihre Finger an seiner Hüfte tasteten nicht länger, sie griffen zu. Die Maden auf ihren Lippen kitzelten an seiner Wange.

Ruths Mundgeruch war der von jemandem, der lange nichts gegessen hatte. Ein bisschen Pfefferminz schwang darin mit, vom Tee. Und Blut, vom Sterben. Peter war bereit, mit ihr zu gehen.

Jedenfalls hatte er das gedacht. Aber bevor sie ihn beißen konnte, erlangte etwas die Kontrolle in ihm. Etwas schrie in seinem Kopf, er solle sich zusammenreißen. Er war nicht egal. Er war es nie gewesen.

Als er die wiedererwachte Ruth von sich stieß, als er sich selbst ein paar Mal ohrfeigte, um eventuell zu ihm gekrochene Parasiten loszuwerden, war es, als führe er die instinktiven Schwimmbewegungen eines Babys aus. Er sah ihr kurz bei ihren tollpatschigen Versuchen zu, wieder auf die Beine zu kommen. Vielleicht würde sie sich ganz normal benehmen. Vielleicht käme Ruth zurück, die echte Ruth, nicht nur ihr Körper. Das Loch in ihrem Hals lachte ihn an, lachte ihn aus, wegen seiner Tagträume. Peter nahm den Schläger und ließ das Lachen verstummen.

Bevor er sich auf den Weg machte, sammelte er jede einzelne Seite ihres Manuskriptes ein.

Tartaros

Vincent Voss

»Doch wie invadiert der Parasit die Zelle?« Charlotta vom Berg
sieht sich um, sieht in einige gelangweilte, doch überwiegend
interessierte Gesichter. »Also, der Tartaros-Parasit, hier grün …«
Sie zeigt mit dem Pointer auf einige grüne Punkte eines Schau-
bildes, die einen roten, größeren Punkt umzingeln. »… dringt in
die Zellmembrane mittels Schlüssel-Schloss-Prinzip und schießt
eigene Proteine in die Zelle. Ein einzelner Baustein des Proteins
AMA1 ist später für eine erfolgreiche Invasion verantwortlich.
Allerdings nur durch eine Phosphatanlagerung an der Zellmem-
bran, die eine bestimmte Aminosäure, wie bei der Malaria zum
Beispiel, bildet, welche die Invasion erst aktiviert und …«

»Verzeihung.« Dr. Narumoto unterbricht sie. »Aber dieser
Prozess findet doch bei dem Zwischenwirt statt, oder?«

Charlotta zieht Luft durch die Nase und ringt um Beherr-
schung. Zum Glück hat niemand aus ihrem Team diese unquali-
fizierte Frage gestellt. Sie spürt Schmerzen in ihrer Hand, weil
sie ihren Daumennagel zu kräftig ins Nagelbett des Mittelfingers
getrieben hat. Sie lächelt. »Nun, Dr. Narumoto. Wie Sie treffend erkannt haben, liegt genau hier das Problem, das ich gera-

de erkläre. Die Forschungsgruppe Walter vom Burnet-Institut unterscheidet bei diesem Parasit nicht mehr zwischen einem Zwischen- und einem Endwirt, denn es ist ein- und derselbe Gastkörper: der menschliche Organismus. Aber die Fortpflanzung des Parasiten wie auch seine Strategie, zur Fortpflanzung in den Darmtrakt zu gelangen, ähnelt dem Zwischenwirt-Endwirt-Kreislauf wie wir ihn kennen. Parasit will sich in Tier A fortpflanzen. Tier A frisst Tier B. Parasit manipuliert über Nahrungsaufnahme und spätere Invasion Tier B und manipuliert es dahingehend, dass es seine angeborene Scheu vor Tier A einstellt und seine Fluchtstrategien aufgibt.«

»Was macht das für einen Sinn? Also, wo liegt da ein evolutionsbiologischer Vorteil?« Sarah aus ihrem Team. Gute Frage. Sie nickt. »Der Parasit passt sich vielleicht seiner Umwelt an. Noch wissen wir nicht, woher er gekommen ist, aber Auftreten und Zahlen belegen, dass er sich in urbanen Räumen wohlfühlt. Die Ernährung der Menschen in den Großstädten ist allerdings zu vielfältig, der Parasit kann sich nicht auf einen Zwischenwirt spezialisieren. Das Einzige, was er zu wissen scheint: *Mensch* wird von *Mensch* umgeben. Auf engstem Raum. So eng, dass es für uns schwer vorstellbar ist. Um also in den Verdauungstrakt zu gelangen, wählt Tartaros dennoch die altbewährte Strategie, denn er weiß, dass *Mensch* von *Mensch* umgeben wird und er sich dadurch vermehren kann. Er infiltriert den Organismus wie einen Zwischenwirt und verändert dessen angeborenen Verhaltenskodex. In diesem Fall seine Abneigung, seinesgleichen und Verdorbenes bzw. Maden, genauer Madenwürmer, zu sich zu nehmen. Über den Madenwurm gelangt Tartaros wieder in den Darmtrakt seines Wirtes zurück. Und wie es auf Molekularebene vonstattengeht, wollte ich gerade anhand des AMA1 …«

»Sie meinen, der Tartaros-Parasit weckt in uns Menschen das Verlangen, Menschen zu essen?« Nun ist es Dr. Narumoto, der um Fassung ringt.

»Nein«, widerspricht sie. »Der Parasit weckt in uns nicht nur das Verlangen Menschenfleisch zu essen, es weckt ebenso das Verlangen, tote Menschen bzw. ihre Besiedler nach dem Tod zu essen. Betroffene verlieren ihre Scheu vor Aas. Ganz konkret empfinden sie die Tartaros-Maden als äußerst schmackhaft, in denen der Parasit schlummert. Und das ist wissenschaftlich bahnbrechend und mutmaßlich eine Folge der Überpopulation. Allerdings haben wir die bisher Erkrankten schnell isolieren und extrahieren können. Dr. Geerling wurde in Prag fündig, Dr. Knowles in Tokyo und Dr. Oltersdorff in San Francisco. Alle Betroffenen haben sich glücklicherweise schnell Hilfe gesucht.«

»Konnten die Patienten erfolgreich behandelt werden?«

»Bisher nicht. Sie werden immer noch therapiert. Der Parasit ist äußerst resistent gegen gängige Präparate, wahrscheinlich sind ihnen die Gegenmittel ohnehin schon aus ihrem Wirt bekannt.«

Dr. Stalf aus Zürich hebt die Hand, räuspert sich. »Mich erinnert Tartaros sehr an Toxoplasma gondii. Der Parasit befällt Nager, vorwiegend Mäuse, lässt ihre Hemmungen vor Katzen fallen, in deren Darm er sich dann wiederum vermehrt. Und die bei Menschen dadurch verursachte Toxoplasmose wird entweder durch den Katzenkot oder durch rohes und halbgares Fleisch verursacht.«

Sie zuckt zusammen, ihr Mittelfinger beginnt zu bluten. Sie nickt Dr. Stalf zu. »Sehr gut, Dr. Stalf. Das wird der nächste Schritt sein, Ähnlichkeiten herauszuarbeiten. Denkbar ist auch eine Art Ableger durch den Kulturfolger Katze, auch sie kommt in allen urbanen …«

»Sind denn durch Tartaros schwangere Frauen gefährdet?«
Schon wieder Narumoto.

Charlotta vom Berg öffnet den Mund, will antworten und wird von einem Schwindelgefühl heimgesucht. Ganz kurz schließt sie die Augen, hält sich unauffällig am Stehpult fest.

»Eine gute Frage, Dr. Narumoto. Bei Schwangeren verhält sich Tartaros tatsächlich auffällig. Ich würde hier gerne kurz unterbrechen und in zehn Minuten fortfahren.« Sie lässt keine Zeit zum Widerspruch, eilt aus dem Tagungsraum des Instituts und will auf die Toilette.

Schnell! Sie muss schnell auf die Toilette, sie weiß nicht, wie lange sie es noch halten kann. Sie geht eilig, kurz vor dem Laufen, und übersieht Frau Kreutzer von der Verwaltung.

»Frau vom Berg, können Sie mir sagen, wie lange Sie den Raum nun genau …«

»Doktor vom Berg bitte. Und, nein, ich kann Ihnen nicht sagen, wie lange ich den Tagungsraum damals gebucht habe. Das finden Sie bestimmt in Ihrem Schriftverkehr. Verzeihung.« Sie lässt die Kreutzer stehen, biegt um die Ecke, öffnet die Toilettentür, die Kabinentür und übergibt sich in die Kloschüssel. Dreimal, während sie die Spülung betätigt, um die Würgelaute zu übertönen. Sie bleibt kurz stehen, wischt sich mit Toilettenpapier den Mund ab und lauscht. Sie ist allein, niemand, der vor der Tür steht. Sie wirft das Toilettenpapier ins Klo, spült und schließt die Tür hinter sich. Am Waschbecken wäscht sie sich ihre Hände und spritzt sich Wasser ins Gesicht. Sie sieht in den Spiegel, ihre Lippen bewegen sich.

»Der Lazarus-Effekt. Invadierte abgestorbene Zellen. Nein, vor der Invasion sterbende Zellen. Das ist besser. Vor der Invasion sterbende Zellen revitalisierten durch Tartaros, der sogenannte Lazarus-Effekt setzte … ja, das ist gut.« Sie strafft ihren Zopf, beugt sich vor.

»Schwanger«, flüstert sie. »Du bist schwanger.« Tränen schießen ihr in die Augen, ihre Lippen beben, ihr ganzer Körper zittert. Es ist das erste Mal, dass sie diesen Gedanken, diese Gewissheit zulässt. Das erste Mal, dass sie das Kind in ihrem Bauch fühlt. Ihr Kind. Sie streicht sich über ihren Bauch, dann verdreht sie die Augen.

»Schwanger?«, zischt sie. Eine andere Stimme. Tiefer. »Wie willst du denn schwanger sein, du Schlampe? Hast du etwa gefickt?«

Sie schüttelt den Kopf. Das kleine Mädchen schüttelt den Kopf. »Nein«, flüstert es.

»DU hast gefickt! Ich rieche es an deinem Döschen! Und jetzt hast du einen Balg in deinem Bauch!« Charlotta holt aus und ohrfeigt sich. Beißt sich in den Handballen und vertreibt die andere.

»Mein Baby«, sagt sie trotzig in den Spiegel. Sie sieht auf ihre Armbanduhr. Zehn Minuten sind gleich um. Sie geht zurück in den Tagungsraum.

Zuhause

Sie sitzt im Schneidersitz auf ihrem Bett, durch die geöffnete Balkontür weht neben einem sommerlichen Wind auch das Leben Eppendorfs an einem Samstagabend hinein. Leise spielt Musik im Hintergrund, Coldplay, es riecht nach dem Italiener in ihrer Straße und sie telefoniert mit ihrer besten Freundin Dorothea aus Berlin. Sie haben gemeinsam studiert.

»… und deshalb bin ich gerade so derangiert, weißt du? Weil so viel … Neues - *Ein Baby!* - passiert.« Eine Gesprächspause entsteht, Charlotta hört bei ihrer besten Freundin Kinderstimmen im Hintergrund.

»Sind das etwa deine Kinder?«, fragt sie und »Kinder« hätte sie auch durch das Wort »Spinnen« ersetzen können.

»Ja, das ist Alexander, mein Ältester, den du gerade hörst. Ich hatte dir doch in der Mail Fotos von seiner Einschulung geschickt, Charlotta.«

Charlotta überlegt, wann sie sich das letzte Mal bei Dorothea gemeldet und mit ihr gesprochen hat. Das ist schon eine Weile her, sie hat eben hart arbeiten müssen und Dorothea ist so … gewöhnlich geworden. »Ja. Ja, die Fotos … so groß ist er schon geworden, mein Gott, wie die Zeit vergeht …«, überbrückt sie die Gesprächspause und fragt sich, warum sie Dorothea überhaupt angerufen hat. Um Rat zu suchen. Aber sie dreht sich die ganze Zeit im Kreis.

»Du, ich glaube, ich bin schwanger, Dorothea.« Jetzt ist es raus! *Weil du gepimpert hast*, hört sie es in ihrem Kopf.

»Du? Du wolltest doch nie Kinder!«

»Ja … ich … weiß, aber jetzt ist es halt passiert«, antwortet sie und lutscht das Blut von ihrem Daumen. Sie hat sich das Nagelbett ihres Daumens wieder aufgepult.

Weil alle in meinem Alter Kinder kriegen oder haben. Frau MUSS Kinder haben, damit diese ganzen beschissenen Fragen endlich aufhören. Und dafür MUSS Frau eben ficken!

»Dorothea?«, fragt sie, weil sie nicht sicher ist, ob sie es nur gedacht oder tatsächlich gesagt hat. Ihr Herzschlag beschleunigt.

»Das ist toll, Charlotta! Ich freue mich riesig für dich. Für euch. Ich glaube, ein Baby tut dir gut, und du wirst bestimmt eine tolle Mutter werden«, freut sich ihre beste Freundin am anderen Ende für sie.

»Und was mache ich jetzt?«

Pause.

»Wie, *Was mache ich jetzt?*«

»Ich meine, jetzt, wo ich mir sicher bin, dass ich ein Baby bekommen werde.«

Wieder eine Pause.

»Warst du schon beim Arzt?«, fragt Dorothea.

»Nein. Muss ich? Ich kann doch alles nachlesen.«

»Natürlich geht man, wenn man schwanger ist, zu einem Arzt, Charlotta. Damit es dir und deinem Baby gut geht. Hör zu, …«

Bei Dr. Schulte

»Sie sind sich sicher, dass Sie nicht zu einer Frauenärztin gehen wollen?«, fragt Dr. Schulte seine neue Patientin, die untenrum bereits nackt auf dem Untersuchungsstuhl sitzt, ohne dass sie darum gebeten wurde.

»Ich bin schwanger. Ich weiß genau, was auf mich zukommt. Außerdem bin ich Wissenschaftlerin, Dr. Schulte, falsche Scham ist mir fremd.«

»Na gut, dann wollen wir mal.« Er rollt mit seinem Stuhl zu ihr, streift sich Handschuhe über.

»Der Test war positiv?«, erkundigt er sich und überrascht sie dadurch.

»Test?«, fragt sie nach und bereut augenblicklich, seine Frage nicht bejaht zu haben.

»Einen Schwangerschaftstest. Sie halten einen Pappstreifen unter ihren Urinstrahl …«

»Ich pisse nicht auf Pappstreifen. Ich bekomme ein Baby!«, schreit sie ihn an.

Der Arzt zuckt zusammen, schiebt sich mit dem Handrücken seine Brille hoch. »Alles klar«, sagt er und will, dass sie so schnell wie möglich seine Praxis verlässt, aber er traut sich nicht, sie rauszuschmeißen. »Ich ertaste nun Veränderungen in ihrem Gebärmutterhals, die auf eine Schwangerschaft hindeuten können«, erklärt er und dringt mit Mittel-und Zeigefinger in sie ein.

»Ich weiß, dass ich schwanger bin, Herr Dr. Schulte, da brauchen Sie nicht …« Sie verstummt, wird steif wie ein Brett. Sie hat gesehen, wie etwas Längliches aus seinem Mund unten zwischen ihre Beine gefahren ist. Jetzt spürt sie, wie es sich tiefer in sie hineinwühlt, wo es bleiben will.

»Nein, Dr. Schulte! Nicht mein Baby!« Sie greift seinen Arm und holt seine Finger aus sich heraus, schlägt ihre Beine zusammen und windet sich aus dem Untersuchungsstuhl.

»Frau vom Berg?«, fragt Dr. Schulte ratlos.

»Dr. vom Berg. Und so nicht, Herr Kollege! Wenn Sie für Ihre Experimente irgendwelche Eier in einen Menschen ablegen müssen, dann sind Sie an die Falsche geraten!« Sie spuckt beim Reden, zieht sich ihre Unterhose und ihren Rock wieder an.

»Was?«, fragt er, schüttelt den Kopf und befürchtet, die Verrückte würde andere Patientinnen verschrecken. Charlotta reißt die Tür auf, stürmt aus dem Untersuchungsraum, schlägt die Tür hinter sich zu. Eines ist ihr klar geworden: Sie ist wieder auf sich alleine gestellt. Wie immer. Nur die Andere ist noch da.

Zuhause

Wochen später. Ihr Baby stirbt. Dessen ist sie sich sicher. Das Blut, das aus ihr fließt. Das Gefühl in ihrem Bauch. Ihr Baby stirbt! Charlotta weint, schreit in ihr Kissen und hasst sich und die Andere, die sie mit Spott überzieht. *Das kommt vom Ficken!*, schreit die Andere und lacht. Die Stimme erinnert Charlotta an ihre Kindheit, an ihre Mutter, wenn diese betrunken war.

»Aber ich will dieses Baby! Es kann doch nichts dafür!« Sie presst ihre Hände ans Gesicht und sieht durch ihre Finger und den Tränenschleier die frischen Blutflecken auf dem eierschalenfarbenen Läufer. Blut, weil ihr Baby stirbt. Weil irgendein kranker Kollege sie für seine Experimente missbraucht. Weil sie wieder mal allein gegen alle und alles kämpfen muss. Weil dieser Arzt sie, wie alle anderen auch, um ihren Erfolg beneidet. Weil sie keine erfolgreiche Frau sein darf. Erfolgreich mit Baby. Die ganze Welt dreht sich.

»Warum?!«, schreit sie in ein Kissen und schlägt darauf ein. Wieder löst sich ein Schwall Blut, rinnt ihren Oberschenkel hinab. Sie sieht auf, unterdrückt ihre Tränen.

»Ich werde das nicht zulassen, hörst du? Ich werde mein Baby bekommen!« Sie nickt sich selbst zu, knöpft den feuchten Kissenbezug auf und ist wieder stark. Die starke Charlotta. Mit Aufräumen und Ordnung schaffen, hören auch ihre Blutungen auf. Sie wird ihr Baby bekommen. Sie ist stark.

Im Institut

Hier steht sie jetzt in Raum UIII/42b, dort, wo Tartaros lebt und sich in einer Nährlösung zu Tausenden windet. UIII/42b ist keimfrei, in kobaltblaues Licht getaucht und hinter hermetisch versiegelten Glasvitrinen, unter darmfloraroter Bestrahlung, vermehrt sich Tartaros bei konstanten 36,9C°. Tartaros A1 aus Prag im Darm des Patienten 0, A2 aus Tokyo, A3 aus San Francisco. Tartaros B1, B2 und B3 sind jene Madenwürmer, die sich nicht fortpflanzen, sondern deren Aufgabe es ist, den Wirt zu manipulieren. Einen äußerlichen Unterschied kann man nicht erkennen. Sie schlängeln sich wohlversorgt in ihrem klinischen Lebensraum. Ihnen gegenüber leben ihre zu Forschungszwecken

weitergezüchteten Artgenossen. Jene, bei denen die Invasions-
dauer deutlich geringer ist, jene, bei denen die vitalisierende Wirkung auf sterbende Zellen deutlich stärker ist. Esperanza-Maden
haben sie sie inoffiziell getauft. Sogar in der Krebsforschung wird
mittlerweile mit ihnen gearbeitet. Vor der erfolgreichsten ihrer
Art, B3ZwW11, bleibt sie stehen und verharrt. Sie lauscht ihrer
Atmung im Schutzanzug, wartet auf eine Stimme. Die Andere schweigt aber. Charlotta nickt sich zu und schiebt die Thermobox unter die Vitrine, bis diese hörbar einrastet. Mit einem
Sicherheitscode aktiviert sie die manuelle Steuerung über die
Vitrine und öffnet den Boden, sodass Tartaros-Madenwürmer
abgezählt in die Thermobox fallen. 2000 Gramm Biomasse ent-
nimmt sie und weiß, dass sie auffliegen wird. Es wird das Ende
ihrer Karriere sein. Sie tut es für ihr Baby. Sie hat nicht viel Zeit.
Anschließend fährt sie nach Hause.

Die Wissenschaftler wissen noch nicht, auf welche Art Tartaros
im Einzelfall vor der Manipulation in den menschlichen Organismus gelangt. Wie und in welchen Mengen nimmt *Mensch* ihn
zu sich. Sie denkt, dass 2000 Gramm reichen sollten. In Etappen
zu je 500 Gramm schlingt sie die vor ihr in der Box kriechenden
Madenwürmer hinunter. Beißt nicht, sondern schluckt einfach.
Sie spürt, wie sie sich in ihr bewegen. Nach 500 Gramm Tarta-
ros-Madenwürmern trinkt sie 500 Milliliter lauwarmes Wasser
und pausiert eine Viertelstunde. Danach nimmt sie die nächsten
500 Gramm zu sich. Am Ende bleibt sie eine weitere halbe Stunde in der Küche sitzen, nimmt dann ihre gepackte Reisetasche
und verlässt ihre Wohnung in Hamburg-Eppendorf. Für immer.
Weil es zu unsicher ist. Sie will nämlich ihr Baby bekommen.

Später

In ihrer Zwei-Zimmer-Wohnung auf St.Pauli spürt sie, wie sie sich verändert. Sie glaubt, ihre eigenen Zellen fühlen zu können, wenn sie sich konzentriert. Aber ihr Baby spürt sich nicht. Sie weint. Stunden verrinnen, vielleicht auch Tage. Dann bewegt es sich. Und die Wehen setzen ein. Ihr Baby. Sie gebiert, wie sie es gelesen und auf Videos gesehen hat. Ihr Baby. Sie hat es geschafft! Sie ganz allein. Es ist ein Mädchen. Sie wird es Esperanza nennen. Sie befreit es von der Käseschmiere, von den Maden, und es schreit.

»Mein Baby!« Sie drückt es an sich, weint vor Glück, wärmt es und küsst es in den Nacken.

»Friss es auf!«, hört sie und denkt, es sei die Andere. Aber es ist B3ZwW11. Und B3ZwW11 sagt ihr, was zu tun ist.

In Hamburg in der Hopfenstraße auf St. Pauli ist es zu tumultartigen Zuständen gekommen, als Mitarbeiter des Ordnungsamtes einer unangenehmen Geruchsentwicklung aus einem Mehrparteienwohnhaus nachgegangen sind. Die Beamten sind brutal von den Bewohnern des Hauses angegriffen worden. Die herbeigerufene Polizei wurde selbst Opfer von Übergriffen der Bewohner aus den Nachbarhäusern. Mittlerweile scheint ein ganzer Stadtteil außer Kontrolle, wir berichten im weiteren Verlauf der Sendung über aktuelle Geschehnisse von dort.

DER ACHTE TAG

ALIN RYS

Abgehetzt und vor Erschöpfung schwankend hockte ich in der Krone einer mächtigen Eiche. Unzählige Zweige und Blätter hatte ich bei dem Versuch, Schutz in ihrer sicheren Höhe zu finden, abgeknickt. Und hätte das unter meinem Gewicht bedrohlich knackende Holz mir keinen Einhalt geboten, ich wäre in meiner Panik noch höher hinaufgeklettert. Doch mir blieb nun nichts weiter, als auf den wippenden Ästen, die mich widerwillig davor bewahrten, gute vier Meter in die Tiefe zu stürzen, auszuharren. Redlich darum bemüht, kein Geräusch zu verursachen, klammerte ich mich an die bloße Hoffnung, dieser Baum würde am Ende nicht doch zu einem grausamen Gefängnis, dessen Wächter nichts geringer als ein Haufen stinkender hungriger Leichen wären. Schmatzend und keuchend schlurften eben diese über den belaubten Waldboden. Die Fährte menschlichen und noch warmen Fleisches war durch meine Flucht ins Blätterdach verflogen und so bewegte sich die Horde nur noch schleppend vorwärts. Von meinem Versteck blickte ich auf Dutzende aufgeweichter, mit strähnigen Haaren bedeckter Köpfe hinab. Einige erkannte ich wieder. Sie hatten noch frisches Blut an ihren Mäulern und heraus hingen Stücke von Fleisch und Gedärm. Das alles hatte einmal zu Tobi gehört, der vor vielleicht einer Stunde elendig verreckt war. Keines der Biester hatte ihm einen schnell tödlichen Biss in den Hals verpasst. Sein Bauch war von unzähligen Paaren verwester Hände aufgerissen worden. Er hatte zusehen müssen, wie die fauligen Fingernägel abgebrochen und in seinem Fleisch steckengeblieben waren, wie gierige graue Zungen über seine Innereien leckten und zappelnde Maden aus den Köpfen der Monster fielen, um sich nicht weniger gierig in dem Brei aus roten Organen zu vergraben. Ich hatte wie angewurzelt dagestanden, gefangen vom Schock, der mich erst viel zu spät wieder losließ. Da hatte die Hatz auf mich längst begonnen und ich konnte nur noch laufen. Laufen und denken. Daran, wie ich es herausgefunden hatte. An die Zweifel, es Tobi zu berichten, an meine Entscheidung, es nicht zu tun. Und wie ich seitdem mit dem Geheimnis lebte. Jetzt wünschte ich, ich hätte es getan, hätte es nicht für mich behalten. Vielleicht hätte es etwas geändert, vielleicht wäre er noch am Leben.

Dicke Tropfen begannen auf meinen Schädel zu hämmern. Sie weckten mich aus einer Trance, in die meine Erinnerungen mich gerissen hatten. Es war einige Zeit vergangen, ich hörte nur noch den prasselnden Regen, das Geraschel und Gekeuche unter mir war verstummt. Die Horde hatte sich verzogen und ich war am Leben. Vorsichtig kroch ich einige Etagen hinab. Die Äste wurden stabiler und das Blätterdach lichter. Zu allen Seiten standen Laubbäume, dicht an dicht. Wohin sollte ich? Der Gedanke drängte sich auf, noch einmal zu Tobi zurückzukehren, doch ich schob ihn so schnell fort, wie er gekommen war. Meinen Rucksack hatte ich auf der Flucht abgeworfen, um schneller rennen zu können. Ich sollte ihn wohl suchen. Behutsam kletterte ich den glitschigen Stamm weiter hinab. Mein Körper schmerzte bei jeder Bewegung, doch mein Kopf rotierte unbeirrt zu allen Seiten. Nichts durfte mir entgehen. Ausgezehrt und zudem unbewaffnet, waren meine Sinne der einzige Schutz, den ich noch besaß. Die Umgebung schien sicher, doch ich musste feststellen, ohne jegliche Orientierung zu sein. Nicht einmal die Richtung, die mich hierher geführt hatte, konnte ich bestimmen. Unentwegt blickte ich mich um, überlegte, wieder auf die Eiche zu steigen. Sie war mir im Augenblick der vertrauteste Ort. Doch dann stockte ich. Meine Augen hatten es wohl schon vor Sekunden registriert, doch erst jetzt verstand auch mein müdes Gehirn. Da war etwas zwischen all der Borke und dem Laub, das mich umgab. Eine geometrische Form, leicht zu übersehen und in einiger Entfernung, doch die scharfen Kanten passten nicht in die unberührte Natur des dichten Waldes. Ohne einen weiteren Gedanken darüber, um was es sich handeln könnte, machte ich mich auf den Weg. Ich war dankbar dafür, ein Ziel zu haben, wenn auch nur für kurz. Mit jedem Schritt lichtete sich mein Blick auf das Objekt etwas mehr, es gab eine klare Struktur preis. Vertikal aufgestellte Bretter waren zu einer etwas schiefen Wand gezimmert worden. Darin eingelassen eine gleichartig gearbeitete Tür. Sie war es gewesen, die meinen Augen aus der Distanz aufgefallen war und die ich nun als Eingang zu einem solide wirkenden Verschlag identifizieren konnte. Ungläubig kam ich einige Zentimeter vor meiner Entdeckung zum Stehen. Die Tür war durch ein größeres Vorhängeschloss gesichert. Ich sparte es mir, dennoch einen Versuch zu unternehmen, sie zu öffnen. Die Erfolgschancen waren gering und auf den gefährlichen Krach, der die herumschleichenden Untoten in einem Umkreis dutzender Meter aufschrecken würde, konnte ich gut und gerne verzichten. Ich erforschte die übrigen drei Seiten des Verschlags. Keine weiteren Eingänge, keine Fenster, keine Hinweise auf seine übliche

Verwendung. Einige Male umrundete ich das provisorische Bauwerk, nicht aus reinem Forscherdrang. Ich wollte hinein, wollte meine Kleidung trocknen, mich hinlegen, ausruhen, schlafen, vergessen. Vielleicht gab es Vorräte oder wenigstens etwas, das mir als Waffe dienen konnte. Ich war mittellos und mein Weg, wohin auch immer er gehen sollte, würde ohne jegliche Ausrüstung ein baldiges Ende nehmen. Aber die Latten waren dicht an dicht miteinander verbunden worden, nur eines der Bretter wies mehrere Astlöcher auf und stellte die einzige offensichtliche Verbindung zum Inneren des Häuschens dar. Ich musterte den umliegenden Wald noch einmal nach sich nähernden Kreaturen, bevor ich mein Gesicht an die kleinen Öffnungen führte. Doch etwas war seltsam. Licht und nicht Dunkelheit begegnete meinen Augen. Woher kam es? Aufgeregt schleppte ich einen bemoosten Baumstumpf heran, mit dem ich hoffte, die sicherlich mehr als zwei Meter hohe Rückwand des Verschlags überwinden zu können. Ich konnte nur knapp auf das Flachdach schauen, erkannte aber eine mittige, quadratförmige Öffnung. Mit den letzten Reserven an Energie, die meine müden Glieder noch aufbringen konnten, erklomm ich umständlich das Dach. Ebenfalls aus einzelnen Holzbrettern bestehend, knarrte es bei jeder meiner schleppenden Bewegungen. Bäuchlings robbte ich bis zum Zentrum, um endlich einen Blick ins Innere werfen zu können. Ich steckte meinen Kopf in die großzügige Luke, nur um ihn noch im selben Moment ruckartig wieder herauszuziehen. Ein übler Gestank hatte mir ins Gesicht geschlagen. Mein Würgereiz meldete sich umgehend. Zwar bewirkte die frische Waldluft eine schnelle Linderung, doch beruhigen konnte ich mich nicht. Unter mir hörte ich es röcheln und kratzen, das ins Leere schnappende Klappern eines Kiefers ließ mich augenblicklich erstarren. Ein hungriger Leichnam wetzte sich die morschen Nägel, während ich über ihm auf einem klapprigen Dach ausharrte. Meine Hände verkrampften sich zu Fäusten. Ich hatte Angst, aber noch viel stärker brodelte eine riesige Wut in mir. Diese Hütte hätte mir gehören sollen, ein tröstender Unterschlupf nach all den Schrecken, die der heutige Tag gebracht hatte, und nun hauste dort dieses tote Vieh. Doch ich wollte nicht einfach aufgeben. Vorsichtig rollte ich mit angehaltenem Atem noch einmal über die Öffnung und spähte hinein. Ein verstörender Anblick traf mich. Was ich gehört hatte, waren tatsächlich die Laute eines zappelnden Kadavers gewesen. Nur streckte er sich mir nicht gierig entgegen, wie ich es erwartet hatte, darum bemüht, mir das Gesicht in Fetzen herunterzureißen. Nackt lag er angebunden auf einem breiten Holztisch, sich windend unter den Fesseln und mit festem Blick auf die Beute, die dort verlockend über ihm baumelte. Es war wohl erst wenige Tage her, dass dieses Ding noch ein Mensch gewesen war, eine junge Frau genauer gesagt. Ihre Bewegungen waren kräftig und flink, der Körper zeigte intaktes Fleisch. Und aus dem linken Auge blitze mir ein überraschend lebendiger Blick entgegen, das rechte dagegen war zu einem schwarzen Loch verkommen. Zuckende Maden krochen hinein und hinaus, wie auch aus jeder anderen Körperöffnung. Ich war den Anblick lebender Toter gewohnt. In den meisten Momenten der vergangenen Monate war es mir vorgekommen, als hätte es nie ein anderes Leben gegeben. Ihre Bedrohung war zur Routine geworden. Ich wich ihnen aus, versteckte mich vor ihnen, stieß ihre knorrigen Körper von mir, tötete sie. Sie waren keine Menschen, keine Tiere, sie waren nichts. Ich empfand nichts. Doch das hier war anders. Diese Frau war dort gefesselt worden, vielleicht, als sie noch am Leben war, vielleicht, als sie bereits im Sterben lag. Doch wer auch immer es getan hatte, ihm war bewusst gewesen, was passieren würde. Er hatte entschieden, die Person, die sie einmal gewesen war, zu einer kümmerlichen Existenz verkommen zu lassen, sie nicht von diesem schrecklichen Schicksal zu befreien. Und wozu? Ich ließ mich neben der Luke auf den Rücken fallen und stieß die zurückgehaltene Luft aus. Wenn ich nur gekonnt hätte, ich hätte Tobis Schädel sofort mit der kleinen Axt, die ich stets am Gürtel trug, entzwei gespalten. Und es wäre nicht grausam gewesen, sondern richtig. Doch ich hatte ihm das Werkzeug nur zuwerfen können; es hatte ihm nicht geholfen. Mir fehlte es nun. Ich versank in einem Strudel der Erschöpfung und wirre Erinnerungen an den vergangenen Tag jagten durch meinen Kopf. Das alles erschien mir jetzt wie ein Traum. Mein letzter Gedanke galt dem elenden Wesen unter mir und wie ein Blitz durchfuhr mich die verstörende Befürchtung über die Rückkehr seines Halters. Doch die Müdigkeit war zu erdrückend und so schlief ich dort auf diesem Dach, bedeckt von einem Himmel aus Blättern, während sich neben mir der süße Geruch von Verwesung in der frischen Waldluft verlor.

Es war ein lautes Krachen, das mich aus der ruhigen Zuflucht des Schlafes riss. Ich hörte schwere Schritte, begleitet von aufgeregtem Grunzen und Knurren. Ich verstand sofort. Er musste es sein, dem mein letzter klarer Gedanke gegolten hatte.

»Gesegnet und gegrüßt seist du«, drangen seine bedächtig gesprochenen Worte zu mir empor. Galten sie mir? Ich fühlte mich ertappt. In dem Bemühen, mich möglichst unauffällig zu verhalten, begann ich vor Anspannung zu zittern.

»Sechs Tage sind verstrichen, der siebte wird nun deine Erlösung bringen. Deine Sünden werden dir nie vergeben werden. Doch gebe dich den göttlichen Worten hin und du wirst nicht länger eine Sklavin des Teufels sein.«

Was geschah dort unter mir? In Zeitlupe rollte ich mich auf die Seite, um auch das leiseste Knarren zu vermeiden. Meinen Kopf legte ich ganz an den Rand der Luke, um nicht entdeckt zu werden. Wieder sah ich die Untote. Auf ihrer Stirn lag die Hand des Predigers, der ihren Kopf auf die Unterlage presste. Provoziert durch die direkte Nähe des warmen Fleisches tobte der übrige Körper. Die Stricke an Händen und Füßen waren von der Reibung blutig, Knochen krachten bei jedem Mal, wenn der Torso in die Höhe schleuderte, um sich endlich zu befreien.

»Er stehe dir bei mit der Kraft des Heiligen Geistes ...«

Immer energischer wurde die Stimme im Kampf, sich gegen das laute Fauchen und Schnauben durchzusetzen. Ich konnte den Initiator des Rituals aus meiner Position nicht erkennen, nur ein schwarzes Gewand erahnte ich, sein Gesicht blieb mir verborgen. Doch der Widerstand des vor ihm liegenden Leichnams kannte kein Ende. Der Tisch ächzte und wankte unter den hektischen Bewegungen. Der Prediger unterbrach seine Rede und löste die Hand von der kalten Stirn der ehemaligen Frau. Sofort schnellte der Kopf empor und schnappte mit klapperndem Kiefer um sich. Der Mann schritt zur gegenüberliegenden Seite des Raumes. Nun konnte ich einen kurzen Blick auf ihn erhaschen. Er war von hochgewachsener Statur, der schwarze Talar, den er trug, war gepflegt, ebenso wie das braune, mit grauen Strähnen durchzogene Haar. Er kam zurück, ein weiteres Seil in den Händen. Direkt unter dem Dachfenster machte er sich daran, auch den Oberkörper der widerspenstigen Kreatur zu befestigen. Doch dann passierte alles ganz schnell. Ein blutverschmierter Arm war blitzartig befreit von der Fessel und verkrallte sich hektisch am Kragen des weiten Gewands. Überwältigt von der Schnelligkeit des Angriffs drohte der eben noch Überlegene ins aufgerissene Maul seiner Gefangenen zu fallen. Hätte ich zuvor abgewägt, vielleicht wäre ich in meinem Versteck geblieben und hätte den Dingen ihren Lauf gelassen. Doch ich dachte nicht klar, ich handelte. Bisher war ich skeptisch darüber gewesen, ob die Dachluke wohl als Einstieg geeignet wäre. Nun ließ ich mich ohne weiteres Zögern hineinfallen und landete zwischen den gespreizten Beinen der hungrigen Untoten, die unbeirrt und wild keuchend an dem auf ihr liegenden Körper zerrte. Ich schaute mich kurz um. Der Raum war bis auf die improvisierte Pritsche und ein schmales Regal unmöbliert. Von der Decke hingen verschiedene Kräuter, möglicherweise um den Gestank der Verwesung zu überdecken. Eine nur mäßig wirksame Taktik. Auf einem Regalbrett erspähte ich eine Rundsichel, wohl zum Ernten der Duftgräser und der einzige Gegenstand weit und breit, der als Waffe taugte. Mit einem Satz stand ich auf dem Boden und griff das Gartenwerkzeug, bevor ich ans Kopfende des Tisches hastete. Ich war nicht sicher, ob die dünne Sense geeignet war, die noch intakte Schädelplatte zu durchbrechen, daher schlug ich sie mit geübter Bewegung in den Unterkiefer. Mit aller Kraft zog ich an dem wackeligen Holzgriff. Mit jedem Ruck versank die Klinge tiefer im Schädel der zappelnden Leiche. Bis endlich das grelle Gurgeln aus ihrer Kehle verstummte und der hagere Frauenkörper regungslos herabsank. Ich ließ die Sichel los und richtete meine Augen auf den Mann in Schwarz. Er schien unbeschadet, doch würdigte mich keines Blickes. Behutsam löste er die tote Hand, die ihn noch immer im Griff hielt, und schüttelte einige der gefräßigen Maden ab, die den Weg auf den dicken Stoff seines Gewandes gefunden hatten. Dann wandte er sich mit sorgenvoller Miene an die nun friedlich ruhende Tote. Aus einer Tasche zog er eine Phiole hervor, gab etwas aus dem darin befindlichen Wasser auf ihre Stirn und verwischte anschließend die kleine Pfütze mit dem Daumen zu einem Kreuz. Schein-

184

bar unbeeindruckt von den Ereignissen der letzten Sekunden, murmelte er andächtig ein weiteres Gebet. Erst nach dessen Abschluss richtete er seine Augen auf mich und streckte mir die Hand zum Gruß entgegen. Perplex vom Geschehen konnte ich nicht anders, als gewohnheitsgemäß zu reagieren. Fest umschloss er meine Hand mit den seinen. ›Mein Sohn, Gott segne und grüße dich. Er schickte dich um meinetwillen und ich danke dafür, dass du seiner Stimme gefolgt bist.‹

Unwillig, auf das seltsame Gerede einzugehen, blieb ich sprachlos. Ich musterte sein sauberes Gesicht. Er war wohl nicht älter als fünfzig und besaß den Gleichmut eines Menschen, der ohne jede Furcht in dieser vom Grauen beherrschten Zeit lebte.

»Verzeih meine Offenheit, aber deine Erscheinung lässt vermuten, dass du seit Tagen keinen Ort der Ruhe finden konntest.«

Ein harter Kern in meinem Innern sträubte sich, der Annahme dieses Geistlichen, der in meinen Augen dermaßen unverständliche und scheußliche Dinge tat, offen zuzustimmen. Doch meine schwache Hülle sehnte sich nach nichts mehr als einem solchen Ort und so bejahte ich mit resigniertem Nicken.

»Dann möchte ich dich bitten, mit mir zu kommen und du wirst ein Bett, Verpflegung und frisches Wasser erhalten.«

Seine Aufforderung klang weder freundlich noch besorgt. Er hatte mich in Gänze durchschaut und nun leitete er mit fester Überzeugung meinen weiteren Weg. Ganz väterlich. Seine Autorität war einnehmend, wenn auch nicht beängstigend, Widerworte schienen unerheblich. Ich wusste nicht recht zu reagieren, also griff ich abermals auf die alten Gewohnheiten der Höflichkeit zurück. »Ich heiße Henri.«

Er musterte mich kurz, dann entgegnete er: »Ein herrschaftlicher Name. Pater Josua ist der meine.« Der geschwollene Ton war Programm. Wie aus einer anderen Zeit, mimte er den souveränen Gottesdiener. Doch ich hatte meine Zweifel. Entschlossen langte Pater Josua nach dem Griff der Rundsichel und hebelte sie rabiat aus dem entstellten Kopf. So blutbeschmiert wie sie war, legte er sie zurück an ihren Ursprungsort. »Ich werde mich hierum später kümmern. Nun folge mir.«

Zu meiner Überraschung wandte er sich nicht der in die Holzwand eingelassenen Tür zu, um den Verschlag zu verlassen. Stattdessen bückte er sich unter den Tisch, wo er quietschend eine Falltür aufzog. Trotz seiner kräftigen Gestalt, ließ er sich gewandt hineinfallen und forderte mich bald auf, es ihm gleichzutun.

Ich blickte noch einmal auf die Tote, dann setzte ich mich zögerlich an den Rand der schwer zu ergründenden Öffnung. Schummriges Licht drang zu mir empor. Meine Fußspitzen berührten die Stufen einer Stiege, die einen bequemen Abstieg in das Erdloch ermöglichte. Ich fand mich in einem niedrigen Gang wieder, mein Begleiter reichte eine altmodische Petroleumlampe an mich weiter, bevor er selbst sich daran machte, die Luke über uns zu schließen.

Plötzlich war es finster. Die Funzel in meiner Hand beleuchtete nicht mehr als grobe Umrisse. Ich hörte das Klicken eines Vorhängeschlosses.

»Behalte du das Licht, ich finde den Weg auch ohne seine Hilfe. Bleib nur dicht hinter mir, mein Sohn.« Mit eingezogenem Kopf verschwand Pater Josua rasch im Dunkel des Untergrunds. Unsicher begann ich, einen Fuß vor den anderen zu setzen. Eine halbe Ewigkeit verstrich, in der ich jeden Moment damit rechnete, im Schein der kleinen Flamme würde eine verfaulte Fratze auftauchen und mich zu Tode erschrecken, bevor sie sich in meinem Fleisch verbissen hätte.

»Was ist das hier?«, fragte ich aus ehrlichem Interesse und um nicht länger allein mit meinen beunruhigenden Gedanken sein zu müssen.

Pater Josua beeilte sich nicht mit einer Antwort. »Dies ist ein heiliger Ort, der unserer Stadt seit Jahrhunderten Schutz vor den Sünden und Schrecken der Welt gewährt. Und auch nun, in der qualvollsten Zeit, zeigen uns die Gänge den Weg aus dem Verderben.«

Und tatsächlich, noch im selben Moment lichtete sich die Dunkelheit vor meinen Augen. Wir verließen den engen Schacht und betraten einen kleinen Raum, der durch einfallendes Tageslicht erhellt wurde. Noch drei weitere Durchgänge konnten von hier aus betreten werden und eine abgenutzte Steintreppe führte zu dem lichtspendenden Ausgang. Doch Pater Josua dachte noch nicht daran, die unterirdische Kammer zu verlassen. Er blieb stehen und wandte sich an mich. »Gestatte mir, dass auch ich dir eine Frage stelle.«

Ich wartete, welches Interesse der Kirchenmann wohl an meiner Person hatte.

»Der Herr lässt dich allein in diesen dunklen Zeiten wandeln?« Erstmals gab seine Mimik Hinweis auf die Intention hinter dem gesprochenen Wort. Argwohn und Ungläubigkeit spiegelten sich in ihr. Ich überlegte, welche wohl die für den weiteren Umgang mit mir richtige Antwort wäre. Die Erinnerung an Tobi schoss brennend durch meine Brust. Sollte ich vom Schicksal meines einzigen Freundes berichten, das mich erst vor einigen Stunden zu einem einsamen Flüchtling hatte werden lassen? Doch alles in mir sträubte sich, meinen persönlichen Schmerz vor diesem Fremden zuzulassen, der mir so distanziert begegnete, obwohl ich ihn vor einem qualvollen Tod bewahrt hatte. Daher lief meine Erwiderung auf ein einfaches ›Ja‹ hinaus.

»Ich wundere mich nur. Du trägst nichts bei dir, vertraust nur auf den Schutz des Herrn«, formulierte er herausfordernd.

Wahrheitsgetreu schilderte ich, in einen Hinterhalt geraten zu sein, dass ich schnell hatte fliehen und meine wenigen Habseligkeiten zurücklassen müssen.

Er nickte kritisch, schob seine Skepsis jedoch im nächsten Moment beiseite. »Nun, in Anbetracht dieser Umstände wird dich der friedliche Flecken Erde, den wir uns hier mit Gottes Hilfe erhalten haben, in besondere Glückseligkeit versetzen.« Nun wandte er sich ab und schritt der Treppe entgegen.

Für mich allerdings war unser Austausch noch nicht beendet, eines brannte mir noch auf der Seele. »Was war das da in der Hütte mit der Untoten?«

Pater Josua setzte seinen Weg in Richtung Ausgang unbeirrt fort. Erst als er die steinerne Treppe erreicht hatte, drehte er sich noch einmal um. »Therese war ein sündiges Mitglied unserer Gemeinde, das der Herr verlassen hat. Die Zeremonie in der Kapelle diente der Austreibung des Teufels, den sie in sich eingeladen hatte. Doch nun folge mir bitte.«

Ohne ein weiteres Wort stieg er an die Oberfläche und auch ich sehnte mich nach frischer Luft. Dem Erdloch entstiegen, fand ich mich am Rande eines Pflastersteinwegs wieder. Akkurat umschlang er geputzte Fachwerkhäuser mit Blumenkästen vor den ausgebreiteten Fensterläden.

Anstandslos folgte ich Pater Josuas schnellen Schritten. Rechts von uns ragte eine massive Steinmauer empor. Sie schien das gesamte Städtlein zu umschließen. Hier und da waren Schießscharten oder Ausgucke in die mittelalterliche Wehranlage eingelassen.

Eine Gruppe schüchterner Mädchen kam uns entgegen. Sie trugen Körbe mit Brot und Obst. »Grüß Sie Gott, Pater!« Mich bedachten sie mit verstohlenen Blicken und einem verhaltenen Lächeln. Das alles erschien mir wie eine Traumwelt. Mir kam der Gedanke, ob ich nicht noch immer paralysiert in der Eiche hockte und mich halluzinierend der Wirklichkeit entzog. Pater Josua kam vor einem modernen Backsteinhaus zum Stehen. Er öffnete die Tür und deutete mir, einzutreten. Ich betrat ein kleines gepflegtes Zimmer. Ein Tisch, ein Bett, ein Stuhl, ein gerahmtes Heiligenbild an der Wand, mehr befand sich nicht darin.

»Es wird jemand kommen, der dir Wasser und etwas zu essen bringt.« Damit war er verschwunden. Neugierig schaute ich aus dem Fenster. Ich stand erst einige Minuten so, da klopfte es leise an der Tür. Ich öffnete und erblickte ein junge Frau. Mit gesenktem Kopf stand sie vor mir, einen Krug klares Wasser in der einen Hand, ein mit Speisen gefülltes Körbchen in der anderen.

»Der Pater schickt mich.«

Ich machte den Weg frei und sie stellte beides auf dem Tisch ab. Dann ging sie zum Bett und zog eine Waschschüssel darunter hervor. »Möchten Sie sich waschen?« Es war weniger eine Frage als eine Annahme. »Ich helfe Ihnen.« Mit flinkem Schritt näherte sie sich mir und begann mit zittrigen Fingern die Knöpfe meines Hemds zu öffnen. Es war mir unangenehm. Ich musste stinken, war dreckig, unrasiert und seit einer Ewigkeit keiner Frau so nahegekommen. Ich erschrak, als sie zu flüstern begann. »Hören Sie mir zu, aber lassen Sie sich nichts anmerken. Er beobachtet uns.«

Ich war geneigt, mich umzublicken, doch befolgte ihre Worte und blieb regungslos stehen.

»Ich glaube, Sie sind in Gefahr. Bleiben Sie einfach hier und stärken sich. Ich komme in einer Stunde zurück, dann hält er seine nachmittägliche Andacht.« Sie hatte den letzten Knopf geöffnet und wollte mir das Hemd von den Schultern streichen. »Danke. Von jetzt an schaffe ich es allein.« Ich schaute sie an und sprach so freundlich wie ich eben konnte, um ihr mein Vertrauen zu signalisieren. Nicht einen Augenblick zweifelte ich an dem, was sie mir offenbarte. Viel mehr passte es zu der bizarren Figur des Pater Josua und den Abstrusitäten, die er von sich gab. Kurz erwiderte sie meinen Blick besorgt, dann verließ sie eilig das Zimmer.

Aufgewühlt blieb ich zurück. Meine Gedanken kreisten um die Frage, wo ich hier hineingeraten war. Noch immer in Schock und Trauer über Tobis Tod fiel es mir schwer, mich auf die Ereignisse der letzten Stunden zu fokussieren, sie als wirklich zu erfassen. Das alles war einfach geschehen. Versunken wusch ich Gesicht und Hände, nahm mir das bunt gefüllte Körbchen und stopfte seinen Inhalt auf dem Bett hockend in mich hinein. Regelmäßig starrte ich zur Tür, in unruhiger Erwartung, die junge Frau käme zurück, um mir endlich zu offenbaren, was dieser Ort war. Und endlich kam sie. Doch sie war nicht länger das schüchterne Mädchen von vorhin. Aufgeregt riss sie die Tür auf, die Wangen rot und etwas außer Atem. Ihre weit aufgerissenen braunen Augen fixierten mich. »Mein Name ist Sofie. Wir haben nicht viel Zeit.«

»Henri«, antwortete ich schnell. »Was ist das hier?«

Sie schien überfordert von der Frage, schaute mich nur wirr an.

»Was sind das für unterirdische Gänge?«, fügte ich hastig hinzu.

»Die Erdställe? Die sind noch aus dem Mittelalter. In Bayern gibt es ganz viele davon. Aber unser System hier ist das Größte. Der Pater hat noch viele weitere Gänge und Räume anlegen lassen. Er ist besessen davon. Vor zwei Jahren noch ...« Verärgert

190

brach Sofie ihre Erklärungen ab. »Das ist jetzt nicht wichtig.« Sie verstummte, schien um die richtigen Worte zu ringen. »Sag mir, ist es dort draußen wirklich, wie er es erzählt? Ist die ganze Erde von den Dämonen der Unterwelt bevölkert und verspeisen sie jeden Ungläubigen bei lebendigem Leib, der sich weigert, das ewige Bündnis mit dem Teufel einzugehen?« Erwartungsvoll schaute sie mich aus bangen Augen an.

»Nun ja …«, setzte ich zögerlich an. »… also diese *Dämonen* gibt es wohl. Die würden aber jeden fressen, da gibt's eher keine Kriterien. Und soweit ich weiß, ist nur Deutschland von ihnen *bevölkert*. Die anderen Länder haben uns unter Quarantäne gesetzt und das hat für die wohl funktioniert.« Ich war mir nicht sicher, ob ich es für sie verständlich formuliert hatte.

Sofie drehte mir den Rücken zu. »Ich wusste es. Ich wusste, dass er lügt«, murmelte sie vor sich hin, wandte sich dann wieder mir zu und ergriff hektisch meine Hand. »Ich muss dir etwas zeigen.« Mich energisch hinter sich herziehend, öffnete sie die Tür, steckte den Kopf hinaus und sah sich nach allen Seiten um, bevor sie mit mir im Schlepptau die Straße betrat. Eilig ging sie einige Schritte an der Hauswand entlang. Vor der nächsten Tür blieb sie stehen, zog einen Schlüssel aus der Tasche ihres langen Rockes und verschaffte uns Zutritt. Der Raum, den wir betraten, war weit großzügiger als mein Kämmerchen nebenan. Erlesener Parkettboden, antike Möbel, doch für eine genauere Betrachtung blieb keine Zeit. Sofie zog mich weiter hinter sich her, bis in den äußersten Zimmerwinkel. Hier klaffte ein Loch in der edlen Holzdiele, darunter befand sich eine steile Wendeltreppe. Es ging wieder in den Untergrund. Sofie schritt voran. Sie war gezwungen, meine Hand in dem engen Gewölbe loszulassen. Flink glitt sie die schmalen Stufen hinab, während ich jeden Schritt mit Bedacht wählte. Als auch ich unten angelangt war,

191

hatte sie bereits zwei Petroleumleuchten entzündet. Sie reichte mir eine von ihnen. »Jetzt komm. Schnell.« Der Gang hier war weit großzügiger als derjenige, der aus dem Wald in die Stadt geführt hatte. Wir mussten nicht kriechen, sondern konnten aufrecht gehen. Das Ausmaß des Schachtsystems war erstaunlich. Sofie lotste uns kundig durch immer neue Gänge. Irgendwann wurde sie langsamer und hob die Schürze ihres Rockes vors Gesicht. Ich verstand sofort. Der leicht modrige Geruch des Erdreichs wurde allmählich vom beißenden Gestank verwesenden Fleisches abgelöst. Ich atmete flach und versuchte, meinen vollen Magen im Zaum zu halten. Mit jedem Meter wurde es schlimmer und ich musste wieder an die Fratzen denken, die ich jeden Moment im schummrigen Schein der Lampe erwartete. Endlich schien unser verworrener Weg ein Ende zu nehmen. Sofie vor mir bog noch einmal um die Ecke, dann blieb sie stehen, ich neben ihr. Ein Meer aus Kerzen erstreckte sich vor uns und beleuchtete ein hohes, mit kleinen Ziegelsteinen beschlagenes Gewölbe. Mir stockte der Atem. An der Rückwand lehnte ein überdimensionales Kreuz, darauf ein schlaffer Körper. Die ausgebreiteten Arme und übereinander geschlagenen Beine waren fest mit den zwei Balken verschnürt. »Was ...«, setzte ich mit schwacher Stimme an.

»Er ist auch ein Fremder, den der Pater mit in unsere Stadt brachte.«

Schauder ergriff mich bei Sofies Worten. »Lebt er noch?« Als hätte es mich gehört, hob das elendige Geschöpf den Kopf. Und da erkannte ich es. Die ledrige Haut hing ihm in Fetzen vom Kopf, Nase und Ohren waren abgefallen, sein Unterkiefer baumelte nur noch herab, sodass sein Gesicht zu einer gruseligen Grimasse verzogen war. Es lebte, aber ein Mensch war dieses Ding schon lange nicht mehr. Als es uns erblickte, begann es zu keuchen.

»Er hatte sich der Probe unterziehen müssen, weil er doch fremd war. Hat sie aber nicht bestanden«, erklärte Sofie leise.

»Was für eine Probe?« Es gelang mir nicht, die Augen von der grässlich entstellten Leiche zu wenden.

»Der Sünder muss sich dem Dämon hingeben und wenn sein Biss ihn verwandelt, hat auch er sich mit dem Teufel verbündet«, erwiderte Sofie, als hätte sie diese Worte schon hundertmal gesprochen. »Und hat je ein Mensch diese *Probe* bestanden?«

Traurig schüttelte sie den Kopf. »Meine Schwester wurde vor einer Woche geprüft. Sie hatte ein missgebildetes Kind zur Welt gebracht und da meinte der Pater, sie hätte es nicht von ihrem Mann, sondern vom Teufel empfangen. Aber sie war kein sündiger Mensch, Gott hat sie nicht verlassen. Und trotzdem hat der Dämon sie verwandelt. Doch Therese war so ein guter Mensch. Viel frommer als jede andere Frau. Da wusste ich, er lügt.«

Ich begann zu begreifen, dass diese Gemeinde nur auf den ersten Blick ein friedlicher Flecken Erde war. Beherrscht wurde sie von einem sadistischen Tyrannen, der blutrünstiger war, als jedes verrottende Monster außerhalb der schützenden Stadtmauer. Eine gewaltige Wut überkam mich, auf diesen gewissenlosen Schlächter und auf mich, der ihn nicht einfach in der Waldhütte hatte verrecken lassen. »Dieser perverse Bastard ...« Ein erschrockener Schrei unterbrach mein Fluchen. Sofie zappelte, eine dunkle Gestalt hatte sie am Arm gepackt und hielt sie fest im Griff.

»Ich sehe, du gibst unserem Gast eine kleine Führung.« Es war Pater Josua. »Henri, mein Sohn. Ich hatte geglaubt, du wärst ein Diener Gottes, doch nun stelle ich fest, dass es doch der Teufel war, der dich geschickt hat.«

Ohne groß zu überlegen, hob ich eine der dicken Kerzen auf, die vor mir standen und schleuderte sie dem höhnischen Priester

brennend ins Gesicht. »Ich bin nicht dein beschissener Sohn.«
Erschrocken ließ er von Sofie ab.

Ich ergriff ihre Hand und begann zu laufen. »Wo müssen wir
hin?« Die Lampe in meiner Hand wankte zu allen Seiten. Sofie
übernahm die Führung. Wir eilten durch die Gänge. Ein jeder
glich dem vorangegangen und ich fragte mich, ob wir jemals einen Ausgang aus diesem Labyrinth der Dunkelheit finden würden. Doch irgendwann stoppte Sofie; sie hatte die Orientierung
zu keinem Zeitpunkt verloren und zog mich eine steinerne Treppe hinauf. Mit aller Kraft drückte sie die Luke auf, die uns wieder in die Freiheit führen sollte. Das grelle Tageslicht blendete
mich, blind erklomm ich die restlichen Stufen. Endlich frische
Luft. Doch Sofie ließ uns keine Zeit, um durchzuatmen. Immer-
fort zerrte sie an mir und drängte mich zum Weiterlaufen. Erst,
als sich meine Augen wieder an das helle Licht gewöhnt hatten,
erkannte ich, wo wir uns nun befanden. Es musste der Marktplatz sein, eine breite, mit Pflastersteinen bedeckte Fläche, an
dessen Ende eine Kirche aufragte. Überall spazierten Menschen.
Wenn sie uns erblickten, hielten sie erschrocken an.

»Haltet sie auf!«, hörte ich in meinem Rücken die tiefe Stimme Pater Josuas.

Umgehend stellte sich vor uns eine Reihe Männer und Frau-
en auf, um uns den Weg zu versperren. Wir wollten ausweichen,
doch aus allen Richtungen eilten Menschen herbei, bis sich ein
dichter Kreis um uns gebildet hatte. Noch einmal öffnete er sich,
doch nur, um auch den Pater in seine Mitte zu lassen. Sofie rück-
te in ihrer Furcht nah an mich heran und umklammerte fest
meinen Arm. Dutzende Augenpaare waren auf uns gerichtet und
hörten auf die Ansprache ihres Anführers, die er mit lauter Stimme verkündete: »Diese beiden fand ich, wie sie unter unseren
Füßen sich verschwören wollten gegen unsere heilige Gemeinde.

Der Satan hat diesen Fremden in unsere Stadt geschickt, um die Schwächsten aus unserer Mitte zu sich zu holen.« Er zeigte auf Sofie. »Erst wenige Tage sind vergangen, da sahen wir, wie ihre Schwester sich zu einem der Dämonen verwandelte und nun ist auch sie der Sünde verfallen. Was also sollen wir mit ihnen tun?«

Sofie vergrub ihr Gesicht weinend im Ärmel meines Hemdes.

»Sie sollen geprüft werden!«, rief die Masse. »Prüft sie!«

Pater Josua nickte zufrieden. Kurz darauf winkte er ein kleines Mädchen zu sich heran. »Marie, bringe doch bitte herbei, worum du dich in den letzten Tagen so tapfer kümmertest.« Liebevoll strich er ihr übers geflochtene Haar, bevor sie aufgeregt davoneilte.

Verzweifelt suchte ich nach einer Lösung. Sofie hing wimmernd an meiner Seite. Sie schien sich ihrem Schicksal bereits ergeben zu haben. Die tuschelnde und glotzende Menge Gottesfürchtiger um uns schien unbelehrbar. Hätte ich eine große Rede über die wahren Zustände in unserem Land geschwungen, sie hätten es wohl kaum geglaubt, gar nicht glauben wollen. Pater Josua begann, sich mit einigen der Umstehenden zu unterhalten, hielt ihre Hände und stimmte dem entrüsteten Kopfschütteln zu. »Ah, da ist ja das Mariechen wieder.« Mit freundlichem Gesicht nahm der Kirchenmann das kleine Mädchen, das angestrengt einen schweren Holzkasten vor sich hertrug, in Empfang. Er schien förmlich euphorisiert, als wäre dies sein liebster Zeitvertreib auf Erden. Beherzt ergriff er die Truhe und stellte sie vor uns auf. Ich war mir nicht sicher, was darin lauern würde und auch Sofie beobachtete mit großen Augen das Geschehen. Pater Josua nahm eine Kette vom Hals, an ihr baumelnd ein kleiner Schlüssel, der den Kasten öffnete. Ein winziger Spalt reichte aus und ein hohes Krächzen drang aus der massiven Holzkiste. Noch bevor ich überhaupt registriert hatte, was dort vor meinen Augen zappelte, hatte Sofie einen grellen Schrei ausgestoßen und schluchzend ihr Gesicht in meinem Rücken vergraben. Der Körper eines deformierten Säuglings, wimmelnd von kriechenden Maden, lechzte nach dem Geschmack warmen Menschenfleisches, das ihn umgab. Ein kleiner Rumpf, an dem zwei kurze Stümpfe zuckten, wo Beine hätten sein sollen, wippte von der einen auf die andere Seite. Der kahle Kopf reckte sich uns gierig entgegen und zwei zierliche Ärmchen fuchtelten in der Luft. Pater Josua ergriff den Strick, der um den Hals des jämmerlichen Geschöpfes gelegt war und zog es in die Höhe. Zappelnd hing es nun vor uns. Mein Körper bebte vor Entsetzen und ich fragte mich, welche schrecklichen Geheimnisse diese Gemeinde wohl noch verbarg.

»Nun, Sofie ...«, sprach der Geistliche in hämischem Ton. »Du warst bisher so um unseren Gast bemüht, führe ihm doch auch noch vor, wie wir diese Kleinigkeit handhaben.«

Sofie wich aus, verbarg sich schluchzend hinter mir. Pater Josua deutete zwei jungen Männern, sie zu greifen.

»Wartet!«, schrie ich. Tatsächlich hörten sie auf mich und blieben zurück.

»Oh, verzeih! Welch ein Affront. Natürlich sollte dir, unserem Gast, das Vorrecht gelten.« Den baumelnden, nach Fleisch schreienden Säugling am ausgestreckten Arm, kam Pater Josua auf mich zu. Unter seinen lobenden Blicken, krempelte ich bereitwillig den linken Ärmel meines Hemdes hoch. Doch nur, um ihm zu offenbaren, was sich darunter verbarg. Es war die vernarbte Wunde eines Bisses. Das süffisante Grinsen wich aus seinem Gesicht. Auch Sofie hatte das Mal gesehen und warf sich mir zu Füßen.

»Wie in Gottes Namen ...?« Ungläubig starrte der Pater auf den deutlichen Abdruck zweier Zahnreihen. Die alte Verletzung begann zu pochen und es war, als spürte ich noch einmal den Biss des fauligen Kiefers, der damals in meinem Fleisch versunken war. Tage, Wochen und noch Monate hatte ich auf den Tod gewartet, doch nichts war geschehen. Es schien, als hätte keine der heimtückischen Maden unter meine Haut dringen können, um dort ihr entsetzliches Werk zu verrichten. Ich wusste nicht, ob es schieres Glück oder etwas anderes gewesen war, das mich davor bewahrt hatte, zu einem wandelnden Leichnam zu mutieren. Ich wusste nur, ich würde mein Schicksal kein weiteres Mal herausfordern.

Der Kreis aus Menschen, der uns umschloss, kam dichter zusammen. Die anfangs bedrohliche Front hatte sich in eine neugierig gaffende Schar verwandelt, die mich nun eingehend beäugte. Fassungslos und von Zorn erfüllt wendete Pater Josua seinen Blick nicht für eine Sekunde von mir. Den sich windenden und keifenden Säugling noch immer zwischen ihm und uns emporhaltend, brach es urplötzlich aus ihm heraus: »Satan!« Ein Raunen ging durch die Menge. Fordernd richtete sich der selbsternannte Souverän an seine Anhänger. »Tötet ihn! Tötet ihn!«, schrie er den Umstehenden mit schriller Stimme zu. Ein paar wenige traten unsicher hervor, vereinzelt trugen sie Äxte und Spaten bei sich. Ich wusste mir nicht anders zu helfen. Bereits zuvor hatte ich einen schmächtigen Jungen ins Auge gefasst, der auf eine Heugabel gestützt in meiner Nähe stand. Mit einem Satz war ich bei ihm und entriss seiner Hand das spitze Gerät. Ohne weiteres Zögern stürmte ich Pater Josua entgegen. Der Dreizack durchbohrte ohne Widerstand den in der Luft baumelnden Rumpf des krächzenden kleinen Biestes. Als die Zinken auf die Brust des hochgewachsenen Klerikers trafen, brauchte es einen energischen Stoß, um sie zu versenken. Ich hörte Schreie, doch niemand aus der Menge machte Anstalten, in das Geschehen einzugreifen. Kopf an Kopf waren der Dämon und sein Schöpfer aufgespießt. Der zahnlose Mund saugte an dem ihm dargebotenen Gesicht, während die winzigen Hände es unbarmherzig zerkratzten. Röchelnd taumelte die einst einnehmende Gestalt des Pater Josua noch einige Schritte, dann sank der schlaffe Körper zu Boden. Dutzende, vor Schock starre Augenpaare blickten auf den leblosen Mann und das schmatzende, von Zacken durchbohrte Geschöpf, das sich an ihn klammerte. Niemand sprach, niemand regte sich. Sofie hatte meine Hand ergriffen, schmiegte sich an meine Seite und schenkte mir dankbare Blicke. Schon jetzt stieg in mir der furchtbare Gedanke auf, irgendwann auch sie zu verlieren, so wie es erst am Morgen diesen Tages mit Tobi geschehen war.

Dann plötzlich durchdrang ein bösartiges Fauchen die angespannte Luft. Es war erwacht und erhob sich zähnefletschend aus einer tiefroten Blutlache.

DER RUF

Joshua Lorenz

Ich sah Sabine an, dass sie am Ende war, aber trotzdem kam kein Wort über ihre Lippen. Kein Wunder, denn wir waren endlich an unserem Ziel angekommen.

Mainz, die Stadt, die in meiner Vorstellung den Platz des gelobten Landes eingenommen hatte, obwohl sie natürlich genauso verwüstet war wie der Rest Deutschlands. Trotz allem verband ich Hoffnung mit diesem Ort. Nicht nur aus nostalgischer Träumerei, da ich mich an die Stadt am Rhein noch aus der Zeit vor dem Ausbruch der Katastrophe erinnerte, sondern auch aus ganz praktischen Beweggründen.

Mainz war im Vergleich zu den deutschen Metropolen eine eher kleine Stadt. Dadurch hielt sich auch die Anzahl der Leichen, die auf den Straßen auf und ab wankten, in einem überschaubaren Rahmen. Natürlich hätten wir uns auch wieder in einem Dorf einquartieren können, doch unser letzter Versuch, dies zu tun, war letztendlich daran gescheitert, dass wir keine Essensvorräte mehr finden konnten.

Also setzten wir unsere Hoffnungen auf die Stadt, deren Supermärkte und hastig verlassene Wohnungen noch den einen oder anderen Schatz bergen sollten. Als wir also den Rand des Mainzer Stadtgebietes erreichten, war ich mir sicher, dass sich Sabines Gedanken ausschließlich darum drehten, so schnell wie möglich einen Unterschlupf zu finden. Mich allerdings quälte eine ganz andere Sorge, als ich in ihr angespanntes und vom Schmutz des langen Marsches verkrustetes Gesicht blickte. Wir kämpften nun schon seit einem Jahr gemeinsam um unser Überleben. Sabines Züge waren hart geworden, aber ihre Augen hatten den Glanz behalten, in den ich mich verliebt hatte. Damals, bevor die Ersten aus ihren Gräbern stiegen. Aber seit gestern konnte ich nur noch an eines denken: An mein Geheimnis. An das schreckliche Geheimnis, das ich ihr unbedingt mitteilen musste, aber doch nicht über meine Lippen brachte. Mein Geheimnis lag tief verborgen unter meinem schweren, ledernen Stiefel und der dicken Wollsocke. Seit gestern befand sich dort eine kleine Wunde, etwas oberhalb meines rechten Knöchels. Kaum groß genug, um aufzufallen. Ein Kratzer, vielleicht einen Zentimeter lang. Klein, aber doch gefährlich.

Der Zombie hatte mich bei der morgendlichen Wäsche überrascht.

Ich stand im Garten des Hauses, in dem wir die letzten Nächte verbracht hatten, und goss Wasser aus einem Eimer über meine verfilzten Haare. Die Sonne begann gerade über den Horizont zu blinzeln. Sonnenaufgang und Sonnenuntergang. Diese Momente an Morgen und Abend genoss ich am meisten, ja, ich liebte sie regelrecht. Beide waren in dem verfluchten Fleck Erde, zu dem Deutschland verkommen war, etwas Magisches geworden. Ich stand also auf dem wild wuchernden Rasen eines Gartens, auf dem früher einmal Kinder gespielt und gelacht hatten, und verlor mich in diesem Moment. Der Sonnenaufgang tauchte alles in ein wohliges Zwielicht, in dem das Grauen, welches unser Leben heimsuchte, noch verborgen blieb. Unter dem erwachenden Sonnenschein sah ich nur die dunklen Umrisse der mich umgebenden Häuser. Nicht ihre zersprungenen Fenster, nicht ihre verrottenden Fassaden, nicht das getrocknete Blut, das manche Wände wie ein rostroter Pelz überzog. Während das Schauspiel all meine Sinne in Anspruch nahm, kroch er auf mich zu. Ein Exemplar der Sorte Zombie, die man fast noch bemitleiden konnte. Gähnend langsam zog er sich auf dem Bauch liegend voran. Seine Beine hatte er irgendwo auf dem Weg verloren, entweder durch Menschenhand oder durch die Fäulnis, die an seinem Körper nagte. Eine Hand wurde vor die andere gesetzt. Schwarze Fingernägel gruben sich in die Erde. Die lebende Leiche kämpfte sich Armlänge für Armlänge näher an mich heran. Der Geruch verderbenden, faulenden Fleisches, der jeden Untoten begleitete, stieg mir in die Nase. Erschrocken blickte ich mich um. Mein Puls schoss abrupt in die Höhe. Der schreckliche Anblick des sich vor meinen Füßen windenden Leichnams, an den man sich wohl nie vollkommen gewöhnen konnte, und mein erst halb verdautes Frühstück fügten sich zu einer Komposition der Übelkeit zusammen und drohten, mich zu überwältigen. Zeit zu reagieren blieb keine. Mit seinem Gebiss, das nur noch von einigen wenigen Sehnen zusammengehalten wurde, schnappte er nach meinem Fuß. Zu meinem Glück fehlten dem Zombie nicht nur die Beine, sondern auch der Großteil der Zähne. Ich konnte mich befreien und schlug den Kopf des Untoten mit dem Eimer zu Brei. Ein scheinbar endloser Strom von Maden ergoss sich aus dem Hals der Leiche. Mein Knöchel pulsierte schmerzhaft und zog meine Aufmerksamkeit auf sich. Ich sah die Wunde sofort. Es war, als wollte sie meinen Blick auf sich ziehen und nicht mehr loslassen. Nur ein kleiner roter Fleck. Es hatte beinahe etwas Komisches, denn über eine solche Wunde hätte ich vor 2020 nur gelacht. Jetzt aber war jede Verletzung ein Tanz mit dem Tod oder besser dem Untod.

Ich hatte es gesehen, ganz deutlich. Und doch versuchte ich es zu leugnen. Ich hatte gesehen, wie eine der Maden sich durch diese kleine Schwachstelle in meiner Haut ihren Weg in mein Inneres gebahnt hatte. Für mich war alles vorbei. Doch dafür war ich noch nicht bereit, ich hatte mich noch lange nicht zum Aufgeben entschlossen. In diesem Moment setzte mein Hirn aus und die Verzweiflung übernahm das Steuer. Ich wusste, dass das, was durch meinen Kopf schoss, egoistisch war. Aber das war mir egal. Auch wenn wir dafür durch die Hölle gehen mussten, hatten Sabine und ich noch nicht genug Zeit zusammen gehabt. Ich wollte weiterhin an ihrer Seite kämpfen. Also durfte sie es nicht erfahren. Sabine musste den Krach, den ich mit dem Eimer verursacht hatte, gehört haben. Sie würde also gleich da sein ... Und mich töten, so wie wir es schon vor Wochen vereinbart hatten. Nein, das konnte ich nicht zulassen. Hastig zog ich mir meine Klamotten über, und als sie aus dem Haus gestürmt kam und die Leiche auf dem Boden bemerkte, sagte ich nur grinsend: »Nichts passiert, er hätte es besser wissen müssen, als mich schon so kurz nach dem Aufstehen zu provozieren.«

Meine Gedanken kehrten wieder in die Gegenwart zurück. Wir befanden uns noch immer im Randgebiet der Stadt. Es war besser, außerhalb zu bleiben, um nötigenfalls schneller fliehen zu können. Aber trotzdem brauchten wir eine Unterkunft, in deren Nähe wir uns mit Vorräten versorgen konnten, vorzugsweise also mit einem Supermarkt nebenan. Die Häuser links und rechts der Straße schienen verlassen zu sein. Weder das Stöhnen und Schlurfen der wandelnden Leichen war zu hören noch konnte ich in einem der Fenster das typische Glitzern eines Fernglases im Licht der Nachmittagssonne erkennen. Dieses Glitzern war oft ein Zeichen dafür, dass man schnell das Weite suchen sollte, wenn man das Schauspiel der aufgehenden Sonne noch einmal erleben wollte. Viele Überlebende gingen über Leichen, um ihr Revier zu sichern und machten dabei keinen Unterschied zwischen Toten und Lebenden. Denn was sich bewegte, war eine Gefahr. Wir kamen an einer Bushaltestelle vorbei, an der ein schimmelndes Werbeplakat hing. Das Plakat war Teil einer Kampagne zur Bekämpfung von Geschlechtskrankheiten gewesen. Über dem Bild eines nett lächelnden Kerls im Alter von ungefähr zwanzig prangte in bunter Farbe der Schriftzug »Ich bin krank, aber ich stehe dazu. Verheimliche deinem Partner keine Krankheit. Geh zum Arzt!«

Ein gut gemeinter Ratschlag, an den ich mich halten sollte, nur dass ärztlicher Beistand in meinem Fall höchstens den kalten Stahl von Sabines Machete in meinem Hals bedeutet hätte. Ich musste es ihr sagen. Sie bitten, mich zu töten. Aber ich wollte es nicht wahr haben und redete mir ein, dass ich mir die Made nur eingebildet hatte, die in die Wunde an meinem Bein gekrochen war. Ich wusste es besser.

Die Wunde begann zu jucken und zu pulsieren. Mein ganzes Bein fühlte sich auf einmal heiß an. Zu heiß. Als würde man es in kochendes Wasser tauchen. Aber es war noch zu früh, ich wollte meine Zeit mit Sabine bis zum letzten Augenblick auskosten.

Wenig später hatten wir ein Versteck gefunden, das uns geeignet erschien. Der nächste Supermarkt, den wir erspäht hatten, war nur circa 200 Meter entfernt und das Haus besaß nur wenige Fenster, was das Verbarrikadieren erleichterte. Wir ließen im Erdgeschoss alle Rollläden herunter und vernagelten die Fenster von innen zusätzlich mit einigen Brettern, die wir im Keller gefunden hatten. Mittlerweile juckte mein ganzer Körper.

Es war ein Gefühl, als bewegten sich Millionen winziger Insekten unter meiner Haut. Mein Hals fühlte sich beim Schlucken so rau und blutig an, als hätte ich mit Sand gegurgelt. Sabine war offenkundig müde. Also sagte ich ihr, sie könne sich hinlegen und ausruhen, während ich etwas zu essen aus dem Supermarkt besorgen würde.

Mir war natürlich klar, dass das nur ein Vorwand war, um allein zu sein; ich musste weg von ihr. Kaum war ich hinter dem nächsten Haus in Richtung Supermarkt verschwunden und sicher, dass Sabine mich nicht sehen konnte, brach ich zusammen. Ich fühlte das, was bereits Millionen von Menschen in wandelnde Leiber auf der Suche nach dem nächsten Bissen Fleisch verwandelt hatte, durch jede einzelne meiner Adern pulsieren. Aus meiner Hosentasche zog ich meinen wertvollsten Besitz: Ein Foto von Sabine und mir, wie wir uns auf dem Jahrmarkt küssten. Es war aus einer anderen Zeit. Einer guten Zeit.

Unter Schmerzen schaffte ich es, mich wieder aufzuraffen. Das Denken fiel mir immer schwerer. Als ich es endlich bis zum Supermarkt geschafft hatte, suchte ich mir einen schweren Stein und schlug damit die Glastür ein. Im Geschäft strebte ich ohne anzuhalten auf die ersten Regale zu. Ein stechender Schmerz wie von einer Bohrmaschine wand sich durch meine Gedärme. Ich hatte Hunger. Großen Hunger. Ich kontrollierte die Chipstüte auf ihr Ablaufdatum, dann riss ich sie ohne zu zögern auf und stopfte mehrere Hände voll in meinen gierig aufgerissenen Rachen. Seltsam, obwohl sie noch mehrere Wochen haltbar sein sollten, waren die Chips ungenießbar. Ich musste sie ausspucken. Als ich an dem Regal mit den Konservendosen, dem echten Essen eines Überlebenden, vorbei kam, trieb mich ein Instinkt dazu, weiterzugehen. An den schon seit langem nicht mehr mit Strom versorgten Kühltruhen blieb ich stehen. Fleisch.

Rohes Fleisch lag in den Truhen. Ich spürte es. Ich öffnete die erste Truhe mit erheblich mehr Schwung als nötig. Meinen Körper komplett unter Kontrolle zu halten, erforderte eine Kraft, die ich nicht mehr hatte. Da lag es. Das Fleisch. Ich schnappte mir zwei Rindersteaks. Beide waren von flaumigem Schimmel überzogen. Es war mir egal. Gleichgültig stopfte ich sie in meinen Mund. Ein erleichtertes Stöhnen drang aus mir. Es klang nicht menschlich. Ich raffte mich auf und machte mich auf den Weg zurück zu Sabine. Am Ausgang des Supermarktes verharrte ich kurz, weil sich mein Gesicht in den Fenstern spiegelte. Blutunterlaufene Augen. Leerer Blick. Ich wischte die Reste des Schimmels aus meinem Mundwinkel und ging weiter.

Im Haus war es still, doch als ich das Knarzen im Stockwerk über mir hörte, wo Sabine lag, zuckte mein Kopf unkontrolliert in Richtung des Geräusches und ich starrte an die Decke. Abermals zog ich das Foto aus meiner Hosentasche und betrachte es lange und voller Liebe für die Frau, deren Lächeln mich in dieser Hölle Tag für Tag am Leben gehalten hatte.

Ich besann mich wieder und ging hinauf. Kurz bevor ich das Zimmer betrat, setze es ein. Mit der rechten Hand an der Klinke blieb ich stehen. Das Foto fiel mir aus der sich verkrampfenden Linken. Ich fiel auf die Knie. Mit dem letzten Würgereiz meines Lebens erbrach ich einen Schwall Maden auf den Boden. Dann schlug mein Herz noch einmal und ich kippte zur Seite.

Meine Augen öffneten sich. Ohne von einem menschlichen Hirn gesteuert zu werden, erhob sich mein Körper. Es war, als würde er durch einen unsichtbareren Ruf durch die Tür gezogen. Es war der Ruf des Fleisches. Meine Hand drückte die Klinke nach unten und öffnete die Tür.

GONDWANALAND

CAROLIN GMYREK

Die schwüle Hitze machte ihm schwer zu schaffen. Er hatte starke Kopfschmerzen und überall roch es nach Affenpisse. Aber die Arbeit musste getan werden. Für die Zukunft und für eine ausgewogene Ernährung. Der Garten war ohnehin eine willkommene Abwechslung vom langweiligen Alltagstrott. Mechanisch bearbeitete er die kleinen Felder mit einer Hacke, die durch die feuchte Tropenluft eine rostig-rote Färbung angenommen hatte. Die monotone Arbeit, die immer gleichen Bewegungen und dazu das ferne Vogelgezwitscher wirkten fast hypnotisierend. Beinahe konnte er vergessen, in was für einer Welt er lebte und was außerhalb dieser Welt auf ihn lauerte. Schwarze Wolken hatten sich den Himmel einverleibt und drohten mit einem nahen Unwetter. Aber selbst das war in diesem Moment unwichtig. Es ließ sich hier ja auch gut leben, zwischen Farnen und Palmen, Affen und Tapiren. Hier war es warm - zugegeben etwas zu warm -, sicher und es mangelte eigentlich auch nicht an Nahrung.

Zufrieden mit der heutigen Tagesarbeit packte er die Harke zurück zu den anderen Gartengeräten, wischte sich den Schweiß von der Stirn und anschließend mit einem Tuch von Nacken und Schultern. Vielleicht sollte er sich heute Abend wieder unter den Wasserfall stellen, auch wenn sein Schweiß zwischen all den anderen unangenehmen Gerüchen kaum wahrnehmbar sein und es vermutlich niemanden gab, der sich daran stören würde. Und nach der Dusche würde er sich Banane und Ananas gönnen und vielleicht zur Feier des Tages auch einen Schokoriegel aus der Kühltruhe. Endlich war der Garten bestellt und wenn er Glück hatte, dann würden auch die Affen ihre diebischen Finger von dem Gemüse lassen, das dort heranwuchs. Zufrieden pflückte er sich noch einen Tarostängel, auf dem er genüsslich herumkaute, während er sich auf den Weg zu seiner Unterkunft machte. Vielleicht konnte er in den letzten hellen Minuten noch einmal die Maschinen kontrollieren. Prüfend blickte er in den Himmel und fragte sich, welche hellen Minuten er wohl meinte. Es hatte begonnen zu schneien.

***

Tag X + ach ... mir doch scheißegal, welch verfluchter Tag heute ist.

Diese Schmerzen sind unerträglich. Verdammt, wie hatte das nur passieren können? Ich habe doch immer aufgepasst, immer darauf geachtet, was ich tue. Bloß keine Risiken eingehen. Nicht einmal bei diesen verfluchten Affen. Aber jetzt sehe ich alles verschwommen und doppelt. Mein Schädel ist kurz vor dem Explodieren und ich glaube, dass ich auf dem Weg hierher etwas zu oft in die Bewusstlosigkeit gefallen bin. Ich habe versucht, die Wunde am Arm mit Palmenblättern und etwas Salbe zu verbinden, aber sie blutet noch immer, hört gar nicht mehr auf und entzieht mir das letzte Fünkchen Leben.

Seit zwei Tagen geht das jetzt schon so. Ich habe Fieber, das spüre ich. Die Haut um die Wunde brennt wie Feuer und ich glaube, der Biss hat sich entzündet. Jetzt wünsche ich mir, ich hätte auch eine Möglichkeit gehabt, Marihuana anzubauen. Es würde mir bestimmt einige Schmerzen abnehmen, den Tod versüßen.

Frage mich gerade, ob es überhaupt noch etwas bringt, zu schreiben. Kann ja meine eigene Schrift kaum mehr lesen, so sehr zittere ich. Und wen interessiert es schon, was ich in meinen letzten Stunden zu denken glaube. Wenn es da draußen überhaupt noch jemanden gibt, der sich für irgendetwas interessieren könnte. Denke ja nicht. Glaube, da ist niemand mehr. Werde es ohnehin niemals erfahren, werde vorher diese beschissene Welt mit einem freudigen Jauchzen verlassen, mit Kopfexplosionen und Wahnvorstellungen. Denn ich kann sie hören, die da draußen. Oh, wie sie sich ärgern werden. Habe ihnen ihren Nachmittagssnack verdorben. Die bekommen mich nicht. Niemals!

Und die Affen auch nicht.

Gott, kann dieser verdammte Arm nicht einfach abfallen? Ich könnte ihn dann als Keule verwenden, während ich verrottend Salsa tanze.

Ich frage mich gerade, was passiert, wenn ich überlebe. Keine Ahnung, wie lange mein letzter Eintrag her ist, aber es müssen Stunden sein. Ich bin mit dem Stift in der Hand in meinem eigenen Erbrochenen wieder aufgewacht, welch Ironie. Ich bin zum Eingang meiner Unterkunft gerobbt und habe die Schäden gesehen, die das Wetter angerichtet hat. Es ist kalt und stickig. Es stinkt ... oder kommt das von meiner Wunde? Die Pflanzen lassen ihre Blätter hängen und ich höre den Wasserfall nicht mehr. Selbst die Vögel sind leise, als spüren sie den nahen Verfall. Ohne mich wird das System zusammenbrechen. Alles wird mit mir sterben, aber auch ich werde *mit ihnen untergehen. Welch Ironie … oh ja, das ist es. Ob ich den Biss überlebe? Es ist einerlei. Ohne Wartung stirbt diese Welt und ich bin zu schwach. Es ist eh zu spät. Irgendwie auch gut so. Mir wird dauernd schwarz vor Augen, ich huste Blut und spucke Galle. Ich weiß nicht, ob ich noch einmal aufwachen werde. Wäre schön. Will die Affen sterben sehen! Steven aber nicht. Vielleicht kommt er irgendwie durch. Würde es ihm wünschen.*

Vielleicht lebt da draußen doch noch jemand. Wenn ja, dann herzlichen Glückwunsch. Ihr seid im Paradies.

***

Unglaublich. Er hätte es beinahe übersehen, diesen ersten Schnee des Jahres. An diesem Ort vergaß man die Zeit und auch die Welt da draußen. Ob er den Jahreswechsel ebenfalls verschlafen hatte und Weihnachten? So viel war ihm genommen worden, so viel Schönes und Unvergessliches. Und er hatte es vergessen müssen. Ganz langsam spürte er, wie ihm die Zeit die Bilder von Vergangenem aus dem Kopf saugte und nur die Alpträume übrig blieben. Er wusste nicht einmal mehr, ob Lina braune oder grüne Augen gehabt hatte. Aber die Leere, an die erinnerte er sich. Wie sie ihn angesehen hatte, bevor er die Welt da draußen verlassen hatte.

Lina hatte Schnee geliebt. Als er diesen Ort fand, hatte es Asche geschneit, doch nun schien ihm die Welt da draußen rein, fast friedlich.

Er war ohnehin bereits auf dem Weg zum Baum gewesen, nun rannte er förmlich. Bei jedem Schritt schlugen ihm Farne gegen die Beine und Lianen in die Augen, aber selbst die Affen, die hysterisch aufschrien, konnten ihn nicht aus seiner Euphorie reißen. Sie rannten und sprangen neben ihm her, brüllten und keiften. Es hinderte ihn nur wenig. Heute würden ihm weder Affen noch Hitze den Mut nehmen. Heute gäbe es keine Dusche, keine Ananas und keine Banane. Heute wollte er nur den Schnee fallen sehen.

***

Tag X+100

Liebes Tagebuch,

interessant. Wir haben ein Jubiläum. Das erste in der neuen Rechnung. Also abgesehen von Tag X+10 und X+50 ... oder X+25 und X+75 ... aber egal. Ich mache trotzdem etwas Besonderes daraus.

Zur Feier des Tages gebe ich Steven sogar eine Extraration. Das hat er sich verdient, wo er doch immer an meiner Seite ist, wenn ich ihn brauche. Ich glaube, er wird sich darüber freuen. Er war in letzter Zeit so träge und wortkarg. Ich selbst gönne mir vielleicht eine Sternenfrucht und ich glaube, im Restaurant noch eine Flasche Wein gesehen zu haben. Eine, die tatsächlich meine große Sauferei überlebt hat. Ich werde sie nachher holen gehen und gleich einmal die Eingänge kontrollieren. Man kann ja nie vorsichtig genug sein. Nachher schleicht sich doch noch einer dieser untoten Wichser ein und öffnet den anderen Tür und Angel. Der Gedanke bereitet mir eine Gänsehaut. Abgesehen von Affen und Krokodilen habe ich hier nichts, mit dem ich mich verteidigen kann. Vielleicht noch die Schaufel, aber die hat ihre besten, rostfreien Tage schon hinter sich. Wenn die hier reinkommen, bin ich verloren. Umso wichtiger ist die Kontrolle der Türen, auch wenn ich dann wieder nächtelang nicht schlafen kann, weil sich ihr Stöhnen und Kratzen in mein Hirn einbrennt. Tut mir leid.

Das hat mir gerade die Feierlaune verdorben. Ich werde später wieder schreiben.

Mein kleiner Raubzug war erfolgreich. Ich hatte damals tatsächlich eine Flasche übersehen. Und nicht nur das. Ich habe im Shop Gemüsesamen gefunden. Karotten und Schoten. Wenn ich nur daran denke läuft mir das Wasser im Mund zusammen. Nicht mehr nur Früchte und Fisch. Nicht nur noch Geflügel und gebratener Affe. Jetzt kann ich auch mal wieder etwas Gemüse essen.

Vielleicht eignet sich der kleine Gewürzgarten zum Anbau. Ich habe zwar keine Ahnung vom Gärtnern, aber so schwer kann das schon nicht sein. Und hier gibt es eh keine Jahreszeiten mehr, keine Monate und Jahre. Hier gibt es nur Hitze und Affengeschrei.

Steven schaut mich gerade mit großen Augen an. Ob er gehört hat, dass … so ein Quatsch. Ich spreche doch nicht, ich schreibe. Wie soll er das bitteschön hören. Ich werde ja langsam paranoid. Darüber war ich doch schon hinaus, oder etwa nicht? Hat mein Hirn das noch immer nicht verarbeitet? Ich wünschte, es würde noch ein Psychiater leben. Aber das wünsche ich mir ja andauernd. In Wahrheit lebt überhaupt niemand mehr. Nur ich und Steven … und all die anderen Tiere, die mit uns hier sind.

****

Sein Herz raste, als er den Baum erreichte. Ganz sicher war er sich nicht, ob es nur vom Rennen und von der Hitze kam. Seine Kondition war eigentlich in der letzten Zeit viel besser geworden. Schwer atmend stützte er sich erst an der kalten Haut des Baumes ab, bevor er seinen Blick in den Himmel richtete. Zwischen Palmenblättern und falschen Ästen sah er noch immer die schwarzen, aufgetürmten Wolken und die dicken, weißen Flocken, die langsam auf das Kunststoffdach fielen. Er lächelte. Es war Schnee, keine Asche. Da entstand etwas Neues zwischen all dem Tod.

Noch immer keuchend schlurfte er um den Baum herum, trat durch das große Loch, das nach innen führte, und genoss für einen Moment die künstliche Kühle. Aus was der Baum tatsächlich bestand, wusste er nicht. Sicherlich aus irgendeiner Kunststofflegierung, die auch für die Wände in Terrarien verwendet worden war. Der Baum war hohl, bis auf eine Wendeltreppe, die bis über die Wipfel auf eine Aussichtsplattform führte oder hinab unter die Erde, wo das Herz dieser Welt kränklich schlug. Dabei war dieses Konstrukt wie eine Lunge, die das gesamte Gebiet belüftete und die Maschinen am Leben erhielt. Der wichtigste Teil des hier existierenden Lebens und doch in diesem Moment nicht mehr als eine Aussichtsplattform, um den Schnee beim Fallen zuzuschauen.

**

Tag X + 64

Irgendwie vermisse ich sie. Ich sehe sie zwischen den Ästen und Blättern toben und singen, aber ich werde niemals wieder so nah an sie herankommen. Vermutlich können sie sich nicht einmal an mich erinnern. Ich bin zwischen Katzen und Affen nur eine weitere Gefahr.

Dennoch bin ich auch ein wenig stolz.

Man vergisst so schnell, in welcher Gefahr man lebt, welch Tod und Zerstörung man hinter sich gelassen hat. Und in diesem kleinen Refugium, in dieser kleinen Utopie entsteht noch immer Leben. Wie melodramatisch, wie ironisch.

Ich beobachte sie gerne, während ich einen Salat esse. Manchmal auch, wenn ich auf die Plattform klettere und sie über die Baumwipfel fliegen sehe. Dabei fürchte ich, dass sie wegfliegen, durch die geöffneten Fenster, wie damals die Kanarienvögel. Da draußen würden sie bestimmt nicht überleben, aber geschlossen kann ich die Fenster auch nicht halten. Ich kann nur für sie hoffen. Meine Kinder sind flügge geworden.

Heute hab ich das letzte Aquarium geschlossen. Der Gestank hätte mich beinahe umgebracht, aber ich habe ja gewusst, dass es auf Dauer keine Möglichkeit für diese Tiere gibt. Ich kann mich nicht um alle kümmern und der Strom reicht nun einmal nicht aus. Zumal ich das Gefühl habe, dass die Leitungen bald sterben werden. Immer wieder kommt es zu Stromausfällen und wenn dann die lange Nacht anbricht, muss ich vorbereitet sein. Der kleine Notstromgenerator kann nicht ewig und nicht alles am Leben erhalten.

Tag X + 29

Sie haben das Nest verlassen. Da schaut man mal drei Tage nicht hin und schon sind sie weg. Zuerst habe ich gedacht, dass die Affen sie schlussendlich doch noch geholt haben, aber dann habe ich sie gesehen. Die zwei kleinen Finken, zwischen all den Farnen. Sie sind wunderschön mit ihren hellroten Schnäbeln und dem grauen Gefieder. Manchmal fehlt mir die Zeit, manchmal die Lust, dieses Theater beizubehalten. Diese schöne, heile Welt und drumherum die Hölle. Dann will ich schreien und schreien und schreien, aber eben nicht schreiben. Aber jetzt sitze ich hier in meinem kleinen Häuschen auf einem Haufen Kuscheltiere und beobachte kleine Finken. Es spielt in diesem Moment keine Rolle, ob es einen Sinn macht.

214

Mein letzter Eintrag ist etwas länger her. Sind auch nur wenige Worte oder Sätze. Manchmal steht auch nur das Datum, dann nichts mehr. Als wären diese Tage nicht vorhanden gewesen. Vielleicht waren sie es auch nicht. Ich kann mich nicht erinnern. Diese Tage, egal was dort geschehen sein mag, werden nicht mehr existent sein, sobald ich nicht mehr existiere ...

Laut diesen Büchern, die ich in der langen Zeit an diesem Ort gelesen habe, wird circa ein Monat vergangen sein. Zwei Wochen für den Schlupf und noch einmal zwei Wochen, bis sie das Nest verlassen konnten. Gott, waren sie hässlich, aber irgendwie auch etwas Besonderes. Das Nest der Finkenfamilie war in einen der größeren Bäume nahe der Plattform erbaut worden. Ich könnte nun meine noblen Absichten der Rettung dieser kleinen vier Eier anbringen und von meiner Heldenhaftigkeit schwärmen, als ich gegen die Affen kämpfte. In Wahrheit hatte ich nur Hunger auf ein Omelett. Es war nicht das erste und würde auch nicht das letzte Mal sein, dass ich ein Nest plündere. Die Affen standen also nicht meiner Nächstenliebe im Weg, sondern meinem Mittagessen.

Es war jedoch der Kampfeswille der Eltern gewesen, der mich so berührte. Die Vogelmutter kämpfte unerbittlich um ihre vier Kinder. Dieser Mut erinnerte mich an Annemarie und an Lina. Mehr will ich darüber nicht schreiben. Es soll weder meine Handlungen erklären noch einen vielleicht doch noch lebenden Psychologen dazu anhalten, ein mentales Bild meines Charakters zu erschaffen. Ich habe Fehler gemacht, ok! Es ist vorbei! Die Vögel leben, Annemarie und Lina nicht.

Sie haben mir Mut gegeben. Diese zwei geschlüpften Küken. Dass es vielleicht besser wird. Steven ist zwar ein guter Freund, aber nachdem, was mit Karl und Margareth geschehen ist, kann ich ihn nicht mehr ernstnehmen. Es fühlt sich nun nicht mehr richtig an, was ich hier tue. Als wäre ich aus einem langen Traum erwacht. Ich erwache dauernd aus Träumen, aus Alpträumen.

Vielleicht sollte ich wirklich aufhören, zu trinken.

***

Die Stadt brannte noch immer. Es war die untergehende Sonne, die diese Inszenierung so real werden ließ. Der Schnee spielte die vom Wind gepeitschte Asche und die schwarzen Wolken stellten den Qualm. Ein vom Schicksal geplantes Déjà-vu, dachte er. Alles nur, um ihn zu quälen und zu demütigen. Manchmal glaubte er sogar, ihr Stöhnen zu hören. Sie riefen nach ihm und den Tieren. Sie riefen nach den Finken und Steven und nach dem Leben, das sie selbst nicht mehr hatten.

Er stand auf der Plattform und beobachtete es schweigend. Von hier aus konnte er nur die Ruinen sehen, aber nicht die Straßen, auf denen sie wankten.

Am Anfang waren noch ab und an Flugzeuge über die Stadt geflogen und hatten Hoffnung gebracht. Nun kamen keine mehr und die Stadt und die Welt da draußen versank.

Dennoch war diese vom Himmel gespuckte Reinheit atemberaubend schön. Sanft legten sich die weißen Flocken auf die künstlichen Kissen und schmolzen in der abgegebenen Wärme des Tropenhauses. Wie kalt es wohl draußen war? Der Schnee deutete eher auf einen milden Winter hin, aber er würde sich auf diese alte Erinnerung nicht verlassen. Einen Moment noch.

Die Zeit zog dahin, er wusste nicht, wie schnell. Die Sonne war längst untergegangen, als er das leise Schnurren der Motoren hörte. Der Strom wurde umgeleitet und speiste nun anstatt des Wasserfalls die Fensteranlage und die Lüftungen. Wenn er sich genau erinnerte, wurde die über den Tag gespeicherte Wärme nun zum Heizen der Anlage genutzt. Demnächst sollte er schauen, wie viel Strom dafür verwendet wurde, seit er die Aquarien abgetrennt hatte. Vielleicht konnte er eine leichte Verbesserung der Versorgung feststellen, die er für eine weitere Kühltruhe verwenden konnte.

Schade. Er konnte einfach nicht loslassen. Selbst bei diesem wunderschönen Anblick der Naturgewalten. Mit einem Seufzer wandte er sich vom Himmel ab, als er das leise, mechanische Klicken wahrnahm. Unweit und es kam von oben. Als würde jemand ganz sachte gegen Kunststoff klopfen. Er drehte seinen Kopf in die Richtung, aus der das Geräusch kam und erstarrte. Eins der Fenster hatte sich nicht geschlossen und der Schnee rieselte hinein.

***

Tag X

Liebes, liebes Tagebuch,

ich habe schon wieder die Zeit vergessen. Ich habe alles vergessen und vergessen wollen. Der Alkohol half dabei. Welcher Tag ist heute? Die Kalender helfen mir nicht mehr.

Ich habe beschlossen, da der letzte Eintrag bei Tag 98 stattgefunden hat, dass heute Tag X ist. Morgen dann Tag X + 1. Sollen doch andere im Nachhinein herausfinden, welcher Tag es sein könnte. An Wetterphänomenen oder Sternstellungen oder was weiß ich.

Aber ich will versuchen, die Tage zusammenzufassen, die ich hier übergangen habe.

Karl und Margareth sind tot. Ich habe keine Ahnung, was mit ihnen geschehen ist. Jeden Tag habe ich mit ihnen gesprochen, durch das kleine Telefon. Jeden Tag habe ich ihr freudiges Klicken und Keckern gehört und am letzten die Melodie von »The show must go on«. Ich war so dumm, so verblendet. Wahnsinnig von alldem, was geschehen ist. Das beschreibt es ganz gut.

Margareth und Karl, Karl und Margareth, die mir so gute Freunde gewesen waren. Wie lange sie wohl schon tot waren? Tatsächlich kann ich es nicht sagen. Am Tag zuvor hatte ich noch durch den kleinen Holzhörer mit ihnen gesprochen. Ich habe sie gefragt, ob es ihnen gutginge und sie haben mir geantwortet. Und dann, am nächsten Tag, war ich wieder da, auf meinem täglichen Rundgang. Ich nahm den Hörer ab und lauschte dem freudigen Quieken ihrer zarten Stimmen. Sie sprachen zu mir und ich zu ihnen, bis ich es bemerkte. Im Becken des Geheges, in dem Karl und Margareth lebten, schwamm etwas im Wasser. Zuerst dachte ich, es wären Blätter und Algen, die sich vom Boden gelöst hatten, doch dann erkannte ich die leeren Augenhöhlen, das Gebiss, die Knochen. Es war ein toter Otter. Der zweite war bereits vom Wasser ans Ufer getrieben worden. Kein Wunder, dachte ich, dass ich sie so lange schon nicht mehr gesehen habe. Sie sind tot und ich rede mit ihnen. Mit Toten, die meine Freunde waren. Ich habe Steven nichts davon gesagt.

Die Tage darauf verbrachte ich wieder mit Saufen. Es war so einfach, alles aus dem Kopf zu löschen, wenn man einfach nichts mehr denken wollte, seine eigene Verrücktheit vergessend.

Ich hätte mich zu Tode gesoffen, wenn ich die Gelegenheit gehabt hätte. Ich habe in der Zeit Gehege zerlegt, Beschriftungstafeln zerstört und drei Affen getötet, deren Köpfe ich aufgespießt habe. Die anderen Affen beeindruckt dies jedoch nur wenig. Das war jedoch noch, bevor sie mir das Leben retteten. Volltrunken bin ich durch dieses falsche Paradies gestolpert, ohne auf meine Schritte zu achten.

Alles war zerbrochen, meine Träume und Hoffnungen, ohne Karl und Margareth. Dann fiel ich. Ich fiel und landete tief auf kaltem, nassem Stein. Mein Kopf schmerzte und alles drehte sich, bevor ich merkte, dass ich quer durch die Zeit gefallen war. Direkt von einer Apokalypse zur nächsten in das geöffnete Maul eines Urzeitriesen. Das Krokovieh lag unweit von mir. Träge hatte es mich wahrgenommen und trottete nun auf mich zu. Es musste ausgehungert sein und es war riesig. Köstritzer hieß das Vieh. So habe ich es genannt, damit ich zu Steven sagen kann, dass mich Köstritzer beinahe getötet hatte. Ich konnte mich kaum bewegen. Ich warf meine Flasche nach ihm, doch Köstritzer schien schon daran gewöhnt. Es schnappte nur kurz nach dem Glas, bevor es sein weites Maul aufriss, um mich zu verschlingen. Diesen Eintrag würde es nicht geben, wenn nicht ein Affe gewesen wäre, der vom Himmel wie ein Engel fiel und als Ablenkung diente, während ich aus dem Gehege fliehen konnte. Mir zittern noch immer die Knie. Zur Beruhigung brach ich die Spendenbox am Eingang des Tropenhauses auf. So ein großes, rundes Ding, bei dem die Kinder auf einen Elefanten einen Kreuzer steckten und dieser dann Runde für Runde seine Kreise drehte, bis er im ewigen Schwarz verschwand. Ich saß wohl Stunden da und tat genau das. Schaute den Geldstücken zu, wie sie verschwanden, bis ich sie wieder herausholte und erneut in den Abgrund schickte. Dabei dachte ich nichts und alles und vergaß, welcher Tag wohl sein könnte.

***

Der Versuch, das sich nicht schließende Fenster zu ignorieren, erwies sich als schwieriger als erwartet. Noch war er nicht zu seiner heimischen Unterkunft zurückgekehrt und vermutlich würde er es heute Nacht auch nicht mehr tun. Stattdessen war er in die Räume unterhalb des Tropenhauses gestiegen, um die Anzeigen zu kontrollieren. Soweit er sich erinnerte, wurde in den vergangenen Wintern, als die Welt noch funktionierte, dieses Tropenhaus in besonders kalten Nächten durch Fernwärme am Leben erhalten. Jedoch bezweifelte er, dass die Stadtwerke den Zoo überhaupt noch mit Wärme beliefern konnten. Er wusste ja nicht einmal, wie lange diese Hauptstromleitung noch versorgt wurde. Sicherlich war da draußen niemand mehr, der Strom benötigte, außer vielleicht das Militär, das für die noch halbwegs funktionierende Leitung verantwortlich sein könnte.

Ob dieses gebrechliche Konstrukt und der Notstrom ausreichen würden, um das riesige Gelände klimatisch zu regulieren? Genau das musste er nun beobachten. Es konnte doch nicht sein, dass nur ein einziges, sich nicht schließendes Fenster ausreichte, um den mühsam aufgebauten Kreislauf zu zerbrechen. Aber die Anzeigen schienen von klarer Deutlichkeit. Die Maschinen kämpften gerade gegen ein großes Problem. Irgendetwas blockierte die Hydraulik und das sollte schnellstens behoben werden, bevor die Motoren heiß liefen.

Mit einem Seufzen löschte er die kleine Taschenlampe und beobachtete im Dunkeln die blinkenden Lichter. Erst dachte er darüber nach, ob er den Strom für diese Nacht komplett abstellen sollte, aber zu groß war die Angst, dass er danach überhaupt nicht mehr anspringen würde. Also konnte er nur auf den neuen Tag und die Sonne warten, bevor er versuchte, die Tropenhauswand zu erklettern und den Störfaktor zu entfernen. Hoffentlich hatte es dann aufgehört zu schneien.

***

Tag 98

Ich bin über den Zaun geklettert und habe mich neben Steven gesetzt. Er knabbert genüsslich an ein paar Zweigen, während ich eine Kiwi löffle. Nebenher beobachten wir die fiesen Mistaffen, die sich um ein trockenes Brot streiten und wir lachen. Oder ich lache. Keine Ahnung. Wir versuchen beide mit der neuen Situation dieser WG zurechtzukommen. Steven ist ein Zwergflusspferd und heißt eigentlich anders. Aber ich kann mir seinen Namen nicht merken, weshalb ich ihn nach einem Kollegen aus dem Büro nannte. Ob der Kerl lebt? Vermutlich nicht.

Jedenfalls ist Steven sehr kuschelbedürftig. Vielleicht macht es die Einsamkeit. Alle anderen Tiere haben irgendwelche Partner, nur Steven nicht.

Neben all den Gefahren stellte sich mittlerweile eine Art Tagesablauf ein. Es ist schön, etwas zu tun zu haben. Etwas anzupacken und zu überleben. Ich kann ausschlafen. Das ist das Gute an einer entmenschlichten Zivilisation. Danach mache ich mir ein schönes Frühstück und dann einen Rundgang durch die Anlage. Es ist schwer und traurig. Immer mehr Tiere verenden, besonders die Fleischfresser, aber ich kann mich nicht um sie alle kümmern. Vegetarier zehren so lange sie können von den Pflanzen, die über die Absperrungen der Gehege wachsen. Allein die freilaufenden Affen und die Echsen scheinen keine Probleme zu haben. Ich versuche, so viele Tiere wie möglich zu versorgen. Sie sind doch meine Freunde, meine Gefährten. Aber es reicht nicht. Die Katzen bekommen Fisch, genauso wie Karl und Margareth. Ab und an werfe ich die Reste von meinen Essen in die Gehege, aber das reicht nicht.

Oft kontrolliere ich auch die Anlagen und Generatoren, einmal in der Woche reinige ich die Lüftungen. Das ist wichtig, damit alles funktioniert und am Laufen bleibt.

Die Affen sind die größte Gefahr. Nachdem ich die Elektrozäune und automatischen Schließanlagen vom Netz genommen habe, sind sie überall. Sie sind nervös und aggressiv. Ohne einen Knüppel kann ich nicht mehr herumlaufen. Aber das ist ok. Besser lebende Affen als tote Menschen, irgendwie.

Tag 91

Ich lebe. Das Geräusch aus dem Tunnel war nur die Luft. Dennoch werde ich noch heute diesen elenden Tunnel endgültig verschließen und ihm den Strom nehmen. Sollte da doch etwas sein, so wird es elendig darin verrecken.

Tag 90

Hey Tagebuch,

ich versuche, einen klaren Kopf zu behalten. Der Alkohol ruft und mein Körper fühlt sich matt an. Jede Nacht werde ich von Alpträumen geplagt. Ich wache schreiend auf, weiß nicht, wo ich bin. Ich glaube, in solchen Situationen ist Paranoia aber ok.

Bald habe ich den Umzug geschafft. Ich werde den Shop und das Restaurant vermissen, aber ich könnte in der Nähe dieser Türen nicht mehr schlafen.

Heute war ich wieder angeln. Diese Fische sind riesig und lecker. Sie heißen Ara ... Ara ... ach, keine Ahnung. Das muss ich mir auch nicht merken. Wer weiß, wie lange diese Tiere überhaupt noch leben. Einige Aquarien sind bereits umgekippt, andere stinken er-

222

bärmlich. Aber ich kann sie nicht reinigen. Wie es wohl den Tieren in der Vulkangrotte geht? Vermutlich sterben sie auch gerade. Aber ich brauche den Strom. Ansonsten geht doch hier alles zugrunde. Kollateralschaden, oder nicht?

Ich liebe es, mit den Ottern zu sprechen. Manchmal habe ich das Gefühl, stundenlang bei ihnen zu sitzen, das hölzerne Telefon an mein Ohr zu halten und ihrem Gesang zuzuhören. Sie sind immer fröhlich und glücklich und aufmunternd. Sie erzählen mir Witze, hören sich meine Sorgen an und befreien mich von meinen Bedenken. Ich glaube, sie sind neben Steven meine besten Freunde an diesem Ort.

Es ist spät. Ich habe mir eine Kerze angezündet, um noch ein paar Worte schreiben zu können. Vielleicht werde ich diese Nacht endlich sterben. Die Geräusche aus diesem elenden Tunnel werden immer lauter und lauter. Das Stöhnen dieser Bestien brennt sich in meinen Schädel ein und verpestet meine Abende.

Ich höre sogar die da draußen. Die, die nicht an mich herankommen, aber auf mich warten. Sie sind in einer völlig anderen Welt. Das hier drin ist eine Gefahr. Ich kann nur hoffen, dass ich mich irre. Morgen gehe ich mit einem Knüppel los und schaue nach. Vermutlich mein letzter Eintrag. Es tut mir leid, Annemarie, es tut mir leid, Lina.

Tag 83

Mit Nachdruck arbeite ich an der Anlage. Wenn ich den Stromfluss beeinflussen und umlegen kann, dann kann ich unwichtige Versorgungen komplett unterbinden. Eine Liste habe ich schon angefertigt. Wichtig sind die Lüftungsanlagen, die Fenster, der Wasserfall,

223

die Heizungen und die Türen. Alles andere könnte entbehrlich sein. Wenn noch etwas an Strom übrig bleibt, kann ich in ein paar Tagen noch eine Kühltruhe aus dem Restaurant verlegen und vielleicht auch ein Kabel für eine Lampe.

Tag 79

Ich versuche mich abzulenken. Das Zusammentreffen mit diesem Wesen hat mich kaputt gemacht. Die Augen dieser Frau werden mich für ewig verfolgen, genau wie Linas. Kurz war ich versucht, wieder zur Flasche zu greifen, aber ich darf nicht. Dann hätte das hier alles keinen Sinn mehr.

Der Umzug war gut, auch wenn es nicht viel gebracht hat. Ich habe nun Freunde, Mitbewohner sozusagen. Das Flusspferd und diese kleinen Tropenrehe sind tolle Tiere, die einem ein Lächeln ins Gesicht zaubern können. Die verfluchten Meeraffen aber rauben mir den Verstand. Es sind bösartige, zähnefletschende Tiere, die rumkreischen und zetern. Gestern habe ich gesehen, wie eine Ente ihren Kopf durch den Zaun gesteckt hat. Seitdem frage ich mich, ob auch Tiere diese Krankheit bekommen können. Ich hoffe nicht. Menschen bringen einen emotional auf einen Tiefpunkt, aber diese Affen als lebende Tote wären einfach zu viel. In so einer Welt würde nicht einmal mehr ich leben wollen.

Ich lese nun viel. Jedes Buch, das im Shop auslag, habe ich verschlungen, in der Hoffnung, Hinweise auf die Funktionsweise dieses Tropenhauses zu finden. Der zentrale Punkt ist der riesige Baum im Zentrum. Er führt nicht nur den lebenswichtigen Wärmeaustausch durch, sondern führt direkt ins Herz der Anlage, wo die Maschinen sind. Ich habe mir alles genau angeschaut und mit den Werkzeugen aus dem Lager und den Stadtwerken konnte ich einiges umbauen.

224

Manchmal frage ich mich, ob ich nicht zu viel Glück hatte. Ein Jahr zuvor hat der Zoo wegen eines längeren Ausfalls einen Notstromgenerator angebaut, der jetzt durch ein verwinkeltes Lüftungssystem aus brennbaren Stoffen – und davon gibt es hier mehr als genug – Strom erzeugt. Aber das wird keine Lösung auf Dauer sein. Sobald ich die Hauptleitung gefunden habe, kann ich das Tropenhaus daran anschließen, in der Hoffnung, dass die Welt da draußen noch lange existiert und vielleicht gerettet werden kann.

Ich noch mal. Habe ein Flugzeug gehört. Bin mir sicher. Draußen ist etwas explodiert. Hoffentlich schießen sie das Tropenhaus nicht ab. Es wäre ein großes Ziel. Bitte nicht.

***

Wieder und wieder kontrollierte er den Knoten des Seils. Wie hatte er nur so werden können? Er war kein Abenteurer, aber dennoch fühlte er sich jetzt wie Indiana Jones. Die ganze Nacht hatte er nicht schlafen können, aber was hatte es gebracht? Die Anlage hatte kränklich gestöhnt und geschrien, wälzte sich im Fieber der überlasteten Motoren. Irgendwann hatte er entschieden, den Stecker zu ziehen, um am nächsten Tag das Fenster zu reparieren. Sicherlich hätte es vor Zeiten einen Notmechanismus gegeben, der solche Defekte verhinderte, aber seine kleinen Basteleien hatten jegliche Zusatzfunktionen abgestellt. Jetzt musste er eben diese Fehler berichtigen, indem er an der Seitenwand des Tropenhauses bis zum Fenster kletterte und die Blockade entfernte.

Das würde sicherlich nicht leicht werden, aber es war lebensnotwenig. Jeden Tag, an dem sich das Haus weiter abkühlte, würde es schwieriger werden, es wieder zu erwärmen. Er musste jetzt handeln.

Mit klopfendem Herzen testete er den Halt der Eisenleiter, die in der Wand eingelassen worden war, dann begann er den Aufstieg.

Seine Beine zitterten, genau wie seine Arme. Vor der neuen Welt hatte er nicht einmal eine Treppe ohne Schnaufen ersteigen können, nun erkletterte er Tropenhauswände. Auch hier machte ihm die Hitze und die schlechte Luft schwer zu schaffen, aber er musste weiter. Sobald er den oberen Rand der Wand und damit den Sockel des Kunststoffdaches erreicht hatte, band er das andere Ende des Seils an eine der Stützen und hangelte sich dann am Rand bis direkt unter das kaputte Fenster. Das Seil spannte sich und hielt ihn in einer aufrechten Position, während er versuchte auszumachen, was das Fenster offen hielt. Zwischen Schnee und Sonne erkannte er tatsächlich irgendwas Kleines und Dunkles, das sich dort verkeilt hatte. Wenn das schon alles war, dachte er, dann brauchte er sich doch keine Sorgen mehr zu machen. Er würde es entfernen und dann den Strom wieder anstellen. Das war alles.

An seinem Gürtel hatte er einen Stock befestigt, den er nun dafür nutzen wollte, die Blockade zu entfernen, doch er kam nicht richtig heran. Der Stock war zu kurz, sein Arm ebenfalls. Vielleicht auch das Seil. Aber nur eins davon konnte er nun ändern. Mit einem flauen Gefühl im Magen löste er vorsichtig den Knoten, versuchte aber zuvor noch einmal mit Strecken und Stemmen näher an das Übel heranzukommen. Sein Gesicht lief bereits rot an, aber es änderte nichts. Er musste sich von dem Seil lösen. Bisher hatte er sich auch so sicher auf dem Sockel bewegt, warum sollte sich das nun ändern?

Stück für Stück schob er einen Fuß nach dem anderen vor, bis er nah genug heran war, um mit dem Stock gegen das Etwas zu stoßen. Es war weich und stank. Die Federn waren vom Regen und Schnee verklebt. Es war ein Vogel, vielleicht eine Amsel, die sich im Flug im Fenster verkeilt hatte und damit ihr Leben ließ. Armes Tier, dachte er, aber jetzt musst du da weg. Er stocherte so lange auf den Kadaver ein, bis er sich endlich von dem Fenster gelöst hatte und hinab in das unter ihm liegende Gehege fiel. Jetzt musste er nur noch zurückklettern und den Strom wieder anstellen. Draußen schneite es noch immer.

***

Tag 63

Mir zittern noch immer die Knochen. Ich habe unglaubliche Angst, aber ich darf nicht warten. Weder mit den Arbeiten noch mit dem Umzug. Ich muss hier weg, so schnell wie möglich. Bei meinen Rundgängen habe ich ein kleines Häuschen bei den Zwergflusspferden entdeckt. Im Übergang zur Vulkangrotte steht eine Liege, die ich holen könnte. Ich muss hier weg.

Tag 61

Ich höre noch ihr Stöhnen. Sie ist noch da draußen und wartet auf mich. Seit diesem Tag schlafe ich nicht mehr. Ich kann nicht. Alpträume … überall diese Toten. Wenn sie hier reinkommen. Wenn sie es schaffen, dann bin ich verloren und von draußen höre ich ihr Stöhnen.

Tag 58

Oh Gott, oh Gott, oh Gott. Ich habe es geschafft. Ich bin da raus und wieder rein. Oh Gott. Die sind da noch. Alles noch da, keine Einbil-

dung. Ich bin raus, wie ich es gesagt habe. Hätte nicht gedacht, dass es so viele sind. Oder gar keiner. Es war keiner da, wie immer, aber auf dem Rückweg … ich kann nicht, ich will nicht.

Es ist spät. Ich habe mich ein wenig beruhigt. Irgendwie. Im Lager stinkt es wieder nach meiner Kotze. Ich habe mich gleich übergeben, nachdem ich es rein geschafft habe. Wieso habe ich nicht besser aufgepasst? Ich war wieder draußen, um die Läden und die Überreste der Stadtwerke zu plündern. Ich brauche Materialien, Aufzeichnungen und Werkzeug, aber die Kosten dafür sind zu hoch. Sie hat mich überrascht. Eine Frau oder das, was von einer übrig war. Sie trug die Reste eines Tierpflegeroutfits und hat auf mich gelauert. Ich habe sie nicht gesehen, weil ich mich zu sicher fühlte, aber als ich die Tür öffnete, hat sie nach mir gegriffen. Ein Teil ihres Kiefers hat gefehlt und ein Auge. Maden und Käfer sind aus den Überesten ihres Gesichts gefallen. Es war furchtbar. Annemarie, Lina. Ist es das, was aus euch geworden ist? Nein, bitte nicht. Bitte nicht! Ich muss hier weg.

Ich werde die Tür zum Lager und das Restaurant verbarrikadieren. Sobald ich Strom habe, mache ich hier dicht. Morgen ziehe ich um. Ich muss hier weg.

Tag 53

Ich glaube, das Schlimmste habe ich hinter mir. Der Entzug brennt sich in meine Knochen, aber ach, es ist so einfach. Nachdem ich mich wieder gefangen habe, lässt es sich hier ganz gut leben. Es gibt Nahrung im Überfluss, eine riesige Küche und mit den im Shop befindlichen Kuscheltieren konnte ich mir ein weiches Bett bauen. Sie haben hier sogar diese afrikanischen Wurzelmöbel. Ich kann etwas lesen und mich mit dem Spielzeug ablenken. Ich versuche, nicht an den Alkohol zu denken, der eine magische Wirkung auf mich ausübt. Stattdessen bereite ich mich darauf vor, wieder rauszugehen. Ich war schon ein paar Mal draußen. Ich habe Läden geplündert. Bald muss ich mich zu den nahen Stadtwerken aufmachen, um Werkzeuge zu holen. Das ist kein Problem. Sie haben damals in den Nachrichten gesagt, dass der Osten nicht so schlimm betroffen ist, weil die ihre Toten verbrennen. Das ist gut. Das ist sehr gut und macht Hoffnung. Ab und an höre ich auch noch Autos oder Flugzeuge. Da draußen ist noch Leben, Gott sei Dank. Die Stadt brennt zwar, aber das ist bestimmt normal in einer Apokalypse. An den orangenen Horizont werde ich mich wohl gewöhnen müssen.

Der Entzug dagegen ist schwieriger. Ich habe versucht, den Shop wieder herzurichten und wohnlich zu machen. Es gibt hier fast alles, sogar Äste vom Zahnbürstenbaum. Damit kann man sich tatsächlich die Zähne putzen. Und es gibt auch Duschgel und Düfte. Im Restaurant gibt es Eis, Früchte, Fleisch, Öle und Gewürze und Pommes. Das Radio ist zwar ausgefallen, aber das stört mich nicht. Waren eh nur schlechte Nachrichten, die sie brachten. Das Internet vermisse ich ein wenig. Mehr noch vermisse ich den Alkohol. Den brauch ich zum Schlafen. Und ich vermisse meine Schwester und meine Nichte.

Ich werde mir jetzt erst einmal eine Liste schreiben, was ich brauche, dann gehe ich wieder raus. Bin schon ein richtiger Abenteurer geworden, wie in den Spielen. Fühle mich etwas wie in Day Z, finde nur leider keine Waffen. Dummes, dummes Deutschland.

Tag 47

Das Licht ist aus. Einfach ausgegangen. Alles aus … ich bin tot, oder? Der Strom ist weg oder bin ich blind? Höre sie da draußen stöhnen. Gott, das soll aufhören. Das muss aufhören. Weg damit, *weg mit dem Alkohol. Ich muss was machen, sonst ist alles vorbei.*

Der Notstrom ist an. Ich werde leben. Danke! Wenn es da draußen einen Gott gibt, dann will er, dass ich überlebe.

Tag 45

Lina … Lina … Mein Herzchen. Habe hier einen Affen für dich. Habe ihn ausgestopft. Kannst ihn haben und fressen.

Annemarie. Bist meine Schwester, auch so. Auch ohne Nase und Gedärme.

Tag 42

Die Alpträume fressen mich auf. Die Menschen fressen mich auf. Alles frisst mich auf. Fuck …

Tag 40

Kuckuck … hihi … lebe noch immer. Brumm, Brumm, Hubschrauber. Da draußen brennen Libellen.

Tag 38

Es stinkt hier überall nach meiner Kotze und Pisse. Dabei sind die Toiletten gar nicht so weit. Ich sollte mit dem Trinken aufhören.

Seit Tagen habe ich nicht mehr geschlafen. Tag 38. Jetzt bin ich schon seit über einem Monat hier, aber ich kann mich nicht an die Tage erinnern. Meine Aufzeichnungen sind verwaschen und undeutlich. Das ist schlecht, sehr schlecht. Jetzt begreife ich den Wert eines Tagebuchs. Man kann sich betrinken und dennoch erinnern.

Ich werde versuchen, meine Tage besser aufzuzeichnen.

Tag 23

Ich habe meinen Rundgang abgeschlossen. Die Tiere sind unglaublich nervös, aber darauf kann ich keine Rücksicht nehmen. Wie das alles wohl funktioniert? Wie dieser Kreislauf wohl am Laufen gehalten wird? Ich sollte mir das irgendwann einmal genauer anschauen.

Nun, es sieht so aus, als könnte man hier eine Weile leben. Ich koche und brate im Restaurant mein Essen. Es gibt riesige Fische in den Aquarien und das Obst wächst an den tropischen Bäumen. Ich sollte mir Pläne für Fallen machen, um vielleicht die Vögel zu fangen. Ich weiß zwar noch nicht, ob ich sie auch schlachten könnte, aber irgendwann würden auch die Reserven im Restaurant zur Neige gehen. Darauf sollte ich mich vorbereiten. Apropos Reserven. Sie haben Wein. Viel Wein. Und Bier und Sekt. Vielleicht hilft es mir, endlich zu schlafen.

***

Die kalte Luft von draußen machte seine Finger taub. Noch immer hing er an der Wand unter dem Fenster. Der Rückweg war schwerer, als er gedacht hatte. Immer wieder rutschte er ab, aber bisher hatte er sich halten können. Wie ein Affe klammerte er sich in die Ritzen zwischen Wand und Sockel. Seine Hände bluteten und krampften unter der Anstrengung.

Unter ihm lagen die zerschmetterten Überreste des Vogels. Ob er auch nur dem kalten Winter und dem Grauen dort draußen entfliehen wollte? Dieses Paradies war schließlich zur persönlichen Hölle des Tieres geworden.

Sein Paradies. Von hier oben sah es traumhaft aus. Diesen

Blickwinkel hatte er noch nicht allzu oft gehabt. Ein wenig drehte er sich, bis er alles überblicken konnte. Die hohen Bäume und den Fluss, der auf einer Seite in den Tunnel floss, durch den damals die kleinen Boote gefahren waren. Er konnte sich noch genau daran erinnern. Lina war so glücklich gewesen. Der Anbeginn der Welt, die Entwicklung allen Lebens und hier ist ihr Ende. Von seinem Standpunkt aus konnte er auch die Totenkopfaffeninsel sehen, mit diesen elenden Viechern. Und das Restaurant und den Zooshop. Eigentlich eine schöne Aussicht auf alles, dachte er und dann verlor er den Halt.

Er konnte sich nicht mehr erinnern, wie es geschehen war. Er hatte einfach losgelassen. Als hätte sein Körper gesagt, dass es jetzt gut sei. Er könne loslassen. Auch das Fallen und Aufprallen war nicht von Bedeutung. Er hatte sich nicht einmal wirklich verletzt. Etwas benommen war er, neben ihm lagen die Reste des Vogels. Eigentlich gut, dachte er, so musste er den schweren Abstieg nun doch nicht meistern. Das Seil hing noch immer an den Pfosten und baumelte im Winterwind hin und her. Zu weit weg, um es zu erreichen. Wo war er überhaupt gelandet? In einem Gehege, das war soweit klar, aber in welchem? Seit damals war er nicht mehr in der Nähe des Restaurants gewesen und beim besten Willen, er konnte sich nicht erinnern, was hier drin gefangen war. Aber vermutlich war es eh bereits tot. Vorsichtig richtete er sich wieder auf. Sein Bein schmerzte doch ein wenig, aber er konnte noch laufen. Nun musste er nur den Ausgang aus diesem Gefängnis finden und den Strom wieder anstellen.

Er klopfte sich den Dreck von der Kleidung und trat danach auf einen Baum zu, der an der Seite stand. Von diesem aus konnte er über die Absperrung klettern. Er war müde, aber dafür würde seine Kraft noch reichen. Mit einem kleinen Sprung konnte er einen halbwegs starken Ast erreichen und sich daran hochziehen. Mit einem beherzten Schwung schaffte er es recht einfach, Halt zu finden. Er, aber nicht der Ast. Es knarrte verdächtig. Er wagte es nicht einmal mehr, sich zu bewegen. Ganz still war er. Aber es half nichts. Der Ast brach und er fiel erneut. Nur folgte dieses Mal Schmerz. So durchdringend und atemraubend, dass er für einen kurzen Moment glaubte, das Bewusstsein zu verlieren. Er war dumm gefallen. Hatte er sich den Arm gebrochen und der Knochen war durchs Fleisch gestoßen? In der kleinen Höhe? Er wagte kaum, nachzuschauen, spürte nur die warme Flüssigkeit, die über seine Haut lief. Stöhnend drehte er den Kopf, versuchte, sich zum Schauen zu zwingen und erstarrte im gleichen Moment. Er hatte sich den Arm nicht gebrochen. Er war gebissen geworden. Von einer riesigen Echse. Er war auf sie gefallen, neben sie … was auch immer. Sie hatte sich vermutlich erschrocken und sich in seinem Arm verbissen. Das Tier hatte bereits wieder losgelassen und zischte bedrohlich. Ihm blieb nichts anderes übrig, als den Schmerz zu schlucken und flüchten. Der Arm war vollständig taub und mit Blut überzogen, sein Herz raste. Er musste hier raus. In seiner Panik warf er sich immer und immer wieder gegen den Drahtzaun. Es riss ihm die Haut auf und brannte sich in seine Schultern. Aber er schaffte es. Der Zaun gab nach. Er taumelte raus und landete in den Farnen der gegenüberliegenden Pflanzen. Dann wurde alles schwarz.

***

Tag 8

Hallo Tagebuch,

> *oder ... hey Tagebuch,*
> *ehm, Hallo Leser ...*
> *keine Ahnung. Das ist doch lächerlich.*

Lieber Finder dieses Tagebuchs,
> *ich weiß gar nicht, ob ich was schreiben soll. Habe dieses Buch und Kulis in Hülle und Fülle gefunden und dachte, ich sollte das hier aufschreiben. Damit Überlebende wissen, was geschehen ist. Wie damals die Anne Frank ... oder Anna Frank? Keine Ahnung. Kann auch nicht mehr nachgucken. Es gibt kein Internet mehr und ich werde einen Teufel tun, da rauszugehen, um die Bibliothek aufzusuchen.*
> *Ich ... das ist doch Scheiße.*

Dritter Versuch.
> *Also ... ich sollte von vorne anfangen.*
> *Ich kann das wirklich nicht gut. Noch nicht jetzt. Das ist zu früh.*

Vierter Versuch.
> *Vielleicht doch. Nur etwas, um mich abzulenken. Also wieder von vorne.*

Wie bin ich eigentlich hierher gelangt ... Es war Zufall. Ich bin ein

234

Feigling. Ein riesiger, feiger Hund. Sie sind alle tot. Alle! Annemarie und Lina, Karl, Margareth, Steven. Alle sind weg. Draußen explodieren Dinge. Ich weiß nicht, was es ist. Mir auch egal. Hier drin bin ich sicher, ich habe nachgeschaut. Keiner da, weder tot noch lebendig. Ich bin allein und sicher.

Lina war meine Nichte, Annemarie meine Schwester. Ich bin der Loser, der keinen Job hat und bei seiner Schwester leben musste. Ich saß oft zu Hause, zockte und schaute fern. Lina nicht. Lina war schlau für ihr Alter, aber das wusste ich nicht zu würdigen. Sie wollte immer in den Zoo, aber ich hatte keinen Bock darauf, mich zu bewegen, ich fauler Drecksack. Jetzt bin ich hier und Lina tot.

Ich habe keine Ahnung, wie es angefangen hat. Ich lese keine Zeitung und höre kein Radio. Im Fernsehen haben sie kurz von einer Seuche berichtet, aber das klang mir zu sehr nach Vogelgrippe und BSE. Eben nach Massenpanik, weil sie nichts anderes zu berichten hatten. Die Aussagen waren kurz und vage und dann kam wieder was über Supermodels oder Mitten im Leben. Irgendwas halt, bei dem man nicht nachdenken muss.

Ich lebe in einer großen Stadt, in einer Studentenstadt. Die vielen Sirenen machten mich nicht nervös, ich war auf Standby. Alles um einen herum wird ignoriert, es zählte nur die eigene, kleine Welt. Spät aufstehen, Fressen, Fernsehen, Internet und Facebook. Abends vielleicht mit Freunden saufen gehen. Das war mein Leben. Jetzt vermisse ich die Streitereien mit Annemarie. Scheiße, heule ich? Kotze ich? Alles zusammen?

Vor acht Tagen brannte dann die Stadt. Ich war zuhause, meine Schwester auf Arbeit und Lina in der Schule. Im Fernsehen ... ich kann mich nicht erinnern, was im Fernsehen kam. Es ist auch nicht so wichtig. Ich zockte gerade und durch die Kopfhörer konnte ich die Lautsprecheransagen des Militärs nicht hören. Meine Realität war eh schon lange nicht mehr die der anderen. Vermutlich fand da draußen gerade ein Krieg statt, aber es hätte genauso gut in meinem Spiel sein können. Irgendwann klingelte es an der Haustür. Ich ignorierte es, doch der Besucher war penetrant. Also schleppte ich mich zur Haustür. Es war das Militär. Sie räumten die Stadt. Ich war verwirrt, schimpfte und zeterte. Ich wollte nicht ohne meine DVDs gehen, ich Idiot. Als sie mich gewaltsam rausschleppten, wollte ich meine Schwester anrufen. Nicht, weil ich mir Sorgen machte, sondern weil ich mich beschweren wollte. Wie konnte sie es wagen, mich in dieser Situation allein zu lassen. Sie hätte da sein müssen. Ich nahm das Handy und war wütend. Fast siebzig Anrufe. Alle von Freunden und Verwandten. Dreißig allein von Annemarie. Ungeduldiges Miststück.

Ich höre mir dauernd ihre letzte Nachricht von der Mailbox an und heule. Der Akku ist bald leer und ich habe kein Ladekabel, aber ich muss es hören.

»Wir lieben dich!«, ruft sie. Ich höre, dass sie weint und dann schreit. Ich höre das Stöhnen, dann stirbt die Leitung.

Aber damals wusste ich es nicht. Ich war nur sauer, nicht weiter spielen zu können. Wir Lebenden wurden in einem Konvoi auf die Autobahn gedrängt. So viele Menschen und die Studenten haben ja kein Auto. Sie liefen oder fuhren Fahrrad. Das Militär war vollständig überfordert. Die Evakuierung war ein reines Chaos. Wer nicht mithalten konnte, wurde zurückgelassen. So auch ich. Ich Fetti McFettfett brach schon nach fünf Schritten zusammen. Aber das war mir egal. Ich erkannte die Gefahr nicht, glaubte nicht. Ich dachte, wenn ich zur Schule meiner Nichte ginge, würde ich dort auch meine Schwester finden und gemeinsam würden wir dann aus der Stadt fahren.

236

Der Weg war sogar frei. Dieser untoten Wichser waren nirgends zu sehen. Ich erreichte die Schule und traf meine Schwester und ...

Es tut mir leid, wenn ich hier abbrechen muss. Ich will und kann nicht darüber nachdenken. Ich bin jetzt hier, das ist, was zählt. Durch den Personaleingang direkt in den Zooshop hinein. Hier sitze ich schon seit Tagen und traue mich nicht in die Halle hinein. Sie lassen die Tiere verrecken, denke ich. Hier kommt keiner hin und holt mich. Ich sitze hier fest. Scheiße ...

Annemarie, Lina. Es tut mir leid. Vielleicht seid ihr nun an einem besseren Ort. Ich wünsche es mir für euch. Ich habe kein kleines Paradies gefunden, glaube ich. Und wenn ich aufhöre, zu kotzen und zu heulen, kann ich vielleicht auch überleben. Ich habe ja Tiere schon immer gemocht. Für Lina habe ich auch ein schönes Kuscheltier gefunden. Das würde ihr gefallen.

Ich versuche jetzt zu schlafen, irgendwie, aber ich höre noch immer ihr Stöhnen.

 Sie rufen nach mir.

SCHATTEN DES TODES

LISBETH DULLER

Mike kniete im Staub. Er wiegte den kleinen Körper in seinen Armen und konnte spüren, wie das Leben langsam, aber unaufhaltsam durch seine Finger rann. Ihr Blut tränkte den vertrockneten Boden und dieser schien den roten Lebenssaft gierig aufzusaugen. Jennys ängstlicher, schmerzerfüllter Blick traf den seinen und Mike hatte das Gefühl, als würde ihm das Herz bei lebendigem Leib aus dem Körper gerissen. Er wollte für sie stark sein, wollte ihr die Angst und den Schmerz nehmen und sie beschützen. Doch er konnte es nicht. Er konnte nichts tun. Das Einzige, mit dem er dem kleinen Mädchen jetzt noch helfen konnte, war, in diesem Augenblick für sie da zu sein. Sie noch ein Stück des Weges zu begleiten, den er nun nicht mehr mit ihr weitergehen konnte.

Seit er sie vor Monaten auf einem seiner notwendigen Versorgungstrips aus den Armen ihrer untoten Mutter gerettet hatte, die gerade dabei war, ihre gierigen Zähne in das junge Fleisch zu schlagen und sie mit diesen entsetzlichen Parasiten zu infizieren, war sie sein einziger menschlicher Kontakt gewesen. Sie war das Einzige, das ihn noch daran erinnerte, dass die Welt auch einmal anders gewesen war. Voller Leben, voller Menschen. Der Alltag hatte darin bestanden, zur Arbeit zu gehen, sich mit Freunden zu treffen, Zeit mit der Familie zu verbringen. Heutzutage versuchte man nur noch zu überleben. Man versuchte, genug Nahrung zu finden, einen sicheren Unterschlupf, genug Kleidung, um in den kalten Nächten nicht zu erfrieren und man versuchte, nach Möglichkeit jeglichen Kontakt mit den wandelnden Toten zu vermeiden. Denn jedes Zusammentreffen mit einer dieser Kreaturen barg die Gefahr, selbst einer von ihnen zu werden und ihre widerlichen untoten Reihen weiter aufzufüllen.

Jenny stöhnte und riss ihn aus seinen trüben Gedanken. Zärtlich strich er ihr die Haare aus ihrer kleinen, verschwitzten Stirn. Er wünschte, er hätte kaltes Wasser, um ihr heißes Gesichtchen zu kühlen. Doch weit und breit gab es nichts. Nur sie beide und den nun endgültig toten Körper dieses verwesenden Monsters, das Jenny angegriffen hatte.

So lange hatte er es geschafft, sie zu beschützen. So lange war es ihm gelungen, diesen Wesen immer einen Schritt voraus zu sein. Er war nur einen Moment lang unaufmerksam gewesen. Und Jenny würde diese Unachtsamkeit nun mit ihrem noch so jungen Leben bezahlen. Sie würde in seinen Armen sterben.

Er wusste, dass er das Unausweichliche nicht mehr verhindern konnte. Ihre Wunden waren zu tief, sie verlor viel zu viel Blut. Und auch wenn sie nicht an den Verletzungen selbst starb, so würde sie doch durch diese verfluchten Maden, die durch die Bisse bereits in ihren kleinen Körper gelangt waren, über kurz oder lang ihr Leben aushauchen und selbst zu einem dieser Monster werden. Mike konnte es nicht mehr ertragen.

Vor vielen Jahren, vor all dem Wahnsinn, in einem anderen Leben, hatte schon einmal eine kleine Unachtsamkeit seinerseits das Leben geliebter Menschen gekostet. Seine kleine Tochter war damals ungefähr in Jennys Alter gewesen. Sie waren von einem Ausflug nach Hause gefahren und Mike hatte den Lastwagen einfach nicht gesehen. Er war plötzlich da gewesen. Sie hatten noch gemeinsam gelacht und über den schönen Tag geredet und dann … Als er im Krankenhaus wieder zu sich kam, war er alleine. Seine Frau und seine Tochter hatten den Unfall nicht überlebt. Von diesem Augenblick an war sein Leben vorbei gewesen. Er hatte mehrfach versucht, sich das Leben zu nehmen. Aber ganz offensichtlich war seine Zeit noch nicht gekommen. Dann diese Meldung im Fernsehen, die seinem Leben, allem Leben, eine neue Wendung gegeben hatte. Von dieser verrückten Frau, die ihren Mann angegriffen und in den Hals gebissen hatte. Und als dieser sie von sich stieß, wollte sie auf die gemeinsame dreijährige Tochter losgehen. Ihr zehnjähriger Sohn stellte sich ihr in den Weg, woraufhin sie ihn zu Boden riss und anfing, ihm mit den Zähnen das Fleisch von den Knochen zu reißen. Als der geschockte Ehemann mit einem großen Küchenmesser auf sie losging, ließ sie von dem Jungen ab. Doch auch die zahlreichen Stichverletzungen, die ihr Mann ihr zufügte, konnten sie nicht endgültig stoppen. Sie riss ihm ein Stück Fleisch aus der Wange und erst, als er ihr in seiner totalen Verzweiflung und Hilflosigkeit das Messer bis zum Heft in den Kopf rammte, hatte das Grauen ein Ende. Die völlig traumatisierte Familie wurde ins Krankenhaus gebracht und die Medien stürzten sich wie besessen auf diese unfassbare Bluttat. Sie belagerten das Spital zu

Hunderten. Und von da an war alles ganz schnell gegangen. Diese Wahnsinnstat war nur die erste von einer ganzen Reihe von solch irren, blutigen Übergriffen. Es breitete sich aus wie eine grauenvolle Seuche und jeder, der gebissen oder von einem Infizierten verletzt wurde, starb an den Folgen dieser Wunden.

Das Problem an der Sache war nur – sie blieben nicht tot. Nach einer Weile kamen sie zurück und als lebende Tote wollten sie nur noch eines: Fressen.

Mike wusste nicht, wie er diesen ganzen Irrsinn überhaupt so lange hatte aushalten können. Vielleicht, weil er schnell begriffen hatte, dass er die Stadt verlassen musste. Überall, wo früher viele Menschen gewesen waren, wimmelte es nun von diesen Monstern. Es waren so viele gewesen und es wurden immer mehr. Und plötzlich dachte Mike nicht mehr darüber nach, wie er sein Leben beenden konnte, sondern er wollte nur noch eines – überleben.

Schon komisch, wie das Leben manchmal so spielt. Gott hat eben seinen ganz eigenen Sinn für Humor. Mike hatte sich in die Wälder und Berge zurückgezogen. Dort waren diese Biester weit weniger häufig anzutreffen. Und vereinzelt stellten sie eine wesentlich kleinere Gefahr dar. Nur, wenn er Nachschub betreffend Nahrung oder anderer überlebenswichtiger Dinge brauchte, wagte er sich von seinem Versteck herunter in die dichter besiedelten Gebiete. Und bei einem dieser Versorgungstrips war er Jenny begegnet.

Nach dem Tod seiner Familie hatte Mike sich geschworen, nie wieder einen Menschen nah an sich heranzulassen. Die seelischen Qualen beim Verlust eines geliebten Menschen waren einfach zu viel für ihn gewesen und er wusste, dass er sie kein weiteres Mal würde ertragen können. Doch Jenny hatte sich mit ihrem unbändigem Lebenswillen, ihrer kindlichen Naivität und ihrem Wesen im Laufe der Monate, die sie nun unterwegs waren, in sein Herz gestohlen. Sie hatte sich dort eingenistet und ihn mit einer Wärme und einem Gefühl der Zuneigung erfüllt, von dem er geglaubt hatte, es für immer verloren zu haben.

Und nun? Nun würde sie in seinen Armen sterben.

Er spürte ihren Blick und sah auf sie herab. Mike wollte ihr Mut machen und ihr zeigen, dass alles gar nicht so schlimm war. Also versuchte er zu lächeln. Doch sein kläglich misslungener Versuch endete in einer grotesken Grimasse, die Jenny trotz allem ein kleines Lächeln entlockte.

Sie befreite ihre kleine Hand aus seiner Umklammerung und legte sie ihm auf die Wange. Ihre Handfläche war dreckig und heiß. Doch diese kleine Geste und ihre Berührung brachten ihn endgültig aus der Fassung. Tränen rannen über sein staubiges Gesicht und hinterließen dunkle Spuren auf seinen Wangen, ehe sie in kleinen Tropfen regengleich auf ihr blutiges T-Shirt hinabfielen.

Wieso hatte er das Monster nicht gesehen? Bis zu diesem schrecklichen Augenblick hatte er geglaubt, die Situation, soweit dies in dieser verrückten und grausamen Welt noch möglich war, unter Kontrolle zu haben. Er hatte es nicht kommen sehen. Trotz all seiner Vorsicht und seinem vorausschauenden Denken war diesmal das Schicksal schneller gewesen. Es hatte einen kleinen Moment der Schwäche, eine kleine Unachtsamkeit ausgenutzt und ohne zu zögern zugeschlagen.

»Versprich mir, dass du nicht zulässt, dass ich eines von diesen Monstern werde.« Jennys geflüsterte Worte hallten in dieser einsamen Stille in ihm nach wie ein grausames Echo. »Was?« Mike wusste sehr genau, was sie gesagt hatte und was ihre Worte für ihn bedeuteten. Aber für den Augenblick weigerte er sich einfach, daran zu denken.

Doch sie blieb hartnäckig. Stöhnend und mit schmerzverzerrtem Gesicht wand sie sich aus seinen Armen und sah ihn unverwandt an. »Versprich es mir«, sagte sie noch einmal.

Ihr flehender Blick und ihre Worte trafen Mike mitten in die Seele. Sie wusste, was sie von ihm verlangte und wie schwer ihm diese Tat fallen würde. Doch sie wusste auch, dass er sein Versprechen halten würde.

»Bitte.« Ihre zitternden Lippen formten nur dieses eine Wort.

Mike ließ den Kopf hängen und nickte leicht.

»Sag es«, beharrte sie.

»Ich verspreche es dir«, flüsterte er. »Ich werde nicht zulassen, dass du wirst wie sie. Wenigstens das kann ich noch für dich tun.« Seine Stimme brach.

Jenny ließ sich zurück in seine Arme sinken. Es hatte sie viel Kraft gekostet und er spürte, dass das Leben noch schneller ihren Körper verließ. Sie wurde immer schwächer. Es würde bald vorbei sein. Endlich würde sie keine Schmerzen mehr haben und die ständige Angst, in der sie gelebt hatte, würde für immer vorbei sein. Fast beneidete er sie ein bisschen. Sicher, zu sterben war nicht schön und Mike hatte Angst vor dem Tod, aber das hier war kein Leben mehr. Es war nur noch ein Überleben, geprägt von Angst, Schmerz, nagendem Hunger und zunehmender Hoffnungslosigkeit. War der Tod und damit ein Ende all dieser Qualen in diesen grausamen Zeiten nicht Segen oder gar Erlösung? Dies mochte durchaus zutreffen. Trotzdem hätte Mike in diesem Moment alles, wirklich alles dafür gegeben, um Jennys Leben zu retten. Er nahm ihre kleine Hand in seine und drückte sie fest an seine Brust, so als könnte er seine Lebensenergie und Wärme durch reine Willenskraft in ihren Körper übertragen. Jenny hatte die Augen geschlossen und atmete flach. Es würde nicht mehr lange dauern. »Wenn ich beim lieben Gott bin, dann werde ich ihm zeigen, was hier unten gerade passiert. Ich glaube, dass er gerade woanders hinsieht und es gar nicht weiß. Aber keine Angst. Ich werde ihm alles erzählen und ihm zeigen, wo er hinsehen muss. Du wirst schon sehen. Dann wird alles gut werden. Er macht, dass diese Monster verschwinden. Ganz bestimmt. Ich muss es ihm nur zeigen.«

»Da bin ich ganz sicher«, sagte Mike und unterbrach ihren zitternden Redefluss, indem er ihr zärtlich seinen Finger auf die trockenen Lippen legte. Ihre Worte hatten ihn zutiefst bewegt und er wusste, dass sie noch lange in seinem Kopf und seinem Herzen nachhallen würden. Sie war ein wirklich erstaunliches kleines Mädchen. Normalerweise sollte sie in ihrem Alter an Puppen, Glitzer, Prinzessinnenkleider und Ponys denken. Doch die Zeiten hatten sich geändert und dazu geführt, dass ein kleines Kind wie sie sich mit solchen Dingen beschäftigte.

Mike wusste nicht, wie lange er nun schon mit Jenny in seinen Armen im Staub kniete. Seine Beine waren längst eingeschlafen, aber es kümmerte ihn nicht. Er wiegte sie und hoffte, ihr etwas von ihrer Angst nehmen zu können und ihr Wärme und Trost zu spenden. Ihr Herzschlag wurde schwächer. Sie war so zierlich und dünn, dass er ihren Puls durch die kleine Ader an ihrem Hals erkennen konnte. Er hatte sich so sehr bemüht, genug Essen für sie beide aufzutreiben. Doch in Zeiten wie diesen war das eine wahre Herausforderung. Es gab einfach nichts mehr. Mike hatte vorher nicht gewusst, was Hungern bedeutete. Doch jetzt war dieses nagende Gefühl in seinen Eingeweiden ein ständiger Begleiter. Alles andere war unwichtig geworden. Sein Leben war auf die einfachsten Bedürfnisse reduziert worden. Es galt einzig und allein zu überleben.

Er beobachtete Jennys Körper. Er sah, wie sich ihre kleine Brust bei jedem flachen Atemzug hob und senkte. Zeit spielte keine Rolle mehr. Alles war unwichtig geworden.

Plötzlich veränderte sich etwas. Mike hatte in den letzten Monaten viele, viel zu viele Menschen sterben sehen, doch noch nie war er dem Tod so nahe gewesen. Noch nie hatte er ihn so intensiv gespürt, wie in diesem Augenblick. Er wusste, dass Jenny starb.

In dem Moment, als ihre Seele endgültig den kleinen, geschundenen Körper verließ, hatte Mike das Gefühl, einen zarten Windhauch an seiner Wange zu spüren. Er schloss die Augen und stellte sich vor, wie ihre Seele, nun von all dem Leid losgelöst, langsam in den Himmel stieg. Zurück blieb nur eine große Leere und ihr Verlust verursachte einen Schmerz, der so heftig war, dass es ihm für einen Moment den Atem verschlug. Er presste den kleinen blutigen und leblosen Körper an sich und schluchzte hemmungslos. Tränen strömten ihm über das schmutzige Gesicht und er brüllte all seinen Schmerz und sein Leid in diese schreckliche Welt hinaus, in der er von nun an allein würde überleben müssen. Es war ihm egal, dass sein Geschrei weithin zu hören war und wahrscheinlich einige dieser Monster direkt zu ihm führen würde. Sollten sie ihn doch holen. Er würde es ihnen schon zeigen. Er würde unter ihnen wüten, wie Gott der Allmächtige es schon längst hätte tun müssen. Mit großer Wahrscheinlichkeit würde er es nicht überleben, aber das war ihm egal. Was machte das schon. Er hatte nichts mehr, wofür es sich zu leben lohnte. Er hatte alles verloren. Aber noch durfte er nicht aufgeben. Es gab noch etwas zu erledigen. Er hatte es ihr versprochen. Langsam zog er sein langes Jagdmesser aus dem Gürtel und drehte es in seinen Händen. Die Strahlen der untergehenden Sonne spiegelten sich in der polierten Schneide.

Behutsam legte er Jennys leblosen Körper auf die Erde. Er küsste sie auf die Stirn, streichelte ihr übers Haar und verabschiedete sich von ihr. Dann holte er aus, schloss die Augen und rammte ihr sein Messer bis zum Knauf in den kleinen Kopf.

James

Britta Ahrens

21. Juni 2020

Das dünne Flämmchen der Kerze flackert ungestüm vor meinen Füßen. Ich bin mir sicher, es würde liebend gern dem Ruf des Windes folgen und erlöschen. Ein orange-gelber Streifen Wärme auf einer dunklen Lichtung im Wald. Die Deplatzierung ist auch mir bewusst. Trotzdem richte ich mich auf und beuge den Oberkörper schützend über den Kerzenstummel. Meine Gäste kommen gleich. Das Flämmchen streichelt mit heißen Fingern meine Kinnpartie. Es scheint verstanden zu haben.

Ich drehe den Kopf Francis zu und lächele stolz. Sie freut sich für mich, ich sehe es in ihren Augen. Das war schon immer so gewesen. Wo es bei anderen vieler Worte bedurfte, reichte bei uns ein einfacher Blick, um zu verstehen, was die jeweils andere meinte. Gerne würde ich jetzt zu ihr gehen und sie fest drücken. Doch meine Schwester verträgt Körperlichkeiten nicht mehr und ich bin nicht der Typ Mensch, der sich aufdrängt. Während ich der Kerze wieder meine volle Aufmerksamkeit schenke, dringt ein Rascheln der Blätter zu mir durch. Dann ein Knacken zerbrechenden Geästs, auf das jemand getreten ist. Es beunru-

249

higt mich nicht, denn ich bilde mir ein, den Unterschied zu kennen.

»Hey Ho«, höre ich gleich darauf eine vertraute Stimme hinter mir rufen und springe auf. Der helle Schein der Taschenlampe trifft mich unvorbereitet.

»Mach das Ding aus«, zische ich und kneife geblendet die Augen zu. Helge gehorcht. Er macht alles, was ich sage. Auch das war schon immer so gewesen. Timo ist ebenfalls mit von der Partie. Vivi fehlt.

»Die hat zu viel Schiss«, erklärt Timo, der meinen enttäuschten Blick richtig deutet.

»Gut«, sage ich. »Dann sind wir halt zu viert.«

»Vier?« Helge kassiert einen dumpfen Seitenschlag von Timo und sieht mich mitleidig an. Ich hasse diesen Gefühlstrampel! »Sagt Francis guten Abend«, fordere ich barsch und weise meinen Gästen ihre Plätze zu. Keiner möchte neben meiner Schwester sitzen. Ich ignoriere es. Die Flamme hat meine kurze Abwesenheit genutzt und sich in die Weiten der Dunkelheit verabschiedet. Elende Heuchlerin! Kurz ist mir zum Heulen zumute.

»He, wir haben doch noch die Taschenlampe«, versucht Helge mich aufzumuntern und rammt sie kurzerhand in den Waldboden. Wie ein mahnender Zeigefinger lenkt der dünne Lichtstrahl unser Augenmerk auf die dichte Wolkendecke über uns. Unheildrohend bauscht sie sich auf und zieht einzelne Wölkchen in ihre Fänge. Es war den ganzen Tag über schon drückend schwül. Luft zum Schneiden, wie Mutti oft zu sagen pflegte, kurz bevor sich ein Gewitter ankündigt.

Ich seufze laut auf. »Toller Geburtstag, echt.«

Timo zieht mich in seinen Arm. »Ey, du bist jetzt volljährig. Das muss gefeiert werden.«

250

»Und was genau bringt mir die Volljährigkeit?« »Entscheidungs-freiheit«, flüstert Helge gedankenverloren. Sein Blick huscht zu Francis, die teilnahmslos gegen einen Baumstamm lehnt.

»Idiot«, presse ich zwischen den Lippen hervor.

»Richtig, aufgeben ist nicht«, pflichtet Timo mir bei.

Unsere Abmachung ist klar: Probleme werden heute nicht thematisiert, angedeutet oder gemacht. Ich bin dankbar, dass wenigstens Timo sich daran zu halten scheint. Ich schenke ihm einen kurzen Blick. Er sieht heiß aus. Gut, er sah schon immer heiß aus. Die weißblonden Locken, die sein markantes Gesicht umranden und sich scheinbar spielerisch den sonnengebräunten Hals entlang kringeln, bis sie schließlich auf den breiten Schul-tern enden und einer muskelbepackten Männlichkeit weichen. Der Frauenschwarm unserer Abschlussklasse. Jedes Mädchen war scharf auf ihn gewesen. Ich kneife die Lippen fest zusammen und schüttele den Kopf. Nein! Ich gehöre definitiv nicht zu die-ser Art von Mädchen! Sein Arm liegt immer noch um meinem Oberkörper. Es kribbelt leicht.

»Und, was ist dein sehnlichster Wunsch zum Ehrentag?« Er sieht mich grinsend an. »Wilder, abartiger Sex ... mit mir?«

»Timo, ich muss dir recht geben.« Ich befreie mich gekonnt aus seiner Umklammerung und klopfe ihm überlegen lächelnd auf die Schulter. »Sex mit dir stelle ich mir durchaus abartig vor.« Helge kichert.

»Mach dir keine Illusionen, Milchbubi«, erwidere ich und nehme das Funkeln in Francis' Augen wahr.

Helge verzieht indes gekränkt das Gesicht. Dann entsinnt er sich jedoch eines Besseren, klaubt einige Blätter auf und schmeißt sie mir entgegen. »Hallo? Wer will denn schon Sex mit dir haben? Ich brauche eine liebevolle Frau, kein Kampfweib wie dich«, haut er mir um die Ohren.

Ich pule seelenruhig die vertrockneten Blattreste aus meinem Pferdeschwanz. »Lügner«, rufe ich und zahle es ihm mit einem Hechtsprung heim.

»Ich ergebe mich«, keucht er unter meiner Last. »Ja, ich will!«

»Dann müssen wir die Angelegenheit wohl wie Männer austragen«, mischt sich Timo ein und zieht mich von Helge weg.

»Wer den längsten Pipistrahl hat oder was?«, lache ich und habe nun beide Jungs gegen mich. Wie eine wildgewordene Horde Affen umrunden wir die Lichtquelle. Sie geben sich große Mühe, aber ich bin schneller. Francis scheint mich mit ihren Blicken anzufeuern. Ich blinzle ihr zu. Sie weiß, dass ich mir meinen Geburtstag genauso vorgestellt habe. Zusammensitzen und rumblödeln, Teenager sein; das war mein sehnlichster Wunsch. Ein Wunsch, den Helge und Timo versuchen, wahr werden zu lassen. Wenn auch nur für einen kurzen Augenblick.

»Okay gewonnen! Wo sind die Geschenke?«, japse ich schließlich und lasse mich auf den Waldboden fallen. Ich rechne nicht damit, welche zu bekommen, kann es mir aber auch nicht verkneifen, die Jungs auflaufen zu lassen. Helge überrascht mich. Er zieht eine Tafel Schokolade aus seiner Hosentasche. Wie die Geier stürzen Timo und ich uns darauf.

»Wo hast du die her?«, fragt Timo.

Helge zuckt mit den Schultern. »Ich habe mal die Spinde durchforstet.«

Ich sehe ihn anerkennend an. Auf diese banale Idee bin ich nicht gekommen. Ich beiße in die Schokolade und bin unendlich glücklich. Hätte mir vor drei Wochen jemand gesagt, dass ein Stückchen Zuckermasse mir an meinem Geburtstag absolute Hochgefühle beschert, ich hätte ihn für verrückt erklärt. Ich suche erneut den Blickkontakt zu Francis. Und erkenne tiefe Leere. Sie war schon immer schlauer als ich; sie lässt sich nicht so leicht blenden, sie weiß um die ausweglosen Situation. Drei Wochen ist es her, seit wir das letzte Mal miteinander sprachen. Unbeschwert. Ausgelassen. Jetzt sind es Monologe, die ich mit ihr führe.

»Wir sollten zurückgehen«, holt Helge mich aus meinem Gedankentief. Ängstlich sieht er sich um.

Automatisch folge ich seinen Blicken und muss erkennen, dass die allgemeine Panik auch an mir nicht spurlos vorbeigezogen ist.

»Na, kommen noch Gäste?«, zwinkert Timo. Seine Anspielung entlockt uns lediglich ein Seufzen. »Ja, wir sollten heimkehren«, stimmt er schließlich zu. »Nicht, dass sie noch einen Suchtrupp losschicken ...«

Ich sehe hoch und habe das Gefühl, die Wolken verdichten sich im Sekundentakt weiter.

»Nacheinander«, sage ich.

»Erst Helge, fünf Minuten später Mia und dann ich«, fügt Timo rasch hinzu. Aus den Augenwinkeln sehe ich, wie er Helge ein Zeichen gibt. Ich kann es nicht deuten, spüre aber, dass sich das Kribbeln in meinem Bauch deutlich verstärkt hat.

Helge nickt. »Wenn ich von den Aufpassern erwischt werde, versuche ich euch zu warnen«, gibt er Antwort und verschwindet.

Timo tritt nah an mich heran. »Ich habe auch noch etwas für dich«, flüstert er mir ins Ohr.

Ein Schauer läuft mir über den Rücken. »Noch mehr Schokolade?«, frage ich dümmlich.

»Warte und schließe die Augen«, befiehlt er mit sanfter Stimme, ehe er sich einige Meter entfernt.

Ich gehorche. Und hoffe ganz insgeheim, es sind Präservative ... Timo ist schnell zurück. Als er mir sein Geschenk in die ausgestreckten Hände legt, schreie ich entsetzt auf. Meine Fassade bröckelt. Ich muss gar nicht erst die Augen öffnen; ich weiß, was es ist. Oder besser gesagt, wer es ist. Trotzdem komme ich nicht umhin, mein Präsent eingehend zu betrachten. Ich tue es mit derselben Hingabe, die mir eine aufgeplatzte Wunde beschert hätte. »Wie konntest du nur?«, herrsche ich ihn an. James starrt mir mit aufgerissenem Mund entgegen.

»Ich war in eurem Haus«, gesteht Timo kleinlaut und legt seine Hand auf meinen Arm. Diese, gewollt beruhigende, Geste gepaart mit schlechtem Gewissen, lässt mich innerlich brennen. Abrupt drehe ich mich weg und entziehe mich seiner Fürsorglichkeit. »Was? Warum?«, krächze ich wie unter Schmerzen.

Er weicht mir aus, tritt unsicher von einem auf das andere Bein, während er Francis fixiert.

»Nein!« Ich fasse es nicht. »Lass Francis aus dem Spiel!«, schreie ich und werfe James weit von mir. Ich sehe, wie sich Timo meiner Schwester nähert und spüre eine Feuerwalze in mir wüten.

»Es ist ihre Puppe, Mia.« Er streichelt Francis liebevoll über die Wange. Sie scheint es zu genießen. Ich habe das Gefühl, die Bodenhaftung zu verlieren. Und dann kann ich es wieder vor mir sehen ...

»Seid ihr auch alle da?« Francis blickte lächelnd in die Runde, während James mit uns kommunizierte. »Oh, was sehen denn meine Äuglein?« Riesige Glasglubscher fixierten mich. »Eine Zweiflerin!« Mutti und Vati lachten.

Ich verdrehte die Augen. »Nein, lieber James«, sprach ich mit zuckersüßer Stimme, »auf gar keinen Fall würde ich denken, dass du nur eine Bauchrednerpuppe bist.«

Meine Schwester drehte sich zu James und flüsterte ihm etwas ins Ohr. James schüttelte den Kopf. »James möchte einen

Kuss von dir«, sagte Francis grinsend und brachte den kleinen Kerl in arge Bedrängnis.

»Niemals habe ich das gesagt«, empörte sich dieser.

»Aber gedacht«, foppte ihn Francis.

Wir kringelten uns vor Lachen.

»Du bestehst die Aufnahmeprüfung mit links«, rief Vati und klatschte in die Hände. Fünf Minuten später änderte sich unser Leben schlagartig.

Ohrenbetäubende Schreie mischten sich plötzlich unter Francis' Ausführungen zu ihren Zukunftsplänen. Es läutete. Ich trat ans Fenster. Und sah abgerissene Gliedmaßen, aufgeschlitzte Körper auf blutdurchtränkten Gehwegen und eine Meute Untoter, die sich über die leblosen Körper hermachte.

»Sie sind hier!«, schrie ich entsetzt. »Sie sind hier!«

Bis zum Schluss hatten Mutti und Vati die Augen vor der Realität verschlossen. »Das ganze Szenario spielt sich in den Ballungszentren ab, ein Großstadtproblem. Die Seuche breitet sich da aus, wo man Menschenmassen antrifft. Hier sind wir sicher«, hatte Vati gemeint, als Meldungen über die ersten Zombieangriffe die Schlagzeilen bestimmten. »Also nach Lunestedt verirrt sich ganz sicher keiner. Wir sind so weit weg vom Schuss, da brauchen wir uns nicht zu fürchten.«

Francis und ich hatten den ganzen Verharmlosungen von Anfang an skeptisch gegenübergestanden.

»Von irgendwoher müssen die Zombies doch kommen«, hatte Francis gesagt.

»Ja, es muss eine Ursache geben«, hatte ich ihr zugestimmt. »Vielleicht tritt es hier auch auf.«

»Und dann ist in diesem Dorf keiner mehr sicher! In der Großstadt gibt es wenigstens Evakuierungsmaßnahmen und Notfallpläne, aber hier?«

Es läutete erneut. Vati ergriff seine Schrotflinte und wies Mutti an, uns im Keller einzuschließen. Entschlossen trat er ans Fenster und eröffnete das Feuer. Francis und Mutti quiekten auf, als eine Hand von unten emporschnellte, Vatis Hals umkrallte und seinen massigen Körper in den Vorgarten zog. Wir hörten Vati um sein Leben schreien, dann ein Knacken und schließlich lautes Schmatzen.

Mutti eilte, jeglicher Vernunft zum Trotz, ans geöffnete Fenster, um Vati zu retten. Ich packte Francis am Arm, die drauf und dran war, Mutti zu folgen. Die Schreie meiner Schwester trugen mich hinfort. Mutti agierte kopflos. Voller Heldenmut griff sie nach dem Blumentopf und brüllte wüste Beschimpfungen. Und immer wieder Francis' Schreie … Sekunden später blickten wir in das Gesicht von Vatis Angreifer. Eine zerfurchte Fratze mit hängenden Hautlappen, die einen grün-gräulichen Farbton aufwiesen. Die Lippen schwarz und die Augen eitrig triefend, geiferte er in unsere Richtung. Meine Fingernägel gruben sich tief in Francis' weiche Oberarme. Sie stöhnte auf, als die widerliche Kreatur ihre Zähne bleckte. Gelbe Stummel auf rotem Untergrund zeigten, was uns blühte.

Francis begann zu wimmern und verbarg ihr Gesicht an meiner Schulter. Meine Blicke blieben am geöffneten Mund des Untoten haften. Ich sah Vatis Blut, sah, wie es sich mit dem schleimigen Mundsekret seines Schlächters vermischte und unzähligen Maden einen Badespaß sondergleichen bescherte. Gemächlich suhlten sich die Parasiten in den vorhandenen Körperflüssigkeiten, bis die Suppe sie schließlich in einer Lache gen Fensterbank beförderte. Immer mehr Maden wuselten auf dem Eichenbrett herum und hangelten sich zum Abgrund, nur um kurz darauf den freien Fall in Richtung Wohnstubenteppich in Anspruch nehmen zu können. Als kündigte sie den bevorstehenden Kampf an, stieß Mutti einen Kriegsschrei aus und baute sich schützend vor uns auf. Das Monstrum leckte sich die runzligen Lippen und setzte sich in Bewegung. Das war der Moment, in dem Francis verstummte. Starr vor Angst sahen wir zu, wie es seine vom Verwesungsprozess gezeichneten Arme auf das Fensterbrett stemmte und zu uns in die Stube kroch. Mutti stand dem Zombie nun direkt gegenüber, holte aus und schlug ihm den Blumentopf ins Gesicht. Schwarze, zähe Masse besprenkelte die gelbe Tapete aus den Siebzigern. Er konterte flink. Ein Grunzen hallte uns in den Ohren wider, während er den Kopf unserer Mutter vom Körper riss und ihn uns entgegenschleuderte. Die blutunterlaufenen Augen weiteten sich, als das süßliche Aroma weiblichen Blutes auf ihn einströmte. Mit seinen scharfen Fingernägeln schlitzte er Muttis Kleidung auf und legte ihren üppigen Busen frei. Gierig riss er das zarte Fleisch von ihrem Körper und stopfte es sich in den parasitenbevölkerten Schlund. Es waren die Fäulnisbläschen auf seinen Händen, die nacheinander platzten und stinkenden Saft auf Muttis Körper träufeln ließen, die mich aus der Schockstarre befreiten. Mein Augenmerk lag auf jedem einzelnen dieser Tropfen, die Muttis geschändeten Leib besprenkelten und ihn in Beschlag nahmen. Sie sollten weg! Wir … Sollten … Weg! Ich riss meinen Blick von den Grausamkeiten in unserer Stube und merkte, wie das Gefühl in meinen Körper zurückkehrte. Mechanisch setzte ich einen Fuß vor den nächsten und zerrte die bibbernde Francis mit mir. Weg! Wir mussten weg hier!

»Wir gehen zu Ella … Wir gehen zu Ella … Wir gehen zu Ella …« Wie ein Mantra betete ich diesen einen Satz herunter. Ein Satz, der so viel mehr aussagte, als er beinhaltete. Es gab nur diese eine Chance. Ella! Würden wir dank ihr dem Tod entkommen? Meine Worte legten sich über die entsetzlichen

Schreie meiner Nachbarn, ließen die Laute der Hölle nicht nah genug an mich herankommen. Während ich über den Hinterhof rannte, hielt ich die stolpernde Francis fest im Klammergriff. Sie folgte mir ohne Widerwillen, bis wir schließlich vor dem Kuhstall zum Stehen kamen. Ich konnte spüren, wie sie das Aroma herumliegenden Kuhdungs förmlich in sich aufsog, als ich das Holztor öffnete und sie in die dunkle Wärme schob. Auch ich nahm den Duft unserer Kindheit auf und speicherte ihn tief in meinem Herzen. Ella lag auf der Seite. Ruhig. Friedlich. Ich setzte Francis auf das Heubett und ließ ihre Hand auf Ellas weichen Nüstern ruhen, bevor ich das Messer aus meinem Gürtel zog und Ella den aufgeblähten Bauch aufschlitzte. Francis tat keinen Laut, als ich sie mit den austretenden Flüssigkeiten beschmierte. Ein Gemisch aus Ammoniak und Schwefelsäure kroch mir in die Nase. Es stank bestialisch. Ich würgte, als ich meine Hand erneut in Ellas Gedärme schob und mir die Masse ins Gesicht wischte. Sie war nicht umsonst gestorben, ging es mir durch den Kopf, sie würde uns den Weg in die Sicherheit ebnen. Ganz bestimmt würde sie das! Francis folgte meinen Anweisungen, ohne einen Ton von sich zu geben. Ich glaubte, ihr Verhalten ohne Einschränkung zu verstehen. Meine Art, wie ich mich auf die mögliche Katastrophe vorbereitet hatte, war ihr gehörig gegen den Strich gegangen. Sie hatte kein unschuldiges Tier opfern wollen, nun dankte sie es mir im Stillen … Ich nickte, strich Ella ein letztes Mal sanft über das Gesicht, ehe wir uns aus dem Staub machten. Die Schule war nah. Wir schlurften durch die Straßen und hielten den Blick gesenkt. Ich sah trotzdem die toten Leiber unserer Nachbarn, die von Maden besiedelt wurden und daneben die gierigen Esser am Schlachtbuffet, die ihren Hunger auf Menschenfleisch stillten. In unmittelbarer Nähe konnte ich eines der Ungeheuer dabei beobachten, wie es dem rennenden

Mob hinterhereilte und einen nach dem anderen biss. Ein Sport, der ihn in einen wahren Rausch versetzte. Freunde, Nachbarn, Bekannte, alle kippten sie nacheinander um und ebneten den Weg zur freilaufenden Beute. Der Bürgermeister hatte auf der Dorfratssitzung angebracht, dass bei einem möglichen Angriff unverzüglich im alten, leerstehenden Schulgebäude Unterschlupf zu suchen sei. Und ich hoffte inständig, die Überlebenden würden seinem Vorschlag folgen. Sie taten es. Wir waren 28 Personen, die sich in den oberen Räumen verbarrikadierten. Schwere Stahlschränke und unzählige ineinander gestapelte Tische schenkten uns eine trügerische Sicherheit. Wir harrten mehrere Tage aus, ehe wir uns auf das gesamte Gebäude verteilten und die Schule schließlich in eine Festung verwandelten. Die Zombies waren augenscheinlich fort, die Angst blieb.

Francis sprach zu dieser Zeit kein einziges Wort mehr. Wir taten alles, um sie ein wenig aufzubauen, doch scheiterten kläglich. Eine Woche später entdeckte ich ihre Leiche. Sie hatte sich in der angrenzenden Schwimmhalle erhängt.

»Nein!« Ich schreie mir die ganze Trauer, die ich so erfolgreich zu unterdrücken versucht hatte, von der Seele. Es schmerzt unendlich. Mit letzter Kraft schlage ich auf Timo ein, ehe ich zu Boden sinke. Der feuchte Untergrund fängt mich sanft auf. Es gießt in Strömen. Ich kann mich nicht daran erinnern, wann es angefangen hat, zu regnen. Meine Beine zittern, als ich mich zu Francis schleppe. Sie sitzt im Schutze einer großen Tanne. Ich krieche zu ihr in den vom Regen geschützten Bereich und schenke ihr meine gesamte Aufmerksamkeit.

»Gib sie frei«, haucht Timo in mein Ohr.

Ihre Haut verfärbt sich langsam. Es ist dunkel, doch ich sehe es. Heute sehe ich zum ersten Mal ihre grünlich schimmernde Haut und die dunklen Augäpfel. Ich richte mich auf. Ich bin ein Kopfmensch. Ich weiß immer, was zu tun ist! Immer! »Wir sollten gehen«, sage ich mit bebender Stimme. »Das heimliche Verlassen des Gebäudes ist verboten.« Tränen vermischen sich mit den niederfallenden Regentropfen, als ich meiner Schwester einen letzten Kuss auf die Stirn hauche. »Danke, dass du an meinen Geburtstag gedacht hast.«

Timo hebt James auf und dirigiert mich in Richtung Schulhof. »Nächste Woche sind unsere Vorräte aufgebraucht«, sagt er trocken. Kein Wort über Francis.

Dankbar nicke ich ihm zu.

Ich weiß längst, wie die nächsten Schritte aussehen, dennoch höre ich mir seine Ausführungen an. »Wir werden unseren Ort verlassen und andere Überlebende suchen. Wir werden den Viechern ein für alle Mal den Garaus machen und Deutschland zurück erobern!« Es klingt so viel Zuversicht in seiner Stimme mit, dass ich für den Bruchteil einer Sekunde gewillt bin, seiner Euphorie Glauben zu schenken. Keine zwei Minuten später haben wir den Geräteschuppen der Schule erreicht und schleichen uns zum Seiteneingang. Helge steht Schmiere. Ich sehe Erleichterung in seinen Augen, als er den hellen Schein der Taschenlampe entdeckt. Dann entgleisen ihm die Gesichtszüge.

»Ihm passt es nicht, dass wir zu zweit hier aufschlagen«, lacht Timo, dem der fassungslose Ausdruck ebenfalls nicht entgangen ist.

»Warum führt er so einen merkwürdigen Tanz auf?«

Ich drehe mich um. »Er tanzt nicht!«, will ich noch brüllen. Doch es ist zu spät. Pfeilschnell rast eine Untote auf uns zu und packt Timo. James knallt zu Boden. Timo starrt die Angreiferin mit weit aufgerissenen Augen an. Er schreit nicht. Auch er hat die auffälligen Tätowierungen am Unterarm erkannt. Er lächelt, als seine Mutter ihn von mir reißt. Ich packe James und werfe

260

ihn der Untoten an den Schädel. Sie hält ihren Sohn am ausgestreckten Arm und wendet den Kopf in meine Richtung. Ich renne auf sie zu, ergreife die Puppe und halte ihr James vor das Gesicht. Sie liebte James. Und sie liebte Francis, die ihr während einer schweren Krebserkrankung immer die neuesten Showacts präsentierte. Innerlich knicke ich ein. Sie erinnert sich nicht, doch sie scheint kurz abgelenkt. Es ist ausreichend. Angespitzte Speere durchbohren sie, während mehrere Kopfschüsse sie zu Boden gehen lassen.

»Sie wird es überleben«, heult Timo und ergreift meine Hand. Ich sehe die Maden in den Einschusslöchern tanzen. Sie scheinen uns zu verhöhnen.

»Beeilt euch«, schreit einer der Aufpasser.

Ich blicke hoch. Alle sind gekommen. Timo und ich werden in das Gebäude geführt. Es ist spät geworden. Helge hat seine Gitarre hervorgeholt und singt für mich. Die strenge Elisabeth hat einen Kuchen gebacken und Karl Heinz einen Schnaps mitgebracht. James starrt mich mit seiner geöffneten Mundpartie an. Ich lächele den Schmerz weg. Denn heute ist mein 18. Geburtstag. Es ist ein besonderer Tag. Und ich weiß, es werden noch viele folgen …

OPERATION CAROLUS MAGNUS

MARKUS CREMER

Der Fernseher in der Wartehalle des Militärflughafens blieb stumm, doch die Bilder der Grenzstationen um das abgeriegelte Deutschland waren eindeutig zu erkennen. Eine Runde von Experten diskutierte, während eine Ecke Videos von schlurfenden Untoten zeigte.

Peter Falconer wandte sich von den abscheulichen Bildern ab. Die ungewohnte Uniform kratzte, und er hatte keine Ahnung, warum sie ausgerechnet ihn wollten. Das abgeschirmte Flugfeld der NATO lag in Küstennähe und Peter roch die Nordsee. Tief atmete er die salzige Luft ein und schloss die Augen. Es rief Erinnerungen an Afrika in ihm wach. Noch vor drei Tagen hatte er die Wanderbewegungen von Pavianen in Südafrika untersucht. Dann erschienen die Blauhelm-Soldaten und holten ihn mit einem großen Militärhubschrauber ab. Sein Ausweis wurde ihm unter fadenscheiniger Erklärung abgenommen und jede Information verweigert. Jetzt befand er sich hier.

Wo auch immer ›hier‹ war.

Die Wärme der südlichen Sonne fehlte ihm und er schlug den Kragen der Uniformjacke hoch. Angeblich diente diese Maskerade zum Schutz der vor ihm liegenden Geheimmission.

Diese Militärs sind echte Dramaqueens, dachte er und grinste.

Deutschland wurde angeblich von Untoten überrannt und sie machten sich Gedanken, ob ihn jemand auf einem holländischen Flughafen erkannte? Absolut lächerlich, wie alles Militärische. Wer ordnete sich schon gerne unter und führte stumpf irgendwelche unsinnigen Befehle aus? Nicht einmal Paviane würden dies tun. Nur Idioten gingen zum Militär.

»Schlafen Sie, Sergeant Falconer?«, riss ihn eine befehlsgewohnte Stimme aus seinen Gedanken.

»Nein, ich denke nach«, gab er zur Antwort, blickte aber nicht auf. Er war kein Soldat und wollte auch nicht so behandelt werden.

»Ich verstehe«, sagte der Fremde. »Ein Denker ist mir auch lieber als ein Draufgänger.« Sein Akzent wies ihn als reinrassigen Italiener aus.

Peter sah überrascht auf. Er hatte eine Standpauke, wie in den alten Armeefilmen über den Vietnamkrieg, erwartet. Der grauhaarige Mann lächelte ihn an. Ein ähnliches Lächeln kannte Peter durch die Beobachtung von Hyänen. Etwas im Blick des Soldaten ließ ihn frösteln.

»Wir starten, sobald der Rest vom Team eingetroffen ist«, erklärte der Mann. Peter vermutete, dass es sich um Captain Roberto Carboni handelte. Er war ihm als Kommandant des Spezialeinsatzes genannt worden.

Einer der wenigen Informationssplitter, die er erhalten hatte.

Der erfahrene Soldat wirkte völlig ruhig und unbewegt. Er trug eine schwarze Uniform mit Offiziersstreifen, aber ohne Namensschild oder Landesflagge. An seiner Seite trug er neben einer geschwärzten Pistole ein Kampfmesser.

Bei einem anderen Mann hätte es wie eine Verkleidung gewirkt, überlegte Peter.

»Die Maschine ist startklar«, erklärte Captain Carboni und deutete auf den futuristisch wirkenden Hightech-Helikopter.

Leise pfiff Peter durch die Zähne. »Wozu brauchen wir dieses Ding? Was genau ist unser Auftrag?«

»Ihr erster Einsatz in geheimer Mission?«, fragte Carboni, während er in die Nacht starrte.

»Überhaupt mein erster Einsatz.«

Diesmal warf Carboni ihm einen überraschten Blick zu.

»Ich bin kein Soldat«, erklärte Peter, »ich bin Verhaltensbiologe.«

»Biologe?«, unterbrach Carboni nachdenklich. »Ich fürchte, unser Auftrag wird wirklich gefährlich.«

»Was wissen Sie?«, hakte Peter nach.

»Nur Gerüchte, aber mit Ihnen werden sie zu Gewissheit.«

Peter schluckte und fragte weiter: »Wird es sehr hart?« Er hatte nachgedacht und es gab derzeit nur eine Zone, wo die NATO einen erfahrenen Verhaltensbiologen benötigte.

»Den genauen Auftrag erhalte ich erst, wenn wir in der Luft sind. «

Peter nickte ergeben. »Wohin fliegen wir?«, fragte er trotzdem.

»Geheim.« Erneut grinste Captain Carboni.

»Ist mir klar. Brauchen wir keine Atemmasken, dort wo wir ›geheim‹ hinwollen?« Er wollte zeigen, dass er das Ziel kannte.

»Es wird nicht durch die Luft übertragen ... soweit wir wissen«, meinte der Italiener. »Sie können Deutsch?«, fügte er mit einem grimmigen Lächeln hinzu. »Obwohl ich nicht glaube, dass Ihre Sprachkenntnisse vonnöten sein werden.«

»Ich habe in Aachen studiert«, antwortete Peter. Seine Gedanken überschlugen sich. Vor zwei Jahren war Deutschland von Zombies überrannt worden und die Alliierten hatten das gesamte Land abgeriegelt. Die Aufnahmen gingen seinerzeit um die ganze Welt. Keiner ging rein und keiner kam raus, so lautete die Devise. Selbst Zugvögel wurden mit Netzen am Überfliegen gehindert.

Diese Zombieangelegenheit war Peter immer unwirklich erschienen, doch nun befand er sich mittendrin.

Ein Jeep fuhr mit hohem Tempo auf den Hubschrauber zu. Nach einer harten Bremsung kam das Fahrzeug zum Stehen. Sofort riss jemand die Türen auf. Eine kahlköpfige Frau und ein südländischer Mann mit breitem Schnurrbart sprangen heraus.

»Sergeant Major Mary Boulder«, sprach die Frau mit sehr britischem Akzent und nahm Haltung an, »und Warrant Officer Kemal Dukaritos melden sich zum Einsatz, Sir.«

»Dies ist Sergeant Peter Falconer«, wurde er von Captain Carboni vorgestellt. »Es ist sein erster Einsatz, aber es handelt sich um einen erfahrenen Mann.«

Kemal schnaubte verächtlich.

»Falconer hat mit Löwen, Krokodilen und Pavianen gearbeitet«, fuhr Carboni fort.

»Und immer Glück gehabt«, ergänzte Peter.

»Glück ist immer gut«, meinte Kemal. »Wir könnten ihn ›Lucky‹ nennen.«

»Lucky gehört ab sofort unserer kleinen Einheit an. Ein Teammitglied!« Captain Carboni betonte das letzte Wort überdeutlich.

»Wirklich, Sir?«, fragte die glatzköpfige Frau.

»Jawohl, Sinhead. Jeder fängt mal klein an. Ich erinnere mich noch gut an den ersten Einsatz einer britischen Pilotin, deren besonderes Talent beinahe die gesamte Mission vermasselte.«

»Willkommen, Lucky«, erklärte die Frau ungerührt.

»Alle an Bord«, befahl Captain Carboni. »Operation Carolus Magnus startet!«

Die moderne Maschine hob überraschend geräuschlos ab und glitt gleichmäßig über den Boden hinweg.

»Ich bleibe unterhalb der Radargrenze«, teilte Mary über Bordfunk mit. »Welchen Kurs, Captain?«

Captain Carboni blickte von seinem Tablet auf: »Antwerpen, dann südlich an Liege vorbei und direkt auf Aachen vorstoßen. Die Leitstelle ist informiert und wird die automatischen Raketenbatterien im Dreiländereck kaltstellen«, erklärte Carboni und erläuterte die genauen Koordinaten. »Unser Ziel ist das Aachener Stadtgebiet.«

»Mit welchem Auftrag, Chef?«, fragte Kemal Dukaritos.

Peter blickte sich bei dieser vertraulichen Anrede irritiert um. Kemal erklärte ihm: »Im Einsatz reden wir uns nur mit unseren Spitznamen an. Meiner lautet Knallfrosch.«

»Ich ahne, was Ihr Fachgebiet ist«, sagte Peter. Die lockere Art gefiel ihm und erinnerte ihn an die Zusammenarbeit mit erfahrenen Zoologen.

»Der Auftrag lautet, die mitgeführte Auswahl an Waffen auf ihre Wirksamkeit auf die zwei Zombietypen zu testen.«

»Es gibt zwei Typen?«, unterbrach Peter verblüfft.

»Schlurfende Untote, langsam und zerlumpt, ihr Gefahrenpotential ist eher gering.«

»Besonders von hier oben«, meldete sich Mary über Funk zu Wort.

»Zerlumpt?«, hakte Peter nach.

»Zerfressen, verwest, wie die Zombies im Kino«, antwortete Kemal.

»Es scheint, als wären die ›Schlurfer‹ bereits lange tot gewesen, bevor sie erneut ... erwacht sind«, ergänzte Captain Carboni. »Ihr Anblick ist wahrlich furchterregend und ich verwende derartige Ausdrücke nicht oft.«

»Wenn sie vorher tatsächlich tot waren, kann die Ursache kein Virus sein«, murmelte Peter nachdenklich. »Viren benötigen lebende Zellen, um sich fortzupflanzen.«

Was konnte totes Gewebe erneut zum Leben erwecken?

»Die frisch Infizierten sind schneller und dadurch wesentlich gefährlicher«, warf Kemal ein.

»Gibt es noch frisch Gebissene in Deutschland?«, fragte Peter. »Nach zwei Jahren?«

»Das ist eine der Fragen, die wir klären sollen. In den Kisten dort hinten befinden sich Armbrüste, Bolzen mit Farbkugeln und Funkpeilsender zur Markierung der Schlurfer.«

»Verhaltensforschung also?« Peter grinste. »Darf ich die gewonnenen Daten veröffentlichen?« Er würde der erste Forscher sein, der offiziell an dieser neuen Spezies forschte. Was für eine Chance! Wobei es unter strengen Gesichtspunkten sicher keine neue Spezies war. Oder sollte es sich um eine besondere Variante von parasitärem Wirtskörper handeln? Er schüttelte den Kopf. Manche Dinge waren einfach zu abstrus.

»Negativ, dieser Einsatz dient rein militärischen Zwecken. Es soll erforscht werden, ob und wie die Zombies ihre Opfer finden, welche umherwandern oder warum einige es nicht tun, klar?«

»Okay«, antwortete Peter langsam. »Wie lange dauert unser Ausflug in die Hölle?«

»Nicht länger als drei Stunden für die Markierung und die Waffentests, danach geht es zurück zur Basis. Offiziell existiert unsere Mission nicht. Die Öffentlichkeit würde es nicht verstehen.«

»Was nicht verstehen?«, fragte Peter nach.

»Es leben noch Menschen in der isolierten Zone«, erklärte Kemal.

»Normale Menschen?«

»Positiv«, antwortete Captain Carboni.

»Nach dieser Zeit? Erstaunlich. Wie wird ihnen geholfen?«, wollte Peter wissen. Er konnte sich nicht vorstellen, wie es sein musste, seit zwei Jahren in einer Welt der Zombieapokalypse zu leben. Noch dazu, jede Hoffnung auf Hilfe begraben zu können. Welchen Sinn, welche Perspektive konnte das Leben dann noch haben?

»Gar nicht, deshalb werden einige der überlebenden Gruppen auch nicht erfreut sein, uns zu sehen.« Carboni schob seinen Unterkiefer vor, als er dies sagte.

Eine klassische Geste, um die eigenen Gefühle zu unterdrücken, dachte Peter. Er ist auch nur ein nackter Affe.

»Dieses Baby hat Panzerplatten, die alles unterhalb eines Panzerbeschusses abprallen lassen«, kam es über Funk von Sinhead.

»Beruhigend«, sagte Peter und verdaute die erhaltenen Informationen.

»Aachen wird häufig überflogen«, meinte Kemal. »Mittlerweile ist es gefahrlos, denn den Überlebenden geht langsam die Munition aus.«

»Aachen in Sicht«, erklang die Stimme von Sinhead nach einer Stunde.

Peter wurde mit Gurten gesichert und nahm die Armbrust zur Hand. Das Modell unterschied sich erheblich von den Geräten, die er kannte. Neben dem Laservisier gab es noch eine klobige Vorrichtung, die als Magazin diente.

»Bereit«, sagte er und Kemal öffnete die Außentür des Helikopters. Der Wind rauschte und raubte Peter den Atem. Das Rauschen war derart laut, dass er zunächst nichts mehr hörte. Der Hubschrauber befand sich fünf Meter über den zweigeschossigen Hausdächern der Randgebiete. In der Ferne ragte der Aachener Dom auf. Über tausend Jahre lang war er ein Sinnbild für die Standhaftigkeit von menschlichem Streben gewesen. Nun bleibt er unbesucht, kam es Peter in den Sinn. Er wandte sich von dem Anblick ab und betrachtete die gespenstische Szenerie unter ihm. Müll und Autowracks stapelten sich in den Straßen. Einige Gestalten stolperten scheinbar ziellos durch die Häuserschluchten.

»Schlurfer voraus«, rief Kemal und richtete eine gefährlich aussehende Kanone auf einen hinkenden Zombie. Rotes Laserlicht markierte das Ziel und Kemal drückte ab.

Peter hatte einen Geschossknall erwartet, doch nichts geschah. Der anvisierte Zombie blieb stehen, dann fiel er buchstäblich in sich zusammen. Bewegungslos.

»Silent Sheriff der dritten Generation«, erklärte Kemal mit lauter Stimme, »eine Mikrowellenkanone, die das Wasser im Gewebe zum Kochen bringt.«

»Wahnsinn«, schrie Peter gegen den Lärm der Rotoren an.

»Den Prototypen gibt es bereits seit mehr als zehn Jahren.«

»Wirklich?«

Kemal nickte zur Bestätigung.

»Ich gehe etwas tiefer«, kam es über Funk von Sinhead. »Dort ist ein großer Platz, gleich neben dieser Kirche.«

»Der Katschhof«, ergänzte Peter, »und die Kirche ist der Dom. Stammt noch von Karl dem Großen, auch Carolus Magnus genannt.«

»Daher der bekloppte Name für unsere Mission«, erwiderte Kemal laut, um den Wind zu übertönen, »ich hatte mich schon gewundert.«

»Kein Geschwätz, Knallfrosch«, unterbrach Captain Carboni, »wir sind jetzt in Feindesland.« Der Italiener hielt ein klobiges Gewehr mit Zielfernrohr in den Händen.

Beim Näherkommen erblickte Peter den Dom und dicht dahinter die Fassade des historischen Rathauses. Diese beiden Gebäude rahmten den Katschhof ein. Neben dem Dom befanden sich Kräne und Baugerüste.

Wie lange der Dom wohl noch bestehen konnte, ohne regelmäßig restauriert zu werden?, überlegte Peter.

Der Anblick der annähernd hundert Zombies verscheuchte jeden weiteren Gedanken an die Architektur. Wie eine Herde Zebras an einem Wasserloch, hatten sich die Untoten auf dem Platz versammelt. Viele der Zombies streckten in einer sinnlosen Geste ihre Hände nach dem Hubschrauber aus.

»Weiter runter, Sinhead«, befahl Carboni mit lauter Stimme.

Der Helikopter bewegte sich abwärts. Peter hielt die Luft an. Die Fassaden der historischen Gebäude waren beängstigend nahe. Die Kleidungsreste der Zombies flatterten, als sich die Rotorblätter auf fünf Meter über ihren Köpfen absenkten. Ein großer Zombie blieb unbeweglich im Zentrum stehen und starrte den Hubschrauber an. Peter nahm ihn ins Visier und schickte einen Bolzen in seinen Brustkorb. Vom Gesicht der wandelnden Leiche war nicht mehr viel übrig. Maden bedeckten die Haut.

Ekelhaft, dachte Peter und drückte ab. Ein Farbfleck blühte auf und zeigte an, dass der Sender platziert war. Das handgroße Ortungsgerät neben Peters Sitz blinkte.

»Subjekt Alpha«, murmelte Peter und tippte eine Kurzbeschreibung in das Gerät ein. Genauso ging er bei zu beobachtenden Tieren ebenfalls vor. In den nächsten zehn Minuten markierte er mehrere Zombies. Jeder Untote wies ein von Maden bedecktes Gesicht auf.

Er sollte Angst empfinden, doch seine wissenschaftliche Natur verdrängte derartige Gefühle und schuf Raum für Faszination und Neugierde.

Ob eine spezielle Fliegenart die Chance ergriffen hatte und ihre Lebensweise an das Zombiegewebe angepasst hatte? Grübelnd machte er sich einige Notizen dazu.

Gerade versah er eine ehemals junge Frau, Subjekt Tau, mit gelber Farblösung und Sender, als ihm etwas Seltsames auffiel.

»Wieso bewegen sie sich nicht von diesem Platz fort?«, fragte er gegen den Wind anschreiend.

»Wer weiß schon, warum Zombies tun, was sie tun«, schrie Kemal und feuerte mit einer experimentellen Handfeuerwaffe in die Menge.

»Vorsichtig«, rief Peter, »sonst wird eines der markierten Subjekte erwischt.«

»Der Zivilist hat recht«, meinte Captain Carboni, »wir sollten ...«

»Da sind Zäune«, schrie Peter und zeigte auf die Ausgänge des Katschhofs. »Diese Zombies sind hier gefangen.«

»Was für ein Unfug«, rief Carboni, »bestimmt nur Bauzäune. Weshalb sollte jemand Zombies fangen?«

»Eine Ziege.«

»Was? Ich habe ›Ziege‹ verstanden«, schrie Carboni.

»Ich auch«, gab Kemal seinen Senf dazu.

»Ziegen dienen in Afrika als Köder bei der Löwenjagd«, erläuterte Peter.

»Hier gibt es keine Löwen«, brüllte Kemal.

»Wir sind der Löwe!«, antwortete Peter verzweifelt.

Carbonis Augen weiteten sich, dann gab er über Funk brüllend weiter: »Sofort aufsteigen! Weg hier! Los!«

»Wird gemacht, Chef«, kam es über Funk, doch da sah Peter den ersten Baukran wanken.

Sicher nur Einbildung. Was sonst? Der Hubschrauber schwankte und da konnte es leicht zu optischen Täuschungen kommen, beruhigte er sich selbst. Das einsetzende metallische Knirschen übertönte sogar den Lärm der Turbinen.

»Nein!« Fassungslos blickte Peter auf den haltlosen Baukran. Die Konstruktion aus tonnenschweren Metallstreben drehte sich in ihre Richtung. Genau in ihre Richtung. Panik überkam Peter, doch es gab keinen Ausweg. Er war gefangen! Adrenalin flutete seine Adern. Der Lärm der Zombies, der Kameraden, der Rotoren und des herannahenden Baukrans verschwand und wurde durch das hektische Schlagen seines Herzens ersetzt. Sekundenbruchteile dehnten sich zu gefühlten Ewigkeiten, als der Kran die letzten Meter zurücklegte. Er wollte die Augen schließen, doch es gelang ihm nicht.

Der Kran schlug auf. Die Druckwelle ließ den Hubschrauber schlingern. Sein Herz setzte aus. Eine Kakophonie aus unterschiedlichsten Geräuschen explodierte einen Moment später in seinen Ohren. Ungläubig vor Staunen registrierte Peter, dass der Kran den Helikopter verfehlt hatte. Es konnte sich nur um Zentimeter gehandelt haben. Die Pilotin hielt das Gefährt immer noch in der Luft. Zahlreiche Zombies waren unter dem zerschmetterten Kran begraben worden. Peter atmete auf. Bis er nach hinten blickte. Ein zweiter Baukran kippte. Einen Augenblick lang schien dieser Kran in der Luft zu hängen, dann traf er das Seitenruder im Heck des Hubschraubers. Mit der Kraft einer Titanenfaust wurde der Helikopter auf den Boden geworfen. Oben und unten vertauschten sich in rasender Schnelligkeit.

Die Rotorblätter zersplitterten und fuhren wie gewaltige Sensen durch die Zombies. Funken und Körperteile segelten durch die Luft. Der Aufprall raubte Peter die Luft. Die Gurte schnitten in seine Schulter. Rauch stieg vom Heck des Hubschraubers auf. Vor sich erblickte Peter ein apokalyptisches Bild des Schreckens. Bewegungslose Untote und zuckende Überreste lagen um den zerschmetterten Helikopter herum.

Ich lebe noch, durchfuhr es ihn. Unfassbar. Sein Spitzname kam ihm in den Sinn. Lucky. Trotz des Horrors lächelte er kurz, als er daran dachte.

Kemal stöhnte, doch der Soldat löste seinen Gurt und hob augenblicklich seine Waffe. Peter sah, wie sich ein Schlurfer auf die offene Luke zubewegte. Ein Schuss ließ den vor Maden wimmelnden Kopf förmlich verdampfen. Der Untote sackte zuckend zur Seite. Ein weiterer Schuss und erneut verstarb ein Zombie endgültig.

Langsam, wie in Zeitlupe, öffnete Peter seinen Gurt und kämpfte sich hoch. Die Armbrust hielt er noch in der Hand. Reflexartig jagte er einem herantorkelnden Zombie einen Bolzen in den Kopf. Der Untote drehte ab. Peter wurde fast übel, als er den Strom an Maden erblickte, die aus der Wunde quollen.

»Immerhin lebe ich noch«, murmelte Peter, um es sich selbst zu bestätigen. Er blickte an sich herab und entdeckte keine Verletzung. Die Situation kam ihm unwirklich vor. Es musste sich um einen absurden Scherz handeln. In Wirklichkeit konnte er nicht hier sein. Es war bestimmt ein Traum. Er hoffte inständig, dass es sich wirklich nur um einen bösen Traum handelte.

»Verdammte Scheiße«, fluchte Carboni. »So war das nicht geplant.« Er feuerte mit seinem unhandlichen Gewehr einen Schuss auf einen Untoten ab. Getroffen sank dieser zu Boden.

»Sinhead?«, rief Carboni über das Headset an seinem Helm.

274

»Melden.«

Ein Blick auf das Cockpit sagte Peter, dass keine Antwort zu erwarten war. Der Ausleger des Krans hatte das Cockpit vollständig zerquetscht. Aus den Augenwinkeln sah er Alpha, der zwischen den Häuserschluchten verschwand. Der Baukran hatte den Zaun zertrümmert.

Sonderbar, dachte Peter. Ob die Zombiefizierung mehrere Krankheitsstadien mit unterschiedlich starker Bewusstseinstrübung aufwies? Eine interessante Frage. Im nächsten Moment tauchte vor ihm ein Schlurfer auf, dessen nackter Körper völlig ausgemergelt war. Maden krochen über die verweste Haut und bohrten sich in das tote Fleisch. Subjekt Tau. Die knochige Hand der früheren Frau griff nach ihm und er feuerte einen weiteren Bolzen ab. Diesmal verfehlte er sein Ziel und die Untote wankte näher heran. Peter wich zurück, ließ die Armbrust fallen und öffnete hektisch eine der Kisten. Der Inhalt bestand aus einer Kühlbox für biologische Proben und mehreren Harpunen mit Widerhaken. Er schnappte sich eine der Waffen und feuerte die Stahlspitze direkt in die Stirn der Untoten. Tau riss es nach hinten und sie verschwand aus seinem Blickfeld.

»Hier«, rief Kemal und warf ihm eine Pistole zu. »Schlitten zurückziehen, Sicherheitsbügel umlegen und abdrücken, klar?

Kemal entnahm einer der Kisten eine Granate, zog den Stift und warf sie in die Ansammlung von Zombies.

Peter wollte protestieren, wollte den Soldaten darauf hinweisen, dass die Ansteckungsart noch nicht geklärt war. Zu spät. Waren es Bakterien, so konnten sie sich alle durch ein entstehendes Aerosol anstecken.

»Deckung!«, rief Kemal und unterbrach seine Gedanken. Die Explosion erfolgte beinahe zeitgleich. Weitere Granaten folgten. Die Detonationen zerfetzten die Untoten. Carboni feuerte noch einige Schüsse in die übrigen Schlurfer, dann lehnte er sich zurück. Der Antrieb der Rotoren drehte immer noch und erzeugte ein metallisches Kreischen. Peter nahm es erst jetzt wahr.

»Was für ein verdammtes Pech«, meinte Kemal trocken.

»Die Zombies haben den Kran nicht gekippt«, stellte Peter fest. Sein Blick wanderte zu der Kiste mit dem Trockeneis. »Wozu dienen diese Harpunen und diese Behälter für Organentnahmen?«, fragte Peter. »Sollten Zombies gefangen werden?«

»Was?«, rief Kemal und sah in die angegebene Richtung.

»Die Sache ist ganz einfach zu erklären«, sagte Carboni und drehte sich so, dass die Mündung seiner Waffe auf Peters Bauch zeigte.

»Tatsächlich?«, fragte Kemal und zielte in gleicher Weise auf seinen Offizier. »Im Auftrag wurde nichts davon erwähnt, dass wir Zombies fangen sollten.«

»Keiner darf Proben sammeln«, erklärte Peter, »die NATO hat beschlossen, dass die Zombies nicht als Waffe eingesetzt werden dürfen.«

»Die NATO bezahlt ihre Soldaten sehr schlecht, wenn man das Risiko bedenkt«, sagte Carboni und grinste. »Es gibt aber immer noch andere ... Geschäftspartner.«

»Das ist Verrat!«, schrie Kemal.

»Völlig egal, was es ist, es könnte in der jetzigen Situation unsere einzige Chance sein.«

»Sollen wir bis Russland laufen?«, fragte Peter. Er bemerkte eine Bewegung hinter dem Captain.

»Wer sagt denn, dass es die Russen sind?«, meinte Carboni und setzte erneut ein Lächeln auf. »Ist ohnehin egal, zumindest für Sie, Peter. Zivilisten enden in dieser Scheiße als Futter für die Bestien. Ich verspreche Ihnen aber, dass ich Ihren Kopf derart umgestalte, dass Sie sich nicht in die Reihen der Untoten einreihen.« Carboni hob die Mündung.

»Zu großzügig«, antwortete Peter, der keine Anstalten machte, die Pistole in seiner Hand zu heben. Eine traumhafte Leichtigkeit hatte ihn erfasst und er kam sich vor, als wäre er nur zu Besuch in seinem eigenen Körper.

Ein Schuss erklang und Captain Carboni fiel vornüber. Kemal wirbelte herum und feuerte auf ein Fenster im ersten Stock des Rathauses. Der hagere Mann mit der Jagdflinte schaffte es nicht mehr, sich rechtzeitig zu ducken. Von mehreren Kugeln getroffen, fiel er unter die Fensterbank.

»Es war ein Mensch«, fuhr Peter ihn an. »Sie haben ihn ermordet.«

»Er wollte uns töten«, erklärte Kemal zur Verteidigung und winkte ab.

Eine Kugel prallte von der Luke ab und ein Knall echote auf dem Platz. Der Soldat duckte sich tief in den Hubschrauber. Peter folgte seinem Beispiel.

»Überlebende?«, fragte er.

»Genau«, antwortete Kemal. »Ich fürchte, sie sind nicht scharf auf unsere Anwesenheit.«

»Warum nicht? Wir könnten ihnen helfen.«

»Können wir nicht, denn ab sofort sind wir hier gestrandet. Sie wollen nicht uns, sondern unsere Ausrüstung.«

»Gestrandet«, wiederholte Peter und ihm wurde das ganze Ausmaß des Grauens bewusst. Die Leichtigkeit fiel von ihm ab, zurück blieb ein bleiernes Gefühl der Hoffnungslosigkeit. War er nach Aachen zurückgekehrt, um hier zu enden? Endgültig?

»Was bleiben uns für Optionen?«, fragte Peter leise.

»Wir verteidigen unseren Hubschrauber. Mit den Waffen können wir sie uns eine Weile vom Hals halten.«

»Klingt nicht sehr zukunftsorientiert«, erwiderte Peter.

»Wir haben keine Zukunft, verdammte Scheiße!«, schrie ihn Kemal an.

»Es gibt immer Hoffnung«, sagte Peter. In diesem Moment wurde ihm bewusst, dass er es auch so meinte. Irgendwann würde sich die Krankheit ausfressen oder ein Gegenmittel gefunden. Eine Impfung oder etwas in der Art. Es musste daran glauben, denn anderenfalls konnte er sich an Ort und Stelle eine Kugel in den Schädel jagen. Wenn dies nicht bereits andere planten.

»Wir sollten unsere Position verlassen und ihnen den Hubschrauber überlassen«, schlug Peter vor. »Sie werden uns nicht verfolgen, da wir zu gut bewaffnet sind.«

»Schwachsinn.« Kemal schnaubte verächtlich.

»Dieser Hubschrauber ist jetzt ein großer Kadaver«, erklärte Peter, »wenn wir fliehen, wird er den Hyänen zum Opfer fallen.«

»Klingt nach einem Haufen Scheiße!«

»Ich werde jetzt gehen und ...«

Schüsse ertönten, ganz in der Nähe. Hektische Schussfolgen. Dann hörte er die Schreie, gefolgt von Gemurmel und Stöhnen.

»Was geht dort vor?«, fragte Kemal und riskierte einen Blick aus der Luke. »Ich kann nichts erkennen.«

Peter sah auf das Ortungsgerät neben sich. Die Position des letzten Senders näherte sich dem Katschhof.

»Alpha kommt zurück«, murmelte Peter.

»Was ist?« Kemal starrte ihn ungläubig an.

»Er kommt sicher nicht allein«, rief Peter und blickte in die Richtung, aus der sich das Signal näherte. Eine schwankende und torkelnde Masse quetschte sich durch die Gasse. Die Horde behinderte sich gegenseitig, weshalb sie nur langsam vorankam.

»Nein!«, rief Kemal. »Mich bekommt ihr nicht.« Er feuerte sein restliches Magazin leer. Er richtete die Mikrowellenkanone auf die heranrückenden Zombies. Die ersten Schüsse zerfetzten die vorderen Exemplare der Front, doch die Bewegung der Menge wurde dadurch nicht gestoppt.

»Wir müssen weg!«, schrie ihn Peter an. »Wir können sie nicht besiegen.«

»Sterbt! Sterbt!«, brüllte Kemal und feuerte weiter.

Verzweifelt schnappte sich Peter einen der herumliegenden Einsatzrucksäcke. Dazu packte er wahllos Granaten und Magazine. Zu guter Letzt nahm er das Ortungsgerät an sich. Kemal feuerte weiter, obwohl die ersten Zombies den Platz erreichten und sich somit die Front verbreiterte.

»Kemal!«, rief er, doch der Knallfrosch antwortete ihm nicht. Die Masse der madenbedeckten Untoten wankte heran.

»Verdammter Idiot!«, schrie Peter, doch der Soldat winkte ihm nur zu, ohne den Blick von den Zombies abzuwenden.

Danke Mann, dachte Peter, auch wenn er ihn nicht verstand.

Kopfschüttelnd wandte sich Peter ab und lief in Richtung Dom. Tränen liefen ihm über das Gesicht. Er, Lucky, war allein. Ein makaberes Lächeln schlich sich in seine Züge.

Der offene Eingang lag nur hundert Meter entfernt.

Vor Jahren war ich hier das letzte Mal, erinnerte er sich betrübt. Damals war er ehrfürchtig durch das prachtvolle Oktagon gewandelt. Diesmal konnte er sich Ehrfurcht nicht leisten. Kaum betrat er den Dom, trug er die Trümmer der Kirchenbänke zusammen und verriegelte das Eingangstor.

Ausruhen, dachte er und atmete tief ein. Etwas raschelte in den Überresten der einst prächtigen Einrichtung. Im schummerigen Licht des Kircheninneren entdeckte Peter die Umrisse von kriechenden Gestalten auf dem Boden unter der Kanzel. Vorsichtig trat er einen Schritt näher. Die Schemen krochen auf ihn zu. Erst als sie einen Lichtstreifen aus den zerstörten Domfenstern kreuzten, erkannte er, um was es sich handelte. Die kriechenden Gestalten stellten sich als mumifizierte Zombies heraus. Ihre üppige Kleidung bestand aus Brokat und feinen Stoffen.

»Heilige«, flüsterte er fassungslos, »konserviert und dennoch lebendig.« Er hob seine Pistole. Zitternd.

Konnte man diesen Zustand überhaupt Leben nennen? Er schoss vier Kugeln ab und vernichtete die ehemaligen Reliquien. Ihm fiel auf, dass selbst diese Mumien von Maden bedeckt waren. Kurios, aber sicher eher eine akademische Beobachtung. Wer würde sich jetzt noch dafür interessieren?

Draußen erhob sich das Stöhnen der Untoten auf dem Katschhof. Durch die Fensteröffnungen klang es für Peter so, als würden sie den Dom umstellen.

War Kemal schon tot?

Eine Folge von gewaltigen Explosionen erklang. Metallsplitter flogen durch die hohen Fenster des Doms. Die wenigen intakten Scheiben zerbrachen und verursachten einen Scherbenregen. Peter brachte sich unter der Kanzel in Sicherheit.

»Der letzte Knall des Knallfroschs«, sagte er laut in die darauf folgende Stille. Seine eigene Stimme klang ungewohnt. Das Stöhnen der Untoten ertönte deutlich reduziert.

Es dauerte einige Minuten, bis er die Treppe zum Glockenturm fand. Der Aufstieg war beschwerlich, aber er schaffte ihn und fand keine weiteren Zombies auf diesem Weg.

Was wollten sie auch dort oben?

Oben angelangt blickte er sich um. Die Abenddämmerung brach herein und das lichtlose Aachen lag unter ihm. Im Einsatzrucksack fand er ein Funkgerät mit Handkurbelbetrieb und genug Notfallrationen für zwei Wochen.

Glück im Unglück, dachte er und grinste.

Das Ortungsgerät zeigte ihm das verbliebene Signal von Alpha. Der hochgewachsene Zombie entfernte sich vom Dom in südlicher Richtung.

Welches Ziel verfolgte der Untote? Welches Ziel verfolge ich selbst?, dachte er. Was kann ich tun? Was bleibt mir, um mein Leben noch mit Sinn zu erfüllen?

Minuten saß er dort und schaute sich um. Eine Gruppe Zombies bewegte sich auf den Hubschrauber zu und machte sich über die wenigen Reste der Menschenleiber her.

Peter las die Anleitung, dann drehte er die Kurbel des Funkgerätes. Nach einem Räuspern begann er zu sprechen: »Mein Name lautet Peter Falconer ... Lucky für meine Freunde ... ich bin ... ich war Verhaltensbiologe und ich sende aus dem überrannten Aachen. Ich weiß nicht, wer mich hört, aber ich möchte meine Beobachtungen mitteilen. Vielleicht sind sie irgendwann und irgendwem nützlich. Einer der madenverseuchten Zombies, ich nenne ihn Alpha, wurde von mir mit einem Sender präpariert und ich kann seine Bewegungen verfolgen. Vor unserem Absturz konnte ich beobachten ...«

MENSCHENJAGD

THOMAS KARG

Michael, wie sie ihn früher genannt hatten, als Namen eine Rolle spielten, war ein Mann, der längst nicht mehr als solcher zu erkennen war, als er nach Wochen anhaltenden Schneefalls und Nahrungslosigkeit ziellos durch den Schnee stapfte. Der ihm anhaftende Gestank von Tod und Verwesung störte ihn keineswegs, genauso wenig wie die bittere Kälte auf seiner weißen, fast grauen Haut, die an ihm hing wie ein viel zu großer Pullover. Die Augäpfel waren blutrote Feuerbälle, die Pupillen auf Stecknadelköpfe zusammengeschmolzen, die ausdruckslos in den entgegenwehenden Wind stierten. Das Blut an der Axt, die er hinter sich herschleifte, war seit Tagen gefroren.

Früher hatte es hier in den Straßen Münchens nur so von Menschen gewimmelt, mit deren Blut man seine Klinge hätte tränken können - aber damals war es der Mühe nicht wert, jemanden zu töten und zu verspeisen.

Die Maden hatten alles verändert. Blut wurde zum Äquivalent für weibliche Rundungen und das Essen von Fleisch kam den tollsten Sexorgien gleich. Kannibalismus war das Normalste der Welt und der Mensch eine zum Aussterben verurteilte Rasse.

Die Zombies hingegen blühten nur so vor untoter Lebensfreude, wäre da nicht der unstillbare Hunger gewesen.

Der Hunger, dem längst auch Michael verfallen war. Sein leerer Magen rief verzweifelt nach einem Happen zu essen. Das Wasser stürzte alleine beim Gedanken an rohes Fleisch aus seinem Mund wie ein Wasserfall. Wie lange würde er noch die Fußgängerzone entlangziehen müssen? Wie lange würde er noch an seinem letzten Hemd und seiner Hose knabbern müssen, um wenigstens *irgendetwas* im Bauch zu haben?

Er war dem Wahnsinn nahe. Genauer gesagt hatte der Wahnsinn bereits jede Zelle in ihm besetzt, genau, wie die Zombies ganz Deutschland besetzt hatten. Herrgott, dieser Hunger! Dieser verdammte, unstillbare …

Was war DAS?!

Der Mann, auf den Michaels starrer Blick traf, war das genaue Gegenteil von ihm selbst. Ein köstlich gebauter Herr mit Muskeln aus sattem Fleisch und geradezu ein Riese. Genug, um die Hungerqualen der letzten Wochen für wenigstens ein bis zwei Tage zu vergessen.

Jetzt keinen Fehler begehen!

Michael verschwand hastig hinter der Säule eines ehemaligen Geschäftes, wobei er darauf achtete, nicht auf die Scherben des zerstörten Schaufensters zu treten. Nicht wegen des Klirrens, das dabei zu vernehmen sein könnte, nicht wegen des Schmerzes, der in seine nackten Füße fahren würde, sondern einzig, um kein Blut zu vergießen, das seine Spuren im Schnee verraten könnte.

Vorsichtig warf er einen Blick über die Schulter.

Der Mann humpelte in einiger Entfernung durch den Schnee direkt auf ihn zu, aber schien ihn nicht bemerkt zu haben. Und die Axt in seiner Hand auch nicht. Wachsamkeit war das, was einem in dieser toten Welt das Leben retten konnte - vor Schmerz zusammengekniffene Augen hingegen nicht.

Mit beiden Armen hob Michael die Axt auf seine Schulter, bereit, den entscheidenden Schlag zu vollführen. Ein gewohnter Bewegungsablauf, wie bei einem Baseballspieler, der mehrfach pro Spiel den Ball ins Feld hinausdrosch. Michael wartete, bis der Werfer bereit war, und festigte den Griff um die Axt. Er leckte über seine steinharten Lippen. Sein Atem wurde unkontrolliert wie der eines jeden Raubtieres, wenn es in Erwartung seiner Beute war. Der köstliche Fleischberg hielt direkt auf ihn zu. Dann würde er ihn in die Arme schließen und nie wieder loslassen.

Das Warten war immer ein quälendes Werk der Ewigkeit. Die wenigen Sekunden, die ihn noch von dem Mann trennten, schienen schrecklicher als all die Qualen der letzten Wochen zusammen.

Noch einmal sah er sich nach dem Mann um. Er schleppte sich weiter voran, indem er das rechte Bein hinter sich herzog wie einen Fremdkörper. Das Blut blitzte unter den Stofffetzen hervor wie ein satter Rubin und wirkte näher betrachtet ... *frisch*! Ja, selbst in diesen postapokalyptischen Zeiten konnte einem das Essen durchaus auf dem Silbertablett serviert werden.

»Sie! Helfen Sie mir! Mein Bein!«

Aber man konnte dieses Silbertablett auch fallen lassen.

In Michaels Gesicht spiegelte sich keine Regung, aber er dachte eines der wenigen Wörter, die er noch kannte: *Mist!*

Die Axt rutschte aus seinen Händen und krachte auf seinen Fuß. Die Knochen brachen, der Schmerz blieb angesichts der Verzweiflung aus, die in den letzten Resten seines Verstandes tobte.

»Bitte helfen Sie mir! Ich bin auf der Flucht vor den Zombies gestürzt!«

Michael blieb tatenlos hinter der Säule stehen. Was tun? Er war zu schwach, um das Element der Überraschung einfach so zu verschenken und sich auf einen offenen Kampf einzulassen. Auf ihn zurennen und ihn mit der Axt überwältigen? Lächerlich. Erstens war er langsam wie eine Schildkröte und zweitens waren seine Axthiebe so schwach, dass sie meist nur Schnittwunden statt Brüche hinterließen. Der Mann musste auf jeden Fall zu ihm kommen, nicht umgekehrt, falls er überhaupt eine Chance haben wollte.

Aber dann trat Michael hinter der Säule hervor. Er hob die Hand und winkte den Verletzten zu sich, ohne einen Schritt auf diesen zuzugehen. Die Axt war gut hinter ihm versteckt …

Daniel hievte sich zur Säule voran. Die Wochen, die er mit seiner Freundin Jenny im Schutzbunker verbracht hatte, bis sich vor drei Tagen die allerletzten Nahrungsreste zu Ende neigten, ließen ihn deutlich besser aussehen als das Skelett, auf das er zuhielt. Im ersten Moment lag der Verdacht nahe, es handle sich um einen Untoten, doch die Bewegungsabläufe des Mannes wirkten zu menschlich. Die Art, wie er ging, war die eines Zombies, ja, aber nicht die Art, wie er die Axt an seine Schulter gehoben hatte. Darin hatte etwas Berechnendes gesteckt, das einem Menschen vorbehalten war. Außerdem war Daniel nie zuvor einem Zombie begegnet, der Waffen benutzte. Vor weniger als zwei Stunden war er vor diesen untoten Mistkerlen durch den Park geflohen und hatte sich am Bein verletzt. Aber Waffen und Taktik? Abgesehen von dem erbarmungslosen Winter und der Verzweiflung der Menschen benötigten sie keine Waffen – höchstens ihre gierigen Mäuler und grabeskalten Pranken. Selbst für eine Jagdtaktik waren sie zu blöd. Sie hätten sich nie irgendwo versteckt, um aus dem Hinterhalt anzugreifen.

Aber trotzdem: Beinahe hätte das gereicht. Daniel hatte den Bunker verlassen, um nach Nahrung für sich und seine Freundin zu suchen, was ihn genau in die Fänge der Zombies getrieben hatte. Er hätte sich anstatt einer Schnittwunde auch problemlos einen Bruch zuziehen können. Hätte er die Zombies dann immer noch für blöd gehalten? Manche Dinge sind selbst für die Fantasie zu grauenvoll. Das war jetzt auch egal, denn vor ihm lauerte eine schlimmere Gefahr – ein Mensch, dessen Verzweiflung kein bisschen geringer als seine eigene sein konnte.

Nur noch wenige Schritte trennten die beiden voneinander. Der Kerl hatte die Wunde an seinem Bein nicht übersehen können, diese womöglich sogar für seine ganz große Chance gehalten.

Der Mann war eine schlechte Karikatur. Seine Augen wirkten tot und in seinem ganzen Gesicht klebte gefrorener Speichel. Er würde nicht zögern, seine Axt zu schwingen. Aber Daniel war stärker und schneller, da war er sich ebenso sicher.

Noch drei Schritte trennten sie voneinander.

Die Schauspielerei nahm ein Ende. Er hinkte nicht mehr. Schritt eins. Seine Hand griff in seine Jackentasche. Holte das Filettiermesser heraus.

Schritt zwei. Der Mann bückte sich nach der Axt. Daniel sprang auf den Mann zu.

Schritt drei. Er stach zu. Sein Gegner schrie auf. Das Messer drang zwischen den Rippen in seinen geschundenen Körper ein. Ein Schwall Blut schoss aus dem Mund des Mannes. Die Axt entglitt seinen Händen. Daniel zog das Messer heraus, ein Fluss zäher, roter Flüssigkeit folgte. Er stach es in seinen Rücken. Das Opfer krächzte auf. Dann krachte es mit der Nase auf den

Boden. Daniel stach ein letztes Mal zu. Der Mann am Boden zuckte mit den Beinen, ebenfalls ein letztes Mal.

Das alles geschah in weniger als zehn Sekunden.

Daniel hob seine Beute hoch und warf sie über seine Schultern. So kraftlos er auch war, stellte das dennoch kein Problem für ihn dar. Er machte sich auf den Weg zurück zum Unterschlupf. Zurück zu Jenny. Zurück zu der letzten Person auf dieser Welt, die ihm irgendetwas bedeutete.

Mit Jenny und ihm war es so ähnlich, wie es in nahezu allen billigen Fernsehromanzen ablief. Erst nur Freunde, dann die Nacht, die alles änderte, dann der große Streit und die vollständige Funkstille. Nach Jahren traf man sich wieder und alles schien vergessen. Ehe man sich versah, übernahmen die Zombies die Erde und plötzlich erkannte man, dass der letzte Mensch, der einem geblieben war, am Ende die eine große Liebe war. So klischeehaft, dass es wehtat. So perfekt. So wahnsinnig perfekt.

Das Versteck, in dem sie hoffend und bangend auf ihn wartete, befand sich etwa dreißig Minuten von der Fußgängerzone entfernt in einem kleinen Keller, der vor Jahren eine Sportbar gewesen war. Nachdem Sport an Interesse verloren hatte und Überleben das einzig Wichtige wurde, hatte der Besitzer einen Zombieschutzbunker daraus gebastelt. Später pürierte Daniel seinen Schädel mit dessen eigenem Baseballschläger, bis nur noch ein feiner Mix aus Hirnmasse übrig blieb, und bezog das Revier mit seiner Freundin.

Daniel hatte Glück. Keine Zombies, keine Menschen, die ihn auf seinem Rückweg begegneten. Nur er, der tote Kerl, dessen Blut den Schulterbereich seiner grauen Jacke in ein tiefes Rot tauchte, und die Gewissheit, dass Jenny ihm mit einem bezaubernden Lächeln die Tür öffnen würde, sobald er ihr das

288

Klopfzeichen gab. Er freute sich schon auf ihre Reaktion, wenn sie das Essen sah.

Jenny sah immer besonders hübsch aus, wenn sie lächelte. Die Augenbrauen schossen hoch, ihre Wangen wurden rot, sie zog die Lippen auseinander, sodass man all ihre Zähne sehen konnte, und in ihren Augen spiegelte sich das Glitzern des Meeres bei aufgehender Sonne. Wer hätte sich nicht in sie verlieben können? Selbst, dass sie jetzt nicht mehr schlank, sondern ausgemergelt war, sodass ihre Rippen durch die Haut stachen, und ihre einst gepflegten Haare nun stets ekelhaft an ihrer Stirn klebten, schmälerte seine Liebe zu ihr keineswegs. Irgendwann hätte er sie bestimmt geheiratet, hätte er nicht längst den Glauben an einen Gott verloren; außerdem gab es schließlich keine Kirchen mehr.

Daniel klopfte. Zweimal, Pause, einmal, Pause, einmal, Pause, zweimal. Warten.

Endlich öffnete sich die Tür.

»Hey Jenny! Ich habe uns etwas zu …«

»Du warst den ganzen Tag fort und bringst nur dieses Knochengestell mit?! Ich habe Hunger, Scheiße noch mal!« Mit diesen Worten rammte ihm Jennifer den abgebrochenen Flaschenhals in die Kehle.

Das Blut sprudelte aus der Wunde. Als könnte er den Lebenssaft zurück in seine Adern schieben, presste er beide Hände gegen den Hals. Er taumelte gegen die Wand. Seine Füße gaben nach und er sank nach unten, während seine aufgerissenen Augen ihn in der Gewissheit sterben ließen, dass seine Freundin für seinen Tod verantwortlich war.

Nein, dort in ihrem Gesicht war kein breites Grinsen zu entdecken, keine glitzernden Augen, nichts, das auf Jenny hingewiesen hätte, außer die unordentlichen Strähnen auf ihrer Stirn.

Aus seinem aufgerissenen Mund erklang ein letztes Gurgeln. Dann verschwand der Schmerz und Daniel klappte endgültig in sich zusammen. Um ihn herum wurde alles erst rot und schließlich schwarz.

Jenny legte den blutigen Flaschenhals auf die Ablage neben der Tür, die sie daraufhin wieder verriegelte, und kniete sich zu dem Toten hinunter. Sie tastete Daniel ab, um das Messer in seiner Jackentasche zu finden. Jenny hatte nicht vor, den dürren Mann, den Daniel hergeschleppt hatte, überhaupt anzufassen; er sollte das wenige ledrige Fleisch behalten, das an seinen brüchigen Knochen hing. Er würde bereits von den Maden befallen sein, bevor sie mit ihrem Freund, der im Vergleich dazu durchaus als gut genährt bezeichnet werden konnte, fertig war. Er lieferte genug zu essen, um sie zumindest die nächsten paar Tage über die Runden zu bringen. Scheiß auf den anderen Kerl, wäre das Verlangen, ihren Hunger zu stillen, geringer gewesen, hätte sie ihn gleich vor die Tür geschmissen.

Aber erst war Daniel an der Reihe. Sie rammte ihm das Messer in die offene Kehle und zog einen sauberen Schnitt von Seite zu Seite, sodass sein Kopf nur noch mit der Wirbelsäule an seinem Körper hing. Um Knochen zu durchtrennen brauchte es ein besseres Werkzeug als das Filetiermesser. Hier war es immer noch das Beste, sie zu brechen, weshalb Jenny dagegen trat, bis sie das unmissverständliche Knacken der Halswirbel vernahm. An den Beinen schleifte sie ihn weg von der Tür. Eine im Teppich versickernde Blutspur markierte den Weg, als sie mit ihm in der hinteren Ecke des Bunkers angekommen war. Dort, wo der leere Kühlschrank stand. Natürlich war dieser defekt, aber Daniels Körper war dort bestimmt besser aufgehoben als auf dem Fußboden. Und sicher vor den Parasiten. Ohne Kopf und mit angewinkelten Beinen passte er genau hinein. Kopfüber, damit er anständig ausbluten konnte und das Fleisch so lange wie möglich haltbar sein würde. Mit einer Ladung Schnee von draußen ließe sich das bestimmt bewerkstelligen. Zumindest hatte das letztes Mal geklappt.

Der Hunger war riesig, doch irgendwie schaffte es Jenny, dem Drang zu widerstehen, sofort das Fleisch von seinen Waden und Rumpf zu trennen. Gut, nicht ganz. Wenn sie auch seinen Körper geduldig ausbluten ließ, so galten für seinen Kopf andere Regeln. Sie packte ihn am Stumpf der Wirbelsäule und schmetterte ihn gegen die Wand, bis der Schädel platzte wie eine reife Wassermelone. Das Messer erledigte den Rest, der nötig war, um an das Gehirn heranzukommen. Der Geschmack und die Konsistenz ähnelten alten, gekochten Eiern.

Das reichte bis zum nächsten Morgen, ehe sie wie eine Hyäne über den toten Körper herfiel. Menschenfleisch ist ziemlich zäh und roh wirklich kein Genuss, aber Jenny verschlang eine Portion Daniel nach der anderen. Nicht ein einziges Mal verzog sie dabei das Gesicht.

VERSTOSSEN

SEBASTIAN BRASS

»Walter! Walter! Durchgeknallter!«

Die Kinder hopsten zwischen den Trümmerhaufen auf und ab und deuteten mit dem Finger auf ihn. Wenn er sich umdrehte, stoben sie schreiend auseinander, doch schon im nächsten Moment kreisten sie wieder um ihn, wie ein Schwarm hungriger Aaskrähen. »Walter! Knallter! Walter! Knallter!«

»Niklas! Jaqueline! Jannik! Sofort kommt ihr zurück!« Martha stürmte mit einigen Männern den Büchel hinab. Ihre Stimme hallte durch die verlassenen Straßen. »Wie oft habe ich euch gesagt, ihr dürft nie alleine vor die Tür! Und hört endlich mit diesem Geschrei auf! Eure Stimmen locken sie an.«

Die dürre Frau bäumte sich vor den Kindern auf und schob sie energisch in Richtung Münster zurück. Sofort bildeten die Männer eine Schutztraube um die Gruppe. Einen kurzen Moment lang drehte Martha sich um und strafte Walter mit einem verächtlichen Blick, dann zog sie von dannen.

Walter sah ihnen eine Weile traurig nach, bevor auch er sich wieder seinem Ziel zuwandte. Es war schwer, in diesen Tagen an Nahrungsmittel zu gelangen. Die meisten Geschäfte waren inzwischen ausgeplündert, Nachschublieferungen gab es längst keine mehr und seit die deutschen Grenzen abgeriegelt worden waren, starb auch die Hoffnung auf Hilfspakete. Wer noch etwas ergattert hatte, verteidigte die Vorräte mit seinem Leben. Vor einer Woche noch hatte Walter den langen Fußweg auf sich genommen und sich zum Rheinparkcenter durchgekämpft. Die zertrümmerten Ladenlokale hatten ihm eine reiche Ausbeute beschert, doch momentan wagte Walter keinen so weiten Fußmarsch. Er konnte es sich nicht erlauben, sich zu weit von der Wohnung zu entfernen. Beas Zustand hatte sich heute Morgen wieder verschlechtert und sie hatten heftig gestritten. In dieser Verfassung konnte er sie nicht zu lange allein lassen. Also trottete er jetzt über Glassplitter und vorbei an dem ausgebrannten Straßenbahnwrack in Richtung Bahnhof. Mit etwas Glück fand er in einem der nahegelegenen Geschäfte und Supermärkte noch Vorräte, die andere Plünderer übersehen hatten. Ein gewagtes Unterfangen. Im Bahnhof wimmelte es von Frischinfizierten, sogar die wiedererwachten Schlurfer vom Hauptfriedhof zog es in diese Gegend. Aber gerade darum hatte er dort die besten Chancen. Die Rathausumgebung hatten die Münsterbewohner schon lange abgegrast.

Walter drückte seine Hand fester um den Gewehrgriff. Sein Blick folgte den stillen Straßenbahnschienen, stockte argwöhnisch an jedem Geschäftseingang.

Martha hatte Recht: Die elenden Blagen hatten mit ihrem Geschrei wahrscheinlich schon eine Horde Infizierter aus ihren Löchern getrieben. Er wünschte sich, Bea wäre jetzt an seiner Seite. Sie war immer die bessere Schützin gewesen, aber in ihrem derzeitigen Gemütszustand traute er ihr nicht zu, eine Waffe zu tragen. Sie könnte sich zu leicht etwas antun. Zu Hause war sie sicherer.

Walter bog links von der verlassenen Einkaufsstraße ab. Auf der parallel laufenden Adolf-Flecken-Straße würde er etwas abseits vom Hauptbahnhof an den Bahngleisen herauskommen. Vielleicht fand er in der Küche des Hotels an der Ecke etwas Essbares. Oder aber er ging direkt weiter westlich über die Kapitelstraße, immer einen Häuserblock zwischen sich und dem Bahnhof. Kein Grund, ein unnötiges Risiko einzugehen.

Seine Schritte verhallten in der Einsamkeit. Die einst so geschäftigen Straßen der Neusser Innenstadt wirkten trostlos, geradezu gespenstisch. Die letzten Überlebenden hielten sich im Münster verschanzt und von den Untoten war weit und breit nichts zu sehen. Verlassene Autos verrosteten am Fahrbahnrand, Scherben zerborstener Fenster übersäten den Bürgersteig. Auf der anderen Straßenseite gähnte der düstere Schlund des Niedertor-Parkhauses. Ein paar Schritte weiter, hinter der kleinen Kreuzung Schwannstraße, stand ein Lieferwagen vor dem Hintereingang eines Supermarktes. Die Heckklappe war aufgebrochen, einige leere Kartons lagen auf der Ladefläche verstreut. Hier war nichts mehr zu holen.

Er hatte bereits den baumbestandenen Mittelstreifen überquert, als hinter ihm ein unheilvolles Scharren ertönte. Walter wirbelte herum. Am Ende der Baumreihe löste sich eine Silhouette aus dem Schatten des Parkhauses. Füße schlurften über den Asphalt. Der Anblick war grotesk. Vermoderte Hautfetzen hingen in Streifen herab, zusammengehalten von Nervenfäden und Muskelsträngen. Darunter schimmerte weiß-grauer Knochen, auf dem es von Maden wimmelte. Ein schwarzer Krater klaffte dort, wo einmal das linke Auge gewesen war. Selbst auf diese Distanz konnte Walter die Maden darin umherkrabbeln sehen. Der rechte Augapfel hing bedenklich weit aus seiner Höhle heraus.

Walters Hände zitterten. Für einen Moment hob er den Gewehrlauf, ließ ihn wieder sinken. Bloß keine Munition vergeuden. Der Schlurfer bewegte sich zu langsam, um eine Bedrohung darzustellen. Die Frischinfizierten waren die wirklich Gefährlichen.

Walter beschleunigte seine Schritte. Je mehr Abstand er zwischen sich und den Untoten bringen konnte, desto besser. Gleich hatte er die Biegung zur Kapitelstraße erreicht.

Lautes Stöhnen in seinem Nacken. Drei Frischinfizierte stolperten aus dem Parkhauseingang ins Freie. Ihre Haut war fahl, spannte und wölbte sich dort, wo die Maden darunter umherkrochen, doch sie waren in deutlich besserer Verfassung als der vergammelnde Schlurfer. Die drei Untoten stapften ein paar Schritte in Richtung Büchel, blieben plötzlich stehen und reckten ihre Nasen in die Luft. Ihre Köpfe wirbelten herum; im nächsten Augenblick hatten sie ihn ins Visier genommen. Hunger blitzte in ihren Augen, sie bleckten ungeduldig ihre Zähne.

»Scheiße!« Walter stürzte um die nahe Häuserecke und hastete die Straße hinab, kämpfte sich an den kreuz und quer parkenden Autos vorbei. Noch ein paar Meter. Schon sah er die Verkehrsinsel auf dem Hermannsplatz zwischen den engen Häuserreihen durchschimmern. Weiter vorne bewegte sich etwas. Eine Gruppe Frischinfizierter trat hinter einem Kleinlaster hervor und starrte ihn gierig an. Walters Sohlen rutschten auf dem Asphalt, beinahe stürzte er über seine eigenen Füße, als er schlitternd zum Stehen kam. Hinter ihm hatten die drei Infizierten inzwischen die Kreuzung erreicht.

Walter wirbelte mehrmals um die eigene Achse. Von beiden Enden der Straße drängten die Untoten mit aufgerissenen Mäulern auf ihn zu. Einen Fluchtweg, er brauchte unbedingt einen Fluchtweg. Einige Schritte hinter ihm öffneten sich die Häuserfronten und formten einen Durchgang. Die Mündung der Tückingstraße. Walter sprintete zurück und hetzte die kleine Straße hinauf. In seinem Nacken hörte er seine Verfolger schon geifern. Ohne zurückzublicken stürzte er durch das Gewirr der Straßen, bog mal nach links, mal nach rechts ab. Weg, bloß weg hier.

Seine Lunge brannte, doch die Panik trieb ihn erbarmungslos an. Noch eine Straßenecke. Walter spürte, wie seine Knie nachgaben. Atemlos brach er auf dem Asphalt zusammen.

Die Straße hinter ihm war leer. Keine Horden von Infizierten, die um die Ecke stürmten. Walter erlaubte sich einen Moment Ruhe. Die Verfolgungsjagd hatte ihn ein ganzes Stück von seinem Ziel abgetrieben. Um ihn her quetschten sich die Reihenhäuser dicht an dicht. Vielleicht hatte einer der früheren Anwohner noch Vorräte gelagert. Nachdenklich fuhr sein Blick an dunklen Fensterreihen entlang. Abrupt blieb er an einem der Fenster haften. Für einen Augenblick zeichneten sich die Umrisse eines Kopfes hinter den schmutziggelben Vorhängen ab. Im nächsten Moment war der Schatten wieder verschwunden.

Walters Zehen verkrampften sich. Noch ein Untoter? Er schüttelte den Kopf. Untote, egal ob Schlurfer oder Frischinfizierte, versteckten sich nicht hinter Vorhängen. Und sie tauchten schon gar nicht ab, wenn sie entdeckt wurden. Es gab nur eine Erklärung: Jemand Lebendiges war in diesem Haus.

Hoffnungsvoll trat Walter näher an die Haustür. Der Eingang war einmal notdürftig mit Tischen und Schränken verbarrikadiert gewesen, aber jetzt offenbarte die offene Tür einen zwielichtigen Tunnel. Einzelteile der Möbelbarrikade lagen zersplittert im Hausflur herum.

Wer mochte hier drin noch leben? Es gab nicht mehr viele Einzelkämpfer. Wer bis jetzt überlebt hatte, wohnte im Münster, wo die Gemeinschaft ein gewisses Maß an Sicherheit bot. Allein auf sich gestellt war die Lebenserwartung fast null. Man musste schon verrückt sein, wenn man sich freiwillig gegen die Münstergesellschaft entschied. Oder unglücklich genug, von dort vertrieben zu werden, wie Bea und er. Nein, nicht wie er, nur wie Bea, dachte er grimmig.

Einige Türen zweigten von dem lichtlosen Flur ab. Verschlossen. Am Ende des Ganges führte eine steile Treppe aufwärts. Der Schatten war in einem der oberen Fenster erschienen. Die Treppenstufen knarrten unter Walters Füßen.

Auf halber Strecke beschrieb die Treppe eine Kurve. Vorsichtig linste er um die Ecke. In der Dunkelheit konnte er nur wenig vom obersten Treppenabsatz erkennen. Er streckte seinen Kopf noch ein wenig weiter aus der Deckung.

Peng! Ein heftiger Knall ließ Walters Kopf zurückfahren. Wenige Zentimeter von ihm entfernt klaffte ein Loch in der Wand. Putz bröckelte zu Boden.

»Noch ein Schritt und ich blas dir die Rübe weg!« Die Stimme kam Walter bekannt vor. »So, jetzt legst du die Waffe hin und trittst ganz langsam und vorsichtig vor!«

Walter wagte nicht zu widersprechen. Er legte das Gewehr nieder und schob es mit dem Fuß von sich weg. Dann trat er mit erhobenen Händen vor den Treppenabsatz. Der Strahl einer Taschenlampe traf ihn mitten ins Gesicht, brannte auf seiner Netzhaut.

»Knallter? Walter-Knallter?« Eine zweite Stimme, die ihm ebenfalls bekannt vorkam. Der spöttische Klang seines Spitznamens, den er seit seiner Abkehr von der Münstergemeinschaft trug, saß wie eine Ohrfeige. »Hey, Theo, nimm das Ding runter. Das ist doch nur Knallter. Der Junge ist harmlos.«

Der Schein der Taschenlampe ließ von ihm ab. Walter blinzelte ein paarmal. Die schemenhaften Umrisse von zwei Männern wurden sichtbar. Unsicher hob er sein Gewehr wieder auf und stolperte die letzten Stufen ins Obergeschoss. Aus der Nähe konnte er nun die Gesichter von Theo Lahn und Christoph Wilrand erkennen. Hinter den beiden hing eine Tür schief in den Angeln. Die zerborstenen Möbel und zerrissenen Polster auf dem Boden verrieten, dass auch dieser Durchgang einmal verbarrikadiert gewesen war. Aus der Anliegerwohnung dahinter drang das Schrammen von Kisten über Laminat.

»Schön, dich mal wieder zu sehen, Knallter.« Ein süffisantes Grinsen umspielte Christophs Lippen. »Hätte nicht gedacht, dass du alleine so lange durchhältst. Du wirst dir einen anderen Ort zum Plündern suchen müssen. Alles, was hier ist, nehmen wir mit ins Münster. Aber du darfst dich natürlich gerne noch mal umsehen und den anderen Hallo sagen, bevor du dich wieder vom Acker machst.«

Er führte Walter durch die geborstene Tür. Beim Anblick der Wohnung blieb Walter der Mund offen stehen. Tische, Schränke und alle anderen Möbelstücke waren nahe des Eingangs zu einer Art Schutzwall zusammengeschoben worden. Dafür stapelten sich an den Wänden Munitionskisten, Konservendosen, Einmachgläser, Wasserflaschen und andere überlebenswichtige Kostbarkeiten. Gewehre und Pistolen standen in allen Räumen bereit. Im hintersten Zimmer lag eine Matratze an der Wand, daneben stand ein einsamer Topf auf einer Reisekochplatte.

»Wir wissen nicht, wer hier gehaust hat«, erklärte Christoph. »Aber offensichtlich war er sehr gut ausgerüstet. Na ja, geholfen hat es ihm trotzdem nicht. Die Biester müssen seine Barrikaden durchbrochen haben. Wenn sie ihn nicht in Stücke gerissen haben, zieht er wahrscheinlich längst mit ihnen um die Häuser.« Er zuckte mit den Schultern. »Sein Pech ist unser Gewinn. Hey Leute, guckt mal, wer uns besuchen kommt!«

Eine Gruppe von vier Münsterbewohnern war gerade dabei, Essen und Munition in Tragetaschen und Kisten zu verpacken. Als sie von ihrer Arbeit aufblickten, erkannte Walter altbekannte Gesichter.

Es wunderte ihn nicht, dass der Trupp nur aus Männern bestand. Die Gesellschaft im Münster war schon kurz nach ihrer Entstehung in eine Art primitive Rollenverteilung verfallen. Die Männer bewachten die Zugänge, hielten die Untoten fern und beschafften Nahrung, während die Frauen die Münstermauern so gut wie nie verließen, das wenige Essen kochten und die Kinder hüteten.

Walter hatte diese Gesellschaft von Anfang an angewidert, doch nach ein paar Bierchen mit den Kerlen war er in der Lage gewesen, die Machosprüche zu überhören. Ja, ab und zu konnte er sogar mit ihnen lachen und für ein paar Minuten war er dann fast ein Teil der Gruppe gewesen. Er hätte damit leben können, als Weichei zu gelten, weil er nicht gut mit der Waffe umgehen konnte und nicht abfällig über Frauen sprach. Und wozu brauchte man jetzt noch Wissen über Autos und Fußball? Aber er wusste, dass Bea es unter den Frauen deutlich schwerer gehabt hatte. Frauen konnten mies sein, richtig mies. Männer lachten dich aus und machten dich fertig, aber Frauen waren oft viel subtiler. Bea hatte keine Kinder, sie kochte nicht und war intelligent und zur Selbstständigkeit erzogen worden. Während er mit den Männern bei einem Bier an der Münsterpforte Wache hielt, konnte er nur erahnen, was Bea unter den Frauen zu erdulden hatte. Es war kein Wunder, dass sie sich irgendwann ein Gewehr geschnappt und darauf bestanden hatte, mit den Männern auf Streife zu gehen.

»Na Walter, wie läuft's denn so?«

»Immer noch mit deiner Kleinen zusammen?«

Die Männer kicherten und grinsten abfällig. Walter wusste, dass sie ihn für verrückt hielten. Sie hatten ihn davon abhalten wollen, Bea zu folgen. Dabei waren sie doch Schuld an allem. Diese kaltschnäuzigen Arschlöcher mit ihren gehässigen Weibern. Es war von Anfang an ihr Plan gewesen, Bea loszuwerden, von dem Moment an, da sie mit ihnen auf Streife ging.

Walter erinnerte sich noch genau an den Tag, als die Patrouille zurückkam. Sie hatten sie einfach zurückgelassen, ohne Waffen, ohne Schutz. Noch heute sah er das hämische Grinsen der Weiber vor sich, hörte Beas Fäuste verzweifelt gegen die Münsterpforte schlagen. Sie hatten versucht, ihn aufzuhalten, wollten ihn überreden, Bea im Stich zu lassen und sich um sein eigenes Überleben zu kümmern. Doch er war nicht so kaltherzig wie sie. Diese Männer und Frauen, die nur an ihr eigenes Leben dachten, die ihre Eltern, Geschwister und Ehepartner dem Tod überlassen hatten, nur um sich selbst zu retten. Für sie war es einfach, so etwas zu sagen. Aber so jemand war Walter nicht. Oh, wie sie ihn anwiderten.

Ein Aufschrei ertönte vom Fenster. Theo hatte die Straße im Blick behalten, das Gewehr im Anschlag. »Sie kommen! Eine ganze Horde Infizierter kommt genau auf uns zu. Sie müssen etwas gerochen haben.«

Christoph fuhr zu Walter herum. Hass funkelte in seinen Augen. »Du! Du nichtsnutziger Idiot. Dir waren sie auf den Fersen, die Biester, stimmt's? Du bist nicht nur verrückt, du bist auch noch dämlich. Du hast sie genau zu uns geführt!« Er hob die Faust und stürzte mit schnellen Schritten auf Walter zu.

Theo fing ihn ab und packte ihn am Arm. »Hör auf, Chris, das bringt doch jetzt nichts. Lass uns lieber zusehen, dass wir von hier verschwinden.«

Christoph stierte Walter abfällig an und stürmte zurück zum Treppenhaus. »Theo und ich halten sie auf. Packt alles zusammen und dann verschwinden wir von hier.«

Die vier verbliebenen Männer rannten kopflos umher und rafften zusammen, was sie tragen konnten. Keiner würdigte Walter auch nur eines Blickes. Jetzt oder nie. So eine Chance bekam er nicht wieder. Er riss seinen Rucksack auf, griff wahllos Essenskonserven und Munition von den Wänden und stopfte sie in seine Tasche.

Schon zogen die Männer ihre wertvolle Beute die Treppe hinunter. Walter hastete ihnen nach. Draußen vor der Haustür fielen Schüsse.

Endlich stürzte Walter hinter den anderen aus dem dunklen Hauseingang. Theo hatte nicht übertrieben. Der Gestank von Verwesung erfüllte die Häuserschlucht. Ein ganzer Strom Infizierter drang aus der Richtung, aus der Walter vorhin gekommen war, sogar einige Schlurfer waren darunter. Noch hielt Christophs und Theos Dauerfeuer die Monster auf Distanz, doch der Ansturm war einfach zu groß. Immer näher kamen die Angreifer dem Hauseingang.

»Alle sind draußen. Los, nichts wie weg!«

Die vier schwerbeladenen Männer ächzten und keuchten bereits die Straße hinab. Walter versuchte, mit ihnen Schritt zu halten, doch der schwere Rucksack zog ihn mit jedem Schritt weiter nach hinten. Unsicher warf er einen Blick zurück. Theo und Christoph hatten ihr Feuer eingestellt und stürmten ihnen nach, die Horde Untoter immer dicht auf den Fersen. Gerade, als Walter seinen Blick wieder nach vorne richten wollte, sah er aus den Augenwinkeln, wie Christoph strauchelte. Der bullige Mann machte einen Ausfallschritt, doch schon hatte einer der Untoten ihn eingeholt. Eine kalkweiße Hand schloss sich um seinen Oberarm, im nächsten Moment senkte ein faulender Kadaver seine Zähne in Christophs Hals.

Walter hörte Theos Entsetzensschrei, doch er hatte genug gesehen. Mit wilder Kraft kämpfte er gegen das Gewicht auf seinem Rücken an, zog sich weiter um die nächste Straßenecke, den Blick starr nach vorn gerichtet.

Wieder rennen, wieder brannte Walters Lunge wie Feuer. Der Häuserblock lag bereits weit hinter ihnen. Im Zickzackkurs irrten sie durch die Straßen, bis sie den Rosengarten erreichten. Erst, als sie nahe am Clemens-Sels-Museum herauskamen, hielten sie erschöpft inne. Theo hatte Walter auf halber Strecke überholt, von Christoph fehlte jede Spur. Erschöpft sanken die Männer über ihren Kisten zusammen. Theo erlaubte ihnen ein paar Minuten zum Verschnaufen, dann trieb er sie wieder zur Eile an. Walter hielt sich abseits der Gruppe und Theo tat so, als gäbe es ihn gar nicht. Trotz ihrer Pause schnappte Walter immer noch nach Luft, als er den anderen in einigen Metern Entfernung am Kreishaus vorbei Richtung Innenstadt folgte. Er hatte das Gefühl, jemand hätte Stahlgewichte an seine Fersen gekettet.

Die vier Kistenträger überquerten bereits den ausgestorbenen Marktplatz, während Theo hinter seinen Gefährten zurückfiel. Er drehte sich zu Walter um und wartete geduldig, bis dieser zu ihm aufgeschlossen hatte. Sein bemüht freundlicher Blick versuchte erfolglos, die Bitterkeit in seinen Augen zu verdrängen.

»Walter. Das, was Chris da vorhin gesagt hat … Ich bin sicher, sie hätten uns auch so gefunden. Was ich damit sagen will, ist: du hast keine Schuld an dem, was ihm passiert ist.« Er klang nicht sehr überzeugt von seinen Worten. »Komm mit uns. Wo auch immer du jetzt wohnst, es ist nicht sicher. Komm zurück ins Münster. Wir passen aufeinander auf. Wir kämpfen gemeinsam.«

Walter runzelte die Stirn. Hatte er es denn immer noch nicht begriffen? Verstand dieser egoistische Idiot überhaupt nicht, dass es ihm nicht nur um sich selbst ging? Er hatte sich kein bisschen geändert. Keiner von ihnen hatte das.

»Nein, Theo. Du weißt, dass ich das nicht kann.« Seine Stimme klang hart und fest, versuchte jeden Hauch von Atemlosigkeit zu unterdrücken. Walter legte so viel Abneigung, wie er konnte in jede Silbe. »Ihr habt Bea verstoßen, also habt ihr auch mich verstoßen. Ich werde sie auf keinen Fall alleine lassen.«

Theo blickte ihn einen Moment lang mit einer Mischung aus Mitleid und Herablassung an, die Walters Magen zusammenkrampfen ließ, dann schüttelte er nur verständnislos den Kopf und folgte seinen Gefährten um die Straßenecke zum Münsterplatz.

Die Schnallen der Rucksackträger schnitten Walter schmerzhaft ins Fleisch. Zeit, nach Hause zu gehen.

Von außen wirkte die kleine Anliegerwohnung über dem zertrümmerten Ladenlokal genauso trostlos wie all die anderen Häuser in der schmalen Seitenstraße. Walter hatte sich große Mühe gegeben, ihren Unterschlupf so unauffällig wie möglich zu gestalten. Erst am Ende des Eingangsflures merkte man, dass dieses Haus nicht so verlassen war, wie es den Anschein hatte. Angespitzte Holzpflöcke und scharfkantige Metallspieße ragten vor der Treppe kreuz und quer in die Luft. Dazwischen spannen sich Lagen aus Stacheldraht. Es war keine unüberwindbare Verteidigungslinie, aber die wenigen Untoten, die sich bisher zu ihnen verirrt hatten, hatten sich alle zuverlässig selbst aufgespießt. Tödliche Bestien, ja, aber nicht sonderlich intelligent. Inzwischen bewegte Walter sich sicher durch seine Konstruktion, kletterte die Stufen hinauf, ohne sich Arme und Beine zu zerschrammen. Er war immer noch stolz auf sein Werk, gebaut mit seinen handwerklich linken Händen. Bea hätte es sicherlich in der Hälfte der Zeit hingekriegt.

»Schatz, ich bin wieder zuhause!«

Am Ende der Treppe im zweiten Stock schlängelte Walter sich erneut durch einen Wald aus Pflöcken und Stacheldraht und überquerte die Schwelle zu der kleinen Wohnung. »Schatz?«

Keine Antwort. Die Wohnung lag in absoluter Stille. Ob sie noch immer wütend auf ihn war? Walter hasste es, im Streit fortzugehen, aber manchmal musste er Bea einfach etwas Zeit geben, um sich abzuregen. Er passierte den Durchgang zu der kleinen Wohnküche und ging vorsichtig weiter den Flur hinab bis zur Schlafzimmertür. Ein Schmatzen unter seinen Schuhen ließ ihn stocken. Walter blickte zu Boden und stellte fest, dass er in eine Gruppe von Maden getreten war, die sich auf dem Boden wanden. Angewidert trampelte er so lange auf ihnen herum, bis auch das letzte Ungeziefer tot war. Und das, wo er doch gestern erst den Flur geputzt hatte. Er musterte den Eingang zum Schlafzimmer. Die Tür stand offen. Walter war sich absolut sicher, sie vor seinem Aufbruch verschlossen zu haben.

»Bea, Schatz?«

Die Vorhänge waren noch immer zugezogen. Zwischen dem schweren Stoff strahlten dünne Lichtstreifen in den Raum. Das große Ehebett, das mehr als die Hälfte des Raumes ausfüllte, war leer. Kissen und Laken häuften sich zerwühlt aufeinander. Ketten und Kabelbinder hingen zerrissen und schlaff von den Bettpfosten. Walters Fuß glitt auf etwas aus; gerade noch konnte er sein Gleichgewicht halten. Er fluchte und bückte sich nach dem breiten Lederriemen auf dem Boden. Schnell zertrat er eine weitere Ansammlung von Maden, die über den Teppich krochen.

Verdammt. Und dabei hatte er so aufgepasst. Er hätte die Tür doch abschließen sollen. Nein, nach dem Zustand der Fesseln zu schließen, hätte sie das auch nicht aufgehalten. Er stürzte wieder in den Flur hinaus und sah sich einen Moment unschlüssig um. Wenn sie es aus dem Hausflur geschafft hatte, konnte sie überall sein. Aber die Barrikade hatte nicht den Anschein erweckt, als hätte sich jemand seit heute Morgen durch sie durchgekämpft. Ein Hoffnungsfunke keimte in ihm auf. Die Wohnzimmertür stand offen. Er rannte hindurch, sah die zertrümmerte Balkontür. Das Glas knirschte unter seinen Sohlen, als er hinaus an die frische Luft trat. An der Seite führte eine enge Feuertreppe in den Hinterhof. Natürlich auch abgesichert. Walter stürzte die metallenen Stufen hinab. Unter ihm blitze ein blonder Haarschopf auf. Bea fauchte und zischte. Gesicht und Arme waren zerschrammt vom Sprung durch die Glastür. Wütend versuchte sie, die nächste Treppenstufe zu erreichen, doch ein spitzer Metallpfahl bohrte sich kurz über ihrer linken Hüfte in ihren Bauch und nagelte sie fest. Maden fraßen sich aus der tiefen Wunde ins Freie und krochen über das blanke Metall. Beas T-Shirt hatte sich verschoben und offenbarte die hässliche Bisswunde auf ihrer Schulter.

Walter näherte sich langsam und vorsichtig. Bea wurde immer wütender, knurrte, schlug und schnappte um sich.

Er begann, behutsam auf sie einzureden. »Alles gut, mein Schatz. Hab keine Angst. Ich bin bei dir. Ich bringe dich wieder nach Hause.«

Er achtete darauf, immer in ihrem Rücken zu bleiben, außer Reichweite ihrer herumwirbelnden Arme und entblößten Zähne. Mit einer blitzartigen Bewegung warf er Bea den Lederriemen über den Kopf und zog zu. Das dicke Band bedeckte die komplette untere Gesichtshälfte und dämpfte ihr Fauchen. Geschickt band er die Enden in ihrem Nacken fest. Zum Glück fand er in seiner rechten Hosentasche noch ein paar Kabelbinder. Bea war kräftig, doch Walter war mittlerweile geübt darin, ihr die Arme auf den Rücken zu drehen und die Handgelenke festzubinden. »Ist gut, ist gut. Gleich wird alles wieder gut. Ich bringe das in Ordnung. Und dann gibt es ein schönes Mittagessen.«

Beas Augen funkelten ihn hasserfüllt an.

Es war ein schweres Stück Arbeit, die sich windende Bea von dem Metallpflock zu lösen und die Feuertreppe hinauf in die Wohnung zu ziehen. Walter war schweißgebadet, als er endlich die Kabelbinder aufschnitt und Bea an ihren Küchenstuhl festkettete. Aus einigen Stoffresten fabrizierte er einen Druckverband, den er liebevoll über die tiefe Bauchwunde legte. Anschließend brauchte er eine Weile, um alle Maden totzutreten, die sich inzwischen vor den Stuhlbeinen angehäuft hatten. Die Überreste wischte er schnell mit einem Putzmob beiseite. Stolz stellte er den Rucksack vor Bea auf den Tisch und offenbarte Konservendosen, Einmachgläser und Wasserflaschen. »Hier, Schatz, was sagst du nun? Habe ich dir nicht gesagt, ich werde für uns sorgen? Das hier reicht mindestens für eine Woche. Vermutlich länger, wenn du weiter so sparsam isst.«

Dumpfes Grollen drang unter dem Lederriemen hervor, während Walter seine Ausbeute gemütlich in den Vorratsschränken verstaute. »Ich weiß, du sagst immer, ich wäre zu unordentlich. Hier, ich packe die Sachen auch direkt weg. Sortiert sind sie auch. Fleisch hier drüben, Gemüse dort und die Wasserflaschen kommen hier unten in das Fach.«

Er holte zwei Teller aus dem Schrank und schaufelte den Inhalt von zwei Konservendosen darauf. »Was hältst du heute von Thunfisch und ein paar Bohnen? Ich weiß, es ist keine Sterneküche. Aber man wird doch satt davon.«

Er stellte einen Teller vor Beas Platz ab und nahm sich den Zweiten. Beas Augen glühten noch immer.

»Oh, wie dumm von mir. Ich habe doch glatt das Besteck vergessen.« Er langte in die Besteckschublade und fischte zwei Gabeln und zwei Messer heraus. »Hier, so ist es besser, nicht wahr? Aber du isst ja gar nichts. Du musst doch etwas essen. Geht es dir denn immer noch nicht besser?« Besorgt streckte er seinen Arm über den Tisch und fühlte Beas Stirn. Ihr eiskalter Kopf wirbelte unter seiner Hand wild hin und her. Erst als er die Hand wieder zurückzog, beruhigte sie sich wieder.

»Also Fieber hast du keines. Aber das heißt ja nichts. Wir können dir das Essen für heute Abend aufheben. Ich hoffe, es stört dich nicht, wenn ich ordentlich reinhaue. Der Vormittag war ganz schön anstrengend.«

Walter schob sich eine Gabel voll Thunfisch in den Mund und blickte Bea erwartungsvoll an. Als er keine Antwort erhielt, fuhr er in liebevollem Plauderton fort: »Du wirst es nicht glauben, aber die Kinder waren heute schon wieder draußen. Ich habe sie gesehen, auf dem Weg Richtung Bahnhof. Martha muss echt besser auf die Kleinen aufpassen. Das ist eine gefährliche Gegend.«

Ein paar Bohnen verschwanden in seinem Mund, gefolgt von einem Schluck Wasser. Beas Knurren hatte aufgehört, doch noch immer sprühten ihre Augen Funken.

»Ach, du errätst nie, wen ich noch beim Essenholen getroffen habe. Theo, Christoph und ihre Gesellen.« Was mit Christoph passiert war, verschwieg er ihr besser. Nur keine schlechten Nachrichten in ihrer Verfassung. »Theo hat doch allen Ernstes den Nerv gehabt, zu fragen, ob ich nicht mit ihnen kommen wollte. Zurück ins Münster, kannst du dir das vorstellen? Das kann er schön vergessen, hab ich ihm gesagt. Ich gehe doch hier nicht weg.«

Zärtlich strich er über die zuckende, kalkweiße Hand, spürte den Ehering noch immer an seinem Platz, und berührte leicht die Stelle, wo die Ketten das Handgelenk an die Armlehne fesselten.

»Ich lasse dich doch nicht alleine. Du weißt, wie sehr ich dich liebe. Ich werde dich nie verlassen. Niemals.«

DIE DREI MARODEURE

FABIAN DOMBROWSKI

»*In your head, they are crying, in your head, in your head: zombie, zombie, zombie-hie-hie!*«, plärrte die wütende Melodie der Cranberries aus den kleinen, weißen Kopfhörern in Rolands Ohr. »*What's in your head, in your head, zombie, zombie, zombie-hie-hie?*« Sein Kopf wippte im Takt und hinter geschlossenen Augen entfloh er in die Erinnerung an bessere Tage. Doch die Welt nach der Zombie-Apokalypse kannte die Gnade langer Pausen nicht, genauso wenig wie Rolands Schutzengel mit dem seltsamen Namen Aristodemus sie kannte.

»Zeit ist rum!«, teilte er ihm mit.

»Schon?«

»Die Toten ruhen nie.«

»Ja, hab ich bemerkt.«

Seit zwei Jahre fanden die Verstorbenen keinen Frieden mehr und wandelten über die Erde, statt unter ihr ewig zu schlafen. »Ist schwer zu ignorieren.«

»Was war das übrigens, was du eben gehört hast?«

»‚Zombie‘ von den Cranberries.«

»Ah, der Song, an dem jede Schulband scheitert, wie eine Freundin einmal meinte. Tolles Ding, aber es hat neuerdings so einen unglaublich fauligen Beigeschmack bekommen.« Aristodemus reichte Roland eine Hand und half ihm auf die Beine. Gemeinsam verließen sie die Gasse, in der sie kurz verschnauft hatten. Wieder auf der breiten Hauptstraße bewegten sie sich langsam durch das erlahmte Verkehrschaos aus liegengebliebenen Autos, geplünderten Lastwagen und einer umgekippten Straßenbahn. Die Zeit des Verfalls hatte den künstlichen Farben den Glanz geraubt und die Zivilisationsüberreste mit der sich rapide ausbreitenden Pest des Rostes gezeichnet. Die Natur eroberte sich die Stadt allmählich zurück, riss den Asphalt auf und grub neue Wurzeln in den Beton - sogar die Vögel sangen in den Häuserschluchten von ihren Nistplätzen.

Doch die beiden Wanderer täuschte die Idylle nicht. Sorgsam sicherte stets einer nach hinten, während der andere den Weg vor ihnen im Blick behielt - jeder eine Waffe bei der Hand, Roland seine Machete und Aristodemus sein Sturmgewehr. Urbaner Raum war die Hölle für die Überlebenden. Die Toten konnten in jedem Winkel des nicht einsehbaren Labyrinths hocken oder bewegten sich in ihren willkürlichen Mustern durch die Ruinen, meist in Rotten oder ganzen Schwärmen, selten als Einzelne. Im schlimmsten Fall überschwemmten sie einen verlassenen Straßenzug wie diesen in wenigen Minuten, sodass selbst einem gut trainierten und intelligenten Menschen kein Ausweg mehr blieb.

Der Unkundige mag sich fragen, warum sie es dann trotzdem wagten? Warum die Gefahr suchen, wo sie zum unkalkulierbaren Risiko wurde? Die Antwort ist einfach: Hier gab es noch die Ressourcen, die anderswo längst aufgebraucht waren, denn die Zombies bewachten sie gut. Nur die große Bedrängnis zur Neige gehender Vorräte trieb die Lebenden in ihre Städte zurück, obwohl andere ihr Leben geopfert hatten, damit ihnen die Flucht gelang.

Andere, wie die drei Marodeure.

Muse, berichte mir vom Trotz der drei Marodeure, wie sie sich gegen die unendlichen Ströme von Leichen stemmen, die das Leben selbst verschlingen, auf dass es ihnen gleich ewig auf Erden wandle. Zwei Frauen und ein Mann - normale Menschen, nicht zum Heldentum geboren, aber als der Ruf der Gefahr sie ereilt, dazu erwacht! Sie müssen wählen, zu sterben oder zu überleben und sie entscheiden sich, zu kämpfen. In jenem Moment ziehen sie die Blicke aller auf sich - zum ersten, aber nicht zum letzten Mal - und hier erhalten sie ihren Namen, ohne dass heute noch jemand lebt, der wüsste, wer sie als Erstes so nennt: Die drei Marodeure. Verzweifelt verteidigen sie sich, doch auch mutig und mit Inbrunst. Am Ende stehen sie und die Untoten liegen zu ihren Füßen.

Doch sie wissen: Es ist nicht vorbei. Der Kampf beginnt erst. Der Schrecken der Balduinbrücke liegt noch vor ihnen.

»Und was ist unser nächstes Ziel? Das örtliche Einkaufszentrum?«, fragte Roland.

»Nein, das wäre doch etwas topisch«, grummelte Aristodemus ärgerlich, dennoch kräuselte sich ein verkniffenes Lächeln in seinen Mundwinkeln.

»Bitte was? Topisch? Was soll das heißen?«

»Ich meine, es wäre ein klassisches Versatzstück einer Geschichte. Ein Klischee würdest du wahrscheinlich sagen - auch wenn das eine krasse Vereinfachung wäre, die dem Begriff unrecht täte. Du kennst das sicher. Es müssen immer dreihundert

Krieger sein und sieben Zwerge und drei Prüfungen.« Roland schaute seinen Schutzengel verwirrt an. Einerseits hatte er ihn schon verstanden, andererseits wusste er mit der Information nichts anzufangen. Ganz abgesehen davon, dass jetzt wirklich nicht die Zeit für solche Diskussionen war.

»Und worauf willst du damit hinaus?«

»Hast du nie die alten Zombie-Streifen gesehen? Die spielen gern in Einkaufszentren, ‚Dawn Of The Dead‘ zum Beispiel. Ist einfach ein perfekter Handlungsort, genauso wie unterirdische Forschungsbasen, Bürokomplexe oder Krankenhäuser.«

»Ja doch, hab ich gesehen. Fand ich langweilig. Aber was hilft uns das?«

»Weil es einen Grund gibt, diese Orte zu wählen. Sie sind plausibel. Du findest in einem Einkaufszentrum alles, was du zum Überleben brauchst. Essen, Klamotten, teilweise Nutzgeräte und sogar Sachen, die man als Waffen nutzen kann. Gerade in den Anfangstagen, als alle noch dachten, die Maden-Epidemie sei bald wieder gegessen, haben sich da ganze Kommunen gebildet.«

»Tja, gegessen war die Sache schon schnell von den Toten.«

Aristodemus lachte trocken. »Dummer Wortwitz, jedoch leider treffend. Heißt aber für uns, dass die Vorräte dort aufgebraucht sein sollten oder die Zombies in Legionsstärke auf uns warten. Vertrau mir einfach. Das wäre eine schlechte Idee.«

Wenn er das sagte, glaubte Roland ihm. Aristodemus hatte offensichtlich eine Menge Erfahrung mit den Infizierten. Er machte den Eindruck eines Mannes, der nicht so lange überlebt hatte, weil er wusste, wie er der Bedrohung durch die Untoten am besten entkam, sondern wie er sie am erfolgreichsten bekämpfte.

Aus dem Norden über die Moselbrücken fällt die Armee der Toten in Koblenz ein. Sie kommen spät. Die großen Metropolen sind bereits überrannt, die Streitkräfte auf Rückzugsgefechten. Ungehindert greifen die madenverseuchten Leichenhorden in die entlegenen Winkel über, wo nur einzelne Fälle oder kleinere Gruppen bisher die Pest verbreitet haben. So stürmt die verwesende Geißel letztendlich auch auf Koblenz zu.

Das langgezogene Raunen aus ausgetrockneten Kehlen, die nach Menschenfleisch gieren, wird an einem Nebelmorgen auf der Balduinbrücke hörbar. Die ersten hundert Leichen stolpern, schlurfen und humpeln an der Statue des alten Kurfürsten vorbei und der Hunger brennt in ihren Augen.

Da schälen sich auch die geisterhaften Silhouetten der drei Krieger aus dem Dunst, der von der Mosel aufsteigt, und hinter ihnen folgen die mutigen Bürger von Koblenz. Es ist nie ihre Bestimmung gewesen, hier zu stehen und eine Schlacht zu schlagen. Doch die Soldaten der nahen Kasernen sind zu dringlicheren Einsätzen abkommandiert. Die Stadt ist im Stich gelassen worden. Sie ist auf sich allein gestellt.

Der Kampf beginnt.

Welle um Welle schlagen sie die Leichen zurück. Der Bleihagel geht nieder, Mündungsfeuer glühen, Klingen zucken in graues, totes Fleisch und die Phalanx der Marodeur-Miliz hält die Brücke mit den drei Helden in der ersten Reihe. Ihre Waffen wüten ohnegleichen unter den Feinden. Die zwei Kampfstöcke brechen Körper, die Axt fährt auf und nieder und das Katana singt sein altes Schlachtenlied.

Der erste Tag auf der Balduinbrücke ist angebrochen.

Roland begegnete Aristodemus zweieinhalb Monate vor ihrem gemeinsamen Plünderungszug ins Stadtgebiet, als ein Zombieschwarm gerade über den Bauernhof herfiel, auf dem er sich mit einer Gruppe Überlebender verschanzt hatte.

Eines Morgens stand direkt vor der Eingangstür ein kleines Mädchen mit seinem Kuschelbären in der Hand. Im Zwielicht von Sonnenaufgang und soeben abziehendem Regenschauer erlag Roland selbst einen Augenblick der Täuschung. Zu spät erkannte er, was vor sich ging.

Jemand öffnete die Tür.

Das Bild kindlicher Unschuld biss sich in die Kehle des wohlmeinenden Gutmenschen und als dessen Leiche zusammensackte und die Maden sich tief in seine Wunden zu fressen begannen, suchten die leeren, gebrochenen Augen des Kindes bereits nach der nächsten Beute. Chaos folgte und mit ihm der durch den Eingang hereinbrechende, scheinbar unendliche Strom der Untoten. Sie kamen hinter dem Mädchen, wie ein Überfallkommando geführt von ihrem Kundschafter. Die Bewohner des Hofes fielen unter ihrem tollwütigen Angriff, Mann um Mann, Frau um Frau, Kind um Kind.

Da tauchte Aristodemus auf, eine Ein-Mann-Armee, die sich den Zombies vom Sonnenaufgang her mit seinem reichhaltigen Waffenarsenal in die Flanke warf. Sein Katana hatte er vor sich in den Boden gerammt und das Gewehr in Anschlag gebracht. Er schoss und jede Kugel war ein Treffer.

Roland glaubte, die Zombies in Furcht erstarren zu sehen und ihren Blick ehrerbietig zu dem Krieger auf seiner Anhöhe heben zu sehen. Doch er täuschte sich. Es war nur ein kurzes Innehalten, bevor sie sich umwandten, um auf ihn loszugehen. Er begegnete ihnen mit einem seltsamen, getriebenen Grinsen.

Kaum eine Leiche schaffte es, ihn zu erreichen.

Nur drei überwanden die Distanz. Aber Aristodemus ließ nur gelassen sein Gewehr sinken, riss das Schwert aus der Erde und trennte die Köpfe seiner Feinde fast beiläufig von ihren Körpern.

Leider war er zu spät gekommen - außer Roland hatte niemand überlebt. Und so blieb ihnen wenig mehr als der furchtbare Gefallen, den jeder Überlebende seinen Kameraden schuldete: sicherzustellen, dass sie nicht auferstehen würden.

Roland fragte nach getaner Arbeit seinen Schutzengel, wo er so gegen die Toten zu kämpfen gelernt hatte.

»Ich habe unter den drei Marodeuren an der Balduinbrücke gekämpft«, antwortete Aristodemus und als Roland das hörte, beschloss er, bei seinem Lebensretter zu bleiben und von ihm zu lernen, denn er hatte von den Marodeuren und der Balduinbrücke gehört. Jeder hatte das.

Warum kommen die Toten über diese Brücke und ignorieren andere Wege über die Mosel, fragt ihr? Weil all diese in den Katastrophen der ersten Tage zerstört oder blockiert worden sind! Und so strömt das Unleben wie durch einen Trichter gen Süden. Jedoch ist dies ihr Verderben. Wie ein Stein steckt in diesem Trichter die Abwehr der Marodeure. Auch am zweiten Tag auf der Balduinbrücke erlahmen weder ihr Wille noch ihre Hände.

In ihren myrmidonen-schwarzen Rüstungen aus Kevlar und Stahl ringen sie mit den Leichen. Berserkern gleich führen sie die Schlacht an vorderster Front. Laut schreiend kämpfen sie - fluchend und jubelnd kämpfen sie - schweigend kämpfen sie. Mal preschen sie in die Horden der Untoten und stehen dort Rücken an Rücken, metzeln sich durch den Ansturm wie ein vielarmiger Kriegsgott. Ein andermal drängen sie sich Schulter an Schulter mit den Bürgern und feuern mit ihren Gewehren und Pistolen Kugel um Kugel in Zombie-Köpfe. Kaum eine Pause gönnen sie sich, nur um sich zu erfrischen oder mit Eimern voll Wasser das dicke Blut der Toten und die allgegenwärtigen Maden von ihren Rüstungen abzuwaschen.

An jenem Tag leisten die Helden, deren Geschick ein Leben ohne die Aufregungen des Krieges gewesen ist, Übermenschliches. Sie wachsen über sich hinaus. Sie müssen es. Nur ihr Vorbild hält die Kämpfenden aufrecht und zusammen. Fallen sie, ist es das Ende der Miliz und somit auch für Koblenz. Doch sie fallen nicht. Nicht heute. Sie kämpfen bis zum flammenden Sonnenuntergang - da gewähren die Untoten ihnen eine Atempause.

»Also, wo geht es nun hin?«, fragte Roland zum zweiten Mal.

Aristodemus deutete in Laufrichtung, wo die Hauptstraße auf dem Vorplatz eines großen Bahnhofs mündete. »Ich hoffe, da steht noch ein Güterwaggon mit Lebensmittellieferungen. Im ersten Jahr, als sich rausstellte, dass die Autobahnen zu verstopft mit Wracks und Toten waren, ist man wieder auf das Schienennetz umgestiegen. Aber die Versorgungszüge sind nie losgerollt. Es war zu spät.«

»So viel zur perfekten Organisation der Deutschen Bahn.«

»Ja, man erzählt sich die Geschichten immer noch.«

Vorsichtig begaben sich Roland und Aristodemus auf den Platz hinaus. Die leere Weite vor der monumentalen Bahnhofseingangshalle wirkte befremdlich. Eigentlich hätte man langsam daran gewöhnt sein müssen, dass von den zu ihren Zügen hetzenden Fahrgästen und willkommen geheißenen Ankömmlingen, die zu ihren Taxis, Bussen und Straßenbahnen eilten, jede Spur fehlte. Allein über Pflasterplatten wehende Plastiktüten und Reste von Tageszeitungen waren geblieben und verstärkten den Eindruck, dass die Welt eine andere geworden war - und zwar eine, die den Lebenden nicht länger zustand.

Irgendwo bei der Bushaltestelle schlurften drei Infizierte ihres Weges, doch keiner von ihnen schaute in ihre Richtung. Glücklicherweise stand auch der Wind günstig und so schlichen Roland und sein Schutzengel durch das Hauptportal ins Bahnhofsgebäude. Es erwartete die beiden noch mehr Leere und Stille. Selbst die große Uhr im Deckengebälk war stehengeblieben. Aber sie ließen sich nicht von der Ruhe täuschen - hier gab es genug Winkel, in denen sich die Zombies versteckt halten konnten. Eine unaufmerksame Sekunde konnte ihre letzte sein. Schweigend rückten sie zu den Gleisen vor.

Roland war die fehlende Unterhaltung im Moment ganz recht. Wenn er Aristodemus´ Auswahl an Gesprächsthemen betrachtete, dann zweifelte er manchmal daran, ob er die Apokalypse überhaupt ernst nahm. Obwohl ihm diese Variante noch besser gefiel als diejenige, in der sein Schutzengel einfach ein Irrer mit Waffen war. Doch schon am ersten Abend hatte er ihn mit einer Diskussion über alte Zombie-Geschichten überrascht; offenbar eines seiner Lieblingsthemen. Er meinte, bevor sie von Fiktion zu Fakt wurde, hätten sie als Metapher so viel hergegeben: Die Auflehnung des Lumpenproletariats gegen die Konsumgesellschaft zum Beispiel oder die Angst vor unkontrollierbaren Krankheitsepidemien, ebenso waren sie immer ein beliebtes Werkzeug gewesen, Figuren in Krisensituationen zu bringen, um soziale Mechanismen an ihnen darzustellen. Roland war das alles egal. Für ihn waren die Zombies keine Metapher, keine Versuche, eine versponnene gesellschaftliche Theorie vorzuführen. Sie waren real und bestimmten seinen täglichen Kampf ums Überleben. Aber die Partnerschaft mit Aristodemus hatte auch ihre Vorteile. Das professionelle Waffentraining zum Beispiel, selbst wenn sein Lehrer am Ende stets zu seiner Hymne auf die drei Marodeure anhob - manchmal mit unterschiedlichen Details gewürzt, aber fortwährend mit den gleichen Worten beginnend: »*Muse, berichte mir vom Trotz der drei Marodeure, wie sie sich gegen die unendlichen Ströme von Leichen stemmen, die das Leben selbst verschlingen, auf dass es ihnen gleich ewig auf Erden wandle.*« Er schien besonders stolz auf diesen Anfang zu sein, was es nur noch nerviger machte. Doch was sollte Roland tun? Gute Gesellschaft war rar geworden.

Als sie auf die Bahnsteige kamen, konnte Roland sich ein kleines Jubeln nicht verkneifen. Dort stand tatsächlich ein langer Güterzug mit dem Abzeichen der Bundeswehr. In großen, weißen Lettern hatte jemand »Nahrungsmittel-Lieferung« darauf gepinselt.

Weiter geht der Kampf um die Balduinbrücke. Die erkämpfte Position von Lebenden und Toten hält sich immer in der Waage. Nie gewinnt einer lange die Oberhand. Jeder errungene Meter geht schnell wieder verloren. Die Marodeure stehen ihren Truppen ohne Unterlass vor. Sie ruhen keine Sekunde. Doch langsam wird klar, dass sie nicht ewig weitermachen können. Irgendwann wird auch ihnen die Kraft ausgehen.

Also rufen sie am Abend des dritten Tages den Rat der Überlebenden zusammen. Sie finden unter dem Eindruck des in Armeen marschierenden Todes zerrüttete Gemüter vor. Einer kräht, die Untoten wären die Strafe Gottes und sein Gegenüber rollt mit Spott und Hohn über ihn hinweg. Eine Tyrannis mit fester Hand des idealen Herrschers geführt, proklamiert er, eine Gemeinschaft mit festen Regeln gebaut auf gemeinsame Verpflichtungen und Werte. Doch die Marodeure weisen die Streithälse in ihre Grenzen. Für das Überleben der Übrigen gilt es, erst einmal dringendere Maßnahmen zu ergreifen, als die Gesellschaftsstrukturen eines Neustarts zu debattieren.

Die Marodeure erklären, sie werden sich noch einmal mit ihren Milizen gegen die Toten stellen, einen weiteren Tag mit aller Kraft erkämpfen. Und diese letzte Chance soll jeder nutzen, um aus der Stadt zu fliehen.

Sie zogen die Reihe der Güterwaggons entlang. Auf jeden hatte jemand in schlampiger Schrift den Bestimmungsort geschrieben. Die Ziele reichten von der Lutherstadt Wittenberg über Berlin bis nach Rostock. Die ersten verladenen Container waren bereits alle geöffnet. Natürlich. Es wäre dumm gewesen, anzunehmen, sie wären die Einzigen mit dieser Idee. Aber offensichtlich gab es nicht genug Wagemutige, als dass der Zug komplett ausgeraubt wäre. Auf halber Strecke den Bahnsteig hinunter waren einige Container aufgebrochen, jedoch waren Teile ihres Inhaltes verblieben.

»Heute ist unser Glückstag, würde ich sagen!«, rief Aristodemus aus, als er in den Waggon sprang und ihn sicherte. »Sieht aus, als könnten wir eine Weile auf Katzenfutter und Sauerfleisch verzichten!«

»Was gibt es stattdessen?«, fragte Roland.

»Vornehmlich Tortellini in fünf möglichen Geschmacksrichtungen«, kam die Antwort, während die Konserven aus den Kisten in den Rucksack wanderten. »Was ganz anderes, Junge. Was hast du eigentlich gemacht, bevor die Untoten uns von unserem Olymp gestürzt haben?«

Die Frage verwunderte Roland. Sie waren seit zweieinhalb Monaten zusammen unterwegs, da hatten sie doch sicher solche Banalitäten der Bekanntmachung erledigt. Aber jetzt aufmerksam nachgedacht merkte er, dass sie tatsächlich nie darüber geredet hatten.

»Ich war noch Schüler. In der elften Klasse!«

»Du siehst gar nicht so jung aus.«

»Hinderliche Umstände für Hautpflege und gesunde Ernährung sind vermutlich dem Idealbild des ewig bart- und augenringlosen Teenagers abträglich und der klassischen Kurzhaarfrisur hab ich schon vor der Apokalypse entsagt.«

»Alles andere wär auch langweilig gewesen.«

Die Anmerkung ließ Roland grinsen. Manche seiner Mitschüler hatten ihm unterstellt, sich absichtlich zum Außenseiter zu stilisieren, aber ihm war das nie wie eine Wahl vorgekommen. Er war einfach so.

»Wo warst du denn?«

»Ich war Dozent für Latein und Griechisch und habe geholfen, Lehrer auszubilden, damit diese Schüler unterrichten und hoffentlich soweit begeistern, dass auch sie Lehrer werden wollen und wir weiterhin einen Job haben.«

»Aha«, machte Roland nur mäßig überzeugt.

»Ja, ich weiß. Ist nicht besonders spannend. Habe meistens lieber an meiner Doktorarbeit gesessen.«

»Worum ging's?«

»Krisensituationen und wie Menschen anfangen, in ihnen Geschichten zu erzählen, um sich mit ihnen zu motivieren, weiterzumachen und in der neuen Situation zurechtzufinden.«

»Klingt schon nützlicher.«

»Tja, ich hätte nicht gedacht, wie nützlich«, meinte Aristodemus geheimnisvoll und schloss seinen Rucksack.

Jetzt war Roland an der Reihe. Er sprang in den nächsten Waggon und öffnete seine Tasche. Erst als er faulig warmen Atem in seinem Nacken spürte, bemerkte er, was er vergessen hatte: Den Raum abzusichern.

Noch in derselben Nacht rufen die Marodeure ihren besten Mann zu sich. Sie befehlen ihm, den Konvoi der Flüchtenden zu bewachen. Er weigert sich. Er will an ihrer Seite kämpfen. Aber sie machen klar, wie viel wichtiger seine Aufgabe sein wird.

Als Zeichen ihrer Anerkennung geben sie ihm ihre Waffen, jene Werkzeuge der Verteidigung, mit denen sie sich zwischen die Monster und ihre Schützlinge gestellt haben. Und so nimmt er das Sturmgewehr an sich und die Weltkriegspistole, die beiden kurzen Kampfstöcke und das Katana sowie die Axt. Dann macht er sich bereit, am nächsten Tag die Stadt zu verlassen und den Anweisungen der Marodeure zu folgen, wie auch Aristodemus auf Leonidas Befehl hin bei den Termophylen der Schlacht den Rücken kehrte, um die Kunde von ihrem spartanischen Martyrium ins Land zu tragen.

Er weiß nicht, ob er die ihm anvertrauten Schützlinge gut behüten können wird. Einige Schäfchen hat er schon im Morgengrauen verloren. Sie verschanzen sich bei seinem Auszug aus der Stadt lieber in ihren Wohnungen oder einem nahen Einkaufszentrum. Doch er wird sein Möglichstes tun.

Noch einmal zögert er, doch letztlich folgt er dem Befehl der Marodeure. Er wird ihr Herold sein und ihre Geschichte erzählen. »Wanderer«, sagt er zu sich selbst, »triffst du einem Fremden, berichte ihm, du habest die Marodeure bei der Balduinbrücke selbstlos kämpfen sehen, wie keiner sonst es tat.«

Roland drehte sich um und sah in die roten Augen eines Toten. Die gelben Zähne im grauen, verwesten Fleisch streckten sich gierig nach ihm aus. Scheinbar hunderte Maden tummelten sich in der fauligen Mundhöhle. Der Zombie war schon viel zu nah. Doch plötzlich - wieder einmal! - war da Aristodemus, der den Zombie rammte und wegtrieb. Gemeinsam stürzten sie in eine Konservenkiste. Roland sah, wie sein Schutzengel versuchte, an einen seiner zwei Schlagstöcke zu kommen, aber sobald er einen zu fassen bekam, entglitt er ihm wieder unter einer schnellen Attacke des Untoten. Das Biest erkämpfte sich die Oberhand. Roland wollte etwas tun. Doch wie gelähmt, konnte er sich unmöglich rühren. Wenn er jetzt losschlug, würde er vielleicht Aristodemus ernsthaft verletzen - ein Todesurteil im Reich der Zombies. Seine Gedanken rasten, während der Lebende mit dem Toten rang. Gab es eine Lösung? Einen Ausweg?

Zu spät.

Die Kiefer des Monsters öffneten sich weit und gruben sich in Aristodemus' Schulter. Da half es auch nichts mehr, dass dieser seine zweite Schusswaffe, eine Weltkriegspistole, in die Hand bekam und sich mit drei hart im Container widerhallenden Schüssen von dem Infizierten löste. Eine vierte Kugel hämmerte er seinem Todesbringer in die Stirn. Roland klingelte es in den Ohren.

Zitternd sackte Aristodemus zusammen. Ungläubig betastete er seine Verletzung. Die Maden hatten sich bereits tief im Wundfleisch eingefressen. Selbstverständlich hatte er immer gewusst, dass so etwas passieren konnte, aber Roland sah ihm an, wie wenig er daran geglaubt hatte. Sein Feldzug ums eigene Dasein, der ihn von der Balduinbrücke hierher geführt hatte, fand sein Ende. Dem Herold der drei Marodeure, der überall von ihrem Trotz berichtete, selbst unter dunkelsten Vorzeichen zu kämpfen, sodass andere einen nächsten Morgen erleben würden, hatte die letzte Stunde geschlagen.

»Junge, du musst jetzt gehen«, forderte Aristodemus Roland erstaunlich gelassen auf.

»Ja«, antwortete er schlicht. Irgendwo in seinem Inneren wusste er, dass er früher an diesem Moment zerbrochen wäre. Er hätte daran zerbrechen *sollen*. Aber diesen Luxus konnte er sich nicht erlauben.

Eine Zeitlang hatte ein Psychiater auf dem Bauernhof Unterschlupf gefunden, wo Roland gelebt hatte. Der hatte gemeint, die Überlebenden litten alle an einer posttraumatischen Gefühlsverarmung. Roland meinte, es besser zu wissen: Er war nicht krank, denn es war nur gesund, den Schmerz runterzuschlucken und sofort weiterzumachen. Er hörte damit auf seinen Überlebensinstinkt. Zögern war in dieser neuen Welt tödlich. Ganz abgesehen davon würde er Aristodemus' Andenken kaum würdigen, wenn er hier wartete und gebissen wurde. Wie die drei Marodeure einst bei der Balduinbrücke gekämpft hatten, so hatte sein Schutzengel sein Leben für ihn aufgegeben. Das durfte nicht umsonst sein.

Roland drehte sich um und wollte schon aus dem Waggon springen, da öffnete Aristodemus noch einmal den Mund: »Warte einen Moment.«

Roland hielt inne und blickte zu seinem ehemaligen Schutzengel zurück.

»Nimm meine Waffen.«

Und so nahm Roland das Sturmgewehr an sich und die Weltkriegspistole, die beiden kurzen Kampfstöcke und das Katana sowie die Axt. Als letztes griff er Aristodemus' Rucksack mit den Vorräten und der sonstigen Ausrüstung. Das Einzige, was dieser für sich behielt, war eine Granate, von der Roland gar nicht bewusst gewesen war, dass sich so etwas in seinem Arsenal befand.

»Eine Frage, Aristodemus.«

»Natürlich.«

»Haben die Marodeure eigentlich wirklich existiert? Ich meine, jeder hat Geschichten von der Balduinbrücke und der Schlacht gehört. Und jeder kennt auch das Märchen, wie sie irgendein Café praktisch ohne Waffen gegen die ersten Untoten verteidigt haben. Aber da gibt es ja allerhand wildes Seemannsgarn, wie sie zum Beispiel Kandiszucker als Munition verwendet haben ... Wer's glaubt!«

»Sie haben existiert. Kein Zweifel. Vielleicht nicht genauso, wie du sie dir vorstellst, aber existiert haben sie.«

»Glaubst du, sie haben überlebt?«

»Ich hoffe es.«

Dann lächelte Aristodemus breit, doch ihm fehlte der getriebene Zug, der ihm früher immer dabei ins Gesicht geschrieben gestanden hatte. »Geh jetzt.«

Und das tat Roland.

Am vierten Morgen treten die drei Marodeure wieder auf der Brücke an.

Die Milizen bringen einen Panzer, ein armselig repariertes Stück Arbeit, jedoch haben sie nicht mehr Kriegsgerät vor der Schlacht aus den nahen Kasernen evakuieren können. Noch ist keiner der Untoten zu sehen. Gemeinsam stehen die drei auf ihrem Gefährt und betrachteten die Röte über den Bergen, bis das fahle Licht des Tages sie ablöst. Zwei von ihnen schweigen, aber einer singt ein albernes Lied über einen Zombie namens Bob.

Dann sieht man die erste Leiche am anderen Ufer.

Überall entsichern die Truppen der Marodeure ihre Waffen, heben ihre Knüppel und prüfen die Schärfe ihrer Klingen. Stumm und stolz sehen sie ihren Feinden entgegen, die erneut zum immer gleichen Angriff blasen, denn dem einen Toten folgen bereits viele weitere. Sie werden standhaft sein - sie werden nicht weichen - mutig werden sie für ihre Mitbürger streiten und fallen.

Das Signal erklingt und der Panzer rollt die Brücke hinunter. Auf dem Gesicht der Marodeure steht das getriebene Lächeln jener Helden, die sich aufopfern und den Horror der Schlacht und des

Todes auf sich nehmen, sodass andere es nicht müssen. Dann beginnt
der letzte Waffengang auf der Balduinbrücke.

Roland zuckte zusammen, als hinter ihm der Container von einer Granatenexplosion zerrissen wurde. Eine Wolke aus Flammen und anschwellender Hitze jagte über Teile des Bahnsteigs. Grelles Licht zuckte. Das hatte sicher alle Zombies der Umgebung auf ihn aufmerksam gemacht. Doch es war besser, als Aristodemus' untotem Spiegelbild zu begegnen. Diese Gefahr war ein für alle Mal ausgeräumt.

Mit dem Sturmgewehr im Anschlag, für das sein Schutzengel ihn glücklicherweise ausgebildet hatte, schritt er durch die Eingangshalle. Übervorsichtig sicherte er jede Ecke. So eine Blöße wie eben im Waggon wollte er sich nicht noch einmal geben. Aristodemus sollte nicht umsonst gestorben sein, genauso wie die Marodeure nicht umsonst ihre Schlacht geschlagen haben sollten. Roland fragte sich zwar immer noch, ob es sie tatsächlich gegeben hatte, aber er meinte mittlerweile auch zu wissen, dass das eigentlich egal war. Darum ging es doch letztlich nicht, oder? Es waren düstere Zeiten, ein wenig Licht mochte da nicht schaden. Egal, wie es beschaffen war.

Plötzlich wurde Geschrei vor ihm laut. Roland merkte auf. Zombies schrien nicht. Drei Jugendliche, ein wenig älter als er, stürmten in die Bahnhofshalle. Ein gutes Dutzend Untoter folgte ihnen. Roland wusste, was zu tun war. Er ging in die Hocke und zog sein Katana, um es direkt vor sich griffbereit auf dem Boden liegen zu haben. Er entsicherte sein Gewehr und schaltete von Automatik auf Einzelschuss, als wäre es die natürlichste Geste der Welt. Dann legte er auf die Zombies an.

Ein getriebenes Grinsen schrieb sich in sein Gesicht.

DAS TOTENSCHIFF

FELIX KREUTZMANN

Schweißnass und mit blutverschmierten Händen standen sie am Rand der Steilküste. Hinter ihnen lagen zwanzig Hektar Küstenwald und unter ihnen das von der Brandung geformte Ufer der Bucht.

Die See war ruhig, die Sonne schien und selbst der missgestaltete Untote, der wie ein Insekt auf einem Marmeladenbrot am regennassen Lehm des Hanges festklebte, konnte die Idylle nicht stören.

Rike fasste das Geschöpf ins Auge. »Sogar hier?«

Thomas stopfte sich einen Müsliriegel in den Mund und antwortete entsprechend undeutlich: »So wie eben überall.«

»Und du glaubst, es ist dort besser als auf dem Festland?«, fragte Rike.

Er schnippte die zerknüllte Verpackung über die Böschung. Der Wind spielte ein wenig damit und trug den Plastikfetzen schließlich hinunter zum Strand.

»Besser ist relativ. Auf Inseln wird die Lebensmittelversorgung früher oder später zu einem Problem. Außerdem gibt es vor der deutschen Ostseeküste gar nicht so viele Inseln.«

Ein kehliger Laut unterbrach ihn. Das Ding am Hang hatte sie entdeckt und zappelte so wild, dass ganze Brocken verwesenden Fleisches im Matsch zurückblieben und dicke Maden den Hang hinunterkullerten. Thomas' Blick streifte die Kreatur flüchtig und wanderte über das Wasser zu der aufgebrochenen Nehrung, die Bucht und Meer voneinander trennt.

»Von hier aus wäre es am logischsten, wenn wir nach Ærø übersetzen würden. Da gab es … na ja, so um die 6000 Einwohner. Nimmt man Touristen und Besucher dazu, waren es vielleicht 6700, maximal 7000.«

»Aber das ist Dänemark! Sobald wir die deutschen Gewässer verlassen, stürzen sich Hubschrauber und NATO-Schiffe auf uns.«

»Ærø und Langeland wurden gleich zu Beginn kontaminiert. Dänemark hat die Inseln aufgegeben. Niemand hält uns auf, wenn wir dem Grenzgebiet im Nordwesten nicht zu nahe kommen.«

Rike sah wieder hinab zu dem Geschöpf. Die fortschreitende Verwesung und der graubraune Lehm machten es unmöglich, Geschlecht und Alter zu bestimmen. Es ruderte mit den Armen, während sich das, was von den Beinen übrig war, schmatzend im Lehm auf und ab bewegte.

»7000 sind eine ganze Menge«, murmelte sie.

»Ein Teil der Insulaner ist bestimmt in Panik gen Festland aufgebrochen, außerdem dürften sie einige von den Stinkern ausgeschaltet haben. Ich bin optimistisch. Ich glaube, mehr als 1000 sind es nicht mehr.«

Rike zog die Stirn kraus. »Wir wissen nicht einmal, ob es dort Gebäude gibt, in denen man sich verschanzen kann!«

»Doch, das wissen wir. Außerhalb der Ortschaften gibt es Fachwerkhäuser mit dicken Wänden. Es gibt Supermärkte und

Vorratskammern und keine Chance, dass sich die Dinger vermehren. Keine Brückenverbindung, wenig Verkehr – etwas Besseres fällt mir wirklich nicht ein.«

Eine Bö fuhr ihnen durch die Kleider und zerzauste ihre Haare. Rike straffte sich und nickte kaum merklich, während ihr Blick an einem unbestimmten Punkt am Horizont haftete.

»Einige Monate könnten wir da wohl ganz gut leben«, bemerkte sie – mehr zu sich selbst als zu Thomas.

Sie errichteten am Waldsaum ihr Lager. Thomas breitete auf der Decke vor ihnen die übrig gebliebenen Ausrüstungsgegenstände und Lebensmittel aus. Neben einigen Konserven und einer mit Wasser gefüllten Plastikflasche war da nur noch ihr spärliches Waffenarsenal: Ein schwarzes Einhandmesser, das ursprünglich zu einer Camping-Ausrüstung gehört hatte, eine Machete, deren Klinge langsam stumpf zu werden drohte, und ein Golfschläger mit gummiertem Griff.

»Tja, das muss dann wohl für die kommenden Tage reichen«, murmelte er.

»Ja.« Rike war aufgestanden und blickte wieder zum Strand hinunter. »Zumindest Boote liegen da unten ja zuhauf.«

»Das stimmt zwar, aber die wenigsten werden für die Überfahrt zu gebrauchen sein. Die liegen hier schon wer weiß wie lange und gammeln vor sich hin. Sollten wir eine brauchbare Schaluppe samt Ruder finden, wäre das wirklich unser Glückstag.«

»Haben wir außer den Konserven noch irgendetwas zu essen?«, fragte Rike.

»Nein«, antwortete Thomas. »Was du hier siehst, ist wirklich alles, was noch übrig geblieben ist.«

Sie griff sich den Golfschläger. »Dann sollten wir keine Zeit verlieren.«

Thomas steckte sich das Einhandmesser in die Hosentasche, verstaute die Lebensmittel und wickelte die Machete in die Decke ein. Gemeinsam stiegen sie den Hang hinab, vorbei an dem zappelnden Leichnam.

Nur eines der am Strand liegenden Boote erweckte den Eindruck, die Überfahrt überstehen zu können. Nachdem sie es vom Ufer ins flache Wasser gezogen hatten, befand Thomas es für seetüchtig. Rike taufte das hellgrüne Bötchen auf den Namen »Kronsgaard« und tat so, als würde sie feierlich eine Fregatte vom Stapel lassen. Ruder fanden sie zwar keine, doch Thomas schnitt mit seinem Einhänder die Planken eines lädierten Fischerbootes derart zurecht, dass man sie anschließend ganz gut greifen konnte.

Etwa eine Stunde später schmissen sie ihre Rucksäcke ins Boot und warfen noch einmal einen Blick auf das Schleswig-Holsteinische Festland. Die violetten Wolken über der Steilküste ließen die Szenerie wie ein Gemälde Caspar David Friedrichs erscheinen. Allein der Untote wirkte wie ein Schandfleck. Er hatte sich ihnen zugewandt und versuchte nun, hinunter zum Strand zu kriechen. Mit Abscheu bemerkte Rike, dass diese Drehung einen langen Riss an der Hüfte verursacht hatte – Unter- und Oberkörper der Kreatur lösten sich langsam voneinander.

Sie wandten sich ab und ruderten auf die offene Ostsee hinaus. Es herrschte kaum Wellengang und mit dem Westwind im Rücken ließen sie das Festland schnell hinter sich. Als die Wipfel der Hainbuchen, Eichen und Birken am Horizont verschwanden, wurde Thomas zusehends nervös. »Ich glaube, wir liegen auf Kurs, aber wenn wir jetzt zu weit nach Steuerbord oder Backbord abdriften, landen wir entweder vor dem Flensborg Fjord und werden versenkt oder wir treffen auf die Küste Langelands, was eigentlich nicht weiter schlimm wäre.«

»Eigentlich?«, fragte Rike.

»Na ja, die Anzahl hungriger Stinker dürfte dort wesentlich höher liegen.«

Stumm ruderten sie weiter.

Der Wind drehte, und da sie nun gegen die Strömung ankämpfen mussten, bewegte sich die Kronsgaard nur sehr langsam voran. Die Dunkelheit brach binnen weniger Minuten über sie herein, und als auch nach einer gefühlten Ewigkeit kein Land am Horizont erschien, wurde ihnen mulmig zumute. Dann tauchte es vor ihnen auf: Es war nicht groß, eigentlich mehr ein größerer Fischkutter, aber es wirkte in der Dunkelheit auf der ansonsten leeren Ostsee bedrohlich. Das Schiff musste auf der ihnen abgewandten Seite ein Leck haben, denn es lag mit Schlagseite ziemlich tief im Wasser. Das Deck war, soweit sie das von unten sehen konnten, leer. Rike und Thomas zogen die Ruder ins Boot und betrachteten das langsam sinkende Geisterschiff.

»Da könnten Vorräte an Bord sein«, flüsterte Rike.

»Auf keinen Fall gehen wir da rauf. In der Dunkelheit überrascht uns vielleicht die untote Crew oder der ganze Pott sinkt plötzlich mit uns auf den Grund der Ostsee. Wir rudern einfach weiter und freuen uns über den Umstand, dass die Stinker nicht schwimmen können.«

Kaum hatte er das gesagt, klatschte eine Hand auf den Rand des Bootes, und sofort machte sich ein ungeheuerlicher Gestank bemerkbar. Die Kronsgaard neigte sich zur Seite, sodass nicht viel gefehlt hätte und Thomas, der halb aufgestanden war, wäre hinausgefallen. Mit der nächsten Welle schwappte das Ding schließlich an Bord. Der hünenhafte Körper war aufgeschwemmt und die Haut nahezu durchsichtig. Rike wich schreiend bis an das Heck des Bootes zurück, während Thomas perplex an seinem Platz verharrte. Wie ein an Bord gehievter Fisch lag der Untote bäuchlings vor ihm und zappelte. Dann spürte er eine nasse Hand an seinem Fußknöchel; der Aufgeschwemmte griff nach ihm. Im letzten Moment ließ er sich nach hinten fallen und kroch zu Rike, die wie versteinert das Scheusal anstarrte. Er packte sie bei den Schultern. »Wo sind der Schläger und die Machete?«

»Vorne! Bei den Rucksäcken!«

»Scheiße!«

Hinter ihnen richtete sich die Wasserleiche mit einer ruckartigen Bewegung auf, doch ihre Beine schienen sie nicht mehr zu tragen. Als sie auf die Knie fiel, vernahmen Rike und Thomas ein unappetitliches Platschen. Das Fleisch an den Oberschenkeln der Kreatur war abgeplatzt und die Bauchdecke gerissen. Aus der Öffnung ergoss sich ein Strom von Maden zusammen mit einer dunkelgrünen, breiigen Flüssigkeit auf die Bootsplanken. Die bis zum Bersten mit Aas gefüllten Tartaros-Parasiten, Ursprung und Hauptüberträger der Seuche, wirkten größer als gewöhnlich und schimmerten in der Dunkelheit in unterschiedlichen Grüntönen. Ein Teil von ihnen hatte die Zeit im Meerwasser nicht überlebt, aber gut ein Drittel wand sich, bäumte sich auf und wackelte mit den Mundhaken.

Einen Moment lang herrschte Stille. Rike fasste sich wieder, hechtete nach vorne und ergriff eines der Paddel. Sie schlug und stieß auf die Gestalt ein, bis eine dickflüssige Masse am Schaft herablief. Thomas ging derweil in die Hocke und suchte auf dem Boden nach dem zweiten Ruder. Plötzlich fiel ihm das Messer in seiner Hosentasche ein. Mit der linken Hand griff er nach Rikes Schulter und zog sie sanft nach hinten, während er gleichzeitig

mit der rechten das Messer hervorholte und die Klinge ausklapp-
te. Er sprang nach vorne und schlug die Stahlklinge mit der größt-
möglichen Wucht in den Schädel des Untoten. Der Kopf zerbarst,
ein Madenteppich rutschte über das wabbelnde Doppelkinn und
Schleim spritzte Thomas ins Gesicht. Unter Würgegeräuschen
spuckte er mehrfach aus. Das Messer fiel polternd zu Boden.

Nachdem sie die Leiche und sämtliche Maden über Bord geworfen hatten, wusch sich Thomas das Gesicht und sank entkräftet
auf die Knie. Rike schöpfte mit bloßen Händen Wasser vom
Boden des Bootes und weinte leise. Sobald sie sich gefasst hatte,
wandte sie sich an Thomas. »Du hast gesagt, sie können nicht
schwimmen.«

»Können sie auch nicht. Wahrscheinlich trieb der aufgeblähte
Körper an der Wasseroberfläche.«

»Er schwamm nicht, als wir ihn ins Wasser geworfen haben.«

»Ich weiß es doch auch nicht. Vielleicht ist das Gas raus. Wir
haben ihn ja ordentlich angestochen.«

Er sammelte das Messer auf, spülte es im Meerwasser ab und
steckte es wieder ein. Plötzlich drehte er sich um und suchte Rikes
Blick. Dann deutete er mit dem Finger auf den Horizont.

Als Rike die Insel erkannte, weiteten sich ihre Augen. Fast hätte sie gelacht, doch dann bemerkte sie Thomas' versteinerte Miene. »Was ist denn? Ist das nicht die Insel?«

»Doch.«

»Das ist doch gut! Wir haben's geschafft!«

»Ich bin mir nicht sicher … da ist irgendwas.«

»Was? Was ist da?«

»Wir sind noch viel zu weit entfernt. Ich kann so gut wie
nichts erkennen. Aber da auf dem oberen Küstenabschnitt scheint
mir Bewegung zu sein.«

»Bäume? Oder vielleicht Büsche?«

Thomas antwortete nicht. Stattdessen reichte er Rike eines der Ruder. Schweigend paddelten sie der Insel entgegen, während die Morgenröte langsam den Himmel verfärbte. Dann, als sie nur noch etwa einhundert Meter von der Küste entfernt waren und das erste Tageslicht den Strand und die Dünen erhellte, hielten sie inne. Jetzt konnten sie die ruhelos umherstreifenden Gestalten mit bloßem Auge erkennen.

Rike erbleichte. »Mein Gott! Die ganze Insel ist verseucht!«

»Das sind keine Untoten«, sprach Thomas mit bebender Stimme.

»Was meinst du?«

»Schau hin! Sie tragen alle dieselbe Kleidung. Und sie wanken nicht ziellos umher. Sie patrouillieren.«

»Heißt das …?« Rikes Unterlippe zitterte.

»Ja. Wir müssen hier verschwinden! Nimm das Paddel und leg dich ins Zeug!«

Sie wendeten das Boot und stießen die Ruder mit aller Kraft und so schnell sie konnten ins Wasser. Da sie nun wieder mit der Strömung fuhren, nahm das Boot rasch Fahrt auf.

»Hörst du das?«, schrie Thomas.

Rike hatte das Rotorengeräusch schon einige Sekunden vor seinem Ausruf bemerkt. Panisch suchte sie den Himmel ab. »Wo ist er?«

»Wir müssen aus dem Boot raus!«

»Der sieht uns trotzdem!«

»Verdammt noch mal! Spring!«

»Thomas!«

»Springen und tauchen!«

Er sprang zuerst, Rike folgte ihm mit einem Hechtsprung. Sie tauchten tief hinab und versuchten gleichzeitig, sich möglichst weit vom Boot zu entfernen. Unter Wasser hörten sie, wie das Geräusch immer lauter wurde. Dann begann eine lange, dumpf knatternde Folge von Schusssalven die See aufzuwühlen. Ihre Lungen brannten und Panik stieg in ihnen auf. Kurz darauf entfernte sich das Rotorengeräusch wieder. Rike und Thomas tauchten auf.

Die Kronsgaard war versenkt. Einzelne grüne Planken schwammen auf der Wasseroberfläche und ein Hubschrauber setzte über der Insel zur Landung an.

»Und was jetzt?«, fragte Rike.

Thomas sah zur Insel hinüber. »Ich weiß es nicht. Ich weiß es wirklich nicht.«

Er wandte sich um und blickte auf den Horizont, hinter dem irgendwo die deutsche und die dänische Küste verborgen lagen. Salz brannte in seinen Augen und er spürte, wie die Kälte seine Glieder schwer werden ließ.

Über ihnen stand die Sonne an einem wolkenlosen Himmel. Unter ihnen wartete die Finsternis.

GIER

KERSTIN ZEGAY

Von der Spitze des Springbrunnens lächelte Amor in ewiger Versteinerung. Sein Bogen war schon lange abgebrochen. Tiefe Risse hatten sich in der barocken Skulptur gebildet. Im Becken sammelte sich der Regen zu einer Pfütze. Laut zwitschernd badeten ein paar junge Spatzen darin, andere suchten zwischen dem ersten gefallenen Laub des Jahres nach Körnern. Obwohl der Herbst schon begonnen hatte, brannte die Sonne ungnädig vom Himmel. Nur die laue Brise von der anderen Uferseite des Flusses brachte etwas Abkühlung. Beharrlich klatschte das Wasser an die Seiten der Yacht.

»Wie lange brauchst du denn noch?«, fragte Janne ungeduldig. Fahrig wischte sie sich den Schweiß von der Stirn und dann die Hände am T-Shirt ab.

Elch knurrte durch seinen dichten Bart und schob die Brille zurück auf die Nase. Ein grober Sprung teilte das linke Glas in zwei Hälften.

Der Motor dröhnte auf, stotterte, wollte gerade Schwung nehmen, bevor er verstummte.

»Mist!«, brummte Elch und fummelte weiter an dem Kabelmantel. Mit dem Taschenmesser löste er eine Schicht Drahtisolierung. Schweißtropfen perlten von den schulterlangen Locken auf die Holzbohlen.

»Wer hat Elch eigentlich diesen blöden Spitznamen verpasst?«, fragte sich Janne nicht zum ersten Mal. Elch passte so gar nicht zu einem Griechen. Dann doch eher zu ihr. Schließlich war sie Schwedin, gefangen in einem Land, welches sie nur kurz besuchen wollte. Schon zu Studentenzeiten hatte Janne ihre Schwester Ida vor der Auswanderung gewarnt. Zu Recht, wie sich nun herausgestellt hatte. Janne schluckte schwer und ihre Augen füllten sich mit Tränen. Sie tastete nach dem Insulin in ihrer Jackentasche, das lebenswichtige Medikament für Ida, das diesen Ausflug notwendig gemacht hatte. Sie schüttelte den Kopf und blinzelte die Tränen weg. Die kurzen, blonden Haare standen kreuz und quer vom Kopf ab. Tief beugte sie sich über Elchs Schulter, um den Arbeitsfortschritt zu kontrollieren.

Wütend fuhr Elch herum. »Ich kann so nicht arbeiten!«

»Was dauert das denn so lange?«

»Es dauert eben so lange, wie es dauert. Ich schließe nicht jeden Tag ein Boot kurz.« Sein von der Sonne gegerbtes Gesicht wechselte die Farbe erst zu rot und dann zu weiß. Seine Pupillen wurden starr.

Janne folgte seinem Blick.

Lautes Stöhnen störte die frühherbstliche Idylle. Die Seufzer kamen tief aus den Kehlen, klangen rau.

Hinter der Eisbude, deren Leuchtreklame schon lange nicht mehr brannte, kam der erste Untote. Von der schusssicheren Weste tropfte Blut auf den sandigen Weg. Ein Zeichen dafür, dass der Zombie vor kurzem noch ein Mensch gewesen war. Ein Maschinengewehr baumelte nutzlos vor der Brust. In den Höhlen der herausgerissenen Augäpfel wimmelten Maden. Immer wieder wischte er ein paar ungelenk aus dem Gesicht, während sie sich an der faulenden Fleischtheke bedienten.

Aus dem Gebüsch hinter der verwitterten grünen Parkbank tauchte der Zweite auf. Eine ältere Dame im lila Bademantel kämpfte sich durch das Dickicht und das Stöhnen klang ärgerlich, so wie sie früher womöglich Kinder beschimpfte hatte, die in der Mittagszeit Fußball spielten. Die grauen Haare waren immer noch auf Lockenwickler gedreht, die im Wind auf dem Rücken baumelten, weil die Kopfhaut abgeplatzt war. Irgendwann hatten sich die Muskeln vom Knochen gelöst, sodass der weiße Schädel aus dem Fleisch ragte. Das Gesicht war auf den Hals gerutscht und auf der Nase saß nach wie vor die kleine Lesebrille mit dem goldenen Kettchen.

Ein Straßenkehrer zog seinen Besen in ewiger Umklammerung nutzlos durch das Gras. Der Overall war schon lange nicht mehr orange. Er hatte einen Fuß verloren und humpelte auf dem Stumpen über die Wiese. Kurz stoppte er, reckte die verrottete Nase in die Luft, als suche er eine Witterung, keuchte entsetzlich und setzte seinen Weg fort.

Eine Mutter hielt krampfhaft ihren, in eine hellblaue Decke gewickelten, Säugling im Arm. Der Pullover zerrissen und der Blick glasig, den durchdringenden Schrei, ersetzt durch Röcheln, angezogen vom Instinkt, den Hunger zu befriedigen. Beherzt griff das Baby der Mutter an die Brust, riss ein Stück ab und stopfte es sich in den Mund. Maden tropften von den dünnen Lippen auf die Decke, auf den Boden, machten Platz für das Fleisch, das die Eier nährte. Blind krochen sie über die Kiesel, auf der Suche nach einem neuen Wirt, getrieben vom Instinkt, zertreten von den nachkommenden Untoten. Die Frau zuckte nicht einmal zusammen.

Janne würgte und schluckte die hochkommende, verdaute Nahrung wieder runter. Sie kannte das Ziel, denn sie waren es selbst, ihr noch warmes, durchblutetes Fleisch. Zwischen ihnen und den Zombies gab es nur noch das kleine, eiserne Tor, knapp drei Meter hinter dem Ufer, mitten auf dem Steg, dessen Schloss sie erst vor wenigen Minuten geknackt hatten.

Und es stand offen.

Elchs und Jannes Blicke trafen sich. Sofort wandte sich Elch den Kabeln zu.

Janne sprang von der 'Ars vitae' auf den Steg und rannte sofort los.

Tagelang hatten sie nach einem Krankenhaus oder einer Apotheke gesucht, die keine Zombiehölle, die kein Opfer von Plünderungen geworden war. Tage hatten sie den Entbehrungen der Sicherheit getrotzt, nur um die Insulinampullen zu finden, um Ida vorerst zu retten. Und jetzt ... auf keinen Fall würde sie sich überrennen lassen.

Ihr Herz hämmerte wie wild. Die ersten Untoten erreichten den Steg und es lagen nach wie vor zig Meter zwischen ihr und dem Tor.

Janne rannte, atmete schwer und der erste Zombie überquerte die Schwelle des Tores als sie den Hauptsteg erreichte. Fast wäre sie auf den vermoosten Planken ausgerutscht, als sie die Kurve knapper nahm, als die Geschwindigkeit zuließ. Nur mit Mühe hielt sie das Gleichgewicht. Ihre Füße berührten kaum den Boden, so erbarmungslos raste sie dem Tor entgegen. Mangels eines ausgereiften Plans rammte sie den Ersten mit ihrem vollen Gewicht, brachte ihn aus dem Gleichgewicht, sodass er von dem Steg ins Wasser stürzte. Luftblasen blubberten, Maden wanden sich an der Oberfläche, aber der Zombie blieb verschwunden.

Überrascht von diesem Erfolg schlitterte Janne über die Holzbohlen, die verdächtig knarrten. Sie ruderte mit den Armen und fiel auf die Knie, genau vor die Füße des nächsten Angreifers.

Der unglaubliche Gestank raubte Janne den Atem und sie keuchte.

Ein Augapfel des Zombies baumelte an den Sehnen auf der Wange. Die aschfahle Haut hing in Fetzen von der grauen Masse, die einmal Muskeln gewesen waren. Laut klapperte er mit den Zähnen, in dem Versprechen, sie bald in ihr Fleisch zu schlagen. Maden krümmten sich hinter der großen Lücke des fehlenden Schneidezahns. Die blanken Fingerknochen berührten Jannes Hals.

Im letzten Moment duckte sie sich, warf sich auf die Seite und trat dem Zombie im Sturz gegen das Knie.

Knochen knackten, Sehnen barsten, verfaultes Fleisch schmatzte, als sich der Unterschenkel vom Rest des Körpers löste. Der Zombie stöhnte und in Jannes Ohren hörte es sich an wie Überraschung und Ärger. Verweste Fleischbrocken blieben an den Sohlen ihrer Turnschuhe kleben. Der Untote prallte ungebremst mit dem Kopf auf das Holz. Der Schädel platzte auf wie eine überreife Melone. Graue Hirnmasse und geronnenes Blut liefen über die Bohlen und tropften durch die Ritzen in das Wasser.

Schnell rappelte sich Janne auf. Die Kette des Vorhängeschlosses lag noch auf dem Steg und sofort griff sie danach. Wie ein Lasso schwang sie die schwere Kette über ihrem Kopf, um den nächsten Zombie auf Abstand zu halten. Mit der anderen Hand angelte sie nach dem Tor, bekam eine Metallstrebe zu fassen und zog sie zu sich. Kurz schwang das kleine Tor zurück und sofort packte sie fester zu. Der Angreifer stöhnte und weitere Zombies tauchten aus dem Gebüsch auf.

»Scheiße! Scheiße! Scheiße!«, flüsterte Janne und merkte, wie die Panik in ihr hochstieg.

Janne schwang die Kette und traf den Stöhner am Unterkiefer. Es knirschte, es knackte, es schmatzte, dann plumpste der Kiefer in den Fluss. Ein Madenregen ergoss sich auf den Steg. Hunderte prallten auf das Holz, wanden sich und krochen wie Raupen in Jannes Richtung. Langsam schlurfte der Zombie ihr entgegen. Er streckte die Arme aus, wollte das Fleisch berühren und wich der Kette aus.

Fest umklammerte Janne das Tor, in der Hysterie, überrannt zu werden. Sie schleuderte die Kette und traf den Untoten an der Schläfe. Der Schädel knackte. Janne holte Schwung und traf erneut. Der Knochen knirschte, ähnlich wie bei einer Walnuss, kurz bevor die Schale nachgab, wenn der Nussknacker sie in der Zange hatte. Janne schüttelte sich und eine Gänsehaut überzog ihren Körper. Der nächste Schlag traf ihn am Ellenbogen, beeindruckte ihn jedoch kaum.

Ihre Schulter schmerzte, die Muskeln wurden müde und bei jeder Sporteinheit hätte sie längst eine Pause eingelegt. Nur der pure Überlebenswille veranlasste ihren Körper dazu, weiter zu arbeiten.

Weitere Zombies schlurften Richtung Tor.

Janne schwang die Kette mit voller Kraft und eisernem Willen. Endlich traf sie die Schläfe. Der Knochen brach und Hirnmasse sickerte über seine Schulter. Noch ein letzter Schlag. Das Hirn war nur noch eine breiige Masse und der Körper sackte zusammen.

Janne atmete tief ein, gönnte sich aber keine Pause. Wo war das verdammte Schloss? Suchend sah sie sich um und konnte es nirgendwo entdecken. Einerlei, sie konnte sich nicht damit aufhalten. Sie schlang die Kette durch die Stahlstreben und um den

Pfosten. Mit ihrem ganzen Gewicht hängte sie sich an die Kette, welche im Augenblick Sicherheit versprach, aber nicht für den nächsten. Wieso hörte sie immer noch keinen Motor?

Stetig füllte sich die Anlegestelle mit gefräßigen Zombies. Irrende Hände griffen durch die Stäbe, auf der Suche nach frischem Fleisch, tasteten nach ihrem Körper. Blinde Augen suchten ihre Nähe. Geschickt wich Janne ihnen aus, trat nach verwesenden Fingern und Armen, die Eisenkette fest im Griff. Immer mehr Untote drängten auf den schmalen Steg.

Besorgt sah Janne zu den Yachten. Kein Zeichen von Elch, kein aufheulender Motor.

Der Hunger trieb die Wurmwirte vorwärts. Sie drängten nach vorne, rücksichtslos, krabbelten übereinander, schubsten, stöhnten.

Die Holzbohlen knarrten. Es fiel Janne immer schwerer, Ruhe zu bewahren. Sie war schweißnass.

Der süßliche Geruch der Verwesung hing in der Luft und sie vermied es, durch die Nase zu atmen.

Die Vorderen wurden von den nachrückenden Untoten immer weiter gegen das Tor gedrängt, sodass ein Öffnen des Tores unmöglich wurde.

Janne lockerte den Griff um die Kette und entspannte die Muskeln. Zehn, fünfzehn Arme langten durch die Stäbe, versuchten sie zu erhaschen, verdorrte Lippen wurden zurückgezogen, Zähne gebleckt, Kiefer mahlten.

Der Motor der Ars vitae heulte auf, stotterte.

Der Straßenkehrerzombie hatte im Gedränge seinen Besen verloren und krallte seine Finger in die Schulter des Vordermanns. Ohne Respekt kletterte er über den Rücken, trat einem anderen in den Magen, getrieben von einer unbändigen Gier. Maden krochen unter der Haut, brachten Ausbeulungen zum

Vorschein, wo keine sein durften. Ohne Schmerzen umfasste er den Stacheldraht.

Janne beobachtete das Spektakel mit Unbehagen.

Schon schwang er das rechte Bein über den Zaun. Ein Zombie hängte sich an das linke Bein und brachte ihn aus dem Gleichgewicht. Die Dornen des Stacheldrahtes rissen an dem zerfetzten Overall und bohrten sich in das faulende Fleisch. Dunkelbraunes Blut und gelbgrüner Gallensaft tropfte von den Drähten und steigerte die Raserei der Meute. Unzählige Kehlen bildeten einen stöhnenden Chor. Tief und tiefer drückte sich der Stacheldraht in den Körper und schlitzte ihn auf. Die lebende Leiche klatschte auf den Boden. Sein Darm hing an den Dornen wie zu räuchernde Würstchen mit lebendiger Füllung. Ungelenk rappelte der Straßenkehrer sich auf. Er hatte ein Päckchen zu überbringen.

Endlich hatte sich der Motor gefangen und lief. Elch hatte es geschafft.

Janne rannte los, sprang über die Leichen und schlitterte über die Planken. Der abgetrennte Unterschenkel brachte sie zu Fall. Sie rutschte über das Holz, der Stoff der Jeanshose gab nach, Splitter bohrten sich in ihr Knie. Laut ächzend nahm der Untote die Verfolgung auf.

Elch löste schon das Tau, mit der die Yacht befestigt war, als Janne auf das Boot sprang. Noch nie hatte sie ein so schönes Geräusch gehört, wie den vor sich hin tuckernden Motor.

Als der Wurmwirt die Abzweigung des Stegs erreichte, legten sie ab. Janne winkte ihm zu.

Breitbeinig stand Elch hinter dem Steuerrad und sah aus, als wäre er schon immer als Kapitän über die Meere geschippert und kein Grubenarbeiter aus dem Ruhrpott.

Janne lehnte sich an ihn.

»Alles okay?«, fragte er sie.

Sie nickte. »Alles gut.«

»Wir schaffen das schon.«

»Klar, wie immer.«

»Ida ist eine starke Frau.« Aufmunternd sah er ihr in die Augen.

Wieder nickte Janne. Ihre Wangen waren gerötet und ihr war heiß. Schweißperlen liefen ihr über die Schläfen und den Hals. Erschöpft riss sie sich die Jacke vom Körper, warf sie auf Deck, streckte und dehnte sich. »Mir ist so heiß«, stöhnte sie. Jeder Muskel schmerzte. Sie sank entkräftet auf die ehemals roten Samtkissen der Loungeecke und untersuchte ihr Knie. Sie entfernte einen zwei Zentimeter langen Holzspieß, der sich tief in den Muskel gegraben hatte. Es schüttelte sie, als sie Teile des Augapfels des Zombies vom Schienbein wischte und es kostete sie große Anstrengung, sich nicht zu übergeben.

Ruhig glitt die Yacht durch das Wasser und der Fluss breitete sich vor ihnen aus. Die Äste der Bäume hingen tief ins Wasser. Eine Entenfamilie bahnte sich ihren Weg durch das Dickicht.

Janne kuschelte sich tiefer in die Kissen und beobachtete die Spatzen wie sie durch den Himmel flogen. Das sonore Brummen des Motors wiegte sie in einen unruhigen Schlaf.

Das Dröhnen der Kampfhubschrauber weckte sie schlagartig. Mehrere Maschinen rasten im Tiefflug über sie hinweg, alle beladen mit großen, schweren Tonnen.

Janne hustete und sehnte sich nach einem heißen Tee. Die Anstrengungen der letzte Tage hatten ihre Spuren hinterlassen.

Elch nickte ihr zu. »Kampfflieger.«

»Vielleicht haben sie uns gesehen.«

»Und wenn? Für die gelten wir als infiziert und als potentielle Zombies. Sie würden uns töten.«

Resigniert sah Janne in die Schaumkronen, die die Yacht hinterließ. Ihre Situation war hoffnungslos. Deutschland war seit Monaten abgeschottet, die Grenzen dicht. Keiner wollte ins Land, aber die Überlebenden raus. Nach und nach eliminierten die angrenzenden Staaten die Großstädte. München, Berlin, Hamburg, Köln, ausgebombt und nur noch eine Erinnerung an längst vergangene Zeiten. Alles nur aus Angst vor Ansteckung. Erst nannten sie es Quarantäne, dann rollten an den Grenzen die Panzer ins Land. Die Ketten hinterließen tiefe Narben. Schwer bewaffnete Soldaten schossen auf alles was sich bewegte. Ihre kleine Gruppe hatte beobachtet, wie sie nicht infizierte Kinder und Überlebende erschossen. Rücksichtslos durchstöberten sie Häuser, brannten ganze Viertel nieder. Männer in Schutzanzügen nahmen Bodenproben, legten Maden unter ein Mikroskop und schütteten Wasser in ein Reagenzglas. Deutschland musste desinfiziert werden.

Die Zeit lief ab.

Während sie geschlafen hatte, mussten sie ein Flussmündung passiert haben. Hier war der Fluss viel breiter, die Häuser waren dichter an das Ufer gebaut. Verrostete Schiffscontainer ragten aus dem Wasser, gekenterte Frachter versperrten den Weg.

Wachsam umschiffte Elch die Hindernisse.

Erbärmliches Ächzen, grauenhaftes Röcheln und abscheuliches Seufzen drang von einem havarierten Ausflugsdampfer zu ihnen herüber. Die blaue Schutzfarbe war abgeblättert. Am Bug klaffte ein großes Loch. Die Fenster, durch die Familien früher die Aussicht genossen hatten, waren blutverschmiert. Eine Gruppe Zombies hatte sich auf dem Deck versammelt und irrte von Maden getrieben umher.

Elch hielt den Abstand so groß wie möglich und Janne schüttelte sich, als sie vorbeifuhren. Nicht, weil sie die grauenhafte

Meute nicht mehr ertragen konnte; die Erinnerung an ihre Familie, an glückliche Tage, alles schien so weit weg.

»Was meinst du, wie lange wir noch brauchen?«, fragte Janne.

»Wenn uns keine Hindernisse ausbremsen ...« Elch kontrollierte die Benzinanzeige. Die Nadel kroch gefährlich nahe auf den roten Bereich zu. »... und das Benzin reicht, können wir in einer Stunde anlegen. Dann sind wir in zwei Stunden zu Hause.« Elch stockte und berichtigte sich selbst. »Dann sind wir da.«

Unzufrieden kaute Janne auf ihrer Unterlippe. Ihr Kopf brummte und sie massierte die verspannte Nackenmuskulatur.

Kleine Fabriken aus roten Backsteinen säumten jetzt das Ufer. Dicke Rohre führten einst Abwasser in den Fluss. Heute tröpfelte es nur noch über die vermoosten Kanten.

Der Kran der nächsten Fabrik war ins Wasser gestürzt und die gelbe Farbe war einer dicken Schicht aus Flechten gewichen.

Der Motor der Yacht tuckerte immer langsamer und stoppte.

Fragend sah sich Janne zu Elch um. »Benzin alle?«

Gemächlich glitt das Boot durch das Wasser.

Elch schüttelte den Kopf. »Nein.« Mit dem Kinn deutete er nach vorne.

Keine hundert Meter vor ihnen querte eine Autobahnbrücke den Fluss. Zurückgelassene Autos, Lastwagen und Wohnmobile verstopften die Straße. Ein schwarzer Geländewagen hatte die Brüstung durchbrochen und hing mit dem Vorderreifen in der Luft. Hunderte Zombies schlichen um die Wagen. Sie klagten, versuchten sich zu übertönen, krochen über die Geländer. Mehrfach stürzte einer in den Fluss und versank wie ein Stein. Der leichte Wind hatte sich gedreht und der Gestank war kaum zu ertragen. Unter das Aroma der Fäulnis hatte sich der üble Geruch von vermoderten Tierabfällen gemischt.

Noch immer driftete die Ars Vitae der Brücke entgegen. Elch drückte einen Knopf und rasselnd presste sich der Anker in den Grund. Stockend stoppte die Yacht.

Janne konnte den Blick nicht von der Brücke wenden. Ihre Ankunft war nicht unbemerkt geblieben. Verfressen streckten die Ersten ihre Hände nach ihnen aus, obwohl so noch weit entfernt waren. Andere rückten von hinten nach und Janne schüttelte über so viel Gier nur den Kopf. »Und nun?«

Elch kniff die Augen zusammen und antwortete nicht.

»Wenn wir drunter durchfahren, springen sie.«

»Was ist das?«, fragte Elch.

»Was?«

»Die Brücke ist seltsam.«

»Seltsam?« Janne prüfte die Brücke eingehend und rieb sich die kleine, schmerzhafte Beule hinter dem rechten Ohr. »Wieso?«

Elch runzelte die Stirn. »Ich weiß nicht ... die Farbe.«

»Sie ist halt rot. Und?«

Elch legte den Kopf schief, die Stirn gedankenverloren in Falten. Das wehmütige Klagen der Zombies erreichte einen markerschütternden Höhepunkt.

Janne sah zu Elch, dann zur Brücke und wieder zu Elch. »Da ist nichts ...«

Grob packte Elch sie am Arm und zerrte sie vorwärts. »Komm!«

»Was ist?« Janne stolperte, fing sich, stieß gegen die Reling. »Was ist denn los?«

»Das ist eine Falle.« Schon hatte er das Bein über die Reling geschwungen.

»Ich verstehe überhaupt nichts. Wieso fahren wir nicht weiter?«

»Janne, diskutiere nicht, komm.«

Sie rollte sich über das harte Eisen des Schiffsgeländers, während Elch schon bis zur Brust im kalten Wasser stand. Janne atmete ein paar Mal durch, wappnete sich innerlich vor der Eiseskälte und sprang.

»Das ist keine rote Farbe. Unter der Verwesung und der Fäulnis riechst du geronnenes Blut.« Elch schnappte nach Luft. Ohne inne zu halten schwamm er dem Ufer entgegen.

»Literweise Blut. Innere Organe.« Drei kräftige Züge brachten ihn dem Ufer näher.

Janne hatte Schwierigkeiten zu folgen.

»... und sie können nicht mehr runter von der Brücke. Irgendwie haben sie den Weg versperrt.«

»Wer denn?«

»Mensch, Janne. Die, die in den Hubschraubern saßen. Und sie werden zurückkommen, mit schnelleren Maschinen und Waffen.«

Die Strömung wurde stärker. Nur mit Mühe konnten sie sich von der Brücke fernhalten. Erschöpft griff Janne nach einer Strebe des umgekippten Krans. Glitschige Algen klebten am Metall. Im seinem Schutz hangelten sie sich an das Ufer. Sie fror und auch Elchs Lippen waren blau. Doch er gönnte ihnen keine Pause. Die Böschung war felsig und Janne hatte Schwierigkeiten, Halt an den scharfen Kanten zu finden. Immer wieder rutschte sie ab. Ihre Muskeln waren müde, die Kraft ließ nach und doch trieb Elch sie unermüdlich an. Dann packte er sie am Handgelenk und zerrte sie das letzte Stück nach oben. Ein rauer Vorsprung schürfte ihr den Rücken auf. Die Schmerzen trieben ihr die Tränen in die Augen, aber sie klagte nicht, sondern raffte sich sofort auf. Elch sah ihr in die Augen, überprüfte nur in Sekunden ihre Verfassung und rannte los.

Janne folgte und ließ die Füße über den Kiesweg fliegen. Unkraut wucherte und die ehemals gestutzten Büsche eroberten das Gelände zurück. Ihre Lunge brannte, die Beine schmerzten und ihr war klar, dieses Tempo konnte sie nicht mehr lange halten. Der Abstand zu Elch wurde immer größer. Sie atmete schwer und es strengte sie an, die Lungen aufzublähen und mit Luft zu füllen. Während sie versuchte, Elch auf den Fersen zu bleiben, beobachtete sie, wie er die Geschwindigkeit drosselte und sich nach ihr umsah. Der Weg machte eine Kurve und trotz der scheinbar drohenden Gefahr, ließ er Vorsicht walten, denn nie konnten sie wissen, welche Bedrohung auf sie wartete. Janne holte auf, stemmte die Hände auf die Knie und verschnaufte, konzentrierte sich auf die Atmung. Ihr Begleiter gönnte ihr ein paar Minuten.

Dann erschauderte sie und blickte Elch mit großen Augen an, fasste ihn geschockt an den Unterarm und suchte ihr Gleichgewicht. »Wir müssen zurück«, stotterte sie und stolperte in die Richtung, aus der sie gekommen waren.

»Spinnst du?« Elch zerrte sie vorwärts.

Janne schlug um sich und versuchte sich aus seinem Griff zu befreien. »Das Insulin. Es ist in meiner Jackentasche ... auf der Yacht.«

Betroffen starrte Elch sie an.

Sekundenlang herrschte Schweigen. Im Unterholz sangen Zikaden ein lautes Lied in der einsetzenden Abenddämmerung.

»Du kannst nicht zurück.« Elch flüsterte und lockerte seinen Griff um Jannes Taille nicht.

Längst rollten dicke Tränen über ihre Wangen. Doch sie gab nicht auf, wand sich, um sich aus seiner Umklammerung zu befreien, mit dem Resultat, dass Elch noch fester zupackte. In ihrer Verzweiflung trat sie ihm gegen das Schienbein. Er grunzte kurz und schenkte dem Schmerz keine weitere Beachtung.

Ein lauter Knall am Himmel stoppte ihre Rangelei. Die Zikaden unterbrachen ihr Lied. Janne versuchte, zwischen den Baumwipfeln etwas zu erkennen. Aufgeschreckte Vögel flogen umher. Elch zog sie zum Ufer, um freie Sicht zu haben.

»Sie kommen«, brummte er.

Zwei Kampfflieger flogen in einer Formation über die Brücke. In rasender Geschwindigkeit drehten sie, flogen einen Bogen und kamen zurück. Über der Autobahnbrücke ließen sie Bomben fallen und waren wenige Augenblicke später aus dem Sichtfeld verschwunden.

Janne beobachtete, wie die Geschosse in gefühlter Zeitlupe den Zombies entgegenfielen. Die Luft flirrte, doch sie konnte ihren Blick nicht abwenden. In letzter Sekunde warf Elch sie auf die Erde und schützte sie mit seinem Körper.

Mit einem gigantischen Donnerschlag explodierten die Bomben.

Die Druckwelle der Explosion drückte sie tief in den Matsch. Das Gesicht durch den Sturz von den Dornen der Büsche zerkratzt, mit dem Kinn im Dreck, realisierte Janne nur langsam, was gerade passiert war. Ein spitzer Stein bohrte sich schmerzhaft in ihre Hüfte. Ihr Körper fühlte sich an, als hätte sie eine Dampfwalze überrollt. Gequält schüttelte sie ihre Arme und raffte sich auf. Ihre Ohren klingelten und sie sah, dass Elchs Lippen sich bewegten, er auf sie einredete, aber sie konnte ihn nicht verstehen.

Fassungslos sah sie auf die verwüstete Brücke. Die Hitze versengte ihr die Augenbrauen. Überall zwischen den groben Steinbrocken lagen abgerissene, verwesende Leichenteile, losgelöste Arme und Köpfe.

Die Autobahnbrücke existierte nicht mehr. Fahrbahnteile und Autowracks stachen aus dem Wasser. Ein dichter Ölfilm trieb an der Wasseroberfläche und brannte haushoch. In der Mitte des Flammenteppichs ragten die Pfeiler der Brücke ohne Funktion.

Janne starrte auf das Inferno, unfähig, sich die nächsten Schritte zu überlegen.

Die Yacht brannte. Es knirschte und knackte, als das Holz nachgab und den Flammen reichlich Zunder bot.

Jannes Blick war glasig, das Piepen in den Ohren unerträglich und noch viel schlimmer die Konsequenzen. Aus und vorbei. Das Todesurteil für ihre Schwester. Wie sollte sie ihr wieder unter die Augen treten, war Janne doch ihre einzige Hoffnung.

Sie ging einen Schritt auf den Brand zu. Wie viel einfacher wäre es, wenn ...

Die Selbstmordgedanken blieben ungedacht. Elch riss sie am Arm und zwang sie zur Bewegung, ignorierte ihre Tränen. Zurück auf dem Weg verfielen sie in einen leichten Trab und entfernten sich Stück für Stück von dem Inferno.

Als die Dämmerung hereinbrach, erreichten sie eine Lichtung. Hinter einem Felshaufen ließ sich Janne völlig erschöpft auf den Boden sinken. »Ich kann nicht mehr und ich will nicht mehr.« Sie rieb sich die schmerzenden Schläfen.

»Wir können nicht hier bleiben. Schon gar nicht in der Nacht.«

»Mir sind die Zombies egal. Lass mich einfach hier liegen.« Janne drehte sich auf die Seite. »Es hat doch sowieso alles keinen Sinn.«

»Steh auf.« Elchs Ansage duldete keinen Widerstand. »Aufgeben ist keine Option.«

Janne beobachtete, wie die kleinen Wölkchen weiterzogen. Der Drang, einfach liegenzubleiben, der Müdigkeit und

Erschöpfung nachzugeben, war groß, aber die Angst vor den Untoten dann doch größer. Wieder gab sie Elch nach. Bis jetzt hatte er immer die richtigen Entscheidungen getroffen.

»Bist du so weit?«, drängte Elch zum Aufbruch.

»Nein.« Trotzdem stand sie auf.

»Dort hinten steht ein Wanderwegweiser. Noch einen Kilometer bis zur nächsten Ortschaft.«

»Da willst du hin?«

Elch zuckte nur mit den Schultern. »Haben wir eine Wahl?«

»Elch ... wirklich ... ich kann heute nicht mehr. Ich brauche eine Pause. Eine Ortschaft bedeutet Zombies und ich will nicht kämpfen. Morgen ... morgen wird es wieder gehen.« Sie mühte sich den kleinen Berg hinauf. Ihr Atem ging stoßweise.

»Wir brauchen Insulin. Ida hat keine Pause.«

Die Maisfelder zu beiden Seiten hätten längst abgeerntet werden müssen. Die Sonne hatte die Kolben verbrannt.

»Ida bringt es nichts, wenn wir uns vor Schwäche überrennen lassen und verwandeln«, flüsterte sie vor sich hin.

Elch brummte nur und kickte einen Stein. »Der Ort ist nicht mehr weit und vielleicht gibt es eine Apotheke, die noch nicht geplündert wurde.«

Eine Vogelscheuche quietschte leise im Wind, während sie die Anhöhe erklommen. Ein kleiner, geschwungener Weg führte hinab ins Tal, auf eine asphaltierte Allee, der Zufahrtsstraße in das Dorf. Es wirkte ruhig, fast schon gespenstisch leer. Aber aus Erfahrung wusste Janne, dass hinter jeder Ecke ein Rudel lauern konnte, nur darauf wartend, sich der Gier nach ihren pochenden Herzen zu ergeben. Längst war der Mond aufgegangen und hatte die Sonne hinter dem Horizont verscheucht. Das letzte bisschen Sonnenlicht, gefressen von den Schatten. Die Dunkelheit verstärkte Jannes Ängste und sie würde nichts lieber tun, als ihrem Instinkt nachzugeben und sich irgendwo unter einem Bett zu verstecken.

»Also gut«, sagte Elch. »Zu den Feldern muss es ja einen Hof geben. Da verbringen wir die Nacht.« Er strich sich durch den Bart.

Erleichtert atmete Janne auf.

»Sobald es hell wird, brechen wir auf. Klar?«

»Klar.« Allein die Aussicht auf ein wenig Schlaf brachte die Motivation zurück. Janne kratzte sich die roten Pusteln am Hals auf, ohne es zu merken.

»Was hast du?«, fragte Elch und strich ihr über den Hals.

»Da hinten war ein Weg für Traktoren. Wahrscheinlich kommen wir da zum Bauernhaus.«

»Was ist mit deinem Hals?«

Janne fuhr sich über die Kratzspuren. »Sonnenallergie oder Mückenstiche.«

Elch studierte ihren Blick und gab sich dann mit der Antwort zufrieden.

Sie mussten nur wenige Meter zurück laufen, als sie die Traktorreifenspuren fanden. Mit Unkraut überwuchert waren sie mehr zu erahnen, als zu erkennen.

Wachsam bewegten sie sich vorwärts. Der mannshohe Mais barg Gefahren, die sie erst spät erkennen würden. Vielleicht zu spät, um reagieren zu können. Zombies, Hunde, die schon lange keine Haustiere mehr waren. Plünderergruppen, die hinter jedem Menschen einen Gegner witterten.

Sie schlichen voran, zügig, aber mit Bedacht. Die verwelkten Blätter raschelten und Jannes Herz klopfte bis zum Hals. Ihre Nerven waren zum Zerreißen gespannt und sie vergaß das Atmen. Vielleicht wäre das Dorf doch die bessere Alternative gewesen. Der Wind löste einzelne Maiskolben und sie landeten dumpf auf der Erde. Jedes Mal zuckte Janne zusammen. Endlich kam das Ende des Feldes in Sicht. Es war ihr vorgekommen, als wären sie Stunden durch ein Maislabyrinth geirrt, doch es waren nur Minuten und sie war erleichtert, der grünbraunen Hölle entkommen zu sein. Dem Maisfeld schloss sich ein Weizenfeld an, auch überreif, aber übersichtlicher. Zwischen dem Weizen schoss überall Unkraut hervor. Mitten im Feld stand eine von diesen modernen Erntemaschinen. Zurückgelassen, mitten in der Arbeit. In den Schneidwerkzeugen hingen abgetrennte Beine, aufgespießte Köpfe, Stofffetzen. Selbst aus der Entfernung konnte Janne den untoten Bauern in der Kabine erkennen, wie er tobte. Das Fleisch ummantelte die Knochen lederartig. Rasend, weil er der Kabine nicht entkommen konnte. Aufgelöstes Menschenfett, das einst die Scheibe herabgeronnen war, war eingetrocknet und machte den Zombie noch aggressiver, als er versuchte, es abzulecken, mit einer Zunge, die keinen Speichel mehr produzierte.

Angewidert wandte Janne sich ab. Sie konnte sich nicht an diese Bilder gewöhnen, wollte sich nicht an diese Bilder gewöhnen und musste es jeden Tag erdulden, in der Befürchtung, einmal selbst so zu enden.

Der Hof war nur noch wenige hundert Meter entfernt. Das große Bauernhaus, die Scheune, der Stall. Alles sah ruhig und friedlich aus. Eine ländliche Idylle.

An den Holzwänden der Scheune suchten sie Schutz. Schritt für Schritt näherten sie sich dem Innenhof, immer auf der Hut. Janne linste zwischen den Hölzern in die Scheune. Vergammeltes Heu, verstreute Arbeitsgeräte, nichts Auffälliges.

Elch hob die Hand und gebot ihr so, stehenzubleiben. Er schielte um die Ecke, inspizierte den Hof und nickte ihr zu.

»Gehen wir in die Scheune?«

»Mir wäre der Stall lieber. Stabilere Wände.« Elch klopfte auf das Holz.

Geduckt huschten sie über den Hof und pressten sich an die Wand des Stallgebäudes.

»Hier ist keiner.« Janne strich sich über die pochende Schläfe.

»Wir bleiben vorsichtig.« Elch spähte durch das vergitterte Fenster und versuchte mit dem Ärmel, den Dreck der letzten Monate zu lösen. Ergebnislos. »Also der Haupteingang.«

Mühevoll zog Elch den leicht angerosteten Metallriegel zurück. Sofort sprang die Stalltür auf. Direkt standen sie in einer Dunstwolke aus abgestandener Luft, Kuhmist und vergammelten Fleisch. Janne rang nach Luft. Unzählige verendete Kühe und Kälber lagen im verdreckten Stroh, in unterschiedlichen Verwesungsstadien. Hunderte, tausende Fliegen surrten durch den Stall und verwandelten die zugrunde gegangen Tiere in schwarze, sich bewegende Gestalten. Aufgeplatzte Leiber, aus denen vertrocknete Organe hingen, blanke Knochen, abgefressen von Fliegen, Käfern und Maden, die ihre Nachkommen ernährten.

Janne würgte. »Ich bin wirklich keine Tussi, aber ich kann hier nicht schlafen.« Sie lehnte sich gegen die aufgeschwungene Tür, die entsetzlich laut in den Angeln quietschte.

Als hätten sie auf einen Startschuss gewartet, erhob sich ein Meer aus wogenden Insektenkörpern, krabbelnd, fliegend, die zusammengeschmolzen schienen wie ein einziges, riesiges Biest. Sie stoben durch die Tür, neuen Nahrungsquellen entgegen.

Janne schrie, schluckte, spuckte, schlug um sich, traf viele und doch keine, spuckte, spuckte, spuckte, stolperte rückwärts und landete auf ihrem Hintern im Dreck. Immer mehr Insekten flatterten aus dem Stall und das Reiben der Flügelschläge war ohrenbetäubend.

Da humpelte der erste Zombie um die Ecke der Scheune, angezogen vom Lärm, erfreut über das Fleisch. Gierig stöhnte er auf.

»Was ist das für ein Tag heute? Ein Tag aus der Hölle?«, fragte Janne.

Elch half ihr auf die Füße. »Derzeit ist jeder Tag ein Tag aus der Hölle.«

Der zweite und dritte Untote schlurften um die Ecke. Ein ganzes Rudel folgte.Elch rannte zur Eingangstür des Bauernhauses und rüttelte an der Klinke. Abgeschlossen. Er zerrte Janne hinter sich her und versuchte es an der Nebentür. Schwere Eisenschlösser verhinderten ein Eindringen. Janne lugte durch das Fenster der Tür und erschauderte, als die Fratze der toten Bauersfrau Millimeter vor ihr auftauchte, nur getrennt durch die Scheibe. Die Kreatur keuchte, sog scharf den Sauerstoff ein, in Lungen, die den Dienst versagten. Dann öffnete sie den Mund und erbrach im Strahl einen Schwall Maden, die gegen das Glas prallten und auf den Boden fielen. Ein nicht enden wollender Strom ergoss sich aus ihrer Kehle. Schon krochen die Ersten unter der Türschwelle den pochenden Herzen entgegen.

Janne taumelte zurück und folgte Elch, der schon durch das Feld rannte, die Zombies dicht auf den Fersen. Weizenähren schlugen ihnen hart um die Unterschenkel.

Das Atmen fiel Janne immer schwerer. Jeder Atemzug bereitete ihr stechende Schmerzen. Die Luftröhre fühlte sich eiskalt an und der Kopf bleischwer. In den Armen und Beinen kribbelte es. Janne schlug nach den Fliegen, die sich in den Falten ihrer Kleidung versteckten. Dann stoppte sie. »Ich kann nicht mehr.« Ihre Lungen brannten. »Wirklich.«

Elch blickte in ihr kreidebleiches Gesicht, erkannte, dass sie nicht scherzte und kontrollierte die Entfernung zu den stinkenden Verfolgern. Sie stöhnten in einem vielstimmigen Chor in Vorfreude auf das Festmahl.

»Zum Traktor.«

»Was?«

»Wir jagen ihn da raus.« Er deutete auf den Bauern. »Und wenn er nicht raus kommt, kommen die nicht rein.« Jetzt zeigte er auf das Rudel.

Janne war alles recht, Hauptsache, ihre Füße mussten sie nicht länger tragen.

Sie änderten die Richtung.

Die Verfolger holten auf.

Elch packte Janne am Arm und schleppte sie mehr, als dass sie lief.

Endlich am Traktor angekommen, stützte Janne sich auf ihren Knien ab und konzentrierte sich auf die Atmung.

Der Bauer tobte. Nie war er in seinem untoten Leben durchblutetem Fleisch so nah gewesen und er raste vor Gier, schlug mit den flachen Händen gegen die Scheiben und drückte sich die Nase platt.

»Warte hier.« Elch verschwand hinter dem Traktor und kurz hatte Janne die Befürchtung, er würde sie dort zurücklassen. Doch das Vertrauen war größer. Geräuschvoll öffnete sich auf der anderen Seite die Tür und der Zombie fuhr aufgeregt herum. Sofort wich Elch ein paar Schritte zurück, spielte den Lockvogel, alle Muskeln angespannt, bereit, sich mit bloßen Händen zu verteidigen. Wachsam sprangen Elchs Blicke zwischen dem Bauern und dem Rudel hin und her. Die Zeit wurde knapp.

Fast fiel der Zombie aus der Maschine, nachdem er lange Zeit seine Beine nicht gebraucht hatte. In letzter Sekunde fand er sein Gleichgewicht wieder und schwankte auf de Mann zu.

Janne erkannte, wie schwer es Elch fiel, aber er hielt seine Position ohne sich zu bewegen, harrte aus und ließ den Zombie Schritt für Schritt näher kommen.

Janne kletterte auf der anderen Seite mit letzter Kraft in die Fahrerkabine und brach ohnmächtig zusammen.

Sekunden später kam sie wieder zu Bewusstsein. Ihr Körper tat weh, fühlte sich so schwer an. Besorgt beobachtete sie Elch.

Er wartete und ließ den Wurmwirt näher und näher kommen. Kaum eine Armeslänge entfernt schlug er einen Haken, legte in Windeseile die wenigen Schritte zum Traktor zurück und sprang, selbst überrascht über die Einfachheit seines Plans und das Gelingen, in die Fahrerkabine und schlug die Tür zu.

Der Gestank war unerträglich, kaum besser als im Stall, und raubte ihm für Sekunden die Sinne. Sofort zerstampfte er die noch lebenden Maden, die in der Kabine einen neuen Wirt suchten. Mit dem Ellbogen zermatschte er eine auf dem Tacho.

»Janne!« Elch schlug ihr ins Gesicht. »Janne!«

Es knallte laut, als ein Zombie gegen die Scheibe schlug. Elch ignorierte ihn. Der Traktor war umzingelt, geschüttelt von unzähligen Händen, die Einlass forderten.

Elch schüttelte Janne an den Schultern und schrie ihren Namen. Jannes Augenlider flatterten. »Mir ist schlecht.« Schon legte sie den Kopf auf die Seite und erbrach schaumig grüne Galle.

»Was ist los?« Elch legte seine Hand auf ihre Stirn. »Wie lang hast du schon Fieber?«

Janne zuckte die Schultern. »Weiß nicht.«

Elch holte tief Luft. Beobachtete die Zombies, wie sie vor der Maschine wüteten.

Stockend hielt Janne ihm das Knie entgegen und schob den Stoff zur Seite. »Weißt du, manchmal gewinnen die Guten nicht.«

Ihr Körper erschauderte vor Schüttelfrost.

Mit dem Zeigefinger strich Elch über das aufgeschürfte Knie. Die Wundränder waren ausgefranst, dunkelrot geschwollen und heiß. Nach allem, was sie erduldet hatten, erlebte Janne zum ersten Mal, wie ihm Tränen in die Augen stiegen.

»Janne ...«

»Auf dem Steg. Ich bin durch Zombieschleim gerutscht. Wahrscheinlich ist eine Larve oder ...« Ihre Stimme brach. »Der aufgeplatzte Schädel.« Sie sah in der Ferne, wie sich die Weizenähren im Wind bogen, ignorierte das Keuchen. »Hier endet es also.« Janne lächelte.

Elch zog sie in seinen Arm. Minutenlang schwiegen sie.

»Kümmerst du dich um Ida?«

Elch nickte, konnte kaum sprechen. Er räusperte sich. »Ich verspreche es.«

Janne krümmte sich und erbrach dunkelbraunen Magensaft, gemischt mit geronnenen Blut. Ihr Magen rumorte laut. »Wird es weh tun?«

»Ich weiß es nicht.«

Elch drehte den Schlüssel und versuchte zu starten. Der Motor gab nicht ein Geräusch von sich. Die Benzinanzeige stand auf Null. Die Batterie war leer. Keine Chance, den Traktor in Gang zu bringen. Der Bauer hatte bis zur letzten Minute gekämpft.

»Ich spüre meine Beine nicht mehr.«

Elch strich mit seinen rauen Händen über ihre Oberschenkel und versuchte, ihre Durchblutung in Gang zu bringen, doch spürte er nur die sich windenden Maden unter der Haut.

Sie hielt seine Hände fest und schüttelte den Kopf, Tränen liefen ihr über die Wangen. Dann schlang sie ihre Arme um seinen Hals und drückte ihn fest. »Danke. Danke, für alles.« Sie schluchzte. »Und sag ihr, dass ich sie liebe«, flüsterte sie ihm ins Ohr. Sie legte die Hand an die Klinke.

Draußen grunzten die Zombies.

Jannes Blick wurde glasig. Ihr zerrannen die Sekunden. Es wurde Zeit für den letzten Akt.

Das Schloss knackte, öffnete sich und doch hielt sie mit letzter Kraft die Tür zu, während ledrige Finger sich in den Spalt wühlten, nach ihr suchten.

»Mach's gut.«

Die Tür schwang auf und die Zombies wichen zurück, hießen sie in ihrer Gruppe willkommen. Janne sprang aus der Fahrerkabine. Sofort verschwand ihr Körper in ihrer Mitte. Zähne schlugen sich in ihr Fleisch, Finger gruben sich in ihren Körper, zerrten an ihr, schmatzten.

Janne sah in die Sterne. Sie erkannte das Sternenbild der Kassiopeia und den großen Wagen.

Die wandelnden Toten rupften an ihrem Körper, Knochen brachen und sie zogen sie ein Stück durch das Feld. Die scharfen Halme zerschnitten ihr das Gesicht, doch es blutete nicht. Es überraschte sie, dass sie keine Schmerzen hatte. Als die Untoten von der anderen Seite des Traktors dazustießen, gönnten die anderen ihnen keinen Happen und wachten eisern über ihren Anteil. Das Mahlen der Zähne war unerträglich. Janne hatte das Bewusstsein verloren und bald hörte ihr Herz auf zu schlagen.

Elch öffnete die andere Tür der Fahrerkabine und atmete tief unverbrauchte Luft ein. Ohne sich noch einmal umzusehen sprintete er in die Nacht.

VITAE

Christian Günther, Jahrgang 1974, lebt in der Märchenstadt Buxtehude und arbeitet dort als selbständiger Grafiker und Web-Designer. In seinen ersten beiden Romanen »under the black rainbow« und »Rost« sowie in zahlreichen Kurzgeschichten zeichnet er das Bild eines düster-urbanen Norddeutschlands der nahen Zukunft. Darüber hinaus illustriert er gern und arbeitet seit neuestem an Stories und Romanen zu seiner Fantasy-Welt Faar.

Infodump: www.cyberpunk.de

Geboren im Jahr 87, steckt **Chris Dante** noch mitten in seinem Studium der Fremdsprachen. Von klein auf begeisterte er sich für das geschrieben Wort und steckte seinen Kopf in jedes Buch, das er in die Finger bekam. Besonders angetan hatte es ihm das Horrorgenre, mit seinen Geistern und Monstern, Verrückten und Zombies. Und schon bald griff er selbst nach dem Stift und erschuf seine eigenen Welten, an denen er bis heute feilt.

Marina Heidrich wurde 1961 als Tochter eines toskanischen Musikers und einer schwäbischen Hausfrau in der Nähe von Stuttgart geboren.

1981 bestand sie ihr Abitur und war Trägerin des Scheffel-Preises. Ihre Lebensplanung sah nun eigentlich ein Studium vor. Doch der große Faktor Zufall entschied anders. Viele verschlungene Pfade führten den bekennenden Science Fiction- und Horror-Fan in die unterschiedlichsten Berufe und Nebenjobs, die einzige Konstante in ihrem Leben waren und sind jedoch nach wie vor Musik und Literatur. Die früher semiprofessionelle Rocksängerin arbeitet mittlerweile seit vielen Jahren als freie Journalistin für diverse Zeitungen, malt, gibt Gesangsunterricht und tritt auch mit 53 Jahren nach wie vor mit ihrer Band auf. Und hat nebenbei natürlich einen ganz profanen bürgerlichen Beruf zum Geldverdienen.

Wir schreiben das Jahr 1988, als **Sandra Longerich** das Licht der Welt in Solingen erblickte. Schon in ihrer Kindheit hat sie sich mit dem Schreiben versucht. Ihre Hobbys sind das Lesen und sie betätigt sich gerne als Künstlerin. Bemalt Leinwände für das Zimmer ihres 2012 geboren Jungen.

Daniel Huster lebt zusammen mit seiner Freundin in einer kleinen Dortmunder Wohnung, die aufgrund einer drastisch voranschreitenden Bibliophilie jeden Tag ein wenig mehr aus den Nähten platzt. Er studiert Germanistik und Literaturwissenschaft in Bochum, liebt klassische Horrorstorys, verplempert seine Zeit mit sinnlosen Computerspielen und schreibt meist in der Nacht an eigenen Kurzgeschichten und Romanprojekten. Seine ersten Geschichten sind in diesem Jahr im Art Skript Phantastik Verlag sowie im Sperling Verlag erschienen.

Heike Schrapper wurde 1967 in Hemer geboren. Dem abgebrochenen Kunststudium folgte eine Ausbildung zur Druckvorlagenherstellerin, später ein Lehramtsstudium in Dortmund. Seit 1999 unterrichtet sie Deutsch und Englisch an einem Berufskolleg.

In die Fantastik-Szene ist sie eher durch Zufall »reingerutscht«, fühlt sich dort inzwischen sehr wohl und ist gerne auf diversen Cons und Buchmessen unterwegs.

Ihre Geschichte »Gotteskrieger« wurde für den »Deutschen Phantastik Preis« nominiert.

Eberhard Leucht

»Das Grün der Wiesen und Wälder ist hier frischer als anderswo, ja sogar als in Irland«, sagte nach einem Gastspiel Sir Yehudi Menuhin über das Vogtland. Zwischen diesen grünen Hügeln und Tälern lebt ein kleines zänkisches Bergvolk. Und ich, seit meiner Geburt 1956, mittendrin. Ein idealer Ort für das Schreiben von Geschichten. Meine spezielle Vorliebe gilt dabei der Fantasy mit all ihren Facetten an Ausdrucksmöglichkeiten. Aber nicht nur. Erste Veröffentlichungen in Zeitschriften, Magazinen und Anthologien folgten bald.

Größte Stärke? Kopfkino! **Nora Wanis** ist Ernährungswissenschaftlerin und freie Journalistin. Seit ihrer frühesten Jugend schreibt sie Kurzgeschichten und kleine Romane im Fantasybereich und betreut verschiedene kreative Schreiberblogs.

Privat lebt die 33-Jährige Südbadenerin mit ihrem Mann und zwei Kindern glücklich in Mittelhessen.

Jan-Christoph Prüfer lebt im westfälischen Minden. Er hat Anglistik und Geschichte studiert und arbeitet als Redakteur bei einer lokalen Tageszeitung.

Vor der Zombifizierung war **Vincent Voss** Horrorautor und Freizeitpädagoge. Nach der Zombifizierung ist es so ziemlich scheißegal, was man mal war. Hauptsache man überlebt. Vielleicht hat das kulturwissenschaftliche Studium dabei geholfen oder die rudimentären Survivalkenntnisse. Mann, keine Ahnung, vielleicht war es auch nur ein Scheiß-Zufall. Aber Voss hat überlebt. Und er war vorbereitet. Medikamente, Lebensmittel, Waffen, Benzin, Fahrzeuge, zombiesichere Unterkunft. Und weil jetzt schon Wochen? Monate? vergangen sind, wird er weiter überleben, denn er hat an eines gedacht, was viele vergessen haben: Salz! Und wie ist es bei euch? Seid ihr vorbereitet?

Als das Projekt »Zombie Zone Germany« an den Start ging und Torsten Exter mich gefragt hat, ob ich mit dabei sein will, habe ich mich sehr geehrt gefühlt. Als es dann hieß, ich könne die Eröffnungsgeschichte schreiben, kam Muffensausen dazu. Ideen wurden geboren, starben und verwesten … Tartaros aber hielt sich hartnäckig! Viel Spaß dabei…

Jede Geschichte hat ihren Anfang. Die von **Alin Rys** begann im Jahr 1989. Schauplatz von Kindheit und Jugend war das beschauliche Mecklenburg. Seit einigen Jahren ist Berlin die

Heimat ihrer Wahl. Hier widmet sie sich tagsüber dem theoretischen Studium der Literatur. Doch sobald Dunkelheit die Großstadt umhüllt, ist es die eigene Fantasie, die danach verlangt Geschichten zu erzählen.

Joshua Lorenz wurde 1995 in Mainz am Rhein geboren. Zur Zeit studiert er Chemie an der Universität Mainz. Als Autor steckt er zwar noch in den Kinderschuhen, hofft aber dies bald ändern zu können.

Neben dem Horror in all seinen Erscheinungsformen liebt er Ben & Jerry's Eis und laute Musik.

Carolin Gmyrek

Eigentlich kann man hier von einem wandelnden Schreiberling-Klischee ausgehen. Beginnend mit der Entdeckung der Leidenschaft für das geschriebene Wort, über die Ausbildung in einer Bibliothek bis hin zu dem nun begonnenen Germanistikstudium konnte es nur mit dem verfassen eigener Texte enden. Die Motive schwanken zwischen Phantastik, Horror, Fantasy und den Plänen die Weltherrschaft an sich zu reißen. Unterstützt wird sie dabei von Kobolden, maskenhaften Zauberern und kleinen, unsichtbaren Wesen, die ihr Nachts (und während der Vorlesungen) Witze zuflüstern.

Lisbeth Duller, geboren 1980 in Spielberg, lebt und arbeitet dort als selbständige Einzelhandelskauffrau. ‚Schatten des Todes' ist ihre erste Veröffentlichung. Und wenn sie nicht gerade arbeitet oder schreibt, verbringt sie ihre Zeit am liebsten mit ihrer Familie, Freunden, ihren Tieren oder im Garten.

Britta Ahrens wurde als Novemberkind des Jahres 1978 geboren. Mit ihrem Mann und den Kindern lebt sie in einem beschaulichen Dorf im nördlichen Niedersachsen. Seit zwei Jahren widmet sie sich verstärkt dem Schreiben und nimmt des Öfteren an Ausschreibungen teil, um in unterschiedlichen Genres reinschnuppern zu können und gewisse Dinge auszuprobieren.

Der aus dem Rheinland stammende **Markus Cremer** wurde 1972, im Jahr der Ratte, geboren. Vor seiner derzeitigen Beschäftigung in der Hirnforschung betätigte er sich als Sanitäter, Erfinder und Inhaber eines Ladens für Okkultismus. Er lebt mit seiner Frau und seinem Sohn, sowie zwei Ratten in einem alten Haus in der Nähe von Aachen. Die Initialzündung für seine schriftstellerischen Ambitionen waren Fantasy-Rollenspiele und die Geschichten von H. P. Lovecraft, Michael Moorcock und Robert E. Howard. Mit der Anthologie »Steampunk 1851« wurde er für den Deutschen Phantastikpreis 2014 nominiert.

Thomas Karg wurde im Jahre 1992 geboren. Er lebt in Zeholfing, im Herzen Niederbayerns. Seine Werke beschäftigen sich mit den dunklen Seiten der menschlichen Seele und des Lebens sowie physischen und psychischen Schmerzen. Bisher wurden mehrere seiner Kurzgeschichten in Anthologien veröffentlicht.

Sebastian Braß ist ein Informatikstudent und Anwendungsentwickler aus Neuss. Geschichten schreibt er im Grunde seit er einen Stift halten kann und »beglückte« schon seine Grundschulklasse mit einer ersten Novelle. Bis heute schreibt er leidenschaftlich vor allem in den Bereichen Science-Fiction und Phantastik. Die »Zombie Zone Germany« ist seine erste Veröffentlichung.

Fabian Dombrowski wurde am 6. Oktober 1989 in Berlin Mitte geboren, wo er seitdem lebt. Das Schreiben und weitere kreative Hobbys finanziert er als Tellerwäscher, Prospekt-Austräger, Galerist, Caterer, Kuchenbäcker, Barkeeper, Antiquar, Illustrator, Bildbearbeiter und Fotograf. Im Moment arbeitet er als Herausgeber für den Verlag ohneohren, für die Fachbuchhandlung Lehmanns und unterrichtet Erstsemester am Institut für Geschichtswissenschaft der Humboldt-Universität zu Berlin, wo er auch zurzeit und das wohl noch eine ganze Weile studiert.

Felix Kreutzmann lebt und arbeitet in der Hansestadt Hamburg, seiner bis dato südlichsten Heimstätte. Dort findet man ihn auf Leitern stehend in staubigen Antiquariaten oder zwischen den Regalreihen kleiner und großer Buchhandlungen. Was das Lesen und Schreiben angeht, gibt es für ihn keine Beschränkungen durch Genres oder Gattungen. Veröffentlicht hat er bislang nur wenig: darunter ein eigener Beitrag zu dem von H. P. Lovecraft initiierten Cthulhu-Mythos und ein überarbeitetes Historiendrama von Bernhard Herrmann aus dem Jahre 1909. Mangelt es ihm einmal an Licht und Bewegung, flüchtet er mit seinem Wanderrucksack in die Natur.

Kerstin Zegay wurde 1977 in Wuppertal geboren und ist bis heute der Stadt treu geblieben. Mit ihrem Mann lebt sie heute am Stadtrand. Sie lernte den Beruf der MTA-R und arbeitet in der Nuklearmedizin.